PRÉSUMÉE DISPARUE

Journaliste pendant vingt ans dont onze au *Guardian*, Susie Steiner se consacre aujourd'hui entièrement à l'écriture de romans. *Présumée disparue*, la première enquête de Manon Bradshaw, a connu un grand succès critique et public au Royaume-Uni, où l'ouvrage s'est écoulé à plus de 250 000 exemplaires.

SUSIE STEINER

Présumée disparue

TRADUIT DE L'ANGLAIS (ROYAUME-UNI)
PAR YOKO LACOUR

LES ARÈNES

Titre original :

MISSING, PRESUMED

ISBN : 978-2-253-26008-0 – 1re publication LGF

Pour John & Deb

The end of all our exploring
will be to arrive where we started
[La fin de toute notre exploration
sera d'arriver là où nous sommes partis]

« Little Gidding », T. S. Eliot

17 décembre 2010
Samedi
MANON

Elle sent l'espoir décliner, comme les illuminations de Noël défaillantes dans la vitrine du magasin discount Pound Saver. Manon s'oblige à reporter son attention sur l'homme assis face à elle, Brian, à moins que ce ne soit Keith. Au même instant, il croise les jambes et son pied vient lui heurter le tibia, à l'endroit où l'os affleure la peau. Elle se baisse pour se frotter la jambe. Il ne remarque rien.

Son profil le décrit comme « sensible » avec, en parallèle, un intérêt pour l'aviation militaire. Manon se demande à présent ce qui a bien pu lui traverser l'esprit quand elle a arrangé la rencontre. À sa décharge, il semblerait que le calcul du taux de compatibilité ne soit pas un modèle de fiabilité. Son dernier rencart, un urbaniste, culminait à soixante-dix-huit pour cent – Manon avait nourri de si grandes espérances ; il aimait même Thomas Hardy –, cependant elle a passé la soirée à tressaillir chaque fois que ses postillons lui atterrissaient sur le visage. Autrement dit, un nombre improbable de fois.

Deux ans qu'elle pratique la drague sur Internet. Sans grand profit, il faut bien l'avouer.

Il tourne la tête et la lumière réfléchit des traces de doigts sur le verre de ses lunettes : des empreintes vert pétrole, le type de spirale ovoïde que l'on rêve de trouver sur une scène de crime. Il pérore sur son emploi à l'administration des Fleuves et Rivières ; elle lance un regard reconnaissant au serveur venu remplir leurs verres de vin. Du moins le sien, car lui ne boit pas.

Elle a vu pire, se console-t-elle. Comme ce type pour qui elle avait fait tout le voyage jusqu'à Londres.

— Garde l'esprit ouvert, lui avait conseillé Bri. On ne sait jamais d'où viendra le prince charmant.

Très grand et maigre, parfaite incarnation d'Uriah Heep[1], il se tenait courbé comme un croque-mort sur l'escalier mécanique montant à la Tate Modern Gallery. L'ascension avait paru durer une éternité à Manon. Arrivée en haut, elle avait fait demi-tour sans un mot et elle était repartie en sens inverse, le laissant planté au sommet, à fixer son dos. Elle s'était engouffrée dans le premier train à King's Cross, direction Huntingdon, comme pour fuir les relents de chair en décomposition. Tous les officiers de la MIT, la brigade criminelle, connaissent cette odeur, la façon dont elle imprègne les vêtements.

Ce type-là – elle l'observe, maintenant, Darren ou Barry, peu importe –, ce n'est pas qu'il soit sinistre, non, simplement inexistant. Elle comprend vaguement qu'il s'est mis à parler de tritons. Il lève les yeux au ciel – « des Caddies de supermarché ! » – et Manon devine qu'il s'est lancé dans un commentaire désabusé sur la

---

1. Personnage de Dickens (*David Copperfield,* 1849). (*Toutes les notes sont de la traductrice.*)

façon dont les gens s'en débarrassent dans les rivières. Il serait temps qu'elle se montre plus engageante.

— Plus qu'une semaine avant Noël, dit-elle. Quels sont tes plans ?

Il paraît agacé qu'elle ait dévié le cours de ses ruisseaux.

— Mon frère vit à Norwich. En général je passe Noël chez lui. Il a des enfants.

Brièvement, il affiche une mine dépitée. Manon se surprend à avoir un regain d'intérêt.

— Pas marrant, la période des fêtes. Quand on est seul, je veux dire.

— Moi et Col, on sait comment passer du bon temps. Après quelques bières. On forme une sacrée paire de boute-en-train, tous les deux.

Il s'appelle peut-être Terry, pense-t-elle avec tristesse. Trop tard pour lui poser la question.

— On demande l'addition ?

Il n'a fait aucun commentaire sur son prénom, au contraire de la plupart des hommes (« Pas courant ça, Manon. C'est gallois ? »). Néanmoins, elle lui sait gré de monopoliser la conversation.

Le serveur leur apporte l'addition, bout de papier incurvé gisant sur une soucoupe blanche entre deux bonbons à la menthe.

— Moitié-moitié ? propose Manon en posant sa carte bancaire sur la table.

Il suçote un bonbon, les yeux rivés sur la note.

— Pour être franc, j'ai pas bu de vin. Regarde… dit-il en pointant la commande de Manon sur le bout de papier : un pichet de rouge et une salade.

— Ah, OK. Pas de problème.

Il sort son téléphone portable et se met à faire le calcul. Les fenêtres sont couvertes de buée. Manon fixe le halo brumeux des illuminations festives qui parent la ville de Huntingdon. Le trajet de retour chez elle promet d'être froid, devant les boutiques aux stores baissés de la rue principale, parmi les relents de bière et de mélancolie qui filtrent du pub Cromwell's, puis le long de la rivière et ses vivifiantes odeurs de verdure, son fil mouvant qui serpente dans l'obscurité, jusqu'à son appartement, où elle a pris soin de laisser briller toutes les lumières.

— Pour toi, ça fera vingt-trois livres quatre-vingt-cinq. Onze seulement pour moi, dit-il. Tu veux vérifier ?

Minuit. Manon est assise, genoux repliés, sur la banquette du coin fenêtre. À ses pieds, la rue enneigée, éclairée par la lueur orange des lampadaires. Ballotés en tous sens, les flocons virevoltent paresseusement, plus légers que des plumes. Frissonnant sous le courant d'air glacial qui s'insinue par le cadre de la fenêtre, elle serre fort les genoux contre sa poitrine, tout en regardant Frank ? Bernard ? disparaître au coin de la rue.

Quand elle est certaine qu'il est parti, elle éteint une à une toutes les lampes du salon. Contre toute attente, il a marqué un temps d'arrêt à la vue de son appartement – « Waouh ! C'est ici que tu vis ? » –, mais sa curiosité a été de courte durée et, très vite, il a repris son monologue. Maintenant qu'elle y pense, elle a peut-être couché avec lui uniquement pour le faire taire.

Les murs du salon sont peints en bleu de Prusse. Le meuble sur lequel la télévision est posée est un buffet bas G-Plan en noyer des années 1950. Son canapé en demi-lune est en velours côtelé marron, flanqué de deux bergères garnies de velours vert olive, dont l'une s'orne d'un luminaire sur pied 1970 à abat-jour jaune, qu'elle éteint directement à la prise car l'interrupteur est cassé. Le design de la pièce est un hommage au style moderniste du milieu du XXe siècle, quasiment un décor de plateau de cinéma, dans ses moindres détails. Pourquoi pas le tournage d'une comédie est-allemande post-ironique, ou bien du film *Abigail's Party* de Mike Leigh. Bref, tout ici exsude le bon goût de personnalités affirmées et originales, celle des précédents propriétaires de l'appartement. Manon a acheté le lot tel quel – meubles, lampes et tout le toutim – à un couple qui avait l'intention de « repartir à zéro » à l'étranger. C'est en tout cas ce que l'homme lui avait dit.

— Nous voulons tout bazarder, vous comprenez ?

— Bazardez donc, avait répondu Manon. J'achète le tout.

Sa petite amie avait regardé Manon en ravalant ses larmes. Elle lui avait ensuite confié avoir amoureusement chiné chaque objet sur eBay.

— Enfin. Un nouveau départ est un nouveau départ, avait-elle conclu.

Manon entre dans la chambre à coucher, dont la décoration était à l'origine nettement plus théâtrale : des murs bleu marine avec un parquet et des stores blancs ; une série d'armoires blanches, sans poignées apparentes, qui paraissaient se fondre l'une dans l'autre. Trouver les points de pression pour en actionner l'ouverture nécessitait un ballet de mains digne de Marcel Marceau.

Les précédents occupants pratiquaient le couchage minimaliste, un matelas à même le sol paré d'une couette blanche toujours défaite. Depuis que Manon en est propriétaire, la chambre a perdu une partie de son cachet : des livres empilés près du lit et couverts d'une fine pellicule de poussière, un verre d'eau d'une propreté douteuse, des câbles reliés à une prise murale qui courent sur le sol jusqu'à une radio de police portative. Çà et là des serpentins de moutons de poussière et de cheveux entrelacés, à l'image de la double hélice de l'ADN. Sa collection hétéroclite de souliers fait de l'ouverture des armoires un véritable casse-tête. Elle donne un coup de pied dans un pantalon abandonné par terre, un tas en forme de croissant, enlève son peignoir (cent pour cent polyester, tenir à distance des flammes et de toute source de chaleur) et repêche sa nuisette de sous les draps du lit, où le type s'est indécemment vautré quelques instants plus tôt.

De près il sentait le renfermé, ainsi qu'une odeur vaguement douceâtre. Surtout, il sentait l'étranger. Était-ce là le but de son expérience : l'amener contre elle, le sortir du dehors, du monde des étrangers ? L'a-t-elle mis à l'épreuve ? À moins qu'elle n'ait voulu le renifler de près, comme si un contact rapproché pouvait le dépouiller de sa banalité. Ceux qui la connaissent – à vrai dire, surtout Bryony – désapprouvent son « immaturité » émotionnelle. Le fait est qu'examinés de près, les êtres humains sont différents. L'odorat et le toucher sont plus révélateurs que n'importe quel bavardage à propos de tritons ou de Caddies de supermarché. Dans ces moments, Manon redevient un mammifère utilisant ses seuls sens pour se choisir un mâle. Elle a lu quelque part que l'odorat est l'instrument le plus efficace pour sélectionner le partenaire dont le patrimoine génétique garantira le meilleur système immunitaire à sa progéniture. C'est pour cela qu'elle couche dès le premier soir. Elle est une scientifique experte en accouplement, voilà tout.

Quand elle est d'humeur sombre, comme maintenant, elle se demande si ce ne serait pas en réalité une façon de combler les blancs dans la conversation. Plutôt que de danser d'un pied sur l'autre en balbutiant « On a passé un bon moment mais il vaut mieux en rester là », elle provoque immédiatement le point de rupture. Comme si l'on se jetait par la fenêtre dans le but d'éviter les adieux.

Dans la salle de bains, elle étale une couche épaisse de dentifrice sur sa brosse à dents, qu'elle porte à sa bouche en se détaillant dans le miroir. Il y a une faille dans son raisonnement : l'acte sexuel s'est révélé un reflet fidèle de la conversation de la soirée – tout en tritons et Caddies de supermarché, sans l'ombre de cascades tumultueuses ni même d'un doux gazouillis de ruisseau, pour filer la métaphore aquatique.

Elle examine les frisottis de ses cheveux, pareils à des ressorts élastiques, bruns en majorité bien qu'émerge à l'occasion une boucle blonde, pâte torsadée solitaire – *spttt* – rebelle et dynamique, comme un enfant dans une cour de récréation, mais discordante à présent – *spttt* – qu'elle approche la quarantaine. Manon se sent glisser dangereusement dans cette zone – *aargl* – invisible de la maturité féminine, aux côtés de celles qui poussent des landaus ou qui traînent des cabas de courses. Irrésistiblement, elle est attirée par les chaussures plus confortables chez Clarks, ses genoux craquent douloureusement, et la seule idée de se couper les ongles de pied la laisse le souffle court. Elle se demande quels affronts supplémentaires lui prépare la vieillesse et quand ils surviendront. Il y a quelques siècles, elle serait déjà morte, à vingt-cinq ans, après avoir donné naissance à huit enfants. La nature n'a rien prévu pour une femme de trente-neuf ans sans enfants, sauf à lui jouer le mauvais tour de la fertilité : courbatures et douleurs auxquelles s'ajoute un temps de prolongation, à l'instar d'une fin de partie angoissante dans un match de football à enjeu.

Avec une serviette-éponge, elle essuie une traînée de mousse sur son menton. Il a fini par l'interroger sur son prénom (ô gloire !) et elle lui a répondu qu'il signifiait « amer » en hébreu. Elle s'est renversée sur l'oreiller en se rappelant la façon dont sa mère avait pressé ses épaules de collégienne pour lui confier combien elle aimait ce prénom ; « Manon » avait été son caprice à elle malgré les objections de son père. Un prénom à effet pâte à tartiner Marmite : soit on adorait, soit on détestait. Sa mère l'adorait car, disait-elle, il était « tout en retenue », les « n » comme des piquets de tente fichés solidement dans le sol.

Il y a eu un moment de silence durant lequel Manon a senti qu'à son tour il attendait qu'elle l'interroge sur son prénom. N'étant pas sûre de le connaître, elle a difficilement pu lui retourner sa question. Certes elle aurait pu le découvrir en lui demandant simplement : « Et le tien ? » À ce stade de la soirée, cela lui a paru superflu. Elle avait reniflé l'homme, il avait échoué. Son esprit était désormais occupé au moyen de le faire déguerpir.

— Bon, bah, grosse journée demain, a-t-elle choisi de dire tandis qu'elle ouvrait grand la porte de sa chambre.

Elle lisse l'oreiller et la couette sur lesquels l'homme s'est étendu et s'installe douillettement dans son lit, en tendant le bras pour allumer sa radio, dont un autocollant lui rappelle qu'elle est la « Propriété de la police du Cambridgeshire ». Un appareil encombrant, qu'aucun sergent-détective n'est supposé avoir à son domicile. Pour elle, ce n'est pas un jouet. C'est un remède contre l'insomnie. Certains comptent sur les prévisions de la météo marine ; Manon leur préfère le murmure étouffé des divers rapports d'accidents de la route et d'altercations entre ivrognes devant la boîte de nuit Level 2 sur All Saints Passage. Des incidents mineurs, qu'elle peut ignorer sans crainte car ne relevant pas des compétences de la prestigieuse brigade criminelle MIT.

« VB, VB, unité mobile demandée sur Rocade Nord au croisement entre l'A141 et Main Street. Suspicion de vol de véhicule avec délit de fuite. »

Tiens, un petit malin s'est fait la belle avec la caisse d'un autre. Volez, mes poulets. La voix se fait de plus en plus lointaine tandis que les paupières de Manon s'alourdissent, le ronron de la radio se muant en flou rocailleux derrière ses yeux. Crachotements, friture et vrombissements, combinés qu'on décroche puis qu'on raccroche, concertations entre collègues, bips et tonalités. Pour Manon, ce sont les sons de la vigilance, la réponse active à la souffrance et au méfait. C'est la bonté humaine en action, la protection du juste contre l'injuste. Elle dort.

Dimanche
MIRIAM

Miriam fait la vaisselle en regardant par la fenêtre le jardin paré de ses tristes ornements hivernaux : la pelouse lissée par le givre de Noël. Elle aurait aimé avoir un jardin plus grand, mais on ne trouve guère mieux à Hampstead.

Les mains gantées de caoutchouc plongées dans l'évier, elle pense à Edith en lavant la cocotte Le Creuset après le ragoût de lotte du déjeuner. Des résidus de pancetta sont restés collés aux rebords, elle doit en venir à bout avec une éponge métallique. Quelle chance, pense-t-elle, d'avoir une fille. Les filles prennent soin de vous quand vous vieillissez. Les garçons, eux, quittent la maison et finissent par trouver en leur belle-mère une mère de substitution.

Elle se reproche immédiatement cette pensée, cela va à l'encontre de tous ses principes féministes – comment pourrait-elle exiger de sa fille, une brillante étudiante à Cambridge, qu'elle essuie son vieux derrière et lui apporte ses repas et ses livres audio, tout en jonglant afin de concilier soins aux nourrissons et effort désespéré pour faire carrière. Celle de Miriam n'a pas survécu aux enfants. Les trois jours hebdomadaires au cabinet médical ne lui ont paru que remplir un vide entre deux tâches ménagères.

Le féminisme, pense-t-elle, a encore un long chemin à parcourir avant que les hommes prennent en main les rebuts de la vie familiale – non pas l'occasionnel pain perdu apporté à table sous les acclamations (sous-entendu : *Un homme aux fourneaux ! Hip hip hourra !*), mais l'achat de sacs-poubelle et d'ampoules. Quand les enfants étaient petits, Miriam a eu l'impression d'être ensevelie sous les vagues de sable du Sahara : leçons de musique, cahiers de devoirs, goûters d'anniversaire, mots de remerciement, fruits frais et relevés de compteur. Elle s'y est sentie enlisée, jusqu'à n'être capable de penser à rien d'autre. Ian écarta ces menus tracas en invoquant une incompétence toute stratégique. L'esprit libéré des basses contingences domestiques, il put se concentrer sur les Tâches Importantes (par exemple son travail, ou la lecture d'un bon livre). Cela a été pour Miriam l'un des plus grands chocs de sa vie d'adulte – la rencontre avec l'injustice. Personne ne l'avait mise en garde, surtout pas sa propre mère à qui il avait paru juste et sensé qu'elle prenne en charge l'aspect organisationnel du foyer, elle qui était « si *douée* pour ces choses ». Mieux vaut ne plus penser à cela, autrement elle va de nouveau se mettre en colère.

Elle soulève la cocotte en fonte Le Creuset et la pose sur l'égouttoir en céramique blanche. Comment les gens peuvent-ils s'émerveiller pour de la vaisselle qui pèse un âne mort et qui raye presque tout ce qu'elle touche ? songe-t-elle. Ian n'a pas pu venir déjeuner à la maison et elle a mangé le ragoût seule, puis elle a bataillé pour soulever ce maudit plat et verser les restes dans une boîte

Tupperware. Bataillé aussi pour chasser un pernicieux sentiment d'injustice. Elle se sent tellement seule ces derniers temps. Lorsque les vagues de sable ont reflué, que les enfants ont quitté le domicile familial, Miriam s'est retrouvée avec du temps libre à ne savoir qu'en faire, tandis que Ian poursuivait le cours de son existence, à savoir Courir Partout à des Tâches Importantes. Très souvent, elle doit lutter pour ne pas prendre ombrage de leurs séparations. À l'inverse, elle trouve difficile de conserver son identité lorsqu'ils sont ensemble. Tout mariage n'est-il pas une proximité à négocier ?

Durant les périodes où il est très occupé et où Miriam se retrouve livrée à elle-même, elle est tentée d'affirmer farouchement son indépendance. Mais elle peine ensuite à le laisser revenir dans sa vie. L'accepter de nouveau lui demande une phase préalable de dégel. Et Edith, à quelle étape est-elle de ce périlleux voyage ? Elle et Will Carter s'y sont-ils même embarqués ? À vingt ans, les différends en matière d'indépendance se résolvent facilement : il suffit de quitter son petit ami. Miriam a le sentiment qu'Edith pourrait avoir envisagé cette solution.

Elle essore une lavette et essuie le plan de travail, ses mouvements lents reflètent ses pensées. C'est un rude labeur que le mariage. Comment en parler à sa fille sans l'effrayer plus que de raison ? Construit sur des bases de travail acharné et de tolérance, non pas sur l'idéal de perfection que s'imagine certainement Edith. Miriam s'est déjà fait cette réflexion par le passé : la beauté physique de Will Carter symbolise la foi d'Edith en la perfection – du moins sa foi en les apparences. Elle n'a pas encore réalisé que ce qu'une chose paraît être n'a que peu d'importance en comparaison de la façon dont on la *ressent*.

Si Edith était présente à cet instant, nul doute qu'elle monterait sur ses grands chevaux et qu'elle disserterait, avec son habituelle arrogance, sur les écueils auxquels *jamais de la vie* elle ne se laisserait prendre, dans le mariage, comme s'il y avait un degré d'excellence dont elle ne saurait déchoir. Cela lui vient de Ian, bien sûr. Mais la vie est faite autrement. Elle est faite de compromis dont on ne se serait jamais cru capable étant jeune. C'est une bonne chose que le mariage. Voilà ce qu'elle doit dire à Edith. Arrive un âge où nos attaches sont si solidement fixées, comme les étagères à livres qui montent jusqu'au plafond dans le salon, si indissociables de la substance même de notre vie, que les compromis semblent peu de choses en regard de leur démantèlement. Oui, pense-t-elle tandis qu'elle rince la lavette en jouissant de la tiédeur de l'eau à travers ses gants de vaisselle, oui, avec l'âge vient la gratitude pour l'amour qu'on nous offre.

Alors qu'elle regarde par la fenêtre, Miriam repense à leur soirée de la veille au théâtre, à leurs amis pleins d'esprit qui aiment à discuter de livres et de philosophie. Sur le moment, elle s'était demandé s'ils étaient plus riches qu'eux, si leur vie sexuelle était plus épanouie (elle pouvait difficilement l'être moins). Leurs maisons de campagne étaient-elles plus belles ? Ils étaient peut-être, en secret (*non, c'est mal de penser cela*), malheureux, ou même infidèles.

— On est au complet ? avait demandé Ian sur le trottoir enneigé, une fois qu'ils furent sortis du théâtre Almeida. On peut se mettre en route ?

Miriam avait regardé son beau mari drapé dans son impeccable écharpe de cachemire. Il dirigeait leur petite troupe – *Ian tout craché, n'est-ce pas* –, cependant il paraissait vaguement distrait. Sûrement le travail, qui occupait sans cesse son esprit. C'était le prix à payer pour avoir épousé l'Éminent Chirurgien. Elle n'avait pu s'empêcher, sur le moment, de se sentir envahie de fierté.

Ils avaient pris le chemin du restaurant Le Palmier, bras dessus bras dessous, bavardant et riant. Alors qu'au centre du groupe Miriam marchait seule. Elle avait pleuré pendant la représentation – comme chaque fois avec *Le Roi Lear*. Son corps était à présent agréablement détendu, apaisé, et son estomac gargouillait de plaisir, anticipant le savoureux repas à venir. On lui avait pris le bras. Patty, qui pressait doucement son corps contre le sien. Elle avait perçu l'effluve de son parfum, Diorissimo, malgré le vent froid.

— C'était beau, n'est-ce pas ?

— Une pure merveille. Je me sens complètement vidée, dans le bon sens, avait répondu Miriam. En revanche, j'ai trouvé Gloucester un peu braillard.

— C'est vrai. Pourquoi ne se contentent-ils pas de *dire* leur texte ? Comme s'il y avait une déclamation propre à Shakespeare. C'est franchement agaçant. Ah ! Nous voilà arrivés. Je meurs de faim.

Ils avaient tendu leurs manteaux au maître d'hôtel, qui s'était incliné légèrement tout en repliant les vêtements sur son bras avant de les suspendre dans un dressing. Leur table était vaste et ronde, les verres miroitaient sous la lumière, réfléchissant des halos moirés sur la nappe blanche parfaitement amidonnée. Miriam se délectait de son verre de vin glacé, quelque chose de très sec venu d'Argentine (c'était Ian, l'expert en œnologie). Depuis l'autre côté de la table, elle observait son mari tandis qu'il mettait la main à la poche de sa veste et en sortait une paire de lunettes de lecture à monture léopard – achetée pour quatre livres quatre-vingt-dix-neuf à la pharmacie Ritz sur Heath Street. Il les avait posées sur l'arête de son nez afin de lire la carte pendant que Roger lui parlait. Ian s'était mis à rire aux paroles de Rog. Les lunettes paraissaient petites et féminines sur son visage d'aristocrate.

— Chéri, lui avait-elle dit en tendant le bras dans sa direction, tout en continuant d'écouter Patty qui lui parlait de la représentation.

— Oui, pardon, avait-il répondu en ôtant les lunettes et en les lui donnant pour qu'elle puisse lire le menu. Allons. Sommes-nous prêts pour la commande ? Après tout, rien ne naît de rien.

Tout le monde s'était esclaffé.

Xanthie avait raconté qu'elle était en train de relire *Le Décaméron* de Boccace.

— C'est tellement spirituel. C'est vrai ! J'ai même ri à gorge déployée dans le bus !

Elle avait prononcé le mot « bus » comme si elle avait participé à une expérience excitante démontrant l'égalité des classes. Leurs rires à tous sonnaient avec l'éclat de la richesse.

Miriam enlève ses gants de vaisselle et revient en pensée à sa fille, comme on se repasse une mélodie favorite – elle est son sujet de prédilection. C'est vrai, elle espère que la vie offrira davantage à son enfant que ses sombres prévisions. Elle fronce les sourcils. Cela n'a aucun sens. Elle aimerait qu'Edith accomplisse ses devoirs filiaux (cadeaux de Noël attentionnés, coups de fil réguliers, à l'occasion un repas chaud lorsque Miriam sera retombée en enfance), cependant elle voudrait aussi l'aider à s'émanciper. De tout son cœur, elle lui souhaite de s'épanouir dans sa vie professionnelle et de s'unir à un époux véritablement féministe qui videra le lave-vaisselle sans qu'on ait à le lui demander. Mais elle ne peut s'empêcher de vouloir en même temps que sa fille partage ses souffrances et les sacrifices qu'elle a faits. Elle ne se comprend pas. Serait-ce par désir de se faire plaindre, ou par crainte de voir Edith réussir là où elle-même a échoué ? Qu'Edith puisse parvenir à se libérer de ses fers alors que Miriam… Après tout, elle a bel et bien passé ces vingt dernières années à nettoyer la cuisine et distribuer des antibiotiques contre les infections urinaires. La vie est si *compliquée*.

Elle prend une pastille pour lave-vaisselle dans le placard sous l'évier en pensant à sa magnifique fille, si jeune encore, avec son ventre plat et ses bras fins et musclés. Sa fille qui peut porter des bikinis et à qui il reste encore l'amour à découvrir. Miriam est piquée par l'aiguillon de la jalousie. Allons ! Will Carter est un garçon convenable, même s'il est un peu suffisant. Miriam pressent que ce n'est pas le bon. Oui, il reste à Edith à découvrir l'amour – avec les joies et les peines qui en résultent. *Petite chanceuse*. Avec l'âge, la vie devient moins mouvementée. Cela lui manque – les émotions abruptes et fluctuantes qui sont l'apanage de la jeunesse. Rien de réellement excitant désormais. Même si, à croire Xanthie, lire *Le Décaméron* dans le bus est une expérience palpitante. Peut-être n'y a-t-il que pour

Miriam que la vie est devenue plus terne et plus triste, comme sa chevelure désormais tissée de gris.

— Où étais-tu ? À mon réveil, tu étais déjà parti, dit Miriam en souriant à Ian alors qu'il franchit le seuil de la cuisine, un sac de courses orange Sainsbury's à la main, une bouffée de vent froid à sa suite.

Il porte un sweat-shirt à col polo et un bas de survêtement. Comme tout membre de la classe supérieure, il semble curieusement incapable de porter avec naturel des tenues décontractées. Serait-il sorti du ventre de sa mère en blazer ? songe-t-elle.

Il s'approche d'elle et lui embrasse la joue. Il dégage un parfum d'hiver.

— Je me suis levé de bonne heure et suis allé faire un tour au bureau… Tu n'imagines pas les monceaux de paperasse qu'il me reste à traiter.

— Mon pauvre chéri. Je te réchauffe un peu de ragoût ?

— Non, merci, ça ira.

— Il suffit de le passer au micro-ondes, ça ne prendra qu'une minute.

— J'ai mangé un sandwich… Edie a appelé ?

— Pas encore.

— Si on faisait une flambée ? Il fait un froid de canard, dehors.

— Excellente idée.

À présent qu'il est rentré, la maison semble avoir retrouvé son harmonie. L'odeur de son époux, sa stature, sa compagnie. L'amour marital a été une révélation pour Miriam. Non pas la fluctuation d'émotions superficielles, mais un sentiment profond, d'une richesse infinie. Ian est mêlé à tous ses souvenirs – du moins ceux de ces trente dernières années, en particulier les plus précieux, comme la naissance des enfants. L'amour qu'ils ont en commun envers eux. Il est la seule personne sur terre à en parler avec la même passion qu'elle, comme s'ils examinaient Rollo et Edith à la loupe, sous toutes les coutures. Puis elle a tort de tant s'enflammer avec sa rage féministe. Ce n'est pas comme s'il ne faisait rien du tout. Et la tasse de thé qu'il lui apporte chaque matin au lit ? Ou son dernier tour de la maison avant le coucher (verrous tirés, lumières éteintes), ou encore sa façon de courir à l'étage lui chercher ses chaussons dès qu'elle pousse un soupir de fatigue et dit : « Chéri, pourrais-tu... ? » Ce sont là de menus gestes d'amour, quotidiennement répétés.

Ils passent l'après-midi dans une atmosphère dominicale, douillette, pendant qu'au salon le feu de cheminée crépite avant de s'éteindre doucement. Les arômes de fumée lui rappellent leur maison de campagne à Deeping, où ils iront pour le Nouvel An. (Absolument acheter des ampoules pour Deeping, songe Miriam.) Elle pourrait contempler les flammes des heures durant, jusqu'à ce que son visage la brûle et que ses yeux soient secs. Ian fait des allers et retours depuis son bureau, les accords d'un concerto pour piano de Mozart traversent la maison. Elle aussi vaque à ses occupations, principalement un peu de rangement, des lessives, la lecture de la rubrique faits divers du journal.

Plus tard, dans la soirée, la sonnette retentit. Miriam ouvre la porte à la fleuriste venue lui livrer un bouquet de trois cents narcisses odorants et une guirlande de houx qu'elle suspendra dehors. Avec la senteur des fleurs et les arômes du vin chaud et des oranges piquées de clous de girofle qu'elle a préparés, la maison exhalera un délicieux parfum festif. Au moment où elle referme la porte sur l'obscurité, le téléphone se met à sonner. Elle décroche, tenant encore dans sa main le bouquet de fleurs, telle une chanteuse d'opéra après le dernier rappel.

— Calme-toi, Will… Non, elle n'est pas ici… Depuis quand ? dit-elle alors que Ian la rejoint dans le vestibule, légèrement voûté, l'oreille tendue. Ainsi, tu viens de rentrer à la maison ?

— Qu'est-ce qu'il… demande Ian, mais Miriam lui fait signe de se taire.

— Elle est probablement chez une amie, à moins qu'elle ne soit allée à Deeping, dit Miriam en regardant Ian dans les yeux.

Miriam écoute, dépose les fleurs sur la table du couloir, puis pose sa main sur le combiné du téléphone.

— Il dit qu'il a trouvé la porte ouverte et les lumières allumées. Elle a tout laissé derrière elle dans la maison… Ses clefs, son téléphone portable, ses chaussures. Sa voiture est garée dehors. Même son manteau est là.

D'un geste, Ian écarte sa femme et s'empare du téléphone.

— Will ? C'est Ian. Quand lui as-tu parlé pour la dernière fois ? Tu as appelé Helena ?

Il écoute, le regard fixé sur le guéridon, les sourcils froncés. Puis il dit :

— Appelle la police immédiatement, Will. Raconte-leur ce que tu viens de nous dire. Tu nous rappelles dès que tu les as eus.

Il repose le combiné.

— Non, souffle Miriam en le regardant droit dans les yeux et en secouant la tête, la main crispée sur la bouche. Non, non, non, non.

MANON

Manon se remet à pleurer. C'est la façon dont Bryony l'écoute, comme si elle avait un bras passé autour de ses épaules. Manon craque systématiquement.

— Il était si affreux que ça ? demande Bryony. Pire que le précédent ?

— Justement, non, Bri. Il était passable. C'est ça le pire. Il était juste passable, rien de spécial. Il était… rien. J'y arriverai jamais.

— Essaie encore. Tu devrais peut-être te forcer un peu. Personne n'est parfait.

— Il m'a fait payer davantage pour le repas parce que j'avais pris du vin et lui non.

Silence de Bryony.

— Il ne m'a posé aucune question personnelle.

— Ça, c'est typique des hommes…

Manon essuie ses larmes. C'est exactement ce qu'elle ne veut *pas* entendre. Les gens en couple cherchent toujours à vous caser à tout prix, comme si vous étiez un citoyen de seconde zone. Simplement parce qu'on est seule, il faudrait qu'on s'accommode des restes.

— Tu voudrais que je m'accommode des restes.

— Est-ce que ce n'est pas ce qu'on fait *tous* ? dit Bryony. Je crois que tu n'as pas compris comment ça marche.

— Bizarrement, le sexe était pas mal.

— Le quoi ?

— J'ai pensé que ce serait impoli de le laisser partir comme ça.

— Ne plaisante pas, s'il te plaît.

Manon ne répond pas.

— Tu n'es pas obligée de le faire, tu sais, poursuit Bryony d'une voix où perce une note de déception.

— Je sais.

— C'est quand, le prochain rendez-vous ?

— La semaine prochaine. Je ne suis pas sûre de pouvoir supporter une nouvelle débâcle.

— Vois-le comme une mission. C'est comme au Loto. Le bon numéro finira bien par sortir. Mais ne passe pas à la casserole dès le premier soir. Pas à chaque fois, en tout cas.

La conversation l'ennuie, Manon change de sujet.

— Comment vont les enfants ? demande-t-elle. Tu as fait quoi dimanche ?

— Parc à jeux par temps polaire. Huit heures du matin. Il s'est mis à neiger mais on est restés quand même. Bref. Peter et moi on s'est engueulés. Déjeuner à onze heures. Bobby m'a lancé un verre de lait au visage, puis il a chié dans son pantalon. La routine, quoi.

— Un dimanche reposant.

— Je n'ai qu'une hâte, c'est retourner au boulot demain, juste pour pouvoir m'asseoir cinq minutes. Déj' à la cantine, ça te dit ? Je suis sûre qu'un potage te remontera le moral. À moins que vous, à la crim', vous ne soyez trop spéciaux ?

Une boutade éculée, derrière laquelle se cache la frustration de Bryony de ne pas participer à l'effervescence qu'elle croit être le lot des officiers de la brigade criminelle. Elle aussi est officier dans la police du Cambridgeshire, mais elle reste coincée derrière un bureau depuis la naissance des enfants, à classer la paperasse juridique et enregistrer les déclarations.

— Mon agenda est superbement vide en ce moment, dit Manon. Mais on ne sait jamais de quoi la journée sera faite. Donc, oui, rendez-vous demain pour déjeuner. En théorie. Vers treize heures ?

— Je ne sais pas si j'arriverai à tenir jusque-là. Je suis réglée sur l'horaire des nourrissons, moi. Et… Manon ?

— Oui ?

— Ne t'en fais pas, d'accord ? Tu finiras par en trouver un… Un type bien. Je n'ai aucun doute là-dessus.

Manon repose le téléphone et s'enfouit sous la couette. Elle allume la radio de police et le murmure rassurant se fait entendre, bientôt fondu dans les prémices du sommeil, ce moment où ses idées les plus sombres font surface. « Victor Bravo, un-deux, VB, nous avons une situation délicate. Pouvez-vous me passer un supérieur svp et prévenir l'inspecteur-chef de service ? »

Manon ouvre aussitôt les yeux et se redresse sur son lit. Elle sait ce que signifient les silences dans la discussion. Ce que, depuis la salle de contrôle, l'opérateur Oscar One tente de dire sans pouvoir le formuler explicitement sur les ondes. Il se passe quelque chose de grave. De très grave. Prévenir l'inspecteur-chef ? Ouh là. D'autres officiers vont entendre l'appel et se mettre aussitôt en route. George Street, ça se trouve juste au coin de la rue. Cinq minutes en pressant le pas. La voix de l'inspectrice Harriet Harper surgit à la radio, annonçant qu'elle arrive sur les lieux.

Manon aussi peut avoir l'affaire. Dieu sait qu'elle en a besoin. Elle repousse la couette en écoutant attentivement la radio pendant qu'elle enfile son pantalon d'une main et saisit son téléphone portable de l'autre.

— Personne disparue de sexe féminin, signale Harriet au téléphone. Traces de lutte. On se retrouve sur place.

Le vent glacé s'immisce entre son écharpe et son bonnet, mais ce sont ses orteils qui souffrent le plus du froid. Maudites bottines. Autant porter des tongs. Dire qu'elle va probablement rester toute la nuit à se geler dehors, ou, au mieux, dans une voiture à l'arrêt, le téléphone vissé sur l'oreille. Elle enfonce les mains dans ses poches et relève les épaules jusqu'au menton en écoutant ses semelles crisser sur la neige. Les branches des arbres paraissent couvertes de manches de givre. La neige a joliment habillé une rue d'ordinaire plutôt sinistre (l'un des grands axes pour sortir de la ville, qui jouxte une voie ferrée). Arrivée devant le jardin au numéro 20 – un mignon petit cottage, identique à ses voisins –, d'une main gantée elle baisse l'écharpe qui lui couvre la bouche, mais Davy prend la parole le premier.

— On a une disparition inquiétante. En tout cas selon les apparences, prévient-il en piétinant la neige sous ses pieds.

Il frappe ses mains l'une contre l'autre. Le bout de son nez est rouge vif.

— Des signes d'effraction ?

— La porte était ouverte, donc la serrure n'a pas été forcée. On a trouvé du sang dans le couloir et la cuisine. Mais pas beaucoup. Les manteaux sont tombés au sol. Où est votre combinaison jetable ?

— Où est ton registre de la scène de crime ? réplique-t-elle en lançant un regard à l'intérieur de la maison.

— Flûte ! Vous m'avez eu, sourit-il, et Manon se rappelle combien elle apprécie la compagnie de l'officier Davy Walker. Sa gentillesse innée, sa bienveillance. Si tous les hommes étaient comme lui, les guerres n'existeraient pas.

— Je peux t'emprunter une combinaison ?

— Bien sûr, il y en a une dans la voiture, dit-il en lui tendant les clefs du véhicule. Je vais commencer à rédiger mon rapport tout de suite. Mais chut ! Pas un mot à Harriet.

Elle revient, engoncée dans une combinaison en papier blanc, la capuche ovale lui encadrant le visage, et s'appuie sur le bras de Davy pour enfiler des couvre-chaussures bleus.

— Sexy, remarque-t-il.

— N'est-ce pas ? dit-elle. Qui est à l'intérieur ?

— Harriet et le petit ami de la disparue. Je crois qu'Harriet veut boucler la zone. Si j'étais vous, j'attendrais dehors.

Manon se redresse.

— Je m'en tape. T'en fais pas, je ne toucherai à rien. Pourquoi aucun inspecteur-chef n'est présent ?

Davy hausse les épaules.

— Rotation de Noël. Draper est à Peterborough sur une affaire de cambriolage à main armée. Stanton est aux Maldives. L'équipe est en sous-effectif.

Elle entre dans le couloir, où des vêtements gisent en vrac sur le sol tels des soldats tombés au combat. Certaines capuches ont gardé l'empreinte du crochet d'où elles ont glissé. Des blousons légers (un bleu marine, l'autre rouge), une polaire (grise), deux épais manteaux d'hiver matelassés, une parka vert olive avec une capuche bordée de fourrure, et une autre bleu marine. Alignés contre le mur : un sac à dos d'où émerge le manche d'une raquette de tennis, une paire de baskets, un sac en fibre naturelle sur lequel est imprimé « Huntingdon Immobilier ». Il y a des gouttes de sang sur le revêtement de sol plastifié qui mène à la cuisine – pas une mare de sang ni même de grosses éclaboussures comme on en voit sur une scène de meurtre, mais en quantité suffisante pour provenir d'une blessure ou d'une vilaine coupure.

Harriet apparaît au seuil de la cuisine.

— Manon, tu peux venir s'il te plaît ? Regarde le sol, à cet endroit, dit-elle alors que Manon se fraye un chemin sur la pointe des pieds. Attention, ne marche pas sur les indices. Manon, voici Will Carter. Monsieur Carter, le sergent-détective Manon Bradshaw. M. Carter a appelé pour signaler la disparition de sa petite amie, Edith Hind. En rentrant chez lui, à vingt et une heures, il a trouvé la porte d'entrée ouverte, les manteaux éparpillés au sol et des traces de sang, là-bas, dit-elle en pointant les gouttes dans la cuisine, par terre et juste au-dessus, sur le placard.

— Le téléphone portable de Mlle Hind, ses clefs, ses chaussures et son manteau sont encore dans la maison, poursuit Harriet.

Will Carter fait les cent pas, une main enfouie dans les cheveux. Il est absurdement séduisant, même en pantalon de survêtement et cardigan à grosse maille, comme s'il sortait d'une publicité pour un rasoir. Manon lance un coup d'œil à Harriet. Le regard qu'elle lui rend signifie : « Oui, j'ai vu. Maintenant, au boulot. »

— Se pourrait-il qu'elle soit avec un ami ou un parent ? demande Manon.

— J'ai appelé toutes les personnes auxquelles j'ai pensé, répond Carter. J'ai également prévenu ses parents. Ils vivent à Londres. Edith ne leur a pas donné de nouvelles. Son amie Helena et elle étaient à une fête, hier soir. Helena dit qu'elle a raccompagné Edith chez elle vers minuit. Elle n'a eu aucune nouvelle depuis.

— Quand avez-vous parlé à Edith pour la dernière fois ? l'interroge Harriet.

— Samedi en début de soirée, juste avant qu'elle rejoigne Helena.

— Elle paraissait dans son état normal ?

— Oui, enfin, c'était un coup de fil rapide.

— Excusez-moi, monsieur Carter, intervient Manon, mais vous-même, où étiez-vous ?

— J'ai passé le week-end à Stoke, chez ma mère.

— Y a-t-il un endroit où elle pourrait être allée ? Un lieu qu'elle affectionne particulièrement ? Se peut-il qu'elle ait voulu être seule un moment ?

— Je ne vois pas où elle aurait pu aller sans ses clefs, son téléphone, ou sa voiture.

— La voiture est garée dehors, explique Harriet.

— J'ai appelé tous les contacts sur son portable, mais aussi les gens qui étaient à la fête samedi soir et nos amis communs à l'université. Personne ne savait où elle était.

J'ai paniqué. Ses parents m'ont dit d'appeler la police. Je l'aurais fait, bien sûr, mais j'avais peur d'agir de manière excessive. D'en faire trop, vous comprenez ? Pouvez-vous envoyer des officiers à sa recherche ? Il se passe quelque chose de grave. Ce n'est pas normal du tout.

— Où est son passeport ? demande Manon.

— Je ne sais pas, dit Carter en se dirigeant vers un meuble de rangement dans la cuisine et en ouvrant un tiroir. D'habitude, elle le range ici… Le voilà.

Il se retourne en tenant à la main le livret bordeaux.

— Ses parents ont une maison de campagne à Deeping. C'est à une demi-heure de route d'ici, près de March. Edith a un double des clefs, mais elles sont sur son porte-clefs, là, ajoute-t-il en pointant un trousseau posé sur la table de la cuisine parmi des bouts de papier couverts de numéros de téléphone, un agenda ouvert et des téléphones portables. De toute façon, impossible d'y accéder sans voiture.

— Quelqu'un pourrait l'y avoir conduite ?

Il hausse les épaules.

— Mais qui ? Son téléphone, ses clefs… Elle ne sort jamais sans ces objets. Comme tout le monde.

— Se peut-il qu'elle ait voulu vous faire peur ? Vous étiez-vous disputés ? demande Harriet.

Carter secoue la tête avant même qu'elle ait fini de parler.

— Non, jamais. Tout allait bien entre nous. Tout va bien. Mieux que bien, même. Quand allez-vous commencer les recherches ? Il gèle dehors et elle n'a pas pris son manteau.

— Comment savez-vous cela, monsieur ? rétorque Harriet. Les manteaux sont sens dessus dessous.

— J'ai vérifié. Je les ai tous passés en revue. Je n'aurais peut-être pas dû y toucher, mais je voulais être sûr qu'elle n'était pas sorti sans rien.

— Les manteaux ne paraissent pas avoir été déplacés. On a l'impression qu'ils viennent de tomber.

— Il m'a suffi d'un coup d'œil pour m'apercevoir que son manteau était là. La parka verte avec la fourrure.

— Elle aurait pu en avoir pris un autre ?

— Non, c'est impossible. D'ailleurs, pourquoi sont-ils par terre ?

— Manon, j'aimerais te dire un mot en privé, dit Harriet en lui faisant signe de la suivre.

Elles contournent les taches de sang dans le couloir pour entrer dans le salon. Il est très peu meublé et éclairé chichement par une ampoule à faible consommation. Elles se concertent à voix basse.

— Ben, mon vieux ! Il est… souffle Manon entre ses joues.

— … très agité, oui. À ton avis ? On a assez de preuves pour ouvrir une procédure de disparition inquiétante ? Davy et moi avons fouillé la maison. Dès qu'on peut, on va jeter un œil là-bas, à Deeping.

— Des signes de lutte, à l'étage ?

— Pas que j'aie pu noter. Je vais boucler le périmètre afin de préserver les indices. Les TIC se chargeront d'analyser les traces de sang.

— Elle a peut-être disparu très tôt ce matin, dit Manon en regardant sa montre.

— Ça ferait vingt heures.

Silence. Elles savent que les soixante-douze premières heures sont cruciales pour les cas de disparition inquiétante. Soit on retrouve la personne vivante, soit il faut s'attendre à rechercher un cadavre.

— S'il s'agit bien de son sang, et j'ai peu de doutes là-dessus, elle est peut-être en train d'agoniser dehors, dans un jardin ou une impasse. Il nous faut des chiens et un hélicoptère. Je te charge de coordonner les premières recherches. Fais venir autant de personnel que possible pour enquêter sur le terrain et en porte-à-porte. Nous allons commencer par visionner les enregistrements de la vidéosurveillance.

Manon acquiesce.

— Je peux avoir Davy ?

— Oui.

— Dommage que Stanton ne soit pas de la fête.

— C'est ce qui arrive quand on part se la couler douce aux Maldives.

Manon envoie aussitôt des agents à Deeping. La jeune fille n'y est pas. Il faut deux heures à l'hélicoptère pour arriver sur place depuis la région des Midlands. Il sillonne bruyamment les airs, sondant les jardins, les allées et les bords d'autoroute à la recherche d'une femme d'une vingtaine d'années potentiellement blessée, ou d'une silhouette recroquevillée au sol. Contre le ciel bleu nuit, l'engin ressemble à un insecte noir dont les pales battent l'air en rythme, infatigables. L'hélicoptère est capable de couvrir une surface qu'aucun agent à pied ou même motorisé ne pourrait parcourir. Si son vrombissement spasmodique n'a pas déjà réveillé les voisins, les chiens s'en chargeront, haletant et reniflant sous les haies et le long des chemins de terre, guidés par l'odeur, encore fraîche sur leur museau, de la chemise de nuit d'Edith. Des coups à la porte, des voisins qui émergent les cheveux en désordre sous la lumière crue d'un hall d'entrée. Les premières recherches ne sont jamais belles à voir – brouillonnes et urgentes. Manon coordonne l'opération depuis le véhicule banalisé de Davy. En liaison téléphonique avec des policiers répartis dans le comté, elle écoute les premiers résultats de l'enquête de voisinage puis rapporte ces éléments à Harriet, laquelle est en train d'auditionner Will Carter au commissariat.

À six heures du matin, le nombre de coups de fil se tarit. Manon profite de l'accalmie pour rentrer chez elle, prendre une douche et changer de vêtements. En examinant son visage dans le miroir, elle note sur sa peau les séquelles d'une nuit blanche, mais aussi les effets de l'adrénaline – ses pupilles sont entièrement dilatées. Les affaires comme celle-ci sont la raison pour laquelle elle a intégré la police. Elles sont rares. Il faut savoir être patient, attendre des semaines ou des mois, parfois une carrière entière.

Harriet est comme elle. Elle a été promue inspectrice à la suite de son travail d'investigation sur les meurtres commis dans la ville de Soham. Cette enquête a modifié radicalement la structure de la police du Cambridgeshire. En raison de sa complexité, mais aussi par contrecoup de la bataille frontale que le service a dû mener contre les organes de presse. La disparition de deux jolies jeunes filles en plein mois d'août, au creux de la vague des mornes actualités estivales. La presse s'était rangée du côté de la police à peine un jour ou deux, afin de relayer les avis de recherche et lancer des appels à témoins. Puis elle devint féroce, telle une meute enragée, et se mit à publier des renseignements confidentiels, prenant de court la brigade criminelle. Les officiers soupçonnèrent un piratage informatique. Ils débarquaient chez des témoins clefs afin de les interroger, pour découvrir que des journalistes les avaient devancés de quelques heures seulement. Certains des tabloïds les moins scrupuleux engagèrent des détectives privés qui sabotèrent l'affaire à coups de pots-de-vin, de révélations frauduleuses et de preuves dissimulées. Partout, ils laissèrent leur empreinte.

Manon regarde une photographie d'Edith Hind, les cheveux auburn, souriante, un visage confiant qui rayonne encore de l'éclat de l'enfance. Elle porte une toge universitaire et une toque d'étudiant, et tient un document roulé dans sa main. La cérémonie de remise des diplômes à Cambridge. Le père de Manon possède une photographie similaire sur l'une de ses étagères.

On est sur un gros coup, pense Manon.

L'affaire Soham fut aussi formatrice pour elle que pour les autres, mais elle en resta à son grade de sergent-détective. Elle le sait, gravir les échelons de la hiérarchie n'est pas une sinécure. Elle préfère le travail de terrain, interroger les suspects, diriger son équipe d'officiers de police et d'enquêteurs civils. Hors de question qu'elle se retrouve coincée derrière un bureau à gérer des problèmes d'équipe ou à rédiger des rapports d'investigation sans fin. Contrairement à ce qu'affirme Bryony, le temps qu'elle « perd » sur Internet n'a rien à voir avec son refus de passer l'examen de police.

Elle a laissé Davy se charger des TIC – techniciens d'investigation criminelle – sur la scène de crime à George Street pendant qu'elle repassait chez elle en coup de vent. Aucune institution n'aime autant les acronymes que la police, au point de constamment les renouveler. Elle attend le jour où un bureaucrate distrait accouchera de l'idée lumineuse d'une Brigade d'intervention tactique extérieure.

Elle ramasse ses clefs de voiture. Elle passera prendre Davy avant d'aller au QG du Cambridgeshire pour la réunion de débriefing matinale.

Lundi
DAVY

Depuis l'entrée du domicile d'Edith Hind, Davy regarde les hommes en costume impeccable et doudoune Puffa qui patientent devant le portail du jardin en secouant la neige de leurs bottes. L'air glacial du petit matin s'échappe de leur bouche en nuages blancs. On devine qu'ils sont du coin à leurs complets et leurs chaussures de ville cirées. La presse nationale, elle, a toujours l'air débraillé. Pantalons en toile et sweat-shirts aux couleurs improbables pour les journaux nationaux ; costards mal coupés et froissés, vestons marqués de plis d'usure pour les tabloïds. Les journalistes locaux doivent vivre parmi leurs sujets de reportage : assister aux réunions de conseil régional, marchés de Noël et événements sportifs. Porter un costume repassé relève du minimum syndical.

Davy aperçoit la ridicule voiture du sergent-détective Bradshaw se garer sur le trottoir opposé au groupe d'hommes. Une Citroën vintage des années 1970 : capot interminable, sièges en cuir défoncés, levier de vitesse quasiment collé au volant minuscule. Elle est persuadée de ressembler à Audrey Hepburn comme cela, sans se douter que dans son dos, au commissariat, les officiers la comparent plutôt à l'inspecteur Clouseau, affectant un accent français à couper au couteau pour dire : « Au nom de la loi, je vous arrête » dès qu'ils la voient se garer dans le parking privé. Davy se moque des apparences. S'il déteste faire de longs trajets à bord de cette voiture, c'est parce qu'il y fait toujours froid, que le démarrage est poussif et qu'il y règne une vague odeur de chien mouillé. Mais la plupart du temps heureusement c'est lui qui lui sert de chauffeur, et elle reste pendue au téléphone, dans l'atmosphère chaude et douillette d'une voiture de police banalisée.

— Allez, dites-nous ce qu'il se passe, presse un des journalistes alors que Davy passe devant leur groupe.

— Elle a disparu depuis combien de temps ? demande un autre. Est-ce qu'il y a des traces de lutte ? Elle a été kidnappée ?

— Il faudra patienter jusqu'à la conférence de presse, répond Davy en prenant soin d'éviter leurs regards.

Il se glisse dans la voiture de Manon et la regarde, mais elle est en train de compter le nombre d'hommes campés devant le portail à travers les taches du pare-brise.

Elle a un sale caractère, c'est vrai. Comme on jetterait un bout de viande dans la cage aux lions, Davy sait qu'un café crème parvient généralement à la radoucir. Mais pas toujours. Il aurait aimé en avoir un à lui offrir à cet instant. Au lieu de cela, il doit se contenter de la regarder froncer les sourcils face aux piètres assauts d'un soleil languissant. Il souffle sur ses mains et se les frotte l'une contre l'autre.

Son humeur de chien est peut-être due à son âge. Il ne l'en blâme pas. Elle doit avoir au moins quarante ans, la solitude l'enveloppe comme un brouillard. Il serait pareil s'il n'avait pas Chloe. Plus d'une fois, il a surpris Manon les yeux gonflés et rouges, qui sortait des toilettes au deuxième étage, et chaque fois il a eu le cœur gros de la voir s'essuyer furtivement la morve en prétendant que tout allait bien. Même si, dans son état normal, Manon ne va jamais bien. Elle paraît toujours tellement en colère. Bizarrement, tous les deux forment une bonne équipe et s'entendent bien, ce qui a le don d'exaspérer Chloe. Alors qu'il boucle sa ceinture de sécurité, Davy se rembrunit au souvenir de la réaction de Chloe quand il lui a confié que Manon était « bonne en situation de crise ».

— Bonne comment ? avait demandé Chloe d'un ton faussement détaché.

Il connaissait son « détachement » et ce qui en résultait. Les interrogatoires serrés qu'elle lui faisait subir auraient fait pâlir d'envie n'importe quelle brigade d'investigation.

— Vous rigolez bien ensemble, hein ? Manon a un humour irrésistible ? Elle ferait mieux de s'occuper de ses cheveux et de se les défriser.

Invariablement, quand Davy sort un compliment à propos de Manon – et Davy s'efforce sans cesse d'être positif à *tout* propos –, le visage de Chloe s'assombrit aussi rapidement qu'un ciel d'avril.

— Elle a des intuitions que n'ont pas les autres inspecteurs, lui avait-il expliqué lors de cette dispute en particulier, pelle en main, creusant lui-même sa tombe avec entrain. Elle fait des rapprochements. À sa façon, c'est une excentrique.

— Elle a de l'intuition… comme la plupart des femmes. Moi aussi je peux faire des liens entre les choses, si je veux, avait rétorqué Chloe, avant de conserver un silence mutique pour le restant de la journée.

Manon allume le moteur en fixant le groupe de journalistes, puis elle dit :

— Quatre. Tous des locaux.

— Bien sûr que ce sont des locaux. L'enquête vient d'être ouverte.

— Les autres ne tarderont pas à rappliquer. La disparition d'une jeune fille à cette époque de l'année, c'est du pain bénit pour la presse. Ça fera bientôt la une de tous les journaux.

— Elle a probablement trouvé un nouveau petit ami… Elle s'est enfuie avec lui, hasarde Davy.

— En laissant son portable, ses clefs et sa porte grande ouverte ? Je ne vais même pas aux toilettes sans mon téléphone. Et tu oublies les taches de sang. Non. Je suis certaine qu'il lui est arrivé quelque chose.

Elle met ses lunettes de soleil aviateur avant de démarrer. Davy la regarde et secoue la tête.

Le commissariat se trouve à une dizaine de minutes en voiture de George Street. Ils gravissent au pas de course les marches du QG du Cambridgeshire, un agencement fantaisiste de briques jaunâtres posé au centre d'un vaste parking. Monter ces marches avec l'assurance d'un travail important à accomplir remplit Davy de fierté et le rend euphorique. Si seulement ses amis pouvaient le voir à cet instant, lui, l'officier Walker, du « service d'investigation de la police du Cambridgeshire : protection des citoyens et maintien de la paix depuis 1974 ». Cet ordre de mission se trouve sur leur site Internet, mais Davy aurait très bien pu l'avoir écrit lui-même.

Lorsqu'il a emmené Chloe visiter le QG, il n'a pu s'empêcher de sourire béatement tout au long du tour qu'il lui a fait faire. Même sa remarque décrivant les lieux comme un « croisement entre un hôtel d'autoroute et une salle de conférences » n'a pas réussi à écorner la dignité de sa mission. Elle a ajouté que la salle de réception, avec son bureau en bois incurvé, ses plantes araignées et ses arômes de café filtre, lui évoquait un centre de planning familial. Ce que Davy voyait, ce qui le remplissait d'orgueil, c'était le tableau d'informations électronique qui affichait les diverses tâches de vie ou de mort de la journée (*14 h-16 h, salle 3 : groupe de travail sur la protection des données criminelles ; réunion de protocole : équipes d'ambulanciers, Hinchingbrooke ; agence transfrontalière du Royaume-Uni ; 16 h-18 h, préfet de police*). Tellement plus séduisant que tous les boulots qu'il aurait pu obtenir, manager régional pour la société de télécommunications Vodafone ou vendeur d'appareils électroménagers chez Currys, comme la plupart de ses amis. Honnêtement, qu'est-ce qui vaut mieux, entre passer ses journées à fourguer des abonnements de vingt-quatre mois avec trois mille minutes gratuites, ou se demander si la Hollandaise qui a pris le train à Brighton s'est suicidée ou a été assassinée ? Des histoires humaines, viles et sexuelles. La police agit dans la pénombre des bas-fonds : trafiquants de drogue en cavale, cambrioleurs pris dans des combines foireuses, meurtriers qui nient s'être trouvés sur les lieux du crime alors que leur smartphone a géolocalisé et enregistré leurs moindres mouvements. Des petits amis qui manipulent leur copine, des amis qui oublient de régler leurs dettes, des triangles amoureux, des crimes d'honneur. Tout cela, ou bien : « Souhaitez-vous étendre la garantie sur ce four à micro-ondes de deux années supplémentaires, monsieur ? »

— Si tu voyais ta tête, Davy, s'était moquée Chloe lorsqu'il lui avait fait visiter le laboratoire de prélèvements et le service de localisation des téléphones. Un nouveau converti.

Manon et Davy entrent dans le service de la brigade criminelle au moment où Harriet rassemble l'équipe numéro quatre pour la réunion : les officiers Kim Delaney et Nigel Williams, Colin Brierley – un inspecteur à la retraite qui travaille désormais comme enquêteur civil pour la partie technique – ainsi que deux autres officiers.

Ils se glissent derrière une table en ôtant leurs manteaux.

— J'ai bien peur que tu ne doives débuter sur les chapeaux de roues, Stuart, dit Harriet tandis que Manon serre la main de la nouvelle recrue, un auxiliaire civil chargé de saisir les interrogatoires dans le système informatique HOLMES et d'écouter les diatribes politiquement incorrectes de Colin, petit veinard.

— Un baptême du feu, en quelque sorte. L'équipe te briefera, poursuit Harriet.

Davy salue Stuart d'un signe de tête chaleureux. Les enquêteurs civils sont parfois des officiers à la retraite, comme Colin, parfois des jeunes, comme celui-ci, frais émoulu d'un stage de formation de trois jours. Une main-d'œuvre bon marché, qui ne sort jamais du bureau.

— On peut commencer ? reprend Harriet. Bon. Edith Hind, vingt-quatre ans, étudiante de troisième cycle à Cambridge, a disparu de son domicile, sur

George Street, qu'elle partage avec Will Carter. Ses parents ont fait le trajet depuis Londres et attendent en bas, on leur envoie un officier de liaison avec la famille dès que possible. Maintenant les grandes lignes. Un : scène de crime et état des lieux. Les TIC viennent de me faire parvenir leur rapport : deux verres à vin, un propre, posé sur le plan de travail de la cuisine, l'autre cassé dans la poubelle avec des traces de sang sur les bords.

— Elle attendait peut-être de la visite, dit Manon.

— C'est effectivement ce que j'ai pensé. Deux verres sortis pour un rendez-vous, l'un d'eux se transforme en arme. On verra ça aux résultats de l'analyse par la police scientifique. Deux : la recherche se poursuit, avec des chiens de piste. L'ARPD devrait être opérationnelle aux alentours de midi. « Assistance et recherche des personnes disparues », précise Harriet à l'intention du nouveau. Les équipes de recherches, en gros. Trois : le porte-à-porte. Quatre : l'officier de liaison avec la famille et la victimologie. Cinq : les médias. Nous allons diffuser une photographie d'Edith ce matin. J'ai une réunion avec Fergus dans une heure pour discuter de la stratégie à adopter vis-à-vis de la presse. Six : le travail de renseignement. Colin, tu es en possession du téléphone et de l'ordinateur portable d'Edith. Il nous faut des informations sur sa carte grise, on va consulter le fichier SIV – pour notre jeune recrue, il s'agit du système d'immatriculation des véhicules. Tant qu'on y est, on va aussi demander celle de Will Carter. Je veux que tous les enregistrements de vidéosurveillance du comté soient examinés. Sept : les individus potentiellement concernés. Will Carter, bien entendu, et Helena

Reed, l'amie avec qui Edith se trouvait samedi soir. Ça devrait suffire pour se mettre au travail.

— Des hypothèses, chef ? lance Nigel.

Manon a l'habitude de railler son manque de confiance. Selon elle, Nigel cherche sans arrêt la réponse auprès de ses supérieurs. Davy n'oserait jamais émettre un tel jugement sur qui que ce soit, même s'il faut avouer que Nigel est constamment épuisé depuis la naissance de ses jumeaux.

— Je dirais qu'elle a ouvert la porte à un individu qu'elle connaît, suffisamment en tout cas pour ne pas s'être sentie menacée. Le sang indique qu'une personne a été blessée, probablement lorsqu'on a tenté de la sortir de son domicile. Mais la quantité est insuffisante pour en déduire qu'un meurtre a été commis dans la maison. Il s'agit plutôt d'un genre de coupure. Peut-être une rencontre sexuelle ? Il lui fait des avances, elle le repousse, dans la bagarre qui s'ensuit il la blesse avec le verre. À ce stade, on ne peut faire que des suppositions. Les heures nous sont comptées, donc, au boulot.

MANON

Elle s'empare d'un siège de bureau et prend place à côté de Colin. Il dégage une odeur de feu de bois – les cigarettes de marque obscure qu'il fume.

— Que nous dit son téléphone ?

— Concernant l'utilisation par la victime, rien après vingt heures samedi soir, et le SMS qu'elle a envoyé à son amie, Helena Reed, répond Colin.

— Et son message ?

— « J'arrive dans cinq minutes. E. »

— Rien d'autre ?

— Quelques textos avant la fête. À un certain Jason F.

Manon lit sur l'écran de Colin :

T'y seras à quelle heure ? E.
Plus tard. G un truc à faire avant.
Pas trop tard, OK ?
Pourquoi pas ?
Ça serait dommage que tu rates quelque chose…

— Il y en a d'autres, ajoute-t-il. Elle a écrit à son directeur de thèse, Graham Garfield : « J'espère que vous serez là ce soir. » Il lui a répondu : « C'est quoi la teuf ? » Une tentative désespérée pour faire oublier ses cinquante-sept ans, si tu veux mon avis.

— Qu'est-ce qu'elle a répondu ?

— « Karaoké, téquila et nuit olé olé. » Ce à quoi il répond : « J'arrive 2 suite ! »

— Et sa page Facebook ?

Colin clique sur l'écran et un collage d'Edith apparaît – son cou, ses bras, ses jambes brunes croisées, en train de rire, la nuque rejetée vers l'arrière. Edith qui caresse un chat. Edith en minishort. Edith avec un Stetson sur la tête. Des photographies en noir et blanc, d'autres avec des filtres Instagram qui leur donnent une patine fumeuse, effet 1970. Des commentaires flatteurs : « Sublime ! » « Quelle beauté ! » « Ravissante ! » Chaque photo porte la mention « J'aime » de Will Carter. Sur certaines, elle pose dans un salon, étendue sur un canapé, les pieds sur les cuisses de Will Carter, qui tient un verre de vin rouge à la main. Beaucoup de clichés la montrent en compagnie d'une autre fille, sur le côté ou en arrière-plan, qui est assise en boule dans un fauteuil, un livre à la main. Une moitié de visage, une mèche de cheveux.

Plus de quatre cents images au total.

— Quasiment que des photos d'elle, fait Colin.

Les publications d'Edith sont des extraits de paroles de chanson, principalement par Bruce Springsteen. À l'occasion, un article littéraire sur les écrivains Seamus Heaney ou Toni Morrisson. « Bo Diddley est ma came du moment. » « Nick Cave est ma came du moment. »

— Elle a quatre cent quatre-vingt-deux « amis » sur Facebook, reprend-il en dessinant des guillemets avec les doigts.

— Devine combien j'en ai, dit Manon en étouffant un bâillement, tandis que Colin fait défiler l'écran.

Quatre. Dont mon père. Et l'électricien. Je ne suis pas sûre de connaître les deux autres.

— Edith fait partie de groupes, dit-il en cliquant à nouveau. « Jardiniers-guérilleros ».

— Qu'est-ce que c'est ?

— Ils cultivent des potagers sur des terrains communaux. Il y a même des recettes… Voici une photo d'un pot-au-feu qu'ils ont cuisiné à partir de légumes récoltés dans un jardin communautaire sur un terrain vague. Elle est membre du groupe « Vé'love » qui milite pour l'interdiction des véhicules motorisés.

— Attends, remonte un peu. C'est quoi, ça ? demande-t-elle en pointant l'écran.

Il clique sur l'image et Manon parcourt des yeux la légende.

> Guirlande faite à partir d'exemplaires recyclés
> du "Financial Times". Joyeux Noël, planète !

Elle et Colin se regardent.

— Je m'étonne qu'elle ne se soit pas fait assassiner avant, lâche-t-il.

— C'est exactement le genre de remarque que j'aimerais que tu gardes pour toi, dit Manon en se levant. Continue à dépiauter tout ça. Son disque dur, ses recherches Google, les recoupements avec l'historique de ses appels.

Elle traverse les locaux de la brigade criminelle pour se rendre dans le bureau d'Harriet.

— Comment s'est passée l'audition de Will Carter ?

— Il paraît sincèrement inquiet, dit Harriet en tripotant la bretelle de son soutien-gorge. Il n'arrête pas de pleurer, de marcher de long en large et de demander qu'on le tienne au courant de l'avancée des recherches. Je vais avoir besoin de son emploi du temps exact lors de son week-end à Stoke. Peut-être que les parents nous en apprendront davantage sur leur relation. L'amie d'Edith, Helena, nous dira s'il y avait quelqu'un d'autre, un petit ami caché ou je ne sais quoi. Fergus m'a prévenue que les tabloïds sont déjà en train de harceler le bureau de presse.

— Ça ne se passera pas comme pour l'affaire Soham. Pas dans le climat actuel, et pas après le piratage téléphonique qu'on a subi. Les choses ont changé.

— N'y compte pas trop. Tu ne sais pas encore qui sont ses parents.

— Qui sont-ils ?

— Sir Ian et lady Hind. Lui est chirurgien ORL. Il rafistole même la famille royale.

— Merde.

— Comme tu dis. Va falloir le traiter avec la plus grande déférence. C'est le genre à se plaindre à propos de tout et rien.

— Une affaire de rançon, tu crois ? Son compte bancaire doit être bien garni.

— Les ravisseurs se seraient déjà manifestés. Une chose est sûre, il est hors de question que je file le bébé à une quelconque brigade anticriminalité nationale.

Elle se lève et arpente le bureau de long en large, comme si le train de ses pensées s'exprimait de manière physique. Les pans de sa veste, qu'elle tient des deux mains, sont plaqués sur ses hanches. Une vraie boule de feu. Déchaînée. Si Manon venait à être enlevée, elle aimerait qu'Harriet supervise les recherches.

— Dès que l'ARPD sera sur le terrain, la pression va diminuer, souffle Harriet, pour elle-même autant que pour Manon.

Les équipes de recherche connaissent leur métier, tout au moins elles savent où chercher. Elles vont conduire les recherches plus loin, avec plus d'intensité que lors de leurs maladroites tentatives la première nuit. Dans les champs, le long des voies de chemin de fer, à travers bois et forêts, derrière les portes closes des garages, des greniers et des caves. Bientôt aussi, on fouillera les profondeurs opaques des rivières et des cours d'eau.

Harriet jette un œil à sa montre.

— Huit heures trente. Si elle a disparu samedi peu après minuit, ça fera trente-deux heures. Dehors, la température est au-dessous de zéro.

— Je vais demander qu'on fasse venir Helena Reed. D'accord ?

— OK. Je dois aller parler aux parents. Fais chier. Ils vont être dans tous leurs états. Puis j'ai rendez-vous avec Fergus au service de presse. On va sans doute faire un point à onze heures, juste moi, les agences de presse et quelques journalistes locaux. Faut qu'on publie une photo de la fille et qu'on lance un premier avis de recherche. Faudrait aussi qu'on examine son activité bancaire. Tu t'occupes de trouver quelqu'un pour le faire ?

Manon et Davy se glissent dans la salle d'audition numéro un, où sir Ian fait les cent pas, vêtu d'un manteau de laine bleu marine.

— Qu'on soit bien clairs. Vous dites qu'aucun inspecteur-chef n'est présent pour diriger les recherches de ma fille ?

Son visage est impérieux. Nez aquilin, yeux clairs, lèvres fines dessinées au couteau. Il ressemble à l'acteur Charles Dance, excepté qu'il n'est pas roux.

— L'officier Walker et le sergent-détective Bradshaw viennent de nous rejoindre, déclare Harriet pour le magnétophone qui tourne. Sir Ian, il est tout à fait normal qu'un inspecteur soit en charge d'une affaire comme celle-ci. Si vous voulez bien vous asseoir, nous aurions quelques questions à vous poser.

— Et moi je veux savoir qui, exactement, conduit les recherches. Qui est *dehors*, dans la neige, à la chercher ? Parce que si elle est blessée…

Lady Hind, assise en face d'Harriet, saisit la main de son époux et la tient contre sa joue, avant de lui embrasser la paume. Son geste paraît avoir un effet calmant sur son mari. Les cheveux de lady Hind sont gris, coiffés au carré, et une magnifique mèche blanche encadre son visage. Son manteau, suspendu dans un coin de la pièce, a l'air hors de prix. Ses doigts parés de diamants brillent de mille feux.

— Assieds-toi, chéri, fait-elle d'une voix tremblante qui peine à contenir ses sanglots. Nous devons les aider du mieux que nous pouvons.

Sir Ian s'empare d'une chaise et s'installe à côté de sa femme.

— Merci. Le téléphone d'Edith affiche des appels manqués provenant de votre téléphone, sir Ian, durant le cours du week-end. Avez-vous eu des problèmes pour la joindre ?

— Nous avons toujours des problèmes pour joindre Edith, dit-il en regardant sa femme. Elle ne rappelle quasiment jamais, nous sommes donc contraints de l'appeler jusqu'à ce qu'elle décroche.

Il sourit faiblement à Harriet.

— Nous souhaitions connaître ses plans pour Noël, poursuit-il. N'est-ce pas, chérie ?

— Vous les ignoriez ? demande Manon en s'adressant directement à lady Hind.

— Edith adore tergiverser. Il lui arrive parfois d'être… évasive, tu es d'accord, Ian ? Du moins avec nous. Nous étions convenus qu'elle et Will passeraient Noël en notre compagnie, à Londres. Plus tard, elle a dit : « On ne sait jamais. » Une phrase dans ce goût.

— On ne sait jamais quoi ? s'enquiert Manon.

— Dans sa bouche, cela voulait dire qu'il n'était pas certain que Will se joigne à nous.

— Il y avait donc des problèmes dans leur couple ? intervient Harriet.

— Pas vraiment des problèmes, dit lady Hind. Disons une incertitude. Après tout, ils n'ont que vingt-quatre ans. Ils ne sont pas mariés.

— Cette incertitude, poursuit Harriet, venait-elle du côté d'Edith ?

— Oui, répond lady Hind.

— A-t-elle fait état de violences entre eux ? Mettons, des disputes plus vives que d'autres ? Edith aurait-elle eu des raisons de craindre M. Carter ?

— Absolument pas, non, objecte sir Ian. Rien de tout cela. Uniquement les accrochages habituels. Will est un garçon merveilleux, entièrement dévoué à Edith.

— Mais s'il a ressenti un froid dans leur relation, peut-être…

— Écoutez, inspectrice. Ce n'est pas le genre de la famille. Je suis sûr que vous avez sans cesse affaire à des individus qui mènent une vie chaotique, qui boivent, font du tapage et se brutalisent mutuellement. Mais aucun de nous… Non, ces comportements-là ne font partie ni de notre quotidien, ni de notre expérience. Je serais très surpris que Will soit impliqué dans cette histoire.

— Très bien. Connaissez-vous quelqu'un qui aurait pu vouloir du mal à Edith ?

Les Hind se dévisagent, consternés.

— Non, bien sûr… Personne, dit lady Hind. Pouvez-vous nous dire pourquoi vous… S'il vous plaît, vous devez la retrouver. Je ne peux… L'idée qu'elle puisse être égarée, ou…

Elle scrute un à un les officiers et ses yeux s'emplissent de larmes.

— Laissez-moi vous expliquer la façon dont on va procéder, rassure Manon. Les équipes de recherche vont travailler en cercles concentriques depuis son domicile. De notre côté, nous allons construire progressivement un portrait d'Edith, à commencer par son entourage le plus proche, c'est-à-dire vous-mêmes, Will Carter et Helena Reed. Nous allons examiner tous les aspects de sa vie, sur la base de ce que vous nous en direz, mais aussi son téléphone portable, son ordinateur, ses cartes bancaires, tout. Il est donc essentiel que vous n'omettiez aucun détail.

— Elle ne possède pas de carte bancaire, dit sir Ian. Elle prétend que toute l'industrie bancaire est corrompue. Pour Edie, si aucun d'entre nous ne plaçait son argent à la banque, l'économie mondiale ne se serait jamais effondrée. Bien que je ne partage pas son point de vue, son opinion sur le sujet est définitive. Si elle pouvait régler ses factures avec des légumes terreux et des pneus de bicyclette usagés, elle le ferait. Malheureusement son propriétaire n'est pas du même avis.

— Dans ce cas, comment vit-elle ? D'où lui vient son revenu ? demande Harriet.

— C'est moi qui le lui verse, réplique-t-il. Je lui fais un virement liquide mensuel, par la poste. Mille cinq cents livres chaque premier du mois. Ainsi elle peut régler le loyer du cottage au propriétaire – sept cent cinquante livres, je crois. Ils sont voisins. Je paie les charges et les fournisseurs en eau, électricité et gaz directement depuis Londres. Ce qui reste de l'argent lui sert à vivre.

— Il y a donc souvent de grosses sommes en liquide dans la maison, remarque Harriet. On aurait pu la voir retirer l'argent au bureau de poste…

— Écoutez, je sais que c'est risqué, interrompt sir Ian. Nous nous sommes disputés plusieurs fois à ce propos. Bien sûr, j'aurais aimé qu'elle ait un compte sur lequel virer directement l'argent. Mais elle refuse d'en entendre parler. D'après elle, il faut bien que quelqu'un rompe le statu quo. Je crois qu'elle préférerait ne rien recevoir de moi et agir selon son propre code moral. Les jeunes sont comme cela. C'est pourquoi je la laisse faire, car je tiens à ce qu'elle accepte mon aide.

— Combien de fois nous sommes-nous querellés à ce sujet… ajoute lady Hind. Nous étions si inquiets. Mais nous nous consolons à la pensée que sept cent cinquante livres partent aussitôt chez le propriétaire. Tout n'est donc pas caché sous son matelas.

— Il arrive un moment, poursuit sir Ian comme si les phrases de sa femme étaient un prolongement des siennes, où l'on doit trancher entre se brouiller définitivement avec son enfant et le laisser vivre à sa façon.

Nous refusons de la perdre. L'autorité, c'est un équilibre délicat, vous savez. Je veux qu'elle prenne mon argent ; or elle ne l'acceptera que sous ces conditions.

— Combien de personnes connaissent cet arrangement financier ?

— Will, évidemment. Indirectement, nous lui apportons aussi notre soutien, puisqu'il vit dans la maison que nous payons, répond lady Hind. Pour le reste, Edith n'a pas l'habitude de taire ses opinions. Elle est assez explicite là-dessus.

— Pour revenir à ce week-end, dit Harriet, quelle somme aurait pu se trouver dans la maison ?

Sir Ian lance un regard rapide sur son téléphone portable.

— Nous sommes le dix-neuf. Donc à la moitié du mois. Noël coûtant plus cher, je dirais pas plus de trois cents livres. Dans tous les cas, pas assez pour qu'une personne…

— Vous seriez surpris, coupe Harriet. Pourquoi ne pas transférer vous-même directement le loyer, comme vous le faites pour les charges, l'eau et l'électricité ?

— Le propriétaire lui fait une légère remise en contrepartie du versement en liquide. Je suppose que c'est une histoire d'impôts…

— Mille cinq cents livres, c'est un montant généreux, remarque Manon. Edith est-elle dépensière ?

— Tout le contraire. Elle est plutôt du type à rejeter la société de consommation.

— Pourtant, elle a une voiture.

— Une voiture électrique, précise lady Hind.

Elle déglutit et Manon s'aperçoit qu'elle résiste à un nouvel afflux de désespoir.

— C'est un vieux véhicule, un Reva G-Wiz. Je m'en servais, à Londres, mais Edith en a eu besoin quand elle a déménagé à Huntingdon. Pour aller au Corpus Christi College et à Deeping, qui se trouve à une demi-heure de route d'ici.

— Nous allons devoir examiner la maison de Deeping. J'espère que vous ne voyez pas d'inconvénient à ce que nos équipes scientifiques fouillent les lieux ?

— Il est quasi impossible d'y accéder sans voiture, dit sir Ian. La maison se trouve au cœur du Fenland. Le terrain fait plus d'un hectare. Un endroit assez sauvage. Edith adore y aller, mais, comme je l'ai dit, sans véhicule…

— Elle aurait pu s'y rendre avec quelqu'un, signale Harriet.

Sir Ian acquiesce.

— Vous avez besoin des clefs ? propose-t-il.

— Non, merci. Nous avons celles d'Edith. À ce propos, existe-t-il un moyen d'entrer sans utiliser son jeu ? Un trousseau caché dans la propriété, peut-être ?

— Effectivement, nous conservons une clef dissimulée en hauteur sous le porche, en cas d'urgence. Elle se trouve derrière le linteau, explique sir Ian. La maison est au milieu de nulle part. Peu de personnes en connaissent même l'existence. Nous sommes donc relativement confiants.

Harriet prend des notes sur son calepin. Elle lève la tête et dit :

— Bien. Maintenant, nous aurions besoin de connaître l'emploi du temps détaillé de votre week-end, juste pour vous éliminer définitivement de l'enquête.

— Bien entendu, répond lady Hind. Samedi soir, avec des amis, nous sommes allés au théâtre.

Le Roi Lear, à l'Almeida. Tous les six, nous avons dîné ensuite au restaurant Le Palmier. Nous en sommes partis aux environs de minuit. Hier, nous sommes restés presque toute la journée à la maison, au coin du feu… Il faisait si froid ! Ian est passé en coup de vent à son cabinet, le matin. N'est-ce pas, chéri ? J'ai préparé un ragoût de lotte pour le déjeuner. L'après-midi, nous avons paressé à la maison, à lire principalement. J'ai regardé distraitement la télévision, vous savez, ces films en noir et blanc sur la Seconde Guerre mondiale. Ian est resté dans son bureau. Le soir, la fleuriste m'a apporté ma livraison… Elle est si occupée en ces périodes de fêtes, elle n'a pu me livrer que dimanche soir. Enfin, vers vingt et une heures, nous avons reçu le coup de téléphone de Will. Il était terriblement inquiet au sujet d'Edith.

— Les amis qui vous accompagnaient au théâtre, pourriez-vous nous donner leurs noms ?

— Rog et Patty, dit sir Ian en regardant le calepin d'Harriet. Roger Galloway et son épouse Patricia. Leurs gardes du corps vous le confirmeront.

Manon, Davy et Harriet se lancent aussitôt un regard en coin.

— Vous deux, avec moi, fait Harriet. J'ai un mot à vous dire.

— Surtout, ne dis rien, siffle entre ses dents Harriet, tel un cygne en colère. Pas avant qu'on soit dans mon putain de bureau !

Furieuse, elle monte l'escalier, Davy et Manon sur ses talons. C'est ce qu'on appelle serrer les fesses, pense cette dernière.

Une fois dans le bureau, Harriet se tourne vers eux, le souffle court.

— Merde, merde et remerde ! tonne-t-elle. Opération « Suicide professionnel », voilà comment on va rebaptiser cette foutue affaire !

— Tout va bien, du calme, tempère Manon. D'accord, il était au théâtre avec le ministre de l'Intérieur. Mais ça veut simplement dire que son alibi tient la route.

— *Vraiment* ?

— Il m'a tout l'air d'être solide, effectivement, dit Davy.

Les deux femmes se regardent. Harriet lève les yeux au ciel.

— On craignait que les journaux se gargarisent de l'affaire, se lamente-t-elle, mais attendez qu'ils apprennent tout ça, et pas seulement pour la famille royale. Je vois d'ici les gros titres : « Le ministre de l'Intérieur est-il mêlé à l'enquête ? » Et encore, ce serait pour le *Guardian*. Je n'aurai pas le temps de dire *ouf* que je vais me retrouver face à une foutue commission spéciale à la Chambre des communes, ma carrière enterrée sous une montagne fumante de plaintes. Je prédis déjà le coup de fil que va passer Galloway au préfet de police dans… allez, deux heures, dit Harriet avec un coup d'œil à sa montre.

Ça, c'était le côté cauchemardesque de son boulot d'inspecteur : des pressions à tous les niveaux, des lignes d'enquête à définir précisément et l'ordre de priorité à leur donner, une multitude d'informations à trier selon leur importance, en espérant que celles que l'on a écartées ne se révéleront pas cruciales. Tout cela sous l'œil vigilant de supérieurs hiérarchiques et du public.

— On ne va pas se mettre la rate au court-bouillon pour Ian Hind, riposte Manon. On doit d'abord vérifier leurs déclarations.

La remarque semble calmer subitement Harriet. Elle prend une inspiration profonde et relâche les épaules.

— Bien sûr. Tu as raison. On va appeler les gardes du corps de Galloway pour confirmer son alibi. Vous deux, vous allez vous rendre à Deeping et passer la baraque au peigne fin. Vérifiez que la clef n'a pas été déplacée. Je veux également l'enregistrement de vidéosurveillance du bureau de poste pour le 1er décembre. Si une personne louchait derrière l'épaule d'Edith quand elle a retiré son argent, on la verra. Dites à Kim de s'assurer que le propriétaire a bien reçu son loyer. J'imagine qu'il aura été entendu lors de l'enquête de voisinage. On dirait que la piste d'un cambriolage à main armée commence à se préciser.

Manon et Davy se dirigent vers la sortie.

— À partir de maintenant, lance Harriet alors qu'ils s'apprêtent à sortir du bureau, on va traiter Môssieu Ian Hind avec la servilité mielleuse qu'il croit si foutrement mériter.

Lors d'une des rares occasions où Harriet s'était enivrée en leur compagnie, au pub Cromwell's, elle avait raconté à Manon avoir deux consolations dans la vie : les jurons et Elsie.

Elsie avait quatre-vingt-treize ans et souffrait de Parkinson. Elle vivait dans une maison de retraite où Harriet, supervisant une enquête pour maltraitance envers des personnes âgées, avait fait une descente. À cette époque, la maladie n'avait pas atteint si cruellement Elsie. Appuyée sur des béquilles, dans le couloir surchauffé aux murs roses, elle avait dévisagé Harriet de son regard pétillant, malin. Toute l'équipe en avait été témoin. Le temps avait paru se figer tandis qu'Harriet et la vieille femme se découvraient pour la première fois. *Une parenthèse enchantée.*

Elsie était péniblement entrée dans la salle d'audition, les mollets gonflés, beige foncé sous ses collants couleur chair, des pantoufles en tissu éponge couvrant ses pieds rigides, calcifiés. Harriet avait interrogé Elsie sur d'éventuels mauvais traitements de la part des membres du personnel.

— Voyons, ne soyez pas sotte, avait aboyé Elsie, lui clouant momentanément le bec.

La balance des forces paraissait pencher du côté d'Elsie, tout en reparties cinglantes et attaques sèches (« Je dois vous apprendre votre métier, ma petite ? »), mais Harriet ne s'était pas laissé démonter. Comment leur ôtait-on leur chemise de nuit ? Que se passait-il s'ils ne finissaient pas leur potage ? Ou bien en cas d'accident urinaire, la nuit ?

Il s'était avéré, en fin de compte, qu'Elsie était convaincue que ses absences méritaient une juste correction. Ses mains tremblotantes les rendaient fous, vous comprenez ? Elle ne parvenait plus à enfiler ses vêtements seule : « C'est normal qu'ils se mettent en rogne. Ça vous amuserait, vous, de devoir habiller une vieille oie décatie ? »

Harriet avait proposé de faire une courte pause et s'était enfuie de la pièce. Lorsque Manon l'avait aperçue, plus tard, adossée à une Fiat Panda, cigarette à la bouche, elle affichait une expression à la fois furieuse et éplorée. C'est ce que Manon préfère, chez Harriet. Ou plutôt, ce qu'elle comprend : Harriet ne se laisse jamais endurcir. Son métier occupe chaque fibre de son épiderme, il la meurtrit jusque dans sa chair.

— Je vais faire boucler cette saloperie de mouroir, s'était-elle emportée, les doigts crispés sur sa cigarette. Crois-moi, la directrice va croupir en taule.

À la nuit tombée, Harriet avait changé Elsie d'établissement, malgré les protestations de la vieille dame. De nouveaux propriétaires avaient repris la maison de retraite et l'ancienne directrice avait écopé d'un an de prison pour négligences volontaires. Puis la sentence avait été révisée pour cause d'« antécédents favorables » et elle était repartie libre, ce qui avait confirmé l'idée d'Harriet selon laquelle les tribunaux étaient une « foutue mascarade ».

Manon sait qu'à l'instar d'Harriet, la plupart de ses collègues sont persuadés que les criminels finissent toujours par voir leur peine revue à la baisse, quand ils ne sont pas tout simplement acquittés, et que le système entier est ligué contre la police. Si l'on permettait aux policiers de réécrire la législation, les mots « prison pour l'éternité » y apparaîtraient sûrement. Ce qui inquiète Manon, c'est qu'elle-même est en train de rallier leur camp. Elle a parfois l'impression de lutter contre une marée de crasse, et de s'y noyer. Il suffisait de passer une semaine dans un service de protection de l'enfance pour perdre définitivement ses tendances progressistes.

Harriet rend visite à Elsie comme l'aurait fait sa propre fille, si seulement la vieille dame avait eu des enfants. Mais elle avait vingt-cinq ans lorsque la guerre avait emporté le garçon qu'elle aimait, à Arras, en 1940.

Il s'appelait Teddy ; son portrait est posé sur sa table de chevet. Manon y voit le symbole de tout ce qui est allé de travers dans la vie brutalement interrompue d'Elsie. La douleur lui a donné la force de continuer à vivre, tout comme son emploi dans une fabrique de munitions. Elle s'est rendu compte qu'elle aimait travailler. Avant d'y être forcée, l'idée ne l'avait jamais effleurée. Lorsqu'elle est sortie de sa période de deuil, une fois la guerre terminée, ses jeunes années étaient désormais derrière elle.

— Il n'y avait plus aucun homme, avait-elle confié à Harriet en riant. Du moins, aucun qui veuille d'une vieille fille de trente ans. La vie de famille m'est passée sous le nez.

Harriet rendait visite à Elsie chaque semaine et Manon l'accompagnait parfois, spectatrice de leur complicité malicieuse. Elsie regardait Harriet d'un œil espiègle et lui annonçait : « Cette fois-ci, je vais te battre à plate couture. » Elles jouaient au Cribbage, un jeu de cartes, ou au bridge lorsqu'elles parvenaient à trouver un quatrième joueur parmi les résidents voûtés qui peuplaient la maison de retraite, malgré les fréquentes ingérences de la mort (« Wilf est là ? » « Non, il n'est plus là »). Blackjack, batailles, Sudoku et mots croisés. Avec l'aggravation des symptômes d'Elsie – les tremblements et les absences allant de pair, comme si concentration et action étaient liées par un mystérieux ressort –, les jeux devinrent plus infantiles : Qui est-ce ?, Puissance 4, puzzles et jeux de paires.

Elsie rend Harriet plus humaine et atténue sa propension à la dureté. Elle est l'obligation grâce à laquelle elle se sent utile, détendue. Sa plainte joyeuse. La soirée où, ivre, Harriet s'est confiée à Manon (elle aussi une consœur célibataire et sans enfants), elle lui avait dit : « Quand t'as pas d'enfants, tout le monde pense que tu es une saleté d'emmerdeuse carriériste. Mais ce n'est pas ça. C'est plus une tuile, tu vois ? C'est quelque chose qui m'est tombé sur la tête. Elsie comprend ça. Et puis, moi aussi j'espère qu'on me rendra visite quand je serai dans un hospice à me pisser dessus et à perdre la boule. »

Davy et Manon quittent le parking du QG à bord d'un véhicule banalisé auquel la couche de neige sur son toit fait un joyeux bonnet de Noël. Sitôt qu'ils ont passé les grilles du commissariat, ils doivent ralentir jusqu'à s'immobiliser. La circulation est continuellement bouchée sur Brampton Road, un embarras récurrent à chacune de leurs sorties. Aujourd'hui, les embouteillages sont pires que d'ordinaire. À la ribambelle motorisée des citoyens de Huntingdon s'ajoutent les déviations routières mises en place sur George Street, autour du domicile d'Edith Hind. Davy tapote le volant du bout des doigts, encore un signe de son impassibilité, selon Manon.

— Ça va prendre des plombes, rage-t-elle en s'affaissant sur le siège passager et en relevant les genoux pour appuyer ses pieds contre le tableau de bord.

Le téléphone sur les cuisses, elle pianote un SMS à Bryony.

> Déj' annulé. Grosse urgence avec un cas de disparition inquiétante. M.

— Sergent…

— Mmmh ? dit-elle en levant la tête vers Davy, qui jette des regards anxieux à ses semelles posées sur le revêtement immaculé de la boîte à gant.

— Est-ce que vous… ?

Son téléphone émet un bip.

Pas de problème. Je m'amuse comme une folle avec ma paperasse juridique. Rien ne pourrait m'en extraire, pas même un bol d'eau chaude aromatisée au poivre. B.

— Excuse-moi, tu disais ?

— Vos chaussures… dit Davy, avec un nouveau coup d'œil furtif aux insultantes bottines, comme si elles pouvaient à tout moment exploser.

— Ce n'est même pas ta voiture, soupire Manon en tapant sur les touches de son téléphone.

Cependant, elle retire ses pieds du tableau de bord.

Peut-être demain ? M.

Harriet pète un câble, je parie.

Carrément. Pire même. La famille de la victime et Galloway sont copains comme cochons.

Oh merde.

C'est aussi ce que j'ai dit.

Au moins ton boulot n'est pas chiant. Si on me donne encore du tri à faire, je me coupe le bras.

Laisse-moi tranquille, bon sang ! Suis en pleine Enquête Super Importante.

C'est bon j'ai compris, Sherlock. À plus. PS : C'est l'oncle qui a fait le coup. Ou bien le beau-père. Ou le petit copain. Ou même un parfait inconnu.

— À propos, comment s'est passé votre rendez-vous amoureux ? demande Davy.

Ils se sont remis à rouler, *enfin*. Ils bifurquent sur l'A14, en direction de March, un village de la région du Fenland.

— M'en parle même pas.

— Ça n'a pas pu être si terrible.

— Tu crois ?

— Oh. Il y en aura d'autres… des réponses à votre annonce.

— Ce n'est pas une annonce, Davy. Je ne vends pas des stores vénitiens. C'est un profil.

Tout un poème, la rubrique « Informations personnelles » de sa page.

Sincère et facile à vivre. J'aime la vie, rire, partager une bouteille de vin avec des amis, le cinéma et les balades en campagne.
Passionnée par tout ce que j'entreprends, je recherche une personne avec qui profiter de ce que ce monde merveilleux a à offrir.
Âge : 35
Recherche : relation pas sérieuse / à long terme / après tout, on s'en fout !
J'aime : la lumière du soleil, l'odeur du café, les promenades sur la plage.

Je n'aime pas : les colis suspects dans la zone à bagage.

Manon a emprunté la majorité de ces phrases au profil d'une certaine Liz Temple, originaire de Berkhamsted, selon qui l'enjeu de la vie n'est pas de « s'abriter de l'orage » mais d'« apprendre à danser sous la pluie ». Sauf la boutade sur la zone à bagage, qui est une trouvaille de Manon, à sa grande fierté. Une référence amusante au « bagage émotionnel », une expression omniprésente sur Internet.

Si elle était sincère, son profil afficherait plutôt :

Misanthrope, avec un œil rivé au fond du gouffre du célibat. Tendance exaspérante à chercher la faute chez autrui. Exhale des RDD (Relents De Désespoir). Vit dans une galaxie infinie de solitude.
Études : niveau intimidant. Prête à le cacher toutefois. Sujette aux crises de larmes. Manque parfois de confiance. Souvent, se retrouve à googler : « Faire un enfant à 40 ans ».
Âge : 39
Recherche : philanthrope amateur de lecture, avec formation en psychothérapie, qui sache monter des étagères. Lunettes de vue tolérées.
Je n'aime pas : la plupart des crétins que je rencontre sur Internet.

— Hardi les cœurs, sergent ! lance Davy.

— Un conseil amoureux venant de toi, bof… Elle continue à te maltraiter ?

— Avec elle, je file droit.

— C'est une autre façon d'envisager la chose.

Davy a vingt-six ans mais il ressemble encore à un petit garçon. Il est entré dans la police à dix-huit ans, et Manon ne peut s'empêcher de le trouver craquant. Cette intensité naïve qu'il dégage, tel un enfant unique qui ne trouve sa place ni chez les adultes, ni parmi ses pairs. Ses gigantesques oreilles toujours sur le qui-vive. Sa bonhommie naturelle et son indécrottable optimisme lui ont valu d'être surnommé « Brian » par ses collègues officiers, d'après la comédie des Monty Python *La Vie de Brian*, l'histoire du garçon qui s'évertue à voir « le bon côté de la vie ». Davy est persuadé que le monde peut encore emprunter le droit chemin, pour peu que l'on s'en donne la peine – Dieu sait si lui s'y efforce, apportant son soutien indéfectible à des foyers pour enfants, toujours à la recherche des gamins les plus en difficulté en vue de les aider. À quelque chose malheur est bon, dit le proverbe. Celui de Davy porte un nom : Chloe.

Manon a eu l'occasion de sortir avec le couple, même si elle et Davy se fréquentent rarement en dehors d'un cadre professionnel bien balisé. L'officier est plus jeune ; le fossé générationnel tend à se creuser davantage en privé. Un soir, ils se sont retrouvés dans le même pub, le Lord Protector, sur Mayfield Road. Manon était accompagnée de certains de leurs collègues du commissariat, un groupe tapageur et imbibé qui vociférait des blagues pas drôles (« Avec quoi ramasse-t-on la papaye ? Avec une foufourche. Ahahahahaha »). Davy était assis avec Chloe dans un coin discret. Un box pour deux.

Manon les avait observés depuis le vacarme de sa tablée : avec de grands gestes animés, Davy regardait Chloe comme si elle était nimbée d'un halo céleste et lui décrivait quelque chose. Chloe fixait un point derrière l'épaule de Davy, le visage inexpressif. Elle était constamment d'humeur maussade. Davy passait son temps à essayer de l'égayer.

— Encore elle, avec sa tronche de croque-mort, avait lâché Kim Delaney en examinant le couple de l'autre côté de la salle. Je ne sais vraiment pas ce qu'il lui trouve.

Manon comprend parfaitement, au contraire. Davy n'est à son aise que lorsqu'il peut embellir la réalité. Souvent, il arrive au bureau avec un sac de courses pour les enfants du foyer où il fait du bénévolat – « Weetos Choco pour Ryan », « chaussettes neuves pour Rex » –, et l'éclat de son regard est révélateur de la satisfaction qu'il tire de tels actes de bonté. Il n'est donc pas étonnant que sortir de sa morosité une petite amie frigide et malheureuse fasse partie de sa destinée. S'il était en couple avec une personne naturellement enjouée… Impossible. Il ne saurait pas quoi faire de lui-même. Probablement mettre un terme à la relation.

— Ça m'a tout l'air de mener sur zone, observe Davy alors qu'ils bifurquent à l'entrée d'un chemin forestier.

Les branches nues des arbres forment une voûte au-dessus de la voiture, sur une route encaissée entre de hautes bordures. Le ciel paraît s'assombrir à mesure que la campagne se déploie autour d'eux.

— Épargne-moi le charabia, tu veux ? lance Manon avec humeur.

Davy adore utiliser le jargon qu'on leur apprend à l'école de police. Il ne peut s'empêcher de dire que « le délinquant a échappé aux forces de l'ordre après son forfait ».

— Une petite faim ? propose Davy en fouillant dans sa poche pour en ressortir un gâteau sec qu'il lui tend.

— J'ai l'impression d'être plongée dans le conte *Hansel et Gretel*, pas toi ? dit Manon en grignotant le biscuit, les yeux rivés sur les doigts menaçants des arbres qui s'entrelacent au-dessus du pare-brise.

— On ne devrait plus être loin.

La voiture cahote sur des pierres. Le sentier est bordé à cet endroit par un empilement de bûches dont les extrémités forment une structure en nid d'abeilles. Les roues patinent dans la boue, parfois incrustée de glace. Puis la lumière s'obscurcit, comme aspirée par les feuilles vert mousse d'une rangée d'arbustes – des rhododendrons, selon Davy – saupoudrés de neige.

Davy se penche vers le pare-brise au moment où émerge une maison plus large que haute, envahie de lierre, ornée d'un porche à double pan, avec un parking couvert sur le côté. Nichée en pleine nature, la maison paraît se fondre dans le sous-bois sombre et dense qui les environne.

Leur arrivée a activé un capteur de mouvement qui déclenche l'éclairage au-dessus de la porte d'entrée, un rectangle de feu droit dans les yeux de Manon. Le lierre qui grimpe le long de la façade semble vouloir pénétrer l'intérieur des fenêtres, dont le cadre en bois est peint d'un vert grisâtre.

— Je n'envie pas les équipes de l'ARPD qui vont fouiller le coin, dit-elle.

Davy coupe le contact du véhicule. Seuls leur parviennent les cliquetis du moteur et le cri solitaire d'un merle laissant présager que le lieu est désert.

Sous le porche, Manon glisse sa main derrière le linteau. La clef est là, parmi la poussière et les cadavres d'insectes. Elle la glisse dans une pochette à indices scellée et ouvre la porte avec le trousseau d'Edith. La poignée en cuivre, vert doré, est glaciale même à travers ses gants en latex. Le palastre rond de la serrure, dévissé, bat avec un bruit métallique. Ils pénètrent dans un vestibule aux murs bleu ardoise et au sol dallé d'un carrelage noir et blanc. La maison sent la fumée de bois et le grand air, une odeur de terre mouillée qui n'est pas pour autant de l'humidité. Dans un coin se trouve un porte-parapluie qui contient également des bâtons de randonnée. À leur gauche – Manon jette un œil derrière la porte peinte en jaune moutarde –, un petit cagibi tapissé de papier peint victorien à motif d'oiseau, similaire à celui des pavillons de chasse, où sont entreposées les chaussures d'extérieur. À genoux devant une rangée de bottes en caoutchouc, une paire noire et trois vertes, Manon touche la boue qui les macule.

— Davy ? appelle-t-elle, et il apparaît à son côté. À ton avis, c'est récent ?

Elle sort de la pièce et remonte le couloir jusqu'à un grand salon de réception. La pièce est très haute de plafond et les murs enduits de chaux rouge sang ont un aspect marbré. Il y a une grande cheminée ouverte, surmontée d'une tablette en pierre blanche – idéale pour s'accouder au coin du feu après une partie de pêche dans les rivières du Fenland. Une cicatrice de charbon zèbre le mur de briques au fond de l'âtre. Manon s'agenouille face au foyer, mais il ne contient que des cendres froides, vestiges de bûches calcinées.

La cheminée est entourée par trois canapés rouges à motif fleur de lys qui portent l'empreinte des ans et révèlent une certaine affectation. Elle imagine les Hind lisant des éditions anciennes de Dickens ou des numéros de leur abonnement à la *New York Review of Books*, le crépitement du feu et la musique – un quatuor à cordes – en arrière-fond.

Depuis le salon, un escalier mène à un long couloir sur lequel donnent les chambres à coucher. Manon doit avancer à tâtons car la maison est plongée dans l'obscurité. De grands aplats de couleurs passées ponctuent la montée des marches : jaune moutarde, vieux rose, bleu ardoise ou gris, chaque teinte suivant l'autre. Elle ouvre la porte d'une vaste chambre, celle de Miriam et Ian, présume-t-elle en voyant le lit extra-large muni d'un cadre aux contours dorés et tapissé de lin gris. Contre un mur se trouve une imposante armoire en bois sombre dont le tiroir du bas est entrouvert. Manon s'approche de la fenêtre, sous laquelle se trouve une banquette garnie d'un traversin, du même lin gris que le cadre de lit, flanqué de chaque côté par deux coussins roses moelleux à imprimé Liberty. En apercevant leur voiture garée dans l'allée, elle a la soudaine impulsion de courir vers elle pour fuir au plus vite cet endroit.

Elle sursaute au bruit d'une porte qui claque. Dans l'ombre de la fenêtre mansardée, son cœur bat à tout rompre.

— Chef ? dit Davy en entrant dans la chambre.

— Tu as inspecté toutes les pièces du rez-de-chaussée ?

— Oui.

— Très bien. On va examiner le reste de l'étage puis les bâtiments extérieurs. L'ARPD prendra ensuite le relais.

— Sympa, ce petit cabanon de campagne.

Manon réprime un frisson.

— À moi, il me fait froid dans le dos.

HELENA

Tandis qu'elle patiente dans la salle d'audition numéro deux, elle ne peut s'empêcher de réciter à l'avance ce qu'elle va leur dire, bien qu'elle craigne que cette préparation ne la fasse paraître coupable, comme lorsqu'on essaie d'avoir l'air naturel au passage du contrôle douanier à Moscou ou à Téhéran : plus on y pense, plus notre expression se fige en un rictus emprunté. Non qu'elle ait visité ces pays, mais même dans la file pour les Brittany Ferries, elle s'efforce de toujours croiser le regard de l'agent des douanes et de sourire, une façon de lui signifier : « Vous ne trouverez aucun article de contrebande dans mon sac de voyage. »

Le tube de néon au-dessus de la tête d'Helena émet un grésillement puis un bruit sourd, comme si un insecte à l'agonie se trouvait coincé dedans. Elle est sans cesse en train d'apprendre son texte, de s'inventer des conversations imaginaires en prévision de face-à-face réels. Elle a préparé son retour sur le divan du Dr Young après les vacances de Noël, et en quels termes elle va lui raconter tout ce qu'il s'est passé avec Edith. Lors des premières séances avec le psychiatre, elle répétait si bien son discours qu'il lui a fallu un long moment pour parvenir à s'écarter de son script et « laisser les choses émerger d'elles-mêmes », selon les mots du médecin.

Helena entend une porte claquer dans le couloir, suivie d'un bruit de pas rapide, et son cœur bat plus vite à l'idée que quelqu'un entre. Elle se redresse sur sa chaise et lisse sa jupe, mais les pas longent la porte sans s'arrêter, puis le son s'éloigne. Elle laisse ses épaules retomber. Ils la font attendre exprès dans cette pièce, vide à l'exception d'une table en Formica aux pieds métalliques, et de chaises en plastique bleu. Deux d'entre elles sont placées de l'autre côté de la table où elle est assise – c'est donc qu'ils seront une paire de détectives à l'interroger. Deux contre un. Elle n'a encore jamais rencontré de détective.

— *Bonjour,* mime-t-elle en s'imaginant se lever à moitié et tendre la main. *Je n'avais encore jamais rencontré de détective.*

Elle surprend son reflet dans une vitre teintée sur le mur, ses lèvres qui bougent sans un son. Ne la prendrait-on pas pour une folle, si on la voyait à cet instant ? D'ailleurs, est-ce que quelqu'un la regarde ?

— *Je voulais juste raccompagner Edith chez elle,* murmure-t-elle à la vitre avec un battement de cils. *Je n'aurais jamais imaginé qu'il puisse lui arriver quelque chose* après *que je l'ai raccompagnée chez elle à George Street.*

Non. On pourrait croire qu'elle accuse Will. Il faut qu'elle le formule autrement. Peut-être commencer par le début. Faire simple.

Edith a crié « Geronimo ! », puis elle a descendu d'un trait son shot de téquila, l'un des nombreux verres qu'elle avait bus ce soir-là au Crown. Le barman a ensuite fait tinter la cloche annonçant la dernière commande.

Helena a prévenu Edith qu'il était temps de partir, il était vingt-trois heures trente, elles risquaient de rater le dernier bus pour Huntingdon. En plus, elle était épuisée. Elle avait chaud, elle était fatiguée et elle en avait assez d'être là. Le Crown était une véritable fournaise, elle ne cessait d'être bousculée par la foule – des locaux, des amateurs d'aviron et des étudiants de troisième cycle au Corpus College comme Edith et elle.

— *Qu'étudiez-vous, mademoiselle Reed ?* s'imagine-t-elle qu'on lui demande.

— *La psychologie. Je suis en thèse de psychologie. Je travaille sur les liens entre le contentement et l'obésité.*

La porte s'ouvre et une femme aux cheveux bouclés décoiffés fait son entrée. Derrière elle se trouve un homme jeune, du même âge environ qu'Helena. Son visage est ouvert et amical, il a les oreilles décollées.

— Désolée de vous avoir fait attendre, dit la femme en lui tendant la main. Je suis le sergent-détective Manon Bradshaw, et voici l'officier Davy Walker. Nous allons simplement vous poser quelques questions.

— Non, enfin, oui, bien sûr.

Son cœur bat tellement fort qu'elle craint qu'ils puissent l'entendre. Ils posent leurs carnets sur la table, tripotent les boutons d'un magnétophone et Helena en profite pour toucher sa joue en espérant que le rouge n'y est pas trop visible.

— Je ne suis au courant de rien, lâche-t-elle abruptement.

— Un instant, s'il vous plaît, répond la détective Bradshaw. Nous pourrons commencer quand j'aurai mis l'appareil en marche.

L'enregistreur produit un long bip.

— La plupart des étudiants habitent en ville, à Cambridge, n'est-ce pas ? entame la détective.

— C'est exact. Mais pas tous. L'université fournit des studios et des deux-pièces aux couples mariés, mais nous, c'est-à-dire Edith et Will, puis moi ensuite, nous avons déménagé à Huntingdon à la fin de nos études de deuxième cycle.

Edith et Will, moi ensuite. Cela ne sert à rien de raconter combien ils l'ont taquinée au sujet de son déménagement. De toute façon, Edith passait son temps à l'asticoter.

« C'est moins cher ici, se souvient de leur avoir dit Helena sur un ton quelque peu défensif. Et puis, j'aime le calme. Les dortoirs, ça me rend… claustrophobe. Ici, je serai dans le bon état d'esprit pour travailler. Et le trajet jusqu'à l'université est quasi direct. » « T'inquiète, Hel, avait répondu Edith sans se donner la peine de lever les yeux des légumes qu'elle coupait. On sait bien que t'es notre pot de colle. »

— La soirée de Noël ne devrait-elle pas normalement avoir lieu à l'université ? à Corpus Christi ? observe la détective.

— Oui et non. Le bar des étudiants peut vite devenir étouffant. Jason… Jason Farrer, il est en thèse de littérature anglaise comme Edith. Lui voulait un endroit plus gai. Les thésards ont parfois une tendance un peu *nerd*.

— *Nerd* ?

— Vous savez, des gens obnubilés uniquement par ce qui les intéresse. La vie sexuelle des ratons-laveurs, ce type de choses. Des intellos coincés. Pas le genre de groupe à se lâcher. Jason a organisé la fête… Il a décidé que ça serait au Crown.

— Et Edith, comment allait-elle ?

— Pour dire la vérité, elle était très saoule. Elle voulait faire un karaoké. Elle buvait des shots de téquila. Je lui ai dit qu'on ferait mieux de partir… Il était près de vingt-trois heures trente, l'heure des dernières commandes.

Helena se tait. La détective Bradshaw patiente un instant, puis :

— Comment Edith a-t-elle réagi ? Elle a accepté de partir ?

Helena revoit Edith lui tirant la langue avant de faire quelques pas de danse en direction de la piste transformée en scène de karaoké.

— Mademoiselle Reed ?

— Euh, oui, non, elle allait très bien. Elle a fait une interprétation catastrophique de « Use Somebody », des Kings of Leon.

Helena se tait de nouveau. Il faut qu'elle prenne garde où elle met les pieds.

Le sergent Bradshaw la fixe avec intensité.

— Quelque chose vous revient en mémoire ? Un événement pendant la soirée ?

— Quelqu'un lui tournait autour ce soir-là, finit par dire Helena. Graham Garfield, le directeur de thèse d'Edith. Il m'a demandé où était Will. Il m'a paru être… à l'affût.

— À l'affût, dans quel sens ?

— Eh bien, il passe son temps à traîner avec les étudiants. Même s'il a deux fois leur âge. Il regardait Edith, l'observait chanter, et son regard… Il voyait bien dans quel état elle était.

— Que lui avez-vous répondu ?

— J'ai dit que Will était absent pour le week-end, mais que leur relation était… solide. Entre Edith et Will, je veux dire.

MANON

— Vous êtes donc rentrées en bus, c'est bien ça ? insiste Manon.

Helena Reed ne cesse de se tortiller sur sa chaise, elle redresse les épaules, le dos, croise puis décroise les jambes.

— C'est ça, répond-elle. Celui qui longe la voie ferrée pendant une partie du trajet, entre Cambridge et Huntingdon.

Elle porte une écharpe corail qui lui enserre étroitement le cou et un cardigan camel boutonné jusqu'en haut, une tenue savamment étudiée, très parisienne. Manon a une méfiance irrationnelle vis-à-vis des personnes trop propres sur elles. L'effort paraît exagéré, comme s'il cachait une volonté de dissimulation. D'ailleurs, elle se demande par quelle magie ils y parviennent. Même en début de journée, Manon semble toujours émerger de son appartement avec un bouton de chemise défait, rebelle, laissant entrevoir son soutien-gorge, ou bien une tache passée inaperçue dans la pénombre de sa chambre (il n'est pas rare de la trouver aux toilettes du deuxième étage en train de mouiller un bout de papier hygiénique afin d'essuyer la saleté, avec pour seul effet de l'étaler davantage et de la couvrir de boulettes détrempées).

La jupe fourreau d'Helena est parfaitement lisse sur ses genoux serrés (Manon caresse l'idée d'une jupe fourreau, et celle d'être impeccablement mise, mais elle n'a pas les genoux pour). Elle décide qu'Helena Reed se contient et qu'elle s'inquiète de l'image qu'elle renvoie. À peine s'est-elle rangée à cette idée qu'elle se demande si toute cette tendance à prendre soin de soi ne serait pas, en fin de compte, génétique. Après tout, n'est-elle pas destinée à devenir un jour sa propre mère ? Cette pensée la fait sourire intérieurement – il y a pire malheur dans la vie.

— J'ai aidé Edith à sortir du bus et je l'ai ramenée à George Street, raconte Helena. Il neigeait et la chaussée était glissante. Elle était éméchée et n'arrêtait pas de pouffer, alors je la tenais par le bras. Quand nous sommes arrivées devant chez elle, j'ai pris les clefs dans son sac et je l'ai fait entrer.

— Vous avez refermé derrière vous ?

— Oui. La porte se verrouille automatiquement lorsqu'on la claque. Système de sécurité Chubb, quelque chose comme ça. Je l'ai emmenée dans la cuisine et l'ai aidée à enlever son manteau…

— La parka verte avec une capuche en fourrure ?

— C'est ça.

— De quoi avez-vous discuté ?

— De la soirée au pub et des gens qui s'y trouvaient. Elle et Jason Farrer avaient flirté ensemble… Je vous ai déjà parlé de lui, je crois ? Un peu vicelard, si vous voulez mon avis. Alors, c'est vrai, j'ai fait la morale à Edith.

— Vous vous êtes disputées ?

— Pas disputées, non. Elle a simplement balayé le sujet d'un revers de main. Elle m'a traitée de vieille coincée.

— L'une d'entre vous a-t-elle sorti deux coupes pendant que vous étiez chez elle ? Avez-vous bu un dernier verre ensemble ?

— Pas du tout ! Elle était suffisamment saoule comme ça, et moi j'étais fatiguée. Je n'ai même pas retiré mon manteau.

— Paraissait-elle anxieuse, effrayée par quoi que ce soit ?

— Non, elle était joyeuse. Ivre et d'humeur rigolote. En fait, c'est plutôt moi qui tirais la tête.

— A-t-elle mentionné Will Carter ?

— Pas vraiment. À un moment, elle a dit que j'étais « aussi chiante que Will ».

— La mère d'Edith a évoqué une dégradation dans leur relation. Pensez-vous qu'Edith ait voulu se séparer de Will ?

— Pas que je sache. Il lui arrivait de se plaindre de lui, mais tous les couples le font, non ? Si vous sous-entendez que Will puisse être mêlé à sa disparition, c'est de la pure folie ! Jamais il n'aurait…

— Répondez simplement à la question, mademoiselle Reed.

— Elle n'a pas parlé de mettre un terme à leur relation. Pas à moi.

— Est-ce qu'ils se disputaient… physiquement ?

— Mon Dieu, non ! Écoutez, vous faites fausse route. Will ne ferait pas de mal à une mouche. Son seul crime est d'être parfois un peu ennuyeux, c'est tout.

— Saviez-vous qu'Edith conservait de grosses sommes d'argent chez elle ?

— Les virements MoneyGram ? Oui, bien sûr. Nous pensions tous que c'était une mauvaise idée, mais allez raisonner Edith. Elle n'en démordait pas.

— Avez-vous remarqué du liquide quelque part dans la maison ce samedi-là ?

— Non. Et ce n'est pas comme si elle laissait traîner des liasses à côté de la bouilloire. Elle n'est pas folle. Elle cache son argent en plusieurs endroits. Will saurait mieux vous dire. Par exemple, une boîte en fer dans le placard de la cuisine, ou dans la salle de bains. Ce genre de cachettes.

— Qui d'autre est au courant, pour l'argent ?

— Uniquement ses amis. Personne qui veuille la voler. Je crois.

— Revenons-en à Jason. Vous dites qu'Edith et lui flirtaient. Comment ?

Helena fronce les sourcils.

— Oh, vous savez… Ils riaient ensemble. Ils… Je… je ne voudrais pas trahir Edith, ou…

— Je crois que nous avons largement dépassé ce stade, mademoiselle Reed. Cela fait trente-cinq heures qu'Edith a disparu. Chaque minute compte.

— Oh, bien sûr… Edith et Jason sont sortis du pub ensemble. Je ne sais pas ce qu'ils faisaient. Probablement fumer une cigarette.

— Combien de temps ?

— Pas longtemps. Cinq minutes. Je le sais parce que je la cherchais pour partir. Elle est rentrée, j'avais déjà son manteau à la main. Nous avons quitté le pub presque aussitôt.

— Merci, mademoiselle Reed. Si vous voulez bien patienter encore un moment, il se peut que nous ayons d'autres questions à vous poser.

— Merci d'être venu, monsieur Farrer, dit Manon en posant son carnet sur la table de la salle d'audition numéro trois pendant que Davy allume le magnétophone et annonce la date, l'heure et le nom des personnes présentes.

Jason Farrer se renfonce dans son siège, jambes largement écartées, un coude derrière le dossier de sa chaise. Il porte un gilet à mailles jaune avec des boutons de cuir, un large pantalon de velours côtelé marron et une chemise à carreaux. Ses cheveux sont coiffés en une vaguelette sophistiquée qui lui pendouille d'un côté du visage. Il se redresse lorsque Manon prend place face à lui.

— Écoutez, je souhaite faire tout mon possible pour vous aider.

Son accent aristocratique les prend au dépourvu – surprenant à l'oreille et étrange dans sa prononciation. Il bouge à peine les lèvres, les mots paraissent s'échapper des seules commissures.

— Pas courant, ça, que des étudiants comme Edith et Will habitent à l'extérieur de Cambridge… aussi loin que Huntingdon, commence Manon.

— Rarissime, vous voulez dire. Tout le monde vit à Leckhampton House, où se trouvent la salle du réfectoire et le bar étudiant. Mais bon, c'est typique d'Edith et Will. Des snobs. Comme s'ils se devaient d'occuper le haut du panier.

Sa candeur déstabilise Manon. D'habitude, les séducteurs comme lui prennent soin de dissimuler leur nature derrière un voile de courtoisie affable. Mais il se penche vers elle, mains jointes, affalé sur la table, et elle réalise qu'il est saoul. Complètement bourré. Les vapeurs d'alcool qui émanent de lui dansent une polka dans les airs.

— Ils ont un projet, dit-il.

— Pardon ?

— Le projet de vivre authentiquement. Cultiver leurs légumes, faire de la cuisine « anti-gaspi », circuler à bicyclette ou dans la ridicule tondeuse à gazon d'Edith. Ils ont dû croire que les résidences étudiantes allaient les corrompre. C'est le père qui raque pour tout… La maison, les *vilains* gaz et électricité… Aucun doute, Edith est une petite amie commode pour Will, à tous points de vue.

— Qui dirige ce projet, Edith ou Will ?

— Tous les deux sont impliqués à fond. Le but est de vivre avec peu de moyens, mais de mener une vie pure, j'imagine. Ça me donnerait plutôt envie de mourir. Pour moi, c'est juste prétentieux. Comprenez bien : Edith et Will sont les deux plus beaux spécimens que Cambridge ait jamais produits. Quand ils se sont mis en couple en dernière année, c'était comme si Kate Middleton-Barbie avait trouvé son Ken.

— Excusez-moi, je ne saisis pas. En quoi cultiver ses légumes pourrait-il être signe de vanité ?

— La vie est une compétition. Leur mode de vie prétendument supérieur est le meilleur moyen pour regarder les autres de haut. N'est-ce pas au fond la raison pour laquelle on fait ce genre de choses ? Faire pousser des montagnes de blettes ? Je doute qu'ils aiment *réellement* les blettes. Qui achète ça ? Par contre, si vous racontez que vous en cultivez, les gens vont s'angoisser de ne pas faire pareil.

— Sauf vous.

— J'ai jamais voulu faire pousser de blettes.

Ils se fixent du regard. Farrer est avachi sur lui-même, hébété par l'alcool. Il laisse échapper un gloussement de jeune fille et des petites bulles éclatent sur ses lèvres. Il se couvre la bouche pour les ravaler.

— Avez-vous conscience d'être interrogé au sujet de la disparition d'une jeune fille et, potentiellement, de son enlèvement ?

— Pardon, dit Farrer en lâchant malgré lui un petit rire. J'ai du mal à prendre quoi que ce soit au sérieux. Pas ma faute s'ils nous bassinaient avec ce truc.

Plutôt qu'être avalés, ses mots paraissent rouler l'un sur l'autre, comme des vagues lèchent un rivage.

— Vous voyez le genre : « J'ai fait des muffins bio », « Will est en train de fabriquer une table avec des béquilles de récup' ». C'était gonflant.

Manon hoche la tête.

— Enfin. Ce n'est pas un motif suffisant pour assassiner quelqu'un, reprend Farrer. Vous ne pensez tout de même pas qu'Edith a été enlevée parce qu'elle avait des fringales de chou kale ?

— Vous n'avez pas l'air très inquiet.

— C'est tout moi.

— J'aimerais revenir à la soirée de samedi au Crown. Vous y étiez en compagnie d'Edith, n'est-ce pas ?

— Exact.

— Pour quelle raison êtes-vous sortis du pub ensemble ?

— Elle s'est collée à mon oreille et m'a soufflé : « Allons dehors, Farrer. » Plutôt excitant, je dois l'avouer.

— Lui était-il déjà arrivé de flirter avec vous avant ce soir-là ?

— Mon Dieu, non ! Edith passait son temps à me traiter avec mépris. Bien mérité, je ne dis pas. C'est ce qui a rendu ses avances si sexy.

— Vous êtes sortis. Que s'est-il passé ensuite ?

— Eh bien, pas mal de respirations saccadées. Elle était tout contre moi, adossée au mur du pub. Il faisait froid et sombre. Elle me susurrait des mots doux. Puis on a… Je n'en dirai pas plus pour préserver son honneur, hein. Elle s'est brusquement arrêtée et elle est rentrée à l'intérieur.

— Pardonnez-moi, mais je vais devoir entrer dans les détails. Vous vous êtes embrassés ?

— Aussi.

— C'est donc allé plus loin ?

Farrer sourit à Manon. Elle a conduit trop d'auditions pour se montrer bégueule.

— Pénétration digitale ? demande-t-elle.

— Quelle poète.

— Répondez, s'il vous plaît.

— Oui.

— Consentie ?

— J'avais effectivement donné mon consentement, dit-il en pouffant à nouveau.

— De quelle façon Edith a-t-elle interrompu la situation ?

— Elle a retiré ma main de sa culotte, a rajusté ses vêtements, et elle est rentrée dans le bar.

— L'y avez-vous suivie ?

— Non.

— Vous n'avez pas cherché à la rattraper, afin de poursuivre ce qu'elle avait commencé ?

— Je comprends que vous puissiez penser une telle chose, dit-il d'un air songeur. Mais je ne suis pas du type à poursuivre quoi que ce soit. Ce n'est pas dans ma nature.

— Vous êtes en thèse de littérature anglaise à Cambridge. C'est bien que vous êtes capable de poursuivre quelque chose, et même avec ardeur.

— La vache. « Ardeur. » Joli mot, sergent. Je ne crois pas qu'on l'ait jamais employé pour me décrire. Mais vous avez raison. Ma botte secrète, c'est la poésie. Dégainez un vers de Gerard Manley Hopkins et vous verrez de quel bois je me chauffe. Sinon, sur tous les autres plans, ma vie est un immense chaos. Personne ne s'imagine que je finirai ma thèse, moi le premier.

— Comment êtes-vous rentré chez vous après la fête ?

— À pied. Après quelques chutes. Jusqu'à Grange Road et ma piaule à Leckhampton House. Le concierge vous le confirmera. Nul doute qu'une de vos vilaines caméras de Big Brother m'aura filmé alors que je titubais dans les rues. Puis j'ai passé la nuit en compagnie de la délicieuse Rose, ou Rosie, ou rien de tout ça, qui se trouvait être dans la cuisine commune lorsque je suis arrivé. Il me semble qu'à l'heure où nous parlons vos sbires sont en train de l'interroger.

— Edith est donc rentrée dans le pub pour rejoindre Helena Reed.

— La Sangsue. Impossible pour Edith de faire un pas sans que la Sangsue se colle à ses basques.

— Que voulez-vous dire ?

— Vous ne vous êtes pas demandé pourquoi Helena vivait à Huntingdon ? Je veux dire, même s'il est stupide, si Edith et Will vivent là, c'est à cause de leur projet. Mais Helena ? Qu'est-ce qu'elle fiche là-bas ? À leur place, je me sentirais envahi, pas vous ?

— Continuez.

— Demandez donc à la Sangsue quel cadeau anticipé Edith lui a offert pour Noël…

— Si vous cessiez de tourner autour du pot, monsieur Farrer, pour me raconter ce que vous savez ?

Jason se fige, les yeux rivés sur le sol à côté de lui, les bras ballants, et Manon craint qu'il se mette soudain à vomir. Son ivresse est celle d'une personne qui marine dans l'alcool depuis un certain temps – probablement plusieurs jours.

— Elles le faisaient. C'est Edith qui me l'a dit… quand on était à l'extérieur du pub. Il se peut aussi qu'elle ait juste voulu m'exciter.

— Qu'a-t-elle dit exactement ?

— Qu'elle et Helena avaient fait des trucs ensemble et qu'Edith n'arrivait plus à se débarrasser d'elle.

Il repart d'un gloussement aigu.

— Un tel comportement, venant d'elle, ça vous a surpris ?

— Sûr que c'est pas commun, mais Cambridge est plein de gamins qui marchent dans les clous et passent leur temps à la bibliothèque pour faire plaisir à papa-maman, puis se rebellent et décident de prendre du crack ou de se jeter du haut d'une tour. Savez-vous qu'on a même un jour exprès pour ça, le Suicide Sunday ? C'est tordu comme endroit, quand on gratte le vernis. J'ai pensé qu'Edith avait fait son pétage de plombs elle aussi. Comme nous tous.

L'adrénaline a balayé toute trace de fatigue chez Manon, alors qu'Harriet et elle descendent à la hâte les escaliers pour se rendre à la salle d'audition numéro deux, où Helena Reed attend encore.

— Peut-on se fier à ce qu'il raconte ? demande Harriet à Manon en poussant la double porte.

— Pas du tout. Il est saoul comme un Polonais et totalement irresponsable, mais je ne crois pas qu'il ait intérêt à mentir.

— Sauf s'il cherche à assurer ses arrières.

— Attendons de voir ce qu'Helena nous dit.

Helena relève la tête à leur entrée. Kim est postée contre le mur, les mains derrière le dos.

— Je vous l'ai dit, nous sommes amies ! s'énerve Helena.

Elle dénoue son écharpe corail et la pose sur ses genoux. Le feu lui est monté aux joues.

— Je l'ai rencontrée dès que je suis arrivée à Corpus. Pourrais-je avoir un verre d'eau, s'il vous plaît ?

— Seulement amies ? relance Harriet en s'accoudant à la table.

— Que voulez-vous dire ? dit Helena en regardant Kim poser un gobelet en plastique devant elle. Merci.

— Jason Farrer prétend qu'Edith et vous étiez amantes.

— Jason Farrer ment. Ce n'est pas exactement une personne fiable.

— C'est Edith qui le lui a dit lorsqu'ils sont sortis ensemble du pub.

Helena fixe d'un œil fou les deux policiers qui lui font face et pourtant, Manon a le sentiment qu'elle ne les voit pas. Sa peau a revêtu un lustre moite.

— Oh mon Dieu, murmure-t-elle en se couvrant le visage.

— Avez-vous ressenti de la jalousie quand Edith est sortie en compagnie de Jason Farrer ?

Helena garde le visage dans ses mains.

— En avez-vous fait le reproche à Edith lorsque vous êtes arrivées à George Street ? La situation s'est-elle envenimée ?

— Non, non, dit-elle, une main sur les yeux et le visage tourné vers le sol pour éviter leurs regards.

Ce n'était pas du tout ça… C'était… Je ne sais pas comment vous l'expliquer, moi-même je ne comprends pas ce qu'il s'est passé.

— Helena, savez-vous ce qui est arrivé à Edith ?

— Non, je vous jure que je ne sais rien.

— Pensez-vous que Will Carter avait découvert votre liaison ?

— Je ne crois pas.

— Depuis combien de temps étiez-vous amantes ? intervient Manon avec douceur.

— Amantes ? répète Helena avec un petit rire. À vous entendre, on dirait une romance. Ça n'a duré qu'une nuit, enfin une nuit et un jour. Deux fois, c'est tout. Une terrible, terrible erreur. La première fois, elle s'est montrée tendre, sinon plus. Elle me disait : « Ça a toujours été toi. » Puis, mercredi dernier, elle a paru lointaine, distante. Je n'arrivais pas à dire si elle m'aimait ou me haïssait. S'il vous plaît, je ne veux pas que cela se sache.

Elle se met à pleurer.

— Mes parents…

— Tout va bien, dit Manon. Nous vous posons ces questions dans le seul cadre de l'enquête. Il n'y a aucune raison pour que vos parents ou quiconque l'apprennent. C'est Edith qui a pris l'initiative de cette aventure ?

Elle acquiesce, le dos de la main sur la bouche, le menton tremblant.

— Quand est-ce arrivé ?

— Il y a une semaine. Samedi dernier.

— C'est-à-dire le 10 décembre.

— Il me semble. Elle est venue chez moi, il était deux heures du matin, elle était ivre. Et elle… eh bien, elle m'a embrassée.

— Puis les choses se sont emballées ?

— Oui. Je n'avais jamais embrassé une femme avant, ajoute Helena précipitamment.

— Et après ce samedi-là ? demande Harriet.

— Elle est revenue mercredi pendant la journée. Elle était beaucoup plus froide, plus… Pas elle du tout.

— Que voulez-vous dire par « pas elle » ?

— Chaotique. Presque kamikaze. J'ai eu le sentiment qu'elle se servait de moi, comme si elle me détestait. Elle évitait mon regard. Elle avait apporté une bouteille de vin et nous avons fini au lit. Lorsque je me suis inquiétée au sujet de Will, elle m'a lancé que ça n'avait aucune importance. Puis elle est partie subitement, comme si elle avait changé d'avis.

— Auriez-vous souhaité que la relation se poursuive ? C'est pour cela que vous l'avez raccompagnée chez elle samedi après la soirée au pub ?

— Je ne sais pas ce que je voulais. J'étais, je suis déboussolée. Comme si on m'avait mâchée et recrachée. Je me sens… humiliée. Je pensais que personne n'en saurait jamais rien. Je vous le jure, je l'ai laissée dans la cuisine. Nous n'avons même pas abordé le sujet. Je n'ai pas osé le faire. J'aurais préféré l'avoir laissée à Cambridge. Si seulement j'étais rentrée seule à Huntingdon cette nuit-là…

HELENA

Sur les marches du commissariat, elle cligne des yeux face au soleil déclinant dont les reflets ricochent tels des poignards sur le toit des véhicules. Elle aperçoit par flashs Will Carter qui avance vers elle – ses cheveux, son menton, un blouson noir et une écharpe, mais pas ses yeux.

Après que la police a eu fini de l'auditionner, Will a passé la nuit – ou plutôt les toutes premières heures du matin – sur le canapé du salon d'Helena. Lorsqu'elle est venue ouvrir les rideaux, vers sept heures, pendant qu'il se douchait, la pièce sentait fort. Elle a plié son sac de couchage, posé soigneusement l'oreiller par-dessus, et lorsqu'il est revenu pour s'habiller, elle s'est retirée précipitamment dans la cuisine pour préparer du café. Le regard vide, ils se sont assis à la table du petit déjeuner et se sont repassé les événements de la veille.

Il refusera de dormir chez elle dorénavant. Les reflets déformants du soleil l'empêchent de déchiffrer son expression – serait-ce déjà de la méfiance ? À la pensée de ce que Will va bientôt découvrir, sa respiration se coupe. Il gravit les marches du commissariat au petit trot.

— Est-ce que ça va ? s'enquiert-il en lui prenant le coude. Tu as une mine affreuse.

— C’est seulement… un peu dur, là-dedans. C’est effrayant. Ce qu’il se passe.

— Je comprends. Ils veulent m’interroger à nouveau, va savoir pourquoi. Je leur ai tout raconté au moins cinq fois.

— J’imagine qu’ils reçoivent sans cesse de nouvelles informations.

Elle est soulagée que l’éclat du soleil l’empêche de discerner le visage de Will.

— On se retrouve chez toi ? dit-il. Si ça ne te dérange pas que je reste une nuit de plus. Ils ont mis les scellés sur notre maison.

— Bien sûr, si tu veux… Attends peut-être de voir comment tu te sens.

Elle met les mains en visière sur son front.

— Will, la police… Ils racontent un tas de choses, sans doute pour nous déstabiliser. Ne les écoute pas. Je veux dire… tout n’est pas forcément vrai.

— Quel genre de choses ?

— Rien, simplement ils essayent de nous faire réagir. Tu comprends ?

— Non, je ne comprends pas.

— C’est pas grave, laisse tomber.

— Je ferais mieux d’y aller. On se voit plus tard.

L’asphalte est plat et sans aspérités, aussi Helena avance-t-elle à grandes foulées, le soleil en face. Après quelques pas, il disparaît et elle peut de nouveau voir, mais son reflet resurgit d’un rétroviseur ou d’une fenêtre, tel un voyeur épiant à travers les fentes d’un store. Will va bientôt entrer dans une salle d’audition, puis il saluera les officiers qui lui révéleront ce qu’elle et Edith ont fait ensemble à son insu. Il regardera en direction des marches du commissariat, à l'endroit où ils viennent de se quitter. Sous le choc, il enfouira sa main dans ses cheveux.

Un arbre lui procure son ombre réconfortante et elle aperçoit un embouteillage sur la route qui mène à Huntingdon. Elle atteint le passage souterrain en béton, le soleil cogne fort sur l'éléphantesque édifice gris-vert. Les voitures font la chenille jusqu'au centre-ville, et lorsqu'elle arrive au bout de George Street, elle perçoit comme un frisson dans l'air. Peut-être est-ce dû aux conducteurs qui tendent le cou pour distinguer la cause des bouchons, ou au bruit des klaxons impatients, ou encore aux piétons marchant au ralenti sur le trottoir. Helena doit jouer des coudes à travers la foule tandis qu'elle approche de la maison, jusqu'à ce qu'elle se retrouve devant ce portail si familier, qu'elle a poussé tant de fois sans lui accorder la moindre pensée. Il est désormais délimité par un ruban de police et surveillé par une femme officier vêtue du coupe-vent fluorescent et du pantalon noir réglementaires, sa radio portative crachotant un brouhaha de voix indistinctes.

Un groupe d'hommes se tient quelques mètres plus bas dans la rue – à cette distance, une masse sombre pareille à une nuée de corbeaux pillant un reste de miettes. Mais alors qu'elle arrive à leur niveau, Helena aperçoit une ou deux femmes parmi eux. Elle remarque qu'ils portent des appareils photo en bandoulière, à la manière d'un sac à main, et tiennent des carnets de notes. Insouciants, ils sont en train de rire. L'un d'eux sourit à Helena tandis qu'elle se fraye un chemin en pressant le pas, le menton enfoui sous son écharpe. Elle passe devant un autre attroupement de badauds –

deux femmes avec des enfants qui jouent à leurs pieds, un retraité et son cabas à roulettes. « Paraît qu'elle était à l'université », saisit-elle au vol. À quoi l'une des femmes répond : « Affreux. »

Helena se retient de prendre la fuite en courant. Son cœur s'emballe à l'idée que les femmes vont se retourner sur elle pour la dévisager avec horreur, le visage déformé par une curiosité morbide mêlée de répugnance, l'objectif des appareils braqué précisément sur elle.

À l'abri dans son appartement, sa respiration se calme progressivement, jusqu'à ce qu'elle prenne conscience des bips répétés du répondeur dans le salon. Elle ôte son écharpe. C'est peut-être le Dr Young. Il a certainement été mis au courant de la disparition d'Edith et l'appelle pour s'assurer qu'elle va bien. *Biiip*. Elle serre l'écharpe contre sa poitrine. Ou son père. Si c'est lui, elle le rappellera. Elle lui racontera ce qu'il s'est passé et lui demandera si elle peut passer le week-end chez eux à Bromley. Pour échapper aux intrusions et aux questions. *Biiip*.

Et s'il s'agit d'Edith ? Elle téléphone sûrement pour s'excuser, avec son habituelle nonchalance, d'avoir causé une telle pagaille : « Fais pas cette tête, Hel ! » Comme la fois où elle a sonné à l'interphone à deux heures du matin. Irritée, Helena avait ouvert la porte vêtue de son pyjama écossais, et, la découvrant titubant sur le seuil, lui avait demandé : « Il s'est passé quelque chose ? »

Edith, dont l'haleine sentait le vin, probablement un syrah ou un merlot à voir la couleur pourpre de ses gencives, s'était dirigée vers le salon en gloussant. Son minuscule soutien-gorge de dentelle lilas orné en son centre d'un petit diamant, si joli contre sa peau nue. Ses os délicats, frêles, sa poitrine menue et parfaitement ronde, ses bras si fins. Helena pouvait faire le tour du poignet d'Edith avec son pouce et son majeur, comme un bracelet. De ses belles mains, Edith lui avait fait miroiter la promesse d'émois inconnus et excitants, comme si l'unique chose qui les retenait toutes deux était l'étroitesse d'esprit d'Helena.

— On va te détendre un peu, Hel, avait murmuré Edith en lui mordant le coin de la bouche tandis qu'elle lui déboutonnait son haut de pyjama.

Helena avance lentement dans le salon et pose son écharpe sur le bord du canapé tout en défaisant son manteau. Elle presse le bouton « marche » du répondeur.

« Bonjour, ceci est un message pour Helena Reed. Je suis Bethan Jones, du *Mail on Sunday,* et nous faisons un reportage spécial sur Edith Hind. Étant sa meilleure amie, est-ce que vous accepteriez de nous raconter qui elle est dans la vie ? Votre témoignage apporterait une note d'authenticité à l'article. Je suis sûre que vous êtes très inquiète au sujet d'Edith. Une couverture médiatique pareille renforcerait les chances de la retrouver, donc si vous souhaitez nous parler, afin de, eh bien, faciliter le travail de la police, vous pouvez me contacter au… J'espère avoir de vos nouvelles au plus vite. Merci d'avance, Helena. »

DAVY

Il incline la tête à gauche, sent le côté de sa nuque s'étirer douloureusement, puis il l'incline à droite. Son corps proteste d'être resté à la verticale depuis plus de vingt heures. Il fera bientôt nuit. Quasi vingt-quatre heures que Davy est sur la brèche. Dire qu'ils attendent encore la réunion de débrief à dix-huit heures. La semaine dernière, il a écouté un programme radio sur des recherches expliquant l'impact du travail de nuit sur le corps, la façon dont il chamboule le rythme biologique et provoque des cancers.

Il poursuit ses étirements en posant une main au sommet de son crâne. Rien à faire. Il tombe de fatigue. Un côté, puis l'autre. Il voit la pièce inclinée à quatre-vingt-dix degrés : Kim qui se sert une tasse de café filtre, Stuart assis à côté de Colin, Harriet et Manon campées devant le tableau blanc. La mine lugubre, ils attendent l'arrivée de Fergus. Ça chauffe au service de presse.

Trente-six heures qu'elle a disparu. On aurait normalement dû avoir un corps, ou du moins un signalement précis, voire une jeune fille blessée, errant sans but, hagarde, à la suite d'un violent traumatisme. Mais rien ? Ça devient inquiétant, et Davy n'aime pas la tournure que prennent les événements.

Il sort tout juste de la salle d'audition trois où Will Carter, désemparé, ne cessait de se frotter les cheveux en répétant : « Edith ? et Helena ? » Comme si lui et Manon avaient définitivement perdu l'esprit.

— Non, a bafouillé Carter. Non, je ne crois pas que ce soit vrai.

— Helena vient de nous le confirmer, a dit Manon sans mettre dans sa voix la compassion que Davy aurait souhaité y entendre.

Il connaît la chanson, mais ça n'en demeure pas moins toujours déprimant – regarder des individus réévaluer entièrement leur entourage, comme si des immeubles avaient été déplacés ou reconfigurés, ou que les routes avaient inexplicablement changé de direction. Les personnes qu'ils croyaient connaître mènent en fait une existence parallèle : femmes ou hommes cachés, argent volé, dettes impayées, une addiction à la drogue ou au jeu, des enfants élevés dans le secret. Remuer cette boue avec un gros bâton l'épuise autant que ça le fascine. « Pourquoi ne pas vous contenter de choses simples ? », voudrait-il leur dire. « Quel besoin avez-vous de dézipper votre braguette, sortir vos poings, boire, coucher à tout-va ? La vie n'est-elle pas déjà suffisamment compliquée ? »

Et maintenant Will Carter, la mine ahurie. Il ne s'est pas brusquement levé, ainsi que beaucoup le font, en essayant de renverser la table ou donner un coup de pied dans la chaise pour s'écrier : « Vous vous foutez de ma gueule ?! » Non. Il s'est contenté d'enfouir la main dans ses cheveux, l'air vaguement sonné, et de répéter : « Edith et Helena ? Vous êtes sérieux ? »

— Avec le recul, a dit Manon (et Davy a pensé : tout doux, le pauvre garçon est sous le choc), voyez-vous des indices de leur relation ?

— Nous étions constamment ensemble, toujours très proches tous les trois. Je ne me suis jamais posé de questions. Quel imbécile j'ai été.

Carter a lâché un rire d'autodérision et Davy s'est de nouveau dit : Le pauvre gars.

Manon ne partageait pas sa sensibilité. Elle a repris :

— Peut-être saviez-vous, monsieur Carter, alors vous en avez conçu de la jalousie. De la colère. Peut-être êtes-vous rentré plus tôt pour demander des explications à Edith.

— Non. Très sincèrement, je ne savais rien. Croyez-moi, j'en suis le premier désolé. Certaines personnes sont persuadées que l'on devrait être capable de, euh, deviner les pensées profondes de ceux qu'on aime le plus. Mais la vérité c'est que, s'ils ne nous disent rien…

— Aviez-vous le sentiment qu'Edith allait vous quitter ?

Seigneur, laisse le bonhomme tranquille, a songé Davy.

Carter a poussé un gros soupir.

— Non, jamais. Est-ce que vous allez me dire que là encore j'avais tout faux ? Écoutez, je peux vivre en sachant qu'elle m'a trompé. Cette passade avec Helena… ça ne change rien à mes sentiments pour elle.

Son regard s'est embué. De grosses larmes qui menaçaient de couler sont restées juste au bord de ses yeux bleu ardoise mouchetés de piqûres noisette.

— Mais s'il vous plaît, ne me dites pas qu'elle ne m'aimait… qu'elle ne m'aime plus. Je vous en supplie. Pas alors qu'elle est portée disparue.

Davy a posé sa main sur le bras de Manon.

— Non, bien sûr, a dit Manon doucement.

Davy a poussé un soupir, rassuré qu'elle ne lui porte pas le coup de grâce en lui dévoilant l'aventure d'Edith avec Jason Farrer. *Une infidélité à la fois, hein.*

— L'argent, annonce Harriet en pointant son majeur sur sa nouvelle liste de priorités. Edith ne se servait pas des banques. Il n'y avait aucun argent liquide dans la maison quand nous l'avons fouillée. Soit Edith a tout dépensé, soit elle l'avait sur elle au moment de son enlèvement, soit il a été volé et sa disparition est la conséquence d'un vol à main armée. Nigel, où en est-on des caméras du bureau de poste à la date du 1er décembre ?

— Le gérant ne sait pas comment copier l'enregistrement sur DVD.

— Alors va sur place et fais-le toi-même, aboie Manon en décochant un coup d'œil agacé à Harriet.

Nigel hausse les épaules. La naissance des jumeaux a transformé sa vie en enfer, pense Davy, et maintenant il est épuisé au point de ne même plus s'offusquer. « Pas de problème, paraissent dire ses yeux. Je m'en fous, du moment que je peux m'allonger cinq minutes. »

— Manon, tu veux bien nous décrire le voyage à Stoke de Will Carter ? demande Harriet.

— Il a bien fait le trajet jusqu'à Stoke vendredi soir. Trois caméras différentes l'ont repéré à l'aller. Comme on pouvait s'y attendre, sa mère a confirmé son séjour.

— Tiens, c'est surprenant, bougonne Harriet. Excuse-moi, continue.

— Elle affirme qu'il a quitté son domicile à dix-sept heures trente, dimanche. Carter dit qu'il a emprunté un itinéraire plus long à cause de travaux sur la voie express, ce qui l'a conduit à mettre près de trois heures pour rentrer à George Street, vers vingt heures trente. Il a ensuite passé une demi-heure dans la maison à chercher Edith et téléphoner à diverses personnes, notamment Helena Reed, avant d'appeler les parents d'Edith puis nous, à vingt et une heures. Seul hic, on n'a aucune trace vidéo de son retour à Huntingdon. Soit il n'y avait pas de caméras sur le trajet, c'est ce qu'on est en train de vérifier, soit il était suivi par un camion ou je ne sais quoi, soit sa plaque d'immatriculation était couverte de boue, ce qui a empêché la reconnaissance de…

— Soit il était chez lui en train d'assassiner sa petite amie, lâche Stuart avec un aplomb inattendu pour une première journée de travail, selon l'opinion personnelle de Davy, mais personne ne la lui demande jamais.

— Ah, Fergus ! s'exclame Harriet. À toi l'honneur.

Fergus Kelly, un homme soigné, au costume éternellement immaculé, et qui porte des lunettes. Il travaille pour le service de presse depuis dix ans et a subi de plein fouet le chaos provoqué par l'affaire Soham. À cause d'elle, il se retrouve privé de la moitié de ses contacts et des échanges de bons procédés qui lui permettaient habituellement de maîtriser le flot des informations.

— Ça y est, les tabloïds se sont jetés sur l'affaire, déclare Fergus en remontant ses lunettes sur son nez.

Son menton arbore une irruption d'acné récente, incongrue pour un homme de quarante ans mais concevable dès lors que le stress s'ajoute au régime riche en glucides servi à la cantine. Une de ses filles souffre d'une infirmité motrice cérébrale. Davy ignore d'où lui est venue cette idée, mais il ressent subitement comme une injustice que Fergus soit soumis à de telles pressions.

— Il nous faut évidemment profiter de l'intérêt de la presse pour diffuser nos renseignements, tout en prenant garde de maintenir la communication sous contrôle… Toutes les sollicitations devront transiter par mon service. Les époux Hind ont accepté de parler en conférence de presse, demain à onze heures. Ce sera l'occasion d'observer la réaction de Will Carter. Comme vous le savez, la presse est toujours utile les premiers temps pour relayer les informations de la police. Ça n'est qu'après deux ou trois jours…

Il essuie la transpiration sur son front.

— … quand il n'y a plus rien de nouveau à publier, qu'ils peuvent devenir…

Il toussote dans son poing.

— Il est essentiel qu'il n'y ait aucune fuite, reprend-il en regardant tour à tour chaque membre de l'équipe – surtout la nouvelle recrue – avec une expression plus implorante qu'autoritaire. Et, comme je l'ai dit, que nous gardions le maximum de contrôle sur le flux des informations.

MANON

Manon fait glisser son plateau le long du comptoir en regardant les bacs en métal rectangulaires remplis de *beans,* saucisses, champignons mollassons, tomates en conserve et œufs brouillés solidifiés en une masse compacte. Un éternel menu de petit déjeuner servi dans une pièce mal éclairée, un lundi soir à vingt heures, pour ceux qui ont perdu l'habitude du déroulement normal du jour et de la nuit.

— Salut, Miss, dit Larry derrière le comptoir.

Il est gabonais. Impossible que son nom soit réellement Larry, cependant il tolère qu'on l'anglicise par paresse.

— Z'avez l'air crevée. Vous faites des heures sup' ?

Larry lui sourit. Il est continuellement en train de sourire malgré ses heures de travail exténuantes, pour un salaire minimal, à servir de la nourriture médiocre à des forces de police presque exclusivement blanches. Il arrive à Manon de l'entendre parfois discuter avec l'une des employées dans un beau français d'Afrique, derrière la frontière clivante du comptoir. Elle aimerait lui poser des questions sur le Gabon et comment il se fait qu'il ait échoué à Huntingdon, mais l'occasion ne semble jamais se présenter.

— Grosse affaire, Larry. Pas de repos pour les braves. *Beans* et saucisses, s'il vous plaît.

Elle emporte son plateau jusqu'à une table vacante et lève la tête vers le poste de télévision suspendu au mur. La chaîne Sky News déroule son fil d'actualités au sujet de la disparition d'Edith Hind. La bande rouge au bas de l'écran indique : « En direct de Huntingdon : Edith Hind, 24 ans, l'étudiante à Cambridge qui a disparu, est la fille de sir Ian Hind, médecin de la famille royale. »

Manon va prendre la télécommande posée sur une table voisine. Des officiers sont disséminés dans la salle, chargés de l'affaire ou qui apportent une assistance ponctuelle, comme Stuart, lequel s'applique à lui lancer des œillades suggestives, ce qu'elle juge vaguement déplacé. Davy est assis quelques tables plus loin. Il se lève en emportant son plateau et vient s'installer à sa table, l'œil rivé sur la télévision, pendant qu'elle zappe sur la chaîne d'actualités Channel 4+1.

« La police se dit très inquiète au sujet de la disparition, samedi soir, d'une jeune fille de vingt-quatre ans de son domicile de Huntingdon, annonce le présentateur (« très inquiet » étant une façon déguisée de signifier « nous pensons qu'elle est morte »). Tout de suite, notre reporter sur place, où la police du Cambridgeshire a mis en place une chasse à l'homme. »

À l'écran, leur correspondant est campé dans la neige liquide et grisâtre, devant le cottage d'Edith. Tout autour de lui, la nuit d'hiver est brillamment éclairée, des nuages blancs s'échappent à chacun de ses mots tandis que des flocons tourbillonnent à l'arrière-plan.

« La police enquête sur la disparition d'Edith Hind à son retour d'une soirée, samedi soir à Cambridge. »

Manon attaque au couteau sa saucisse industrielle, dont la chair revêt la pâleur de la mort. 100 % globes oculaires et cartilages broyés, pense-t-elle.

« Cette étudiante en thèse a été filmée par une caméra de surveillance en train de rire et chanter au milieu d'amis au pub The Crown, à Cambridge. Puis elle et son amie Helena Reed sont rentrées au domicile d'Edith, ici, sur George Street, et se sont dit bonne nuit. Ce qu'il s'est passé ensuite demeure un mystère.

« L'inspectrice Harriet Harper, de la brigade criminelle MIT du Cambridgeshire, invite toute personne disposant d'informations sur Edith à contacter immédiatement la police via le numéro spécial ouvert dans le cadre de l'enquête. Les parents d'Edith et son petit ami Will Carter, lui aussi étudiant à Cambridge, lanceront un appel à témoins demain matin. »

La nourriture réchauffe agréablement l'estomac de Manon, une tiédeur qui s'étend à ses tempes et l'emplit du désir intense de s'assoupir. Elle voudrait manger davantage, comme à chaque fois qu'elle fait des heures supplémentaires – sa façon de remplacer un lit moelleux par du gras. Elle gobe de nouvelles fourchetées de *beans*.

« Elle me supporte, c'est déjà bien », leur a déclaré Will Carter quand ils l'ont réinterrogé, après les révélations d'Helena Reed.

Manon s'est surprise à le dévisager bouche bée. Lorsqu'elle a jeté un coup d'œil à Harriet, qui avait fait irruption dans la salle au cours de l'interrogatoire, elle a lu le même effarement sur son visage. *Je rêve. Tu ne peux pas être réel. Tu as été fabriqué de toutes pièces par les studios DreamWorks.*

Pourtant, on se lassait vite de son charme, alors qu'au départ sa présence dans la pièce avait séduit les deux femmes, au point de voir Manon jouer avec une boucle de ses cheveux et Harriet rentrer le ventre. Elles l'ont questionné sur chaque aspect de sa relation avec Edith, et alors même qu'il était maintenant sorti de sa réserve et qu'elles se trouvaient au cœur d'une des affaires les plus importantes de leur vie, ses réponses avaient un curieux effet soporifique. Manon s'était frotté les yeux avec la sensation qu'une poussière s'y était introduite, puis elle avait regardé Harriet qui étouffait un bâillement.

— Une petite pause ? avait proposé Harriet au bout d'un moment, et elles étaient allées discuter à voix basse devant la machine à café.

— Chaque fois qu'il se met à parler, je prie pour qu'il se taise, lui avait confié Manon, le regard vitreux.

— Bizarre, oui. C'est pas qu'il soit chiant, mais on a du mal à rester concentré sur ce qu'il dit. Je me suis surprise à penser à ma liste de courses pour ce soir. Incompréhensible.

Carter leur avait raconté leur première rencontre, à Edith et lui, dans le menu détail – le bal de fin d'année, la robe de velours et le pendentif en forme de cœur qu'elle portait, le poème de Yeats qu'elle lui avait déclamé sur la pelouse, ses talons aiguilles dans une main et une bouteille de bière Beck's dans l'autre.

Manon avale une bouchée de saucisse en regardant Davy, ou plutôt à travers lui. Il est en train de lui dire quelque chose à propos d'un numéro de téléphone, un appel émis depuis le portable d'Edith.

Bientôt on viendra déposer des fleurs – sur le lieu de découverte du corps ou bien devant la maison – accompagnées de petits mots type : « Plus rien ne peut t'arriver de mal maintenant », « Repose en paix », ou encore « Vole jusqu'au ciel, petit ange ». Ces touristes morbides lui fichent une peur bleue, avec leur soif de tragédies et leur affinité malsaine pour la souffrance d'autrui, comme un hameçon planté dans la gueule d'un poisson. Manon a vu la mort de près, elle sait qu'elle n'a rien de commun avec le repos ou un beau voyage. « N'accepte pas la douceur de la nuit », avertit le poète Dylan Thomas.

Elle repense au visage terrifié de lady Hind et prend soudain conscience que, pour les proches d'une personne disparue, la douleur réside justement dans l'absence. Ce n'est ni l'abîme de la mort ni l'espoir, mais la monstrueuse oscillation entre les deux. Si le purgatoire existe, c'est à cela qu'il ressemble.

— Ce numéro inconnu, xxx-515, poursuit Davy, la bouche pleine d'œufs, apparaît deux fois sur son téléphone. Edith l'a appelé le lundi, le 12 je crois, avant sa disparition. Un appel de vingt minutes. Puis le vendredi 16. Ça doit vouloir dire quelque chose.

— À qui appartient-il ?

— C'est le numéro d'un mobile avec carte Sim prépayée, ça ne correspond à aucun abonnement. Acheté en liquide à Cambridge. J'essaie d'en savoir plus. Pourquoi Edith aurait-elle appelé un téléphone suspect ?

Manon engouffre une dernière fournée de *beans*. Son œil lui fait mal – des lames de rasoir dues au manque de sommeil ou à une quelconque infection – et elle devine qu'à son réveil, le lendemain, il aura gonflé comme une cloque. Du meilleur effet quand les environs grouillent de caméras de télévision. Elle se retient de le frotter, même si la démangeaison est atroce, tout en sachant que, dans trois secondes, elle se griffera férocement le visage.

Mardi
MIRIAM

Deux heures du matin. Notre deuxième nuit blanche, songe Miriam en réalisant soudain qu'elle a cru, elle s'en est persuadée, qu'Edith serait rentrée à la maison maintenant. On aurait déjà dû la retrouver. Elle sait que chaque heure qui passe – quarante-huit selon l'estimation de la police – agit pour la personne disparue telle une tumeur maligne, comme si le temps avait le pouvoir d'en aspirer la vie. Toutes les heures, elle pleure sur les outrages qu'Edith a pu subir. Sur ce qu'elle subit encore. Sa propre fille. Et elle ne peut rien faire pour elle, pas même la protéger. Alors son esprit bascule et elle replonge dans l'hébétude.

Leur chambre au George est surchauffée comme le sont la majorité des chambres d'hôtel. Pas le moindre souffle d'air, des fenêtres condamnées et des rideaux semblables à une chape de plomb. Ils ont à peine touché à leur dîner, se contentant de repousser la nourriture sur les bords de l'assiette avec un semblant de respect pour la routine du quotidien, avant de fuir la salle de restaurant quand la présence des journalistes de télévision et de presse, installés aux tables attenantes, est devenue trop insupportable : inévitables regards en coin, arrêts momentanés des conversations à leur passage, des yeux qui fixent subitement la table chaque fois qu'elle avait le malheur de croiser leur regard. C'était obscène.

Lorsqu'elle n'est pas en train de pleurer, elle se sent déconnectée, comme si c'était une autre qu'elle qui était prise dans la tourmente : les flashs info, les caméras devant la maison d'Edith, ce vaste mélodrame. Sous l'œil du public, Miriam se sent pareille à un lapin pris dans les phares tandis qu'elle fait d'incessants allers et retours entre le commissariat et l'hôtel. Les lumières crues projetées sur son visage, les flashs éblouissants des appareils photo. Suiveuse passive, elle se laisse guider, accrochée au bras de Ian. Elle ignore ce qu'elle deviendrait s'il n'était pas aux commandes.

Après le dîner, elle a pris un bain. Allongée dans la baignoire, elle a réfléchi à sa tenue pour la conférence de presse. Devrait-elle avoir honte de se soucier de ce qu'elle portera pour passer à la télévision ? Elle s'est demandé ce qui la ferait paraître plus mince – la veste bleu marine ou le cardigan moutarde à effet cascade ? Comment peut-elle penser à de telles choses ? Et pourtant elle hésite quant à ce qui sied le mieux au chagrin. Il faut bien que l'esprit trouve un os à ronger, au risque de le voir se ronger lui-même.

Depuis la salle de bains, elle a entendu Ian téléphoner à diverses personnes – notamment Rollo, pour s'enquérir de sa date de retour d'Argentine (« Je t'achèterai un billet en première classe, si c'est tout ce qu'il reste… Oui, oui, OK. Donc tu seras à la maison mercredi soir ?… Oui, moi aussi j'aurais aimé te voir plus tôt »). Elle est sortie du bain à ce moment, s'est enroulée dans une serviette et a pris le téléphone des mains de son époux.

— Tu ne peux vraiment pas venir avant, mon chéri ? a-t-elle supplié Rollo. Je me sentirai beaucoup mieux quand tu seras à la maison. T'a-t-elle dit quoi que ce soit ?… Non. Très bien, à mercredi dans ce cas. Et… Rollo ? Je t'aime, mon enfant.

Entendre le son de sa voix a lacéré son cœur déjà meurtri.

Ian s'est ensuite entretenu avec l'inspectrice Harriet Harper, puis avec Rosemary, la secrétaire de son cabinet, afin de la prévenir qu'il ne travaillerait pas pour un temps indéterminé et qu'elle ne devait pas parler à la presse.

Des pensées ridicules lui courent dans la tête, à se demander si elle n'est pas la cause de tout. Serait-ce *sa faute* ? A-t-elle été une mère trop distante ? Edith jouait toujours tellement la surenchère émotionnelle, comme si elle avait voulu se faire entendre par-dessus le vacarme. D'une certaine manière, cet… événement paraît symbolique à Miriam. Son aînée n'a jamais conçu qu'un simple exposé des faits puisse suffire à se faire comprendre. Il fallait que ce soit « le pire du monde » ou « un véritable cauchemar ». Edith était toujours plus pauvre, plus malade, plus malheureuse que le voisin. Miriam n'en a pris que davantage conscience de la réserve naturelle de Rollo. Lorsque, enfant, il annonçait timidement qu'il ne sentait pas très bien, Miriam se précipitait pour toucher son front brûlant de fièvre. Dès qu'Edith gémissait en se plaignant d'être à l'agonie, Miriam levait les yeux au ciel et l'envoyait prestement à l'école. Ainsi nos enfants se construisent-ils, pense-t-elle. Edith serait toujours au centre de quelque drame – *une traque policière… pour l'amour de Dieu !*

La tête renversée en arrière, elle ferme les yeux très fort en sentant monter les larmes. Elle aime Edith jusqu'à la déraison et ne la critique que comme on le ferait pour soi-même. La séparation est aussi intolérable que si on l'avait amputée d'un membre.

Elle se redresse. *Nous devons faire quelque chose.* Elle perçoit un bruit et tourne la tête. Elle distingue le dos de Ian malgré l'obscurité. Il est assis sur le bord du lit, en tricot de corps. Les coudes sur les genoux, le visage enfoui dans les mains, il pleure doucement pour ne pas la réveiller.

Elle se glisse à son côté et lui masse les épaules.

— Je pensais qu'elle serait à Deeping, dit-il. Je pensais qu'on la retrouverait allongée sur son lit, ses écouteurs dans les oreilles, en train de lire un livre. Qu'elle lèverait la tête et se demanderait pourquoi diable tout ce raffut.

— Retournons-y, maintenant. Elle est peut-être là-bas. Je ne supporte plus d'attendre sans rien faire. Je n'arrive pas à chasser cette impression… Cette maison, elle l'adore. C'est là qu'elle irait se cacher si elle avait des ennuis.

— La police nous défend de nous y rendre. Les enquêteurs sont en train de fouiller les environs.

— Elle a peut-être été renversée par une voiture, elle est peut-être blessée quelque part. Et nous, nous n'en savons rien, Ian. *Nous ne savons rien !*

— C'est pour cela qu'ils utilisent des chiens de piste. Afin de la localiser grâce à l'odeur du sang.

— Tu m'as l'air bien au courant, tout d'un coup, dit-elle plus durement qu'elle ne l'aurait voulu.

— Il faut qu'on *réfléchisse*. Où aurait-elle pu aller ?

Ils sont tous les deux enclins à se sortir d'une situation délicate par la réflexion, comme si la puissance de l'intellect permettait à elle seule de maîtriser les hasards du monde.

— En France ? Je sais qu'on n'y a pas séjourné depuis de nombreuses années, mais elle parle la langue.

Il secoue la tête.

— Il faut franchir la douane… Elle n'a pas ses papiers, tu te rappelles ? Tu devrais passer un coup de fil à Christy et Jonti.

— Tu as raison. Ils n'auront pas grand-chose à nous apprendre, mais je vais le faire. Edith n'a pas revu Jonti depuis des années. Rollo a-t-il une idée de l'endroit où Edith pourrait être ?

— Il dit que non. Il va créer une page Facebook ou je ne sais quoi pour aider à la retrouver. Si seulement il était déjà ici, avec nous, Miri, ajoute Ian avec un brusque sanglot.

— Je sais.

Ensemble pour affronter la tempête. Ils aiment Edith du même amour féroce, dévorant. Quels qu'aient pu être leurs motifs de dispute, ils s'évanouissaient dès qu'Edith accourait vers eux en se dandinant sur ses jambes potelées, faisait une grimace rigolote ou les émerveillait par de simples gestes, comme elle seule savait le faire. Ils se retrouvaient à regarder dans la même direction, celle de leur fille, avec le même sourire béat. Dieu merci ils sont ensemble. La seule personne en ce monde à partager sa terreur se trouve ici, à son côté.

Elle fond en larmes.

— S'il lui est arrivé quelque chose, je ne m'en remettrai jamais.

— Miri, ma chérie, dit Ian en la prenant dans ses bras. Nous allons la retrouver. Nous allons continuer à chercher jusqu'à ce que nous la retrouvions.

MANON

Le vent hurle autour du véhicule à l'arrêt. Il faudrait qu'elle en sorte la mine enjouée, qu'elle monte les marches du commissariat d'un pas vif, prête à affronter une nouvelle journée. Au lieu de quoi elle repose son front contre le volant.

— Bonjour ! entend-elle s'exclamer à travers la vitre côté conducteur.

Davy, bien sûr, tout sourire et un gobelet de café à la main, la lumière brillant à contre-jour de ses merveilleuses oreilles semblables à des points d'interrogation vermillon. Elle baisse la vitre et une giclée de pluie froide s'infiltre dans l'habitacle.

— Ça va, mon œil ? demande-t-elle en l'écarquillant autant qu'elle peut.

— Rien à signaler. Tenez, je vous ai apporté un café. Ça va vous réchauffer. On n'a pas réunion à huit heures ?

— Donne-moi une minute, plaide Manon.

Elle remonte la vitre à deux mains, de toute la force de ses épaules. Davy a reculé et attend à quelques pas de la voiture, en tenant le café à la manière d'un majordome. Elle baisse le pare-soleil pour se regarder dans le miroir maculé de traces de doigt. Son œil gauche est à moitié fermé et rouge, enflé comme si elle s'était pris un coup de poing. Elle ouvre la portière. Le froid polaire la saisit aux chevilles et aux orteils, s'accroche à ses poignets et à son cou, la forçant à se courber et raidir son corps. Elle verrouille la voiture, prend le café des mains de Davy, puis ils gravissent les marches du commissariat.

— Entrez, leur fait Harriet depuis le seuil de son bureau.

Elle est en train de tirer sur la bretelle de son soutien-gorge. Elle paraît ne jamais être tout à fait à son aise, comme sans cesse incommodée par un clou de tapissier dépassant de la garniture de son siège.

— Qu'est-ce qui est arrivé à ton œil ? dit-elle en regardant Manon.

— Rien. Une petite infection.

— On dirait que tu t'es fait tabasser.

Harriet est nerveuse. La jeune fille a disparu depuis cinquante-cinq heures, ils n'ont pas la moindre piste concrète, et toutes les voies d'investigation restent encore à creuser. Heureusement, leur patron, l'inspecteur-chef Gary Stanton, n'a toujours pas donné signe de vie, malgré cette sourde menace qui plane au-dessus de leurs têtes : le soupçon qu'en ce moment même le ministère de l'Intérieur échange des coups de fils avec le préfet du Cambridgeshire sir Brian Peabody – ou pourquoi pas un mot lancé subrepticement au club Annabel's ou au restaurant Pugin Room de la Chambre des communes, à moins qu'il s'agisse d'une pression discrète sur le chef de la police régionale, qui sera alors forcé de s'intéresser de près à l'affaire. « Mettez tous les meilleurs cerveaux sur le cas Hind. Il serait fâcheux qu'un incident regrettable vienne compromettre une affaire de cette importance. »

Manon et Davy prennent place dans le bureau d'Harriet, Manon réchauffant ses mains autour du gobelet de café.

— Qu'est-ce qui a bien pu lui arriver ? se demande Harriet en arpentant la pièce. C'est comme si elle s'était volatilisée. Aucune trace d'elle dans les enregistrements de vidéosurveillance, aucun signalement…

— Où en est l'ARPD ? interroge Davy.

— Ils ont étendu les recherches au-delà de Portholme Meadow et déployé plus d'une centaine d'officiers. L'unité nautique va commencer dès aujourd'hui à sonder la rivière Ouse.

— Il faudra au moins une semaine ou deux avant qu'un corps fasse surface, remarque Manon.

— Et le directeur de thèse d'Edith, Graham Garfield ? Paraît qu'il lui tournait autour samedi soir.

— Son épouse affirme qu'il est rentré à la maison après la soirée au pub.

— Je crois surtout qu'il va falloir se montrer prudents avec les alibis donnés par les épouses et les mères.

Un ange passe.

— Bon, la conférence de presse avec les Hind. Nous allons observer la réaction de Will Carter. Kim Delaney est allée acheter chez River Island des vêtements similaires à ceux que portait Edith samedi soir – une paire de jeans et un sweat-shirt bleu.

— Chef ? lance Colin depuis la porte du bureau. On a trouvé quelque chose.

Tous les yeux se tournent vers lui.

— Carter avait un autre téléphone portable. Samedi soir, l'antenne-relais de Huntingdon a repéré de l'activité sur un appareil sans abonnement enregistré à son nom.

Regards interloqués.

— Quelle sorte d'activité ?

— Deux appels, un à dix-sept heures et l'autre à minuit. C'est tout ce qu'on a pour le moment, en attendant le rapport complet. Mais ça signifie qu'il se trouvait à Huntingdon la nuit où Edith a disparu.

— Où est le téléphone en question ?

— Aucune idée. Il est éteint.

— A-t-on réussi à localiser sa voiture à son retour de Stoke ? demande Manon.

— Pas encore, dit Harriet. Nigel est en train de vérifier les routes secondaires et les caméras qui s'y trouvent. Il va falloir qu'on auditionne Carter à nouveau… Fini les tasses de thé et les sourires.

— Pas si vite, objecte Manon. Laissons-le sous pression pour voir comment il tient le coup. Ensuite seulement, on l'interrogera au sujet du téléphone et de ce qu'il faisait à Huntingdon alors qu'il prétend s'être trouvé à Stoke.

— Mettez des officiers supplémentaires sur l'affaire, commande Harriet. Je veux qu'on vérifie son alibi point par point. On va faire du porte-à-porte autour du domicile de sa mère. Il se peut qu'on l'ait vu quitter Stoke plus tôt qu'ils ne l'affirment tous les deux. Et n'oubliez pas les caméras de surveillance.

Manon pose une fesse sur un coin du bureau de Colin pour regarder l'écran qui affiche quatre chaises vides alignées derrière une table, sur laquelle une rangée de microphones est pointée vers les sièges.

Le reste de l'équipe se regroupe autour d'elle : Colin sur son fauteuil à roulettes, Kim rentrée du magasin River Island, Davy, bien sûr, et le nouveau, Stuart Leach, au bord de son champ de vision. Le regard de Manon passe du crâne rasé de Stuart à l'écran, puis revient sur ses larges épaules couvertes d'une chemise bouffante (elle adore l'effet d'une chemise bouffante sur un homme, surtout avec des plis soigneusement repassés), sa mâchoire carrée et ses yeux sombres où perce une certaine malice. Il croise son regard et lui sourit.

— C'était donc bien le petit ami, ironise-t-il, et Manon est renversée par son charme, mélange de ruse et d'impertinence.

— Possible. Ce n'est encore qu'une supposition, dit-elle, les yeux fixés sur l'écran, le corps tendu sous son regard.

Elle va devoir freiner sérieusement ses envies de toast à la Marmite.

— Les voilà.

Ils regardent Harriet s'asseoir sur l'une des chaises à droite de l'écran. Les Hind arrivent à cet instant sur la gauche et prennent place en se tenant la main, la tête baissée. Will Carter entre le dernier, il porte une chemise bleue qui fait ressortir la couleur ardoise de ses yeux. Manon entend presque les journalistes femmes se redresser sur leur siège. Les flashs se mettent à crépiter, un bourdonnement électrique bientôt fondu dans un brouhaha de foule qui s'installe : reporters télé, presses locale et nationale, agences de presse, chaînes numériques, journalistes Web. Manon note les cernes gris qui creusent le regard de sir Ian. Celui de lady Hind est cerclé de rouge. Avec l'âge, ses yeux ont pris une teinte argentée, comme recouverts d'une pellicule de givre. Carter glisse une main dans ses cheveux, ce qui semble provoquer le déclenchement en rafale des appareils photo.

Harriet ouvre la séance en rappelant les grandes lignes de l'enquête, la chronologie de la disparition d'Edith et le numéro vert mis en place par la police. Elle lance de fréquents coups d'œil à Will, dont le regard est fixé sur les caméras.

Un téléphone retentit dans la pièce, derrière Manon.

— Mince, déjà ! dit Colin. Les charognards en culotte courte ne se sont pas fait attendre.

— La ferme, Colin, lance Manon.

— Je parie que c'est un tas de nanas impatientes de consoler M. Carter, dit Kim. Même s'il l'a tuée, il aura droit à son lot de demandes en mariage.

Entre-temps, Harriet a présenté sir Hind au public. Il y a un silence avant qu'il ne prenne enfin la parole.

— Nous sommes terriblement inquiets au sujet d'Edith, commence-t-il en levant les yeux vers le bataillon de journalistes et de caméras.

Pendant une fraction de seconde, une expression de dégoût transparaît sur son visage. Lady Hind lui caresse doucement la main.

— Bien qu'Edith soit une jeune fille pleine de ressources, intelligente et talentueuse, les circonstances de sa disparition deviennent chaque jour plus alarmantes. Edith, si jamais tu nous regardes en ce moment, je t'en prie, fais-nous savoir que tu vas bien. Si quelqu'un dispose de la moindre information sur notre fille, nous le prions de contacter la police au plus vite.

— Monsieur Carter ? fait une voix féminine. Keeley Davis, du *Hunts Post*. Vous devez être dévasté.

— Je… Je le suis. J'ai… hésite-t-il en fouillant la salle du regard. J'ai à peine dormi. Je vis un cauchemar, une véritable torture. Nous souhaitons seulement savoir où se trouve Edie.

Manon croit apercevoir lady Hind fermer les yeux, sa bouche tordue en une légère grimace, mais ce n'est peut-être que son imagination.

— S'il vous plaît, encore une question, insiste Keeley Davis en songeant probablement au nouveau poste qu'elle va désormais pouvoir briguer au *Mail,* avec son petit tailleur cintré et son modèle rétro de Nissan, l'équivalent automobile d'un sac Prada. Avez-vous remarqué quoi que ce soit d'inhabituel dans son attitude pendant les quelques jours précédant sa disparition ?

— Non, rien du tout, répond Will.

Il regarde Keeley en face, d'un air tout à la fois perplexe, sérieux et, il faut l'admettre, adorable. Il poursuit :

— En fait, ça ne lui ressemble absolument pas. Nous étions heureux. Nous *sommes* heureux. Nous ne nous cachons rien. Elle est toute ma vie. Vous savez, elle travaillait très dur à sa thèse, et elle attendait Noël avec impatience. La routine.

Harriet désigne un autre membre du public :

— Terry, allez-y.

— Terry Harcourt, du *Mirror*. Sir Ian, pouvez-vous nous en dire plus sur Edith ? Comment la décririez-vous ?

Sir Ian semble perdre pied.

— Eh bien, dit-il en marquant une pause comme s'il n'avait pas compris la question. Comme je l'ai dit, elle est intelligente. Elle est diplômée de l'université de

Cambridge et est à présent en doctorat. Elle est assez sportive et milite pour l'environnement.

Manon remarque son expression désorientée au moment où les appareils photo se remettent à crépiter et que les flashs l'aveuglent. Elle sait ce qu'ils recherchent : de l'incontinence émotionnelle. Ils voudraient que Miriam Hind et lui s'effondrent en pleurs à l'évocation de « leur ange ».

Harriet coupe court au débat :

— Oui, Andy, du *Herald*.

— Sir Ian, vous êtes l'un des médecins de la famille royale. La reine vous a-t-elle fait part de son soutien ?

— Je ne pense pas que ceci ait un rapport avec l'objet de cette conférence de presse, rétorque sir Ian.

— OK, très bien. Nick, *ITN*, dit Harriet en pointant le fond de la salle.

— Sir Ian, vous êtes intime avec le ministre de l'Intérieur. A-t-il débloqué des moyens exceptionnels pour les besoins de l'enquête ?

— Je vais répondre à cette question, coupe Harriet. Nous disposons de tous les moyens de police nécessaires pour retrouver Edith. C'est le cas pour toutes les affaires de disparition inquiétante.

— Est-il vrai que vous cherchez un cadavre ? lance une voix.

Manon voit lady Hind vaciller. Un murmure s'élève dans la salle.

— Qui a parlé ? demande Harriet.

— Tony Thackeray, du *Eastern Daily Press*. Une personne disparue depuis plus de quarante-huit heures, par des températures négatives, n'est-ce pas plutôt une enquête pour homicide que vous devriez mener ? Allez-vous démentir que la brigade criminelle du Cambridgeshire ait été naguère critiquée pour ne pas avoir requalifié suffisamment tôt un cas de disparition en suspicion d'homicide ? L'affaire Lacey Pilkington…

— Merde, chuchote Manon.

Sir Ian et Miriam se regardent en fronçant les sourcils, avant de se tourner vers Harriet, qui intervient :

— Notre priorité est de retrouver Edith.

— Aïe, dit Colin en hochant la tête devant l'écran. Voici Monsieur le grand boss en personne, de retour de ses petites vacances.

Ils ont tous remarqué l'arrivée de l'inspecteur-chef Gary Stanton, venu se poster dos au mur sur le côté de la salle. Il est en tenue de ville, un costume bleu marine à la coupe stricte et une chemise blanche aux boutons distendus sur sa bedaine. Il ressemble à un homme qui descend tout juste de l'avion : son visage et son crâne chauve, brunis comme une dinde qui sort du four, luisent de l'éclat de l'amateur de bonne chère. Son regard fixé sur Harriet paraît la rendre nerveuse.

— Je crains que nous ne devions mettre un terme à la séance, dit-elle en se tortillant sur son siège.

Elle est impatiente d'épingler Will Carter, Manon le voit à son agitation. C'est la raison pour laquelle elle a écourté la conférence.

— Merci à tous d'être venus, conclut Harriet.

DAVY

— On me l'a volé, dit Will Carter en marchant de long en large, une main dans les cheveux et l'autre sur sa hanche. Je sais que ça paraît louche, mais je vous le jure, j'ai totalement oublié de vous en parler. J'étais tellement pris par cette… cette histoire avec Edie.

Davy est debout, dos au mur, derrière Harriet et Manon qui, assises à la table, font face à Carter. Davy croit deviner qu'Harriet se sert de lui pour « jouer le dur », bien qu'il n'en ait pas du tout l'apparence. On lui dit souvent qu'il a toujours l'air embarrassé ou surpris ; c'est pourquoi, appuyé au mur, il essaie de prendre l'attitude narquoise du sceptique intégral. Harriet, enfoncée dans son siège, fait tourner un stylo du bout des doigts. Cliché de la détective suspicieuse. À l'inverse, Manon est penchée vers l'avant, dans une pose qui signifie : « J'essaie très fort de comprendre. »

— Poursuivez, dit Manon.

— Je ne pensais pas que c'était important. Ça m'est sorti de la tête.

— Où et quand vous a-t-il été dérobé, monsieur Carter ? demande Manon.

— Dans ma voiture, alors que je m'apprêtais à partir, vendredi. Je l'avais laissé sur le siège, j'ai claqué la portière et suis rentré en vitesse pour chercher mon sac. Je pensais que ça ne prendrait qu'une minute, en réalité peut-être cinq, mais quand je suis revenu, le téléphone avait disparu.

— Avez-vous vu quelqu'un prendre la fuite, ou qui rôdait près du véhicule ?

— Non. J'ai regardé des deux côtés mais la rue était déserte. Ils étaient peut-être cachés derrière un buisson ou je ne sais quoi. De toute façon je ne leur aurais pas couru après. Je suis un peu lâche dans ce type de situation… j'aurais peur de me prendre un coup de poing. Je crois qu'ils m'observaient et qu'ils ont saisi leur chance quand je suis rentré chez moi.

— Vous n'avez pas pensé à porter plainte ?

— J'étais pressé de me mettre en route… Ma mère m'attendait. Pour être honnête, je ne croyais pas que la police puisse faire grand-chose. C'était de ma faute, il fallait que j'assume. Quoi qu'il en soit, je me suis arrêté à une boutique de téléphonie Tesco à Kettering – ils ferment tard – et je me suis acheté un portable avec Sim prépayée de façon à pouvoir donner mon numéro à Edie… Pour qu'elle puisse me joindre en cas d'urgence.

— Monsieur Carter, comment avez-vous pu croire qu'un tel événement ne concernait pas l'enquête ? dit Harriet.

— Je ne sais pas. Je voulais seulement que vous retrouviez Edie. J'étais tellement inquiet que je n'y ai même pas pensé.

— Vous avez appelé Edith de Kettering ?

— Non, je lui ai envoyé un SMS.

— Vous n'avez pas cherché à lui raconter que vous aviez été victime d'un vol ?

— J'ai essayé de l'appeler.

— Vous avez essayé de l'appeler, répète Harriet d'un ton de frustration lasse.

— Elle n'a pas décroché. Je savais qu'elle ne reconnaîtrait pas le numéro, c'est pourquoi je lui ai écrit un texto, auquel elle a répondu : « OK. »

Il s'est immobilisé face aux deux femmes.

Davy ne voit pas l'expression d'Harriet, mais il l'imagine en train de froncer les sourcils.

— Monsieur Carter, vous comprenez que nous soyons perplexes. Vous affirmez que tout est parfait entre vous et Mlle Hind, que tout allait bien durant les quelques jours qui ont précédé sa disparition…

— OK, peut-être pas parfait.

Harriet pointe la chaise du doigt, à la manière d'une mère s'efforçant à la patience. Carter s'assoit enfin.

— Une minute avant tout allait bien, reprend-il, et la minute d'après tout est allé de travers. On préparait à dîner, on regardait la série *Sherlock* sur iPlayer… Jusqu'à ce que, c'était il y a une semaine environ, elle paraisse se détacher, comme si elle était fâchée contre moi. Elle se figeait dès que j'essayais de la toucher, ou bien disait qu'elle avait trop de travail. Bref, elle m'évitait. Je suppose que ça colle avec ce que vous m'avez raconté entre Helena et elle.

— Avez-vous des exemples précis ?

— Eh bien, le samedi avant… une semaine avant… dit-il en rougissant, ne sachant comment qualifier « l'événement » de la disparition d'Edith, qui pouvait tout aussi bien signifier son décès. Elle est sortie, Dieu sait avec qui, et elle est rentrée très ivre. Elle a ensuite passé tout le dimanche au lit avec son ordinateur portable. Puis, vers quinze heures, elle a enfilé un survêtement et des bottes et a pris ses clefs de voiture. Quand je lui ai demandé où elle allait, elle a répondu : « Dehors. » Nous avons vécu de cette façon, comme deux étrangers qui partagent un logement. Vendredi, c'est-à-dire le jour de mon départ pour Stoke, elle s'est montrée subitement débordante de tendresse. Nous avons fait l'amour – c'était dans l'après-midi – et j'ai pensé que les choses avaient repris un cours normal, que ça n'avait été qu'une mauvaise passe. Mais elle s'est mise à pleurer tout de suite après… après l'acte, je veux dire… et elle m'a demandé pardon. J'imagine maintenant qu'elle pensait à Helena. Je n'en sais rien. J'ai dit : « De quoi ? » Elle a répondu : « De me comporter comme une connasse avec toi. » J'ai essayé de la rassurer, en lui disant que je n'avais rien remarqué. Ce qui était faux, bien sûr. J'avais remarqué son changement d'attitude, mais j'étais heureux qu'elle soit à nouveau bien avec moi. Je voulais qu'on soit proches comme avant, je ne voulais pas de dispute. Ça a paru la mettre encore plus en colère. Elle m'a répondu sèchement : « T'as raison, Will, continuons à nous mentir. » Très sincèrement, je n'avais aucune idée de ce qu'elle voulait dire.

Pauvre gars, songe Davy. C'était loin d'être le premier type dont la fiancée se révélait un parfait mystère. Qui a dit qu'il n'arrive jamais qu'un homme, s'il est séduisant – quasi un mannequin, dans le cas présent –, se retrouve au mauvais endroit, au mauvais moment ?

— Il vous en a fallu, du temps, pour nous raconter cela, assène Harriet.

Elle cherche à l'épingler, à briser son alibi pour le mettre en état d'arrestation avant que Stanton vienne fourrer le nez dans son enquête. Elle doit penser qu'il a planifié le vol de son téléphone – l'arrêt à Kettering pour acheter un téléphone sans abonnement faisant partie de son alibi – puis qu'il est rentré en douce à Huntingdon pour assassiner Edith, furieux qu'elle veuille le quitter ou qu'elle l'ait trompé, voire les deux. C'était souvent les deux.

— C'était intime, d'accord ? proteste Carter, sans vraiment crier mais sur un ton défensif. Ma relation avec Edith est privée. Je ne voulais pas que vous vous mêliez de ça.

Davy examine les frisottis à l'arrière du crâne de Manon en se demandant ce qu'elle pense de Carter. Elle serait probablement d'avis de calmer un peu le jeu, localiser le téléphone et la plaque minéralogique, suivre la piste de la boutique de mobiles Tesco à Kettering et vérifier auprès des stations-service sur son trajet de retour. Comme elle aime à le répéter, les affaires ne se résolvent pas à coups de vagues intuitions. On en vient à bout au prix d'un travail acharné, obstiné et pénible.

Harriet extrait un pot de vaseline vert et blanc des profondeurs de son sac à main. Machinalement, elle dévisse le couvercle et y plonge l'index, qu'elle fait courir sur ses lèvres jusqu'à les faire luire. Son regard est perdu au loin. Ces horaires sont en train de nous tuer, pense Manon. Elle aussi se surprend à regarder parfois dans le vague. Dans ces moments, son esprit revient sans cesse à la maison de Deeping – ses motifs picturaux baroques, aux couleurs à la fois sinistres et créatives –, peut-être parce qu'elle est l'exact opposé du QG de la police, tout en panneaux clairs et néons crus. La galerie des recoins sombres.

Ses collègues s'apprêtent à rentrer chez eux.

— On ne peut pas vous retenir indéfiniment, leur a dit Harriet. Allez vous reposer. On se revoit demain matin à sept heures.

Manteaux que l'on enfile sur des bras ankylosés, sacs que l'on rassemble, coups de fil aux proches. (« Oui, Dawn, je sais qu'il est tard… Pardon, je n'avais pas le choix… Tu veux que je prenne quelque chose pour le dîner ? »)

— Ne rentre pas seule à pied ce soir, conseille Harriet à Manon qui, obligée de cligner des yeux pour fixer son attention, la voit dégager ses cheveux de sous le col de son manteau.

— T'en fais pas, j'ai ma voiture. Attends un peu, je croyais que Carter était notre principal suspect ?

— Oui, ben, t'as entendu ce que Stanton a dit.

Elle a effectivement assisté à la réunion, lors de laquelle Stanton, remontant l'arrière de sa ceinture pour faire semble-t-il contrepoids à son gros ventre, avait averti Harriet qu'elle n'avait aucune preuve contre Carter : « Pas de corps, pas d'autopsie, pas de témoins, rien. »

— Il suffit de le secouer un peu, avait rétorqué Harriet sans y croire plus que cela.

Stanton refusait de faire les gros titres et de payer l'addition en cas d'erreur de leur part. Surtout, il craignait de se mettre la presse à dos. Il avait sous-entendu : « Tu t'es vite emballée sur cette affaire, heureusement que je suis là pour reprendre la barre en douceur. »

— Pour l'instant on attend, leur avait-il ordonné. Nous allons suivre toutes les pistes, poursuivre les auditions. Ensuite nous procéderons par élimination.

— Ne… ne circule pas à pied, c'est tout, répète Harriet en étouffant un bâillement. On ne sait jamais, hum, qui est là, dehors.

— Rien de nouveau sur le numéro mystère xxx-515, celui qui apparaît dans l'historique d'appels du téléphone d'Edith ? demande Manon à Davy alors qu'il avance vers elles.

— Non.

— Je te dépose quelque part ? lui propose Manon.

Il a un moment d'hésitation, puis :

— OK. Merci beaucoup.

Les essuie-glaces de son véhicule repoussent la pluie avec obstination, sans pouvoir rien faire contre la buée qui se forme à l'intérieur du pare-brise. Elle ouvre une vitre, laissant en même temps pénétrer des bourrasques humides. Des rafales de vent font tanguer la voiture tandis qu'elle s'engage dans l'A14 afin d'éviter le cordon de police qui boucle le périmètre de George Street, occasionnant un embouteillage monstre dans le centre de Huntingdon. Il lui faudra emprunter la route périphérique pour rejoindre Sapley, la banlieue où habite Davy. La chaussée bruit sous la pluie, l'humidité se mêle à l'odeur de renfermé qui imprègne l'habitacle. Sur les accotements de l'autoroute, les derniers vestiges de neige, à peine visibles dans le noir, sont impitoyablement déblayés par l'averse.

— Davy, tu as des loisirs ? interroge Manon en scrutant l'obscurité.

— Oui, j'en ai. Je fais du bénévolat dans un foyer d'accueil. J'aime bien le jardinage, même si je n'ai pas de jardin en ce moment. Et je prends soin de ma mère.

— Wow, t'en as plein ! Moi j'en ai zéro.

— Pourquoi cette question ?

— J'ai dû remplir la rubrique « loisirs » sur mon site de rencontre… J'ai été obligée de la laisser vide. Tu te rends compte ? Pas un seul hobby. Du coup j'ai décidé de m'en trouver.

— Et ça donne quoi ? demande Davy avec une note d'espoir qui pourrait laisser croire qu'il ne connaît pas Manon.

— Une catastrophe. Je déteste ça. C'est quoi, l'intérêt de faire quelque chose simplement pour le faire, alors que ce n'est pas mon métier ?

— Ça sert à se détendre.

— Tu parles. J'ai même assisté à un cours de poterie, histoire de remplir la rubrique. Mais je n'ai pas réussi à ignorer la futilité de l'entreprise. Je veux dire, ce n'est pas comme si j'allais avoir un tour de potier dans mon salon uniquement pour me détendre.

— Pourquoi pas ? Regardez Demi Moore, dans *Ghost*. Elle en avait un.

Elle le dévisage, mais il continue à fixer la route d'un air ravi.

— À la place, je vais essayer la zumba, poursuit Manon. Peut-être même ce soir. Ça m'aidera à déstresser. Ces derniers jours ont été intenses. Tu… Toi aussi tu as du mal à t'endormir ?

— Moi ? Jamais. Comme on dit, j'ai à peine touché l'oreiller que ça y est, je dors. C'est Harriet qui vous a conseillé ce… ces cours de zumba ?

Elle lui décoche un regard noir.

— C'est pas elle. Pourquoi ? Elle t'a dit quelque chose ?

— Rien du tout, non. C'est super d'entretenir sa forme physique. Pour courir après les méchants. Ah ! nous sommes arrivés, dit-il en se tapotant les genoux.

Manon freine et il sort du véhicule. Se penchant par la portière ouverte, il lance :

— Bon, eh bien, salut !

Il attend qu'elle réponde, en vain. Il referme la portière.

Mercredi

DAVY

Il est arrivé aux aurores, frais et dispos. Alors qu'il retire son manteau, il observe le département de la MIT depuis sa table. Le personnel des services administratif et technique, logé dans les étages supérieurs de l'immeuble, a troqué son ambiance de travail habituelle pour un esprit festif et détendu – pour la plupart d'entre eux, c'est la dernière semaine avant les congés – qui menace de contaminer l'équipe d'investigation. Debout sur une chaise, Kim accroche des cartes de Noël à un bout de ficelle, rangée d'oiseaux posés sur un fil. Un des membres de l'équipe a suspendu entre les tubes de néon une guirlande en papier doré dont une extrémité cascade le long du mur, la gomme qui l'y maintient s'étant décollée.

J-4 avant Noël. Disparue depuis soixante-dix-sept heures. Ils ont laissé passer le délai fatidique. Il lève la tête vers l'écran de télévision fixé au mur et aperçoit les vues aériennes des équipes de recherche retransmises par les chaînes d'informations en continu – des personnages minuscules, vêtus de blousons bleu marine estampillés « Police » ou de coupe-vent fluorescents, qui examinent méticuleusement chaque mètre carré de jardin et battent les fourrés à coups de bâton ; des camionnettes blanches stationnées au coin des rues ; des groupes d'officiers penchés sur des cartes topographiques ou enquêtant auprès de la population locale. Tout cela sans le son, pendant que défile la bande rouge au bas de l'écran : « Disparition de l'étudiante Edith Hind : des hommes-grenouilles sondent la Ouse. » L'image bascule sur une vedette bleu marine glissant sur les eaux brunes et épaisses de la rivière. Un boulot affreux, pense Davy. Quel espoir, hormis celui de remonter une chose terrible ou de ne rien trouver du tout ? Vient ensuite une image de citoyens qui se sont portés volontaires pour participer aux recherches et qui, rassemblés en une longue file, passent au peigne fin la vaste étendue de Portholme Meadow. La plupart bavardent entre eux sans prêter la moindre attention à l'endroit où ils mettent les pieds.

Il suspend son manteau au dossier de sa chaise et s'apprête à se servir à la machine, où du café est en train de bouillonner et de brûler, quand Manon passe le seuil de la porte. Il lève sa tasse vide et elle lui répond par un signe de tête en levant le pouce. Elle paraît marcher avec précaution et avoir des difficultés à enlever son manteau. Alors qu'il lui verse un café, il voit Stuart, le nouveau, avancer vers elle et lui retirer le manteau des épaules. En guise de réponse, Manon esquisse une grimace et ils se mettent tous les deux à rire.

Davy ignore son secret, mais chaque fois que Stuart lève ses yeux bordés de cils façon prince charmant, toutes les femmes dans la pièce se mettent à glousser comme des lycéennes invitées à leur première boum. Il a une telle confiance en lui, comme la fois où Harriet était en train de lui expliquer le fonctionnement de la base de données HOLMES et qu'il a enlevé une peluche sur l'épaule de sa veste. Prise de court, Harriet avait paru un instant totalement désemparée. Davy n'aurait jamais le cran de se comporter ainsi avec un supérieur hiérarchique. Admiratif, il rapporte les deux tasses de café à son bureau, y pose la sienne et tend l'autre à Manon, qui la prend sans lever les yeux de son écran.

Il est préoccupé par Noël, surtout par ce qu'il va offrir à sa mère. Des chaussettes de nuit – en cachemire, bien sûr ? Cela risque de lui rappeler sa dépression, qu'elle a passée au fond de son lit. Ces longs mois durant lesquels Davy a illuminé de sa présence sa sombre réclusion. Il aimerait lui trouver un cadeau qui lui fasse plaisir, car Noël est une période difficile pour elle, ravivant le souvenir douloureux du départ de son mari, dix-sept ans auparavant. Elle est sans cesse en train de poser des questions à Davy sur son père qui, pour sa part, mène une existence heureuse avec Sharon, la dame qui fait traverser les enfants, dans le Kent. Bien entendu, impossible pour Davy de passer les fêtes en leur compagnie – quoique leurs Noëls paraissent sacrément animés, la famille élargie de Sharon se retrouvant à cette occasion dans la station balnéaire de Whitstable, pour de copieux repas et de grandes balades sur la plage. Mais non, ce serait déloyal envers sa mère.

— Il y a une réunion prévue cet après-midi, informe-t-il Manon. Des équipes de diverses agences de protection de l'enfance. C'est inscrit sur le tableau.

— Ça va pas être possible, dit Manon en sirotant son café. Trop de boulot.

— La chef dit qu'on est obligés. Ordre de la direction.

— Quelle heure ?

— Quinze heures. Ça ne sera pas long, mais personne ne peut y couper.

Davy se réjouit que la réunion soit obligatoire. Il faut que ses collègues sachent ce qu'il se passe réellement. Ce qu'il voit dans son foyer d'accueil. Il s'occupe d'un jeune garçon de douze ans, Ryan, qui a été confié au foyer après avoir été admis une deuxième fois à l'hôpital pour des fractures aux avant-bras, à l'âge de dix ans. Il avait des marques de bottes sur la peau. Chaque fois que Ryan passait la porte de chez lui, il se faisait dérouiller par un des minables que fréquentait sa mère, ou par sa mère elle-même, qui prenait également un malin plaisir à éteindre ses cigarettes sur lui.

Pour son onzième anniversaire, Davy acheta à Ryan un pistolet à prouts que le garçon avait d'abord toisé avec mépris, c'était un truc pour les bébés, il préférait une Nintendo DS ou une console Wii. Davy ignora ses remarques et appuya sur la détente sous la table du McDonald's, si bien que les clients à la table voisine se mirent à chuchoter et à faire la grimace. De retour au foyer, Ryan commença à jouer avec son pistolet, claironnant et proutant au visage de ses copains, qui tripotaient furieusement leurs téléphones portables, assis sur les canapés rouges en mousse. Ryan était mort de rire, il en pleurait et hurlait de joie, et c'était comme s'il avait de nouveau quatre ans, puis six, puis onze – tous les âges qu'il ne lui avait pas été permis de vivre. Et Ryan adorait rire, dès lors qu'il s'accordait la liberté de le faire, ce qui était rare. Quand il était vaincu par l'hilarité, comme à l'occasion du pistolet à prouts, son visage s'illuminait, on aurait dit un rayon de soleil jouant sur l'eau.

— On me vire du foyer, lui avait pourtant confié Ryan lors de sa dernière visite.

— Quoi ? avait répondu Davy, atterré. Pour aller où ? Chez ta mère ?

Ryan avait acquiescé, déglutissant avec peine.

— Y a plus assez de place pour moi à Aldridge House. Ils ont renvoyé deux membres du staff, Evangeline et Bill, les seuls qui étaient gentils. Donc y a plus assez d'adultes pour s'occuper des gamins – question de ratio, ils disent. C'est pour ça qu'il faut que je parte.

— Qu'en pense ta mère ?

— 'Sais pas. Ils ont pas encore réussi à la joindre. De toute façon, y a que l'argent qui l'intéresse.

Il avait pris une voix de fausset pour l'imiter :

— « Comment chuis censée l'nourrir si j'ai pô d'thunes ? » Viens, on va jouer.

Plus tard, alors qu'ils jouaient chacun leur tour à la table de feutrine verte, Ryan était revenu sur le sujet. La queue de billard posée en travers de ses épaules, les bras passés autour en cintre, il avait lâché :

— Au moins, je suis pas Jayden.

— Qu'est-ce qui lui est arrivé ? s'était enquis Davy en se penchant de tout son long pour viser la boule rouge.

— Il s'est fait virer d'Aldridge. On l'a recasé dans un autre foyer avec deux pédos. Tout le monde sait qu'ils sont pédophiles mais les services sociaux disent que c'est tout ce qu'ils ont. Je préfère encore me retrouver à la rue.

— Quel âge a Jayden ? avait demandé Davy tout en appliquant de la craie bleue sur l'extrémité de sa queue de billard, tandis que Ryan faisait le tour de la table pour calculer les bons angles.

— Dix ans.

Si Davy pouvait choisir où il passerait Noël, ce serait au foyer, avec Ryan. À manger une dinde mal cuite et sa farce industrielle. À jouer au billard avec son T-shirt « bonhomme des neiges » et un chapeau en papier sur la tête, guettant l'occasion de déclencher le pistolet à prouts au moment où Ryan s'y attendrait le moins.

MANON

Elle attend en bâillant que la salle se remplisse. Harriet doit leur faire un briefing ce matin, mais elle est coincée dans son bureau avec Stanton et un officier de l'ARPD.

La tête baissée sur sa table, Colin marmonne en italien.

— *Posso avere quella senza aglio ?* dit-il à son iPhone.

— Qu'est-ce que tu fiches, Colin ? demande Manon en se frottant l'œil.

Elle soulève sa paupière et cligne vers le bas.

— Mon appli pour apprendre l'italien. Traduction… « Est-ce que je peux en avoir sans ail ? » Je déteste ça, Gwyneth aussi.

— Je ne suis pas sûre que les Pouilles soient la destination idéale, dans ce cas, dit Manon dont les triturations n'ont pas soulagé l'œil le moins du monde.

— Y pas de raison pour qu'ils se plient pas à nos goûts. C'est nous qui payons.

Il se renverse contre sa chaise, les lunettes remontées sur son crâne chauve. Manon est songeuse : Gwyneth a-t-elle regardé Colin droit dans ses petits yeux striés de veines rouges pour lui dire : « Tu es le misogyne facho que je veux pour époux » ? Vraisemblablement, puisqu'ils sont mariés depuis plus de trente ans. Dans un sens, c'est un sacré coup de bol. N'est-ce pas une chance d'être heureux de ce que la vie met sur notre chemin (même si c'est Colin), au lieu d'en être généralement insatisfait, à l'exemple de Manon ? Les recherches Google de Colin sont la preuve éclatante de la richesse de leur vie de couple – hôtels de luxe à Margate, cours de peinture à Giverny, excursions dans le Tyrol.

— Regarde, c'est l'une des *pensioni* où on va loger, dit Colin en faisant défiler des images de rideaux de mousseline ondoyant sous la brise devant une fenêtre avec vue sur la mer.

C'est l'une des nombreuses choses que Manon déteste dans les bureaux en open-space – mis à part qu'ils stimulent les extravertis imbus d'eux-mêmes : ils déchaînent sa nature envieuse. Elle est régulièrement dévorée par la jalousie : envers Colin et Gwyneth et leur escapade dans les Pouilles, envers les jumeaux nouveau-nés et braillards de Nigel et Dawn. Elle envie même les plateaux-télé du vendredi soir de Davy et Chloe.

Adossé au mur, Stuart fixe intensément la pièce, si bien que Manon a l'impression de croiser son regard chaque fois qu'elle lève les yeux. Il est arrivé il y a seulement trois jours, cependant sa présence exerce sur l'équipe un effet curieusement dominateur. Quand il l'a aidée à ôter son manteau, ses mains ont effleuré son cou et la décharge qu'elles ont provoquée dans son corps l'a perturbée au point de ne rien trouver d'autre à dire qu'un commentaire autodévalorisant sur son trop-plein d'exercice la veille au soir.

— On ne m'y reprendra plus, avait-elle ajouté. À partir de maintenant, mon gros derrière reste vissé sur une chaise.

Ses bras et ses jambes sont tellement courbaturés qu'elle peut à peine enfiler son manteau et que sa tentative pour zipper ses bottines ce matin s'est soldée par un roulé-boulé douloureux sur le sol, à l'instar d'un hérisson terrorisé. Elle boit une gorgée de café. La fatigue l'a brutalement terrassée, semblable à un mur qu'il lui faut désormais escalader. Cette nuit n'a fait qu'empirer les choses. Plutôt que de renouveler l'énergie de son corps et de son esprit, le sommeil l'a pétrifiée dans son épuisement comme dans du béton.

Edith Hind fait les gros titres de toute la presse, accompagnés de photographies de sir Ian et Miriam. Si la plupart des articles se contentent d'être factuels, Manon a noté que deux ou trois éditos de journaux à tirage moyen portent un jugement sur la conduite du couple. « Quand un parent n'est capable de ne dire de son enfant bien-aimé que “très bon à l'école”, c'est qu'il est peut-être temps de repenser notre système de valeurs », remarque un de ces moralistes à la noix.

Elle relit la feuille dactylographiée que lui a remise Davy, détaillant les allées et venues connues d'Edith lors de la semaine précédant sa disparition. Des caméras l'ont repérée à bord de sa G-Wiz au cours d'un trajet pour aller à Deeping, dimanche 11 décembre. Une semaine avant qu'elle disparaisse et le lendemain de sa liaison avec Helena.

— Hâte de retrouver votre programme télé de Noël ? lance Davy à la cantonade, à la manière d'un chauffeur de salle. Moi, ce sera *Polar Express*.

Manon a resserré les mains autour de son mug.

— T'as remarqué qu'Edith Hind et Will Carter n'ont pas de poste de télévision ? dit-elle.

— Ça n'est pas une obligation légale.

— Que si ! éructe Colin sans lever la tête.

— Je ne supporte pas les gens qui n'ont pas de télé, lâche Manon.

— En voilà une remarque raisonnable, dit Stuart en la fixant dans les yeux, les bras croisés sur sa poitrine.

— Vous voulez savoir pourquoi ? poursuit-elle en soutenant son regard.

— A-t-on vraiment le choix ? marmonne Davy.

— Parce qu'ils passent leur temps à regarder n'importe quoi sur iPlayer, puis se vantent auprès de ceux qui ont la télé de ne pas en avoir.

— Tu connais ma théorie ? intervient Colin.

— Pitié ! s'écrie Manon. Fermez vite la fenêtre, que personne dehors ne l'entende.

— Moi je pense qu'Edith Hind aimait une bonne pizza bien grasse, un petit film divertissant et une partie de jambes en l'air, sans avoir à faire bouillir du tofu ni discourir sur les poètes métaphysiques.

— Super, merci pour ta participation, Colin.

Harriet et Stanton viennent d'entrer dans la salle et la première est en train de taper des mains pour demander le silence.

— S'il vous plaît tout le monde ! annonce-t-elle d'une voix forte.

Stanton prend la parole à sa suite.

— Harriet va faire un point avec vous ce matin. Je dois me rendre à une conférence de presse à neuf heures à l'étage au-dessous. Simplement, j'aimerais vous informer de ce que sera ma ligne, à savoir qu'Edith ayant disparu depuis plus de soixante-douze heures, il est hautement probable qu'il faille s'attendre au pire.

Il réagit aux propos de Thackeray pendant la conférence de presse et à l'indignation qu'a suscitée leur dernière affaire de disparition inquiétante, il y a trois ans, pense Manon. Lacey Pilkington, douze ans, avait disparu dans une cité de Peterborough. Stanton était alors inspecteur. Son enquête avait fait l'objet de critiques virulentes : les officiers s'étaient persuadés jusqu'à l'aveuglement qu'elle était encore en vie, ce qui avait retardé la mise en œuvre d'actions efficaces. Ils auraient dû requalifier plus tôt l'affaire en suspicion d'homicide. Leurs atermoiements avaient fait perdre un temps et des indices précieux. Stanton, insinua-t-on, s'était laissé influencer par les émotions de la famille de la victime – cette même famille, se rappelle à présent Manon avec amertume, qui avait en réalité assassiné la fillette.

— Je ferai aussi clairement savoir, poursuit Stanton, que notre enquête va essentiellement se focaliser sur la vie sentimentale complexe d'Edith.

Il se tourne vers Harriet, fait un signe de tête.

— Merci, conclut-il avant de quitter le service.

— Ian Hind va nous *adorer*, souffle Manon.

MIRIAM

— Ça ne sera plus long, maintenant, dit Miriam, assise sur une chaise en plastique dans la salle d'audition numéro un. Jusqu'à l'arrivée de Rollo, je veux dire.

Elle perçoit les odeurs du café instantané vendu dans l'un de ces petits gobelets marron qui crissent sous la main.

Ian ne répond pas. Il continue à marcher de long en large. Elle ignore comment il tient ; il paraît dépenser tant d'énergie tout au long de la journée, alors qu'il ne dort pas non plus la nuit. Il a passé la journée dehors au côté du prêtre, qui a accompagné ses paroissiens dans la prière. Il a tâché en vain de masquer son aversion pour les bénévoles qui participaient aux recherches (Miriam n'a jamais entendu de discours de remerciement aussi hésitant et pincé que le sien), prenant en charge les frais d'impression des posters, T-shirts et ballons marqués du visage souriant d'Edith et de la date, 17/12/2010.

Il s'est d'abord réjoui que l'inspecteur-chef Gary Stanton supervise l'enquête, rassuré qu'un de ses pairs prenne enfin les commandes – *un camarade*, quelqu'un qui ferait réellement bouger les choses. Mais c'était avant qu'il voie la conférence de presse de ce matin, sur Sky. Il s'est mis à haleter, puis il s'est levé et a arpenté la pièce, puis il s'est remis à fulminer, jusqu'à ce que sa rage contamine Miriam.

Edith a disparu depuis plus de soixante-douze heures et l'enquête commence à accuser un net ralentissement. Elle s'est refroidie. Les officiers ont repris des horaires de travail normaux. Les recherches se poursuivent sans répit, des centaines de policiers fouillent inlassablement le terrain à l'aide de bâtons, de lampes-torches ou de combinaisons de plongée, mais Miriam sent que l'urgence à retrouver une personne vivante est passée.

Elle prend une profonde inspiration, incline la tête en arrière et ferme les yeux. Elle n'est pas sûre de pouvoir supporter une nouvelle journée dans cette ville. Encore une nuit à transpirer et suffoquer dans cette chambre d'hôtel privée d'air ; un repas de plus au bar, à une table graisseuse, ses vêtements imprégnés de l'odeur de friture. Elle n'a qu'une hâte, fuir Huntingdon, sa neige sale, ses enseignes bon marché, ses rues grises et étriquées. Elle reconnaît avoir secrètement nourri l'espoir que, en partant d'ici, elle laisserait derrière elle cette atroce histoire : les sentiments indicibles, les nuits sans sommeil, les errances désordonnées de son esprit entre terreur et hébétude. Une fois rentrée à Hampstead, elle pourrait bien redevenir celle qu'elle était il y a seulement quatre jours. Les préparatifs pour Noël, l'émondage de son bel eucalyptus, les figues sèches plongées dans le cognac, les guirlandes lumineuses à petites boules blanches qu'elle doit sans cesse démêler. Elle ressent une colère grandissante contre Edith, de lui faire endurer ces choses, comme si elle était une éponge indéfiniment absorbante destinée à nettoyer le désordre laissé par sa fille. Sa colère la fait ensuite pleurer, et elle n'aspire à rien d'autre que retrouver son enfant.

— Sir Ian… lady Hind… les salue une voix masculine, et Miriam essuie ses larmes en voyant entrer l'inspecteur-chef Gary Stanton, l'inspectrice Harriet Harper et le sergent-détective Manon Bradshaw, ainsi qu'ils se présentent tous les trois de nouveau.

Oh mon Dieu, non, ils ont trouvé un corps. Pourquoi sont-ils là tous les trois, telle une funeste Trinité ? Miriam lève la tête, une main crispée sur la bouche, ses yeux voltigeant de l'un à l'autre.

— Rien de nouveau à signaler, dit aussitôt le sergent-détective Bradshaw en notant son effroi.

— Par tous les diables ! Allez-vous m'expliquer la comédie de ce matin ? tempête sir Ian.

— Je n'ai fait que dire ce que je pensais, réplique calmement Stanton. Pardonnez-moi si cela vous a offensé.

— Mesurez-vous ce que va être la réaction des tabloïds après ça ?

Miriam sait que ce ne sont pas les révélations salaces concernant la vie amoureuse d'Edith qui l'ont bouleversé, mais l'expression « s'attendre au pire ». Il ne peut, ne veut pas s'y résoudre.

— Nous avons besoin de renseignements. La presse est le meilleur moyen d'arriver à nos fins.

— Vous avez raconté à la presse qu'elle était morte. Purement et simplement.

— Nous devons être réalistes… commence Stanton.

— Non. Vous devez la retrouver. Point. La. Retrouver. Cessez vos simagrées et mettez-vous au travail, s'écrie sir Ian, vaincu par une soudaine montée de larmes.

Le regard de Miriam se porte sur la détective Bradshaw, adossée contre la porte close, les mains derrière le dos. De si belles boucles. Indomptables. Elle est toujours en train d'observer, et voilà qu'à présent elle rend son regard à Miriam. Aucune des deux femmes ne sourit.

— Peut-être, intervient l'inspectrice Harper, seriez-vous plus à l'aise chez vous, plutôt que terrés dans un hôtel envahi par la presse, à Huntingdon.

— Vous êtes en train de nous dire que vous abandonnez la partie, s'emporte Ian. Vous mettez un terme aux recherches et ne voulez surtout pas m'avoir sur le dos.

— Pas du tout, répond Stanton. En aucun cas nous ne comptons abaisser le niveau d'urgence de l'affaire. Nous allons poursuivre les recherches avec le maximum d'intensité et vous serez tenus informés de l'avancée de l'enquête par votre officier de liaison.

— Merveilleux. Vous nous renvoyez chez nous avec cette triste personne. Va-t-on devoir se la farcir également pour Noël ?

— Ian, souffle Miriam presque dans un murmure.

— L'officier de liaison est là pour vous apporter son soutien. Nous pensons juste qu'il n'est pas raisonnable de vous garder à Huntingdon, explique Stanton. Je vous garantis cependant qu'il ne s'agit pas de baisser le niveau de priorité de l'affaire.

Évidemment que si, pense Miriam.

— Je ne permettrai jamais que l'enquête s'enlise et soit classée, poursuit Ian. Je ne vous laisserai jamais arrêter les recherches. S'il faut que j'en appelle à Roger…

Il est debout à côté de sa chaise. Miriam lui prend la main et la lui serre fort, puis elle la porte à ses lèvres et ferme les yeux pour empêcher que les larmes ne coulent, car son odeur, la douce sensation des poils sur le dos de sa main posée contre sa joue, le voir se battre de toute son âme pour eux deux, pour eux tous, tout cela est en train de la faire vaciller.

— Je sais combien il est difficile pour vous de quitter cet endroit, dit la détective Bradshaw d'une voix plus douce que celle de ses supérieurs. Comme si vous quittiez Edith. Mais vous ne pouvez pas rester à Huntingdon indéfiniment. Et votre domicile n'est qu'à deux heures d'ici…

— Ils ont raison, mon chéri, approuve Miriam en levant la tête vers Ian, sa main tenant encore la sienne contre sa joue. Notre présence ne les aide pas. Nous ferions aussi bien de rentrer chez nous et dormir dans notre lit. Mais je vous en prie, ne nous forcez pas à emmener cette sinistre femme avec nous.

— C'est uniquement pour votre bien, dit l'inspectrice Harper. Et vous avez ma parole qu'il n'y aura aucune baisse, ni de nos efforts, ni de notre volonté.

MANON

— Aucune baisse d'efforts ? s'étonne Manon tandis qu'Harriet et elle grimpent dans la cage d'escalier bruissante d'échos, afin de rejoindre le service de la MIT, sans Stanton, parti gratifier son bedon d'un copieux repas. Tu ne te serais pas un peu avancée ?

— Pas ma faute s'il me met les nerfs en pelote. Je perds tous mes moyens dès que je le vois me regarder en pensant : « À quelle sous-race appartenez-vous ? », dit Harriet en imitant son accent de la haute.

— C'est vrai qu'il est un peu… austère.

— Un peu ?

— Disons qu'il est inquiet. J'aimerais que mon père agisse de la même façon pour moi.

— Mouais. Sa femme aussi est un beau spécimen de viande froide.

Manon s'arrête et pose une main sur le bras de Harriet, la forçant à se tourner.

— C'est faux. Elle est complètement déboussolée, c'est tout.

— Il faut qu'on se remette au boulot et qu'on identifie les personnes dans la file d'attente du bureau de poste. Nigel a récupéré les enregistrements, mais certains individus sont masqués par des capuches ou sont dans les angles morts des caméras.

— On va demander aux employés de recouper les renseignements à l'aide de leurs dossiers. Où Carter va-t-il loger ?

— Pas chez Helena Reed, en tout cas. Nous lui avons permis de retourner chez sa mère à condition qu'il n'en bouge pas, afin de pouvoir le tenir informé. Le frère d'Edith doit rentrer cet après-midi. Je veux que Davy et toi l'auditionniez dès son arrivée, OK ? Tu as des plans pour ce soir ?

— Encore un rencard. Franchement, je préférerais m'enfiler des milliers d'heures d'enregistrements de caméras de surveillance.

Le nez dans leur smartphone, ils attendent dans la salle de conférence numéro un que débute la réunion sur la protection de l'enfance. Manon vient de recevoir un SMS de Bryony lui demandant des nouvelles de ses aventures amoureuses. À côté d'elle, Nigel, dos à la pièce, chuchote dans son téléphone, une main repliée par-dessus le combiné. Manifestement il parle à Dawn. Colin télécharge la confirmation de ses vols Ryan Air. Kim est en train de bâiller, les pieds sur la chaise devant elle. La salle est une oasis de bleu police – sièges en mousse, rideaux, moquette – et sent le café filtre. Elle se remplit graduellement, on se presse le long des rangées, genoux légèrement repliés : équipes d'ambulanciers de Hinchingbrooke, officiers des douanes et des brigades d'investigation criminelle. On se salue d'un signe de tête ou de main. Quelques uniformes, des froissements de vestes fluorescentes à fermeture éclair ou bouton pression et des crépitements de radios qui font paraître chacun plus imposant qu'il ne l'est. Dingue qu'elle ne parvienne pas à se trouver un mec parmi eux.

Assis de l'autre côté de Manon, Davy se tient droit comme un I, le cou tendu de manière à avoir une vue directe sur l'estrade et la femme qui farfouille dans ses papiers avant de prendre la parole.

— Vous devriez écouter, presse-t-il Manon. C'est un sujet important. Vous n'imaginez pas ce qui se passe là-bas.

Manon est bien trop occupée à envoyer des SMS à Bryony.

> Celui de ce soir est un poète. Donc pas uniquement un crétin, mais un crétin sans le sou.

— Bonjour tout le monde, merci d'être venus aujourd'hui, commence la voix fluette sur l'estrade. Je m'appelle Sheila Berridge et je dirige le service de protection de l'enfance.

Le téléphone de Manon vibre.

> T'en sais rien. Il a peut-être remporté d'illustres prix de poésie. Ceci dit j'admire ta persévérance. B

Manon bâille, entend les expressions « investissement intersectoriel » et « réflexions mutualisées » traverser la pièce dans sa direction.

— Nous devons absolument prendre conscience que les foyers pour enfants sont en crise, avec des conséquences désastreuses pour tous les secteurs.

Sheila Berridge leur rappelle ensuite qu'en raison du nombre croissant de familles tombant chaque année sous le seuil de pauvreté, il n'y a jamais eu autant d'enfants placés en foyer qu'à l'heure actuelle. Soixante-sept mille exactement en Angleterre, ajoute-t-elle.

Davy se penche vers Manon et lui souffle précipitamment :

— Soixante-sept mille, vous vous rendez compte ? C'est trois fois le nombre d'habitants d'une ville comme Huntingdon.

— Une ville entière peuplée d'enfants, dit la femme sur l'estrade comme si elle et Davy communiquaient par télépathie. Des enfants aux attaches brisées, la majorité, soixante-dix pour cent, ayant subi des abus ou des maltraitances. Une fois confiés à un foyer, poursuit-elle en essayant de couvrir le brouhaha continu dans la pièce, beaucoup d'entre eux doivent affronter l'instabilité de placements à courte durée. La plupart du temps, ils disparaissent dans la nature, avec le risque de s'exposer aux abus de toutes sortes, comme l'exploitation sexuelle.

— Je vois ça tous les jours dans mon centre, chuchote Davy à Manon. Des *enfants*, bon sang !

— Le cercle vicieux de la négligence, dit Sheila d'une voix éprouvée, aggrave la situation chaque jour davantage. Des gangs d'hommes, connus pour exploiter les jeunes filles dans les foyers, les rendent dépendantes à la drogue et l'alcool, puis les entraînent à la prostitution. On laisse nombre de pédophiles travailler dans des foyers. Ceci nous concerne tous, chaque service présent dans cette salle.

Manon tourne la tête de l'autre côté, loin de l'expression pleine d'espoir de Davy, et voit Nigel bâiller sans se cacher. Il lui lance un regard comme pour dire « chiant, hein ? ».

— Nous devons avoir conscience qu'il est extrêmement difficile de venir en aide à ces jeunes, dit Sheila Berridge d'une voix à présent ferme et posée, mais qu'il y a une urgence vitale à les écouter, quand bien même ils ne cesseraient de modifier leur récit ou paraîtraient dangereux et imprévisibles. Nous avons le devoir d'écouter ce qu'ils ont à nous dire et de les prendre très, très au sérieux.

Il sourit à Rollo en lui tendant la main. À peu près mon âge, pense Davy, peut-être même plus jeune. Alors pourquoi est-ce que je me sens tellement inférieur en face de ce Rollo Hind, dont le visage est pourtant ouvert et avenant, contrairement à celui de son père ?

« Inférieur » est probablement exagéré, se reprend Davy, assis à la table tandis que Manon tripote les boutons du magnétophone. Le préambule a traîné en longueur, avec des questions du type : « Avez-vous fait bon vol ? » et « Merci d'avoir fait ce long trajet jusqu'ici, monsieur, nous vous en sommes reconnaissants », ou encore « Comment est Buenos Aires ? ».

Banlieusard, se décide Davy, tout fier d'avoir trouvé le mot juste. Il se sent un banlieusard, comparé à ce grand gaillard bronzé. C'est peut-être à cause de sa coupe. Alors que les cheveux de Davy se contentent de pousser sur son crâne – sans style, il faut bien l'admettre –, ceux de Rollo Hind arborent des mèches du dernier chic : de part et d'autre de la raie, un côté un peu rockabilly, l'autre un peu mod. Ou bien à cause de ses yeux bleus lumineux qui semblent irradier de son visage encadré de pattes blondes. Rollo Hind paraît sorti d'Hollywood tandis que Manon et lui, avec leur teint brouillé couleur purée de cantine, accusent le coup de quinze heures de boulot consécutives.

— Mardi 13 décembre, vous avez eu avec Edith une conversation par SMS où elle avait l'air en proie au plus grand doute, n'est-ce pas ? dit Manon.

Davy a lu l'échange de textos, que Colin a extrait du téléphone portable d'Edith via l'application de messagerie gratuite WhatsApp.

E : Tu penses être une bonne personne, Rol ? Jveux dire, tu te crois fondamentalement bon ?

R : Effectivement je crois être bon.

E : Mais tu crois pas que tt le monde pense pareil, même s'ils sont méchants ? Une mauvaise personne penserait sûrement "Je suis fondamentalement bon, sauf qu'il y a des imprévus pénibles".

R : Où tu veux en venir ? Au fait, t'as vu Natalie Portman dans "Black Swan" ? Elle est CANON.

E : Mais tu crois vraiment être fondamentalement bon, ou bon parce qu'on te demande de l'être, parce que tu te soumets à des normes de société ?

R : Wow, keski se passe ? Pk ces questions ?

E : Jme demande : quelle part de bonté est inhérente à soi et quelle part est due à la société ? À moins qu'elle soit génétique ?

R : Pas dans notre famille. Ça a p-ê sauté une génération ?

E : Rigole pas.

R : Keski t'arrive ?

E : T'as de la chance. Papa a jamais rien attendu de toi.

R : Ahah merci ! Pas d'attentes = plus de liberté. Écoute, jsuis crevé sœurette. On pourrait avoir ce débat existentiel une autre fois ?

E : Pas de problème. Bisous. Je t'aime fort, Rol.

— Vous n'imaginez pas combien je m'en veux, maintenant, dit Rollo. Je ne l'ai pas prise assez au sérieux. Mais c'est parce que c'était plutôt typique d'Edith. Ce genre de phase n'est pas inhabituel chez elle. C'est une personne sérieuse, vous comprenez ? Elle s'énerve souvent contre moi, me reproche d'être superficiel, etc. Quand nous avons fait le tour de l'Italie ensemble avec le pass Interrail, elle n'arrêtait pas de vouloir discuter des œuvres d'E. M. Forster ou de la liberté individuelle, opposée au devoir. Elle aime ça, intellectualiser les choses.

— Il était donc fréquent qu'elle vous pose ce type de questions existentielles, sans préambule ?

— Bon, c'est vrai que ça sortait un peu de nulle part, mais je n'ai pas pensé une seconde que… Je ne me suis pas inquiété, pour tout vous dire. Avec le recul, j'aurais peut-être dû. Mais elle est étudiante à Cambridge… Ils sont tous comme ça, à philosopher jusqu'à deux heures du matin sur Kierkegaard et l'essence de l'être. J'ai cru qu'il s'agissait d'une pose.

— Et maintenant ?

Il hausse les épaules.

— Après ce que m'ont dit mes parents à propos de cette histoire avec Helena, je me demande si elle ne parlait pas d'infidélité. Elle se culpabilisait sans doute d'avoir été méchante vis-à-vis de Will. De ne pas être une bonne personne à cause des actions qu'elle avait commises.

MANON

Elle a encore trop serré ses bottines. Les lacets lui mordent douloureusement les chevilles, accroissant la sensation de froid qui irradie du sol jusqu'à son visage. Elle ne sent plus ses doigts. Elle a les joues glacées. *C'est quoi l'intérêt de se geler en intérieur ?* Ses muscles sont si tendus qu'elle a mal aux tibias. Elle avance centimètre par centimètre, d'abord un pied puis l'autre, en s'accrochant de toutes ses forces à la rambarde.

— Putain ce que je hais le patin à glace, marmonne-t-elle en glissant avec précaution en direction du poète, loin devant elle.

Il sourit. Son visage est doux sous ses épaisses boucles, mais alors que celles de Manon paraissent jaillir en tous sens, les siennes retombent platement sur son crâne, comme mouillées. Elle lui fait un signe de tête, le corps plié en deux à la taille, les jambes disgracieusement positionnées en chasse-neige.

Il revient vers elle, rapide sur ses patins, et s'arrête en un dérapage élégant qui fait voler un jet de glace.

— Tu t'en sors ? demande-t-il, la main sur son bras.

— Pas de problème, tout va bien.

— Essaie de te redresser un peu. Tiens, prends mon bras.

Elle s'accroche à lui et, sous sa main, sa veste en daim élimée est rêche – elle en perçoit les effluves âcres. Elle tente de rentrer le ventre pour se tenir droite mais ses pieds se dérobent sous elle, lui faisant perdre l'équilibre. Elle chute lourdement sur la glace, pile sur son coccyx. Elle émet un sifflement de froid et de douleur, essaie de se relever en s'agrippant à lui. Ses jambes patinent furieusement sur la glace et elle doit se retenir à sa veste malodorante tandis qu'il la maintient en équilibre, et voilà que ses bras sont enlacés autour de lui, remontant le long de son corps jusqu'à ce qu'ils se retrouvent tous les deux face à face.

— Ça va ? dit-il en souriant.

— Conduis-moi à la rambarde.

Une fois qu'ils y sont, elle lâche « fini pour moi » et sort de la patinoire par l'une des entrées, sur le tapis en caoutchouc, soulagée au-delà de toute limite que ses pieds puissent enfin s'accrocher à quelque chose.

— Vas-y, continue, toi. Je vais aller me prendre un chocolat chaud.

Deux ans à fouiller dans les poubelles de l'Internet, depuis les incontinents sexuels jusqu'aux intellectuellement dégénérés. Avant cela, elle a passé cinq années misérables à essayer vainement de faire une rencontre « naturelle », si naturel veut dire se pointer à chaque foutu événement social avec des tartines de maquillage et une tête de désespérée, passer des soirées décevantes au pub, pour finir par rentrer clopin-clopant sur des talons inconfortables. Bon sang, elle est même allée boire un verre avec les *voisins*, mais tout le monde était super maqué et avait cinquante-sept ans. Avec le rendez-vous d'aujourd'hui, pense-t-elle en délaçant ses patins pour les enlever, elle a touché le fond.

Ses pieds, en revanche, connaissent un bonheur incomparable. Elle peut à nouveau marcher, se détendre, elle est légère comme une plume. Cela vaudrait presque le coup d'aller patiner, simplement pour retrouver l'extase d'avoir des pieds en état de marche. Pourquoi les gens s'imposent-ils une telle chose : se payer un environnement à risques physiques alors que la vie quotidienne en procure déjà tant, gratuitement en plus ?

Elle se met à penser à la femme du service de protection de l'enfance et aux soixante-sept mille enfants, ainsi qu'elle l'a fait par intermittence depuis la réunion, la faute à Davy sûrement, à moins que ça ne soit le sentiment diffus de ne pas voir correctement à travers la fente douloureuse de son œil gonflé – une infection qu'elle parvient à oublier juste assez pour ne pas aller voir de médecin. Elle décide de remédier au problème le lendemain.

Le hangar qui abrite la patinoire est bruyant et sent le hot-dog mélangé à une odeur de caoutchouc, avec çà et là des relents de chaussettes. Elle l'attend à une table en Formica fixée au sol, l'aperçoit de temps en temps qui virevolte autour de la piste, le corps propulsé vers l'avant, confiant et libre. Elle hésite à se carapater mais, malheureusement, il réapparaît à ce moment-là, entre le tabouret en plastique devant elle et la table, tous deux indélogeables.

Il sourit sans rien dire. Elle a remarqué qu'il est économe de ses mots et, quand il parle, c'est d'une voix si douce qu'elle doit se pencher et tendre l'oreille comme une grabataire pour lui demander : « Quoi ? Pardon ? »

— Tu patines bien, dit-elle.

Il acquiesce.

— Quand as-tu appris ?

— Gamin.

Ils observent la patinoire – les patineurs qui rient, des rencards qui se passent mieux que le leur.

— Comme ça, tu es poète ?

Il acquiesce.

— Où écris-tu ?

— Partout.

— Tu te sens seul ?

— Pas vraiment.

— Au moins, tu n'as pas à faire de petit Noël avec tes collègues. Bénis soient les magasins discount de Huntingdon !

De nouveau, il acquiesce. La désinvolture avec laquelle il hoche la tête paraît vouloir dire : « Mon silence est la preuve de ton échec. À toi de le remplir. » Elle prend conscience de vouloir lui faire passer un sale quart d'heure. Compte pas sur moi pour te mettre à l'aise, se dit-elle.

Il fixe la patinoire comme s'il était seul.

— Est-ce qu'ils riment ?

— Pardon ?

— Tes poèmes… Est-ce qu'ils riment ?

— Tu aimes les poèmes qui riment ?

Une phrase complète. Alléluia.

— Je ne suis pas très fan de poésie, dit-elle.

Un mensonge éhonté. Elle a dévoré les œuvres de tous les poètes, de T. S. Eliot à Wendy Cope.

Tu fais du yoga, marches à pied et nages.
En vain. Faudra songer au racolage.

— Vraiment ? dit-il sans paraître le moins du monde intéressé.

Insensible, même à la provocation.

— Qu'est-ce que tu lis ? demande-t-il.

— Des polars. J'adore ça. Surtout les thrillers ésotériques. Comment est-ce que tu gagnes ta vie ? La poésie, ce n'est pas très vendeur. Tu es un poète qui vend aussi des pizzas ?

— Jamais je ne pourrai m'abaisser à ça. Non, je préfère vivre avec peu de moyens. Je ne paye pas de loyer et vis de mes allocations, dit-il en sirotant une gorgée de chocolat. Je loge chez mon ex… je dors sur son canapé. Elle n'y voit pas d'inconvénient. Nous avons arrêté de coucher ensemble, et je n'ai jamais déménagé.

— C'est pas un peu bizarre ?

— On est restés très amis. On a toujours été amis. Notre relation était même plus amicale que…

Le reste n'est qu'un murmure. Manon tend l'oreille :

— Excuse-moi, tu peux répéter la fin de ta phrase ?

— Je dis que c'est devenu un peu bizarre maintenant qu'elle a un petit ami.

— Sans blague.

— Ça l'arrange que je sorte plus souvent… Pendant la soirée, ce genre de choses. Pour leur laisser plus d'intimité.

Manon le regarde. Sourit. Se demande si elle peut réussir à l'attirer dans ses filets.

— Tu pourrais rentrer avec moi, propose-t-elle.

Il baisse la tête sur sa tasse de chocolat, retardant le moment de répondre.

— C'est une éventualité, finit-il par lâcher comme s'il attendait qu'elle fasse plus d'efforts pour le convaincre.

Encore un silence qu'elle se sent obligée de combler.

— J'ai du vin… Une bonne bouteille de rouge…

Sa main est blottie au chaud contre le gobelet en plastique rempli de chocolat, mais son cœur s'assombrit. Elle se voit gigoter au-dessus de lui, acte sexuel à l'image de la session de patinage, incertaine et maladroite. Il attendra de Manon qu'elle le mette à l'aise, puis il lui mettra sous le nez l'échec de sa tentative. Manon a l'impression que sa vie tourne en rond, encore et toujours, sans perspective de changement.

— Tu sais quoi, dit-elle en se surprenant elle-même, laisse tomber. C'est sans doute pas une bonne idée.

— Mais tu viens de dire…

— Je sais. Je ne sais pas pourquoi j'ai dit ça.

— On pourrait se contenter de discuter.

Il est devenu rouge.

— Discuter ? Je crois qu'il n'y aurait qu'une personne pour faire la conversation, et ce ne serait pas toi.

Il déglutit et la regarde s'extraire de l'espace entre la table fixe et le tabouret tout aussi fixe.

— Pour être honnête, j'aime les femmes menues.

— Bien sûr. C'était prévisible.

L'humidité glacée et la solitude imprègnent l'air nocturne. Elle avance le long de la rue piétonne, éclaboussée par la lueur jaune des lampadaires et déserte à cette heure, devant le soldat inconnu juché sur son mémorial de guerre dont la pierre noire disparaît dans la nuit ; seuls brillent ses coudes, ses genoux et son casque. Il est le point de mire de l'enfilade de magasins discount, désormais claquemurés derrière des grilles de fer mais qui durant la journée produisent une cacophonie de sons métalliques, aigus et guillerets, *tink tonk*, *rat-a-tat-tat*, pères Noël qui dansent, oursons à cymbales.

Huntingdon. Ses charmes. Ses embouteillages de fauteuils roulants électriques. Jadis décrite par un ivrogne shakespearien en cellule de dégrisement comme un « pustule sur le cul bombé de l'Angleterre ». Théâtre d'importantes manifestations pour les droits des animaux devant les laboratoires Life Sciences. Du brouillard toute l'année.

Elle longe la façade blanche du *Hunts Post* qui marque la fin de l'artère marchande et pénètre dans l'obscurité du quartier résidentiel, les trottoirs luisants de pluie ou de neige fondue, les maisons noires et vides et celles dont les lumières brillent derrière les rideaux tirés. Elle entend le claquement mouillé de ses pas sur le trottoir et d'autres, dans son dos. Homme ou femme ? Ils n'ont pas l'air de provenir de chaussures de femme. De grandes foulées. Un homme. Il semble se caler sur son rythme de marche. Elle accélère le pas, son cœur lui cognant la poitrine telle une guêpe prise au piège dans un verre, et serre les poings dans ses poches. Elle agrippe l'anse de son sac à main, qu'elle ramène contre son ventre. Portefeuille, clefs, téléphone, insigne de police. Peut-être devrait-elle sortir son insigne ? L'homme est toujours derrière, elle l'entend respirer. Il la talonne avec une inquiétante proximité. La rue est déserte ; devant eux : la rivière noire. Elle fait un pas de côté afin de le laisser la doubler – peut-être un homme d'affaires pressé. Il est forcé de la dépasser, silhouette voûtée enveloppée dans un sweater à capuche, le visage dissimulé dans l'ombre, des mouvements nerveux, remarque-t-elle alors qu'il pivote pour lui faire face.

— Salut poupée, ça gaze ?

Elle lui fait un sourire crispé et froid. Il s'est mis en travers de sa route.

— C'est pas une heure pour se promener.

— Laissez-moi tranquille, dit-elle d'une voix aigüe et oppressée.

Elle a glissé subrepticement la main dans son sac.

— Allez, quoi, j'essaye juste d'être sympa.

Ivre ? Non, plutôt frissonnant et gonflé à bloc. Drogué. Et son visage est toujours plongé dans les ténèbres. Elle serait incapable de l'identifier s'il venait à être arrêté.

— J'aimerais passer, s'il vous plaît.

Elle aimerait surtout que sa peur soit moins audible.

— Tu vas où comme ça ? On pourrait peut-être se brancher dans un coin tranquille, toi et moi…

Elle cesse de chercher à le contourner, le regarde droit dans les yeux en pensant : C'est peut-être la fin, il va peut-être me mettre KO d'un coup de poing ou sortir un couteau. Elle saisit son insigne et le lui brandit au visage.

— Un tour au poste, ça vous botte ? lance-t-elle. Police. Brigade criminelle. Je serais curieuse d'apprendre ce que vous savez de la disparition d'Edith Hind, vu votre façon de menacer les femmes.

Les paumes en l'air, il recule à grands pas.

— Oh là ! Oh là ! Du calme ! J'ai rien fait de mal. Je…

Il fait brusquement demi-tour et s'enfuit sans demander son reste, avant de disparaître au coin d'une ruelle.

C'est peut-être le soulagement. La fatigue, sûrement. Ou bien l'affreuse séance de patinage et les piques mollassonnes du poète. À moins que ce ne soit simplement la peur, ou cette question lancinante : qui pourrait signaler sa disparition, s'il lui arrivait quoi que ce soit ? Elle éclate en sanglots convulsifs.

Jeudi
MANON

Ses doigts sont tachés par l'encre des journaux. « Edith, l'étudiante disparue : une vie sentimentale complexe » (*Daily Mail*). « Mise en danger par ses nombreux amants, révèle la police » (*The Mirror*). Le père de Manon dirait qu'une telle couverture médiatique fait partie du jeu, alors pourquoi s'en priver ? Éros et Thanatos : pas de meilleure combinaison pour écouler des ventes. En tant que rédacteur en chef d'un journal local, son père a toujours nourri une certaine admiration pour les tabloïds. Le problème de Manon avec la presse, c'est qu'elle comprend justement les deux côtés.

Elle lève les yeux de la pile de journaux posée sur ses genoux pour scruter par la vitre le ciel boueux qui écrase les toitures plates des logements sociaux d'Arbury, une cité de Cambridge bâtie comme un Lego. Le cortège de nuages laisse échapper de grosses gouttes tandis qu'elle et Nigel claquent les portières du véhicule et se dirigent vers le bloc d'immeubles.

Quatrième jour de l'enquête : interroger des criminels connus des services de police – cambrioleurs, violeurs, sociopathes, toxicomanes – dont le *modus operandi* correspond grosso modo aux faits constatés.

Le souffle coupé, ils atteignent le palier extérieur du dernier étage et s'arrêtent devant la porte d'entrée bleue de Tony Wright. Tony *Wrong*, comme on le surnomme à la crim'. « Faut reconnaître qu'il n'a pas fait un seul pas de travers depuis qu'il est sorti », a plaidé son agent de probation.

— Pas de réponse, dit Nigel en tapant des pieds à côté d'elle.

Il se penche par-dessus la rambarde du palier et crie « Eh là ! Tirez-vous ! » à une bande de jeunes qui encerclent la voiture. Ils se dispersent telle une nuée d'oiseaux.

Manon frappe la porte à coups redoublés.

— Ça va, ça va, lance une voix féminine dans l'appartement.

Lorsque la porte s'ouvre, Manon a déjà levé son insigne.

— Police du Cambridgeshire. Sergent-détective Manon Bradshaw et officier Nigel Williams. Tony est là ?

La femme, d'une trentaine d'années, porte un survêtement de velours rose et d'immenses créoles. Sa peau a la couleur du tapioca. Elle se tourne sans rien dire, révélant le mot « Juicy » brodé en sequins dans son dos. Elle se traîne ensuite jusqu'au salon où braille le poste de télévision.

Tony est là, roi déchu : son visage aux allures de falaise écroulée, ses cheveux blancs ramassés en une queue-de-cheval molle assortie au bouc qui lui pend du menton et ressemble à une longue coulure de lait. Ses lunettes rondes lui donnent l'air curieusement intellectuel, ou celui d'un hippie chanteur de folk, au choix.

Ses bras sont couverts de tatouages qui lui remontent jusqu'au cou.

— Salut Tony, dit Manon.

Ils se connaissent depuis longtemps.

— Manon, entre ! 'Tite tasse de thé ? Et toi, Nigel ?

— Non merci, Tony, répond Nigel, les mains en coque devant ses testicules comme pour les protéger.

— Comment vont les p'tits gars ? Pas de tout repos, ça, des jumeaux !

Son accent écossais ajoute une touche supplémentaire à sa mine affable, le gentil papy par excellence. Difficile de croire qu'il est entré par effraction dans l'appartement d'une jeune femme au milieu de la nuit, qu'il a pris un couteau dans la cuisine et le lui a mis sous la gorge pour la forcer à se déshabiller. Cette nuit-là, il l'a dépossédée non seulement de tous les objets de valeur qu'elle avait chez elle mais aussi de sa tranquillité d'esprit pour le restant de ses jours. Wright a été incarcéré à Whitemoor, la prison de haute sécurité située aux abords du village de March, une peine de quinze ans durant laquelle il a été un prisonnier modèle, en charge de la bibliothèque du pénitencier. Il est en liberté conditionnelle depuis huit mois.

— Effectivement, c'est beaucoup de boulot, Tony. Ces salopiots sont en train d'avoir notre peau, dit Nigel avec un sourire.

— Que m'vaut l'honneur de vot' visite ? demande Tony. Me s'rais-je rendu coupable d'un quelconque crime ? Vol à l'étalage ? Incendie criminel ? Meurtre, peut-être ?

— On aimerait te poser quelques questions, c'est tout, dit Manon.

— Et si moi j'aimerais pas ? P't'être que l'moment est mal choisi ? Parce que là, t'as vu, j'regarde le talk-show *Loose Women*, et la 'tite nénette Coleen Nolan, bah elle me plaît bien.

— Qu'est-ce que tu sais de la disparition de la jeune fille de Huntingdon, Edith Hind ?

— Pourquoi je saurais quoi qu'ce soit sur c't'histoire ?

— Où étais-tu la nuit du 17 décembre, Tony ? Samedi soir ?

— Fastoche. On s'est fait une soirée pépère au Coach, on a même poussé la chansonnette. Demande à qui tu veux dans le coin. Putain d'soirée, pas vrai Lyn ?

Lyn acquiesce, cigarette en bouche.

— À quelle heure as-tu quitté le Coach ?

— Vers deux heures, j'dirais ? répond-il en jetant un coup d'œil affectueux à Lyn.

Vraiment, on lui donnerait le bon Dieu sans confession, pense Manon, admirative. Les personnes les plus dangereuses affichent rarement une mine patibulaire – c'est ce que l'on apprend, dans les services de protection de l'enfance. Ce n'est jamais le type glauque dans son imperméable crasseux ; c'est le gars jovial qui discute le bout de gras dans la file d'attente au supermarché.

— Et dimanche matin, Tony ?

— Eh ben j'me suis levé, pas trop tôt hein, rapport à la soirée d'la veille, rit-il, la morve gargouillant au fond de sa gorge avant de remonter en toux grasse. 'Scusez, dit-il avec une main sur la bouche. Puis chuis allé voir Paddy à dix heures, comme d'hab'.

— Paddy, ton agent de probation ?

— C'est ça. On s'est fait un bon gros ptit déj', vu qu'on était dimanche et tout. Mug de thé, œufs et bacon, plein de tartines avec du beurre, du baume au cœur par une froide matinée de décembre. Mmmh, un délice !

Bon sang, il est tellement *charmant*. Elle doit cesser immédiatement de se laisser amadouer.

— Tu sais qu'on va vérifier tes moindres paroles, pas vrai Tony ? dit Manon.

— Carrément, faut bien qu'vous fassiez vot'boulot. Venez donc m'passer les menottes quand v'serez prêts.

— Ne te dérange pas, on connaît la sortie, dit-elle.

La mort dans l'âme, Manon remonte Huntingdon High Street en direction du pub Cromwell's où a lieu la soirée de Noël de son boulot, « une réunion en toute convivialité » pour citer Davy – encore une preuve de son excès d'optimisme. Ils seront seulement quelques-uns, avec le téléphone à portée de main au cas où l'équipe de garde aurait besoin de renfort. Et tous épuisés, pour ne rien arranger. Colin va ennuyer ferme tout le monde avec la dernière version de l'iPad ; Nigel va demander à Manon si elle est encore célibataire, puis lui vanter les mérites d'un « mariage solide et durable » tout en n'étant pas pressé le moins du monde de rentrer chez « sa délicieuse Dawn » et les jumeaux.

Elle s'arrête un instant devant le pub, dont l'enseigne en lettres argentées se veut une touche de modernité. Le genre de lieu où des gamins de vingt-deux ans viennent fêter leur enterrement de vie de garçon quand ils n'ont ni l'argent ni l'imagination pour partir en week-end à Bratislava. Manon fouille la salle du regard tandis qu'elle s'habitue à la pénombre. Des machines à sous clignotent dans un coin. Dans le coin opposé, elle repère ses collègues assis en groupe, avec au centre Bryony qui lui fait des signes de la main, deux doigts tendus à la manière d'un pistolet pour se tirer dans la bouche.

Manon est une des dernières arrivées. Auparavant, elle avait rassemblé les images des caméras de surveillance du week-end de Tony Wright et traqué en vain la provenance du numéro inconnu xxx-515 – celui qu'Edith a appelé deux fois dans la semaine avant sa disparition. Elle avait également cherché les ordinateurs sur lesquels Edith travaillait dans la bibliothèque universitaire. « Extrais toutes les données de celui-ci », avait-elle dit à Nigel.

Elle avait également continué d'examiner le disque dur d'Edith, lisant les recherches sur sa thèse, ses e-mails, ses publications Internet, dont la dernière disait : « Notre plus grande peur n'est pas d'être insuffisants. Notre plus grande peur est d'être puissants au-delà de toute mesure. » En dessous était noté : « Ça n'a pas été dit par Nelson Mandela mais ça n'en reste pas moins dément. »

Manon s'est souvenue des journaux intimes de sa jeunesse et combien elle avait chéri une certaine idée d'elle-même à cet âge, pratiquant l'introspection avec fougue. Edith avait recopié une longue citation extraite de *Daniel Deronda*, roman d'une auteure de l'époque victorienne, George Eliot, dans un document Word intitulé « Tel que je vois les choses » :

« [...] mais son horizon était celui des romans comme il faut, où l'âme de l'héroïne, qui s'épanche dans son journal intime, est remplie de puissance vague, d'originalité et de révolte générale, tandis que sa vie évolue exclusivement dans le monde élégant ; et si elle s'égare dans un marécage, le pathétique tient en partie, si l'on peut dire, au fait qu'elle porte ses souliers de satin. Voilà une contrainte que la nature et la société ont opposée à la recherche d'aventures étonnantes ; si bien qu'une âme dévorée par le sentiment de ce que l'univers n'est pas, et prête à faire flèche de tout bois dans l'existence, est toutefois retenue prisonnière par le grillage ordinaire des règles sociales et ne fait rien de spécial[1]. »

Le fond d'écran de l'ordinateur d'Edith était une photographie représentant une femme seins nus courant vers l'objectif, les bras dressés en l'air et la poitrine barrée par la phrase : « Toujours pas intéressée par ça. » Elle était membre de Non c'est non, un groupe antiviol. Le sujet de sa thèse portait sur la lutte contre le patriarcat dans la littérature victorienne, avec des références à John Stuart Mill (*De l'assujettissement des femmes*) et à *La Locataire de Wildfell Hall* d'Anne Brontë (« le premier roman radicalement féministe »). Son écriture était passionnée, au rythme semblable à un poing qui frappe l'air.

— Salut poulette, dit Bryony en tendant à Manon une vodka-tonic tandis qu'elles examinent leur groupe.

Colin pérore à bâtons rompus à l'adresse de Davy qui, les coudes sur les genoux, est penché en avant et l'écoute avec attention en hochant la tête. Vêtu d'une veste en cuir et d'un jean noir qui le moule à souhait, Stuart discute avec Nigel. Kim écluse une pinte.

— J'ai déjà envie de mourir, dit Manon.

---

1. Traduction d'Alain Jumeau, Gallimard, 2010.

— Allez, un effort ! Il fait délicieusement sombre, y a comme un relent de vomi dans l'air et Nigel parle de technologie.

— T'as une trace de yaourt dans le dos, dit Manon en grattant une petite croûte blanche sur le gilet de Bryony. Enfin, j'espère que c'est du yaourt.

Elle renifle ses doigts et fait la grimace.

— Attends, dit Bryony en regardant derrière son épaule. Tiens-moi ça, ajoute-t-elle en tendant son verre à Manon.

Elle fouille dans son sac et en ressort une petite voiture pour enfant, puis un sachet de raisins secs, enfin un paquet de mouchoirs.

— Tu veux bien me la nettoyer ?

— Tu sais quoi, j'ai jeté mon bouquin dans une poubelle en rentrant à la maison, dit Manon en frottant l'épaule de Bryony.

— Tant mieux. Ça part ?

Elles détestent toutes les deux le rituel du petit Noël de la MIT, organisé cette année-là avant le début de l'affaire Hind et qui a eu lieu dans les bureaux en fin de journée – chacun avait déjà son manteau sur le dos. Moment aussi festif qu'un temps d'attente sous un abribus. Manon a reçu un livre sur la drague – *Comment le faire craquer en dix leçons* – acheté à l'espace presse situé à l'intérieur même du commissariat, comme en témoignait l'emballage de papier rose et blanc fermé par un ruban adhésif. Une délicate attention qui portait indubitablement la marque de Colin. Colin, dont la réaction à tous les crimes possibles était de secouer la tête et de dire : « Faut de tout pour faire un monde », a eu un CD des chansons de la série télé *Arnold et Willie.*

(« Bien trouvé », avait soufflé Manon à Bryony.) Contre toute attente et en dépit du bon goût, Harriet a récolté une simple paire de bas (« Impossible que ça vienne de Stuart », avait chuchoté Bryony, horrifiée). Davy a écopé d'un chien en plastique qui hoche la tête, pour sa voiture. Et Bryony, d'un bavoir à message humoristique : « Ça se passe mieux chez Mamie ! »

— Dommage qu'elle soit en maison de retraite, avait murmuré Bryony avec tristesse. Ce qu'il se passe chez Mamie, c'est beaucoup d'incontinence et des sursauts de libido intempestifs.

— Ce type de confidences devrait peut-être rester chez Mamie, avait dit Manon.

C'était comme si l'on vous tendait un panneau disant : « Voici ce qu'on pense de toi au bureau. » Stuart a reçu un « kit de séduction » dans une minuscule boîte de conserve (d'accord, certaines trouvailles tapaient juste). Manon s'est retrouvée à devoir faire un cadeau à Kim, l'énigme du service. Elle ne savait absolument rien sur elle. Même son âge était un mystère. Elle lui avait donc acheté des confiseries d'antan et une paire de chaussettes, Kim dégageant un côté pragmatique. Lorsqu'elle a ouvert le paquet, elle avait hoché la tête et dit : « Ça me va. »

— Je vous offre un verre ? propose Kim qui s'est frayé un chemin jusque Bryony et elle.

— Allez, pourquoi pas ? répond Manon. On est à la vodka-tonic. Merci, Kim.

— Ça roule, dit Kim, son large dos s'éloignant vers le bar.

— Cette fille est une devinette enveloppée d'une énigme.

— Comment ça s'est passé avec le poète ?

— Il m'a emmenée faire du patin à glace.

— Mais tu détestes ça !

— Ensuite, il m'a raconté qu'il vivait encore chez son ex.

— T'es tombé sur la perle rare. Dis-moi que tu l'as planté et que tu t'es enfuie en courant.

— Tu sais quoi ? C'est exactement ce que j'ai fait. Pour la première fois de ma vie.

— Je suis fière de toi, ma petite. Comment il a réagi ?

— Il m'a dit qu'il préférait les femmes menues.

— Ouh là ! Tu l'as échappé belle, dit Bryony en trinquant avec Manon. T'as fait ce qu'il fallait.

Elles restent un instant à contempler le bar. Manon sent ses doigts de pied et son talon frotter douloureusement contre ses chaussures. Kim revient et leur tend leurs vodkas, avant de retourner s'asseoir avec sa pinte. Une chose qu'il faut reconnaître à Kim : elle n'impose pas de quart d'heure « bla-bla ». Manon boit une gorgée dans son verre et se rend compte que c'est un double. Ses jambes commencent déjà à s'engourdir et sa tête à lui tourner, comme si son sang refluait vers le sud. Elle danse d'un pied sur l'autre.

— Bon Dieu, regarde Davy, dit Bryony. Il écoute Colin comme si ce qu'il lui racontait était passionnant.

— Ce garçon est un exemple pour nous tous.

Elles vident leurs verres et d'autres leur succèdent – toujours des doubles, certains avec du Red Bull, d'autres avec du tonic. Le pub semble devenir plus sombre et plus flou, des vagues de musique mêlées aux bribes de conversation surnagent dans l'esprit de Manon tandis qu'elle vacille sur ses talons endoloris, les paupières parfois mi-closes.

Elle finit par s'asseoir sur l'accoudoir du siège de Davy, occupé à tripoter son téléphone portable. Il lève les yeux vers elle et se justifie péniblement :

— Chloe. Elle aime s'assurer de ce que je fais. Au cas où je serais en train de faire des bêtises.

— Au cas où tu serais en train de t'amuser, lâche Manon en réalisant trop tard qu'elle a parlé à voix haute.

Elle baisse les yeux vers la banquette où Kim fronce les sourcils et hoche la tête alors que Bryony lui parle de beaucoup trop près, une trace de mascara étalée sur la joue, en hurlant d'une voix pâteuse pour couvrir la musique tonitruante :

— C'est clair que je râle beaucoup sur eux, Kim. Je veux dire, je sais que je suis une râleuse, hein. Mais putain, Kim ! (Elle rote dans son poing.) Putain, Kim, ces gosses, c'est toute ma vie.

Stuart est assis à la droite de Manon, l'air sadiquement sobre. Il lui demande où est Harriet.

— À un dîner avec des huiles, une espèce de réunion de flics à la retraite.

Stuart acquiesce.

Davy se met à poser des questions à Stuart à propos de l'endroit d'où il vient et de ce qu'il faisait avant d'entrer dans la police.

— J'étais auxiliaire d'éducation dans une école à Peterborough, mais c'était naze.

Davy hoche la tête, sa curiosité désormais satisfaite gisant en paix comme un chat mort, et les deux hommes restent silencieux, coudes sur les genoux et buste en avant.

— Pourquoi naze ? finit par crier Manon en lançant un regard agacé à Davy.

— La directrice se prenait pour Dieu tout-puissant et faisait régner sa loi.

Stuart s'est adressé à Davy, qui acquiesce placidement, le portrait même de l'observateur avisé des agissements humains.

— Est-ce que ça n'est pas ce que les directrices sont supposées faire – diriger une école ? crie Manon en déplaçant sa chaise pour se joindre à eux.

— Elle n'écoutait l'avis de personne sauf le sien, dit-il, et Manon perçoit son amertume, son charme volant subitement en éclats tel un miroir qui tombe à terre.

— Ton avis, tu veux dire ?

— Ouais, mon avis. Pourquoi pas le mien ?

— Euh… Parce que tu étais auxiliaire d'éducation et elle directrice d'établissement ?

Il fait une grimace puis, semblant soudain se reprendre, esquisse un sourire ironique.

— Alors, qu'est-ce que vous avez prévu de faire pour Noël, sergent ?

— Oh, répond-elle en détournant les yeux. Je suis de service, à Noël.

Manon est couchée dans son lit. Son mascara a coulé sur ses joues et la radio crépite à son côté, trop faiblement pour qu'elle puisse distinguer les mots. Elle est allongée et songe depuis un moment à augmenter le volume, sans se résoudre à joindre le geste à la pensée. Ses membres sont lourds, comme noyés dans le matelas, la pièce est sens dessus dessous – le plafond tangue dans une direction, les murs et le sol dans l'autre, tout se met à tourner anarchiquement. Ses vêtements gisent en vrac au pied du lit. Elle ferme les yeux mais le roulis s'accroît et elle les rouvre. Si seulement elle parvenait à monter le son de la radio afin d'entendre ce que dit l'opérateur, elle pourrait peut-être s'endormir.

Son esprit embrumé est un cloaque, un capharnaüm de pensées glissantes qui la ramènent vers le passé, devant la porte entrebâillée de la chambre de sa mère. Manon a quatorze ans, par l'encadrement de la porte elle aperçoit le médecin légiste penché au-dessus du corps étendu dans le lit. Ellie se presse derrière elle et Manon retient sa sœur en arrière, soucieuse de la protéger. Elle sait que si elle regarde, l'image ne la quittera plus jamais.

Avance rapide et retour arrière. Une piste boueuse d'associations d'idées noires. Son esprit se tourne vers Tony Wright. Deeping et la prison de Whitemoor sont tous deux situés dans le même village, March. Wright s'est-il faufilé jusqu'à Deeping de nuit, surgissant des marais du Fenland tel un Magwitch pervers[1] ?

Retour en arrière confus et morbide. *N'accepte pas la douceur de la nuit.*

L'image dont elle a préservé Ellie : leur mère, les yeux exorbités, la tête sur l'oreiller, la peau violette et marbrée à l'endroit où le sang a reflué – dans tout le bas du corps, comme du vin rouge dans un verre renversé. *Livor mortis*. Aujourd'hui elle connaît la formule, mais à l'époque non. « Lividités cadavériques : coloration rouge à violacée de la peau d'un cadavre liée à l'accumulation de sang désoxygéné dans les vaisseaux sous-cutanés. »

---

1. Personnage de Dickens (*De grandes espérances,* 1861), criminel et manipulateur.

Vendredi
MANON

— C'est moi, ou… ? s'exclame Harriet alors que Manon et elle visionnent les images des caméras de surveillance qui ont enregistré les déplacements de Tony Wright lors du week-end des 17 et 18 décembre.

— Ce n'est pas juste toi, confirme Manon.

— Bon sang, mais qu'est-ce qu'il fout ?

— Les gars, Kim, Davy, venez voir ça !

Ils approchent d'un pas traînant, la mine plus ou moins défaite après la soirée de la veille : le visage de Kim ressemble à deux yeux plantés sur un beignet frit ; Davy a une coupe de cheveux spéciale saut du lit (« Tu t'es fait la nocturne du salon Vidal Sassoon, Davy ? », lui a lancé Manon). Nigel a la même tête que d'ordinaire, celle d'un type en permanence ravagé par le manque de sommeil.

Ils observent l'écran dans un concert de bâillements et de frottements d'yeux.

Tony Wright pris sous divers angles, qui traverse d'un pas enjoué les espaces publics d'Arbury, coups d'œil furtifs à la caméra en prime. Tony Wright qui entre dans le pub The Coach, situé dans la cité, un sourire malicieux sur son visage parfaitement filmé.

Tony Wright qui joue du ukulélé devant une foule compacte à l'intérieur du Coach. Tony Wright quittant le Coach à la fermeture, à deux heures du matin (petit salut de la main). Dimanche, neuf heures quarante-six, Tony sur le chemin pour aller voir son agent de probation, les mains dans les poches de sa veste en jean. Tony et son agent de probation qui font leur entrée dans le snack-bar local.

— Tu parles d'un alibi en béton, dit Davy.

— C'est quand, la dernière fois que le Coach a disposé d'une caméra en état de fonctionnement – je veux dire, avec une bande à l'intérieur ? s'étonne Harriet.

— Jamais. Toutes les affaires illicites de la cité se concluent là-bas, réplique Kim. S'ils utilisaient leurs caméras, ils n'auraient jamais aucun client.

— Il veut qu'on sache qu'il y était, dit Harriet.

— Ce qui signifie… ? demande Manon.

— Qu'un crime est en train d'être commis ailleurs.

Les deux femmes se regardent.

— Attends, ce crime ou un autre ? Quelqu'un serait en train de kidnapper Edith Hind à sa place pendant qu'il joue du ukulélé ? dit Manon en fronçant les sourcils.

— Aaargh ! s'écrie Harriet en tirant la racine de ses cheveux. Pourquoi est-ce qu'il s'amuse à m'embrouiller le cerveau ? Je n'aime pas ça. Je n'aime pas ça du tout. Qu'on le fasse venir ici.

— Alors, Tony, t'essaies de nous faire comprendre que t'es télégénique ? lance Harriet, penchée au-dessus de lui dans la salle d'audition numéro deux, les poings sur la table. Ça veut dire quoi, ces œillades lascives à la caméra ?

— Hé là ! J'ressens comme un vent d'négativité qui émane de vous, inspectrice Harper. J'ai comme qui dirait l'impression qu'vous êtes salement fâchée parce que mon alibi est béton, sourit Tony à la manière d'un parent indulgent. J'vous ai quand même pas gâché vot' vendredi, si ?

— Qu'est-ce qu'il se passe Tony ?

— Écoutez. Vous autres, vous venez m'coffrer chaque fois qu'une mouche pète, proteste Tony, non sans raison. Du coup, j'fais gaffe à me balader là où les caméras peuvent me voir. Comme ça, y a pas de doute possible. J'en ai plein l'cul d'me faire traîner ici et gueuler d'ssus pour des trucs que j'ai pas faits. C'est la parade que j'ai trouvée – un grand sourire à la caméra ! Coucou c'est moi ! Y a pas d'mal à ça.

— Sais-tu ce qui est arrivé à Edith Hind ?

Tony se penche en avant, les avant-bras posés sur la table. Il les dévisage par-dessus ses lunettes. Manon évite son regard, préférant se concentrer sur le poignard tatoué dont la lame se termine à son poignet. Sans savoir pourquoi, elle se prend soudain à espérer que Davy soit présent dans la salle.

Tony reprend la parole, à mi-voix cette fois :

— Toutes les deux, vous allez faire bien attention à comment vous m'parlez, compris ? Parce que sinon, vous l'savez, et moi j'le sais, vous allez avoir de gros, gros ennuis. Je dis ça pour votre bien, mmh ? Vous allez m'fout' la paix maintenant.

Il se renverse contre le dossier de sa chaise, l'air de nouveau affable.

— Alors, de quoi vous voulez qu'on parle, mes p'tites dames ?

Une semaine plus tard
Vendredi
MIRIAM

— Mamaaan ?

L'appel s'élève des escaliers jusqu'à son lit où elle est allongée tout habillée, suivi par un martèlement de pas.

— Maman ? d'une voix plus douce, depuis la porte de la chambre.

Le visage de son cher Rollo, lui rappelant qu'elle est encore mère.

— Maman, répète-t-il en s'asseyant au bord du lit.

Elle lui sourit – cette ridicule coupe de cheveux qu'il a ramenée de Buenos Aires, une vague haute d'un côté de la raie, comme une tranche de fromage. « Une banane rétro », lui avait-il expliqué en la redressant de la main.

— Tu as besoin de quelque chose ? lui demande-t-il à présent. Une tasse de thé ?

Il a posé la main sur son épaule. Que ferait-elle sans son fils bien-aimé ?

— Que portes-tu ? lui demande-t-elle avec tendresse mais d'une voix fatiguée, épaisse comme les ombres qui enveloppent la chambre.

Elle n'a pas dormi plus de deux heures d'affilée, depuis douze jours qu'Edith a disparu.

Il baisse les yeux.

— Ça?

Cardigan violet bordé d'une couture rose vif et boutonné jusqu'en haut sur une chemise blanche. Jean beige qui lui enserre étroitement les chevilles, coupe pêche aux moules.

— Je te l'ai dit, maman. Je soigne mon style.

Son cadet irradie la joie de vivre. Dès sa naissance, il a été une révélation pour Miriam. Il fit sa première plaisanterie à deux mois, blotti contre son sein – il s'en était détaché, la bouche pleine de lait, pour lui sourire de toutes ses petites gencives, avant de faire une grosse bulle de salive et d'éclater de rire. Un rayon de soleil, depuis son arrivée au monde.

Lorsqu'elle et Ian ont aperçu Rollo qui remontait le couloir du commissariat de Huntingdon, ils se sont sentis envahis par cette gratitude propre aux personnes âgées. Ils se sont précipités à sa rencontre et l'ont serré fort dans leurs bras, mus du besoin impérieux de le sentir contre eux. Les renforts arrivaient enfin. Malgré la relation parfois difficile entre Rollo et son père – il savait qu'Edith était sa préférée, son héritière intellectuelle –, il avait bien senti que Ian lui-même avait paru souffler de soulagement. Plus tard, ils avaient discuté de campagnes d'affichage et de levées de fonds, les pages de soutien Facebook et Twitter de Rollo créant des connexions et s'étendant comme des vaisseaux sanguins pour garder vivace l'image d'Edith à l'esprit des gens.

— Merci, mon fils, avait dit Ian d'un ton plutôt formel, et Miriam l'avait surpris à regarder leur enfant avec une avidité qu'elle aussi partageait, comme si Rollo était le miel et eux des ours.

Ils étaient rentrés tous les trois à Hampstead où, en état de choc, ils s'étaient assis autour d'une tasse de thé à la table de la cuisine, le sac de voyage de Rollo posé sur le plan de travail, le reflet brillant de la plage encore présent sur ses tempes. Le thé avait été un compagnon fidèle de ces quinze derniers jours. Miriam en sentait parfois son estomac balloter comme un matelas à eau, cependant elle ne refusait jamais les tasses qu'on lui offrait, sûrement pour le symbole – la sollicitude, le réconfort, la chaleur. Tellement britannique, après tout. Depuis le 18 décembre, elle le buvait avec deux morceaux de sucre.

— Elle a dû avoir besoin de passer quelque temps seule, avait dit Rollo lors de cette première soirée en se levant pour remettre la bouilloire en marche, puis en s'accoudant au plan de travail, et Miriam s'était émerveillée de voir combien son bébé avait grandi.

— Du temps sans Will. Il est tellement rasoir.

— C'est quelqu'un de bien, avait protesté Ian.

— Il ferait bâiller d'ennui même un croque-mort.

— Il y a pire comme crime, avait dit Miriam.

— Pas sûr.

— Il a toujours été bon avec Edith, avait renchéri Ian.

— Ça, on n'en sait rien.

— La police ne pense pas qu'il ait eu quoi que ce soit à voir avec ça.

— Arrêtez de parler d'elle comme si… avait laissé échapper Miriam.

Rollo s'était approché d'elle et l'avait serrée dans ses bras.

— Edith tout craché, avait-il marmonné par-dessus sa tête. Toujours à vouloir être au centre de l'attention.

Bien qu'on soit en plein après-midi, la chambre paraît plongée dans la lumière du soir. Ils entendent une bande de jeunes crier dans la rue.

— Le réveillon du Nouvel An est déjà demain, dit Rollo en regardant en direction de la fenêtre.

— Comme si on avait besoin de ça, soupire Miriam.

Les explosions des feux d'artifice vont résonner une bonne partie de la nuit, une déclaration de guerre à ses sentiments. Jamais auparavant elle n'avait remarqué la gaieté forcée de cette période de l'année, l'offense qu'elle ajoute au malheur des désespérés, des démunis. Les publicités incessantes exhortant chacun au bonheur.

— Est-ce qu'ils sont encore dehors ? demande-t-elle, faisant référence aux paparazzis, et il secoue la tête.

— Les deux qui restaient ont fini par déguerpir.

Ils sont également soulagés du départ de Will. Il est arrivé la veille de Noël et est reparti le 26, Boxing Day, mais ces quelques jours ont suffi pour mettre à l'épreuve leur sens de l'hospitalité. Ian a préparé un repas froid – « un buffet scandinave », comme il l'a appelé – pour le déjeuner de Noël, tant le repas de fête avec la traditionnelle dinde rôtie leur avait paru inconvenant. Ils ont grignoté des petits rectangles de fromage sur des crackers Ryvita au sésame qui ont semé leurs miettes sur la table, comme du gravier sur un chantier (Miriam les avait ramassées dans sa main puis, se rendant compte qu'elle n'avait pas le courage de se lever pour les mettre à la poubelle, les avait jetées à ses pieds). Du pâté, les bords couverts d'une fine croûte lie-de-vin car Ian avait oublié de le conserver au frais, des cornichons et une salade de céleri rémoulade. Un pique-nique à la française, incongru.

Lors d'interminables nuits d'insomnie où chacun se retrouvait à déambuler au rez-de-chaussée ou jusqu'à la salle de bains, elle entendait Will qui reniflait dans la chambre d'amis.

— Elle était sous ma garde, avait-il dit un matin au petit déjeuner. J'aurais dû veiller sur elle.

Elle et Rollo avaient échangé un regard las. Rollo attendait que son toast s'éjecte du grille-pain.

Au loin, le téléphone se met à sonner.

— J'y vais, dit Rollo en se levant.

Miriam redresse sa tête de l'oreiller.

— Non, je vais le prendre. J'attends un appel de Christy.

MANON

Le hachis parmentier et les carottes bouillies de son repas de cantine ont explosé aux quatre coins de la boîte en polystyrène jaune. Sauce brune faite usine, viande hachée à effet gravillonné qui lui racle la gorge en passant. Purée en flocons – est-ce que ça vient *réellement* d'une pomme de terre ? Pas mauvais. Pas mauvais du tout.

Elle a repoussé son clavier d'ordinateur pour caser à la place son déjeuner et le *Daily Mirror*, et aperçoit l'article « Disparition d'Edith » relégué aux brèves du journal : un court paragraphe sur la reconstitution supposée du crime qui sera diffusée à la télévision lors du prochain épisode de l'émission *Crimewatch*. Douze jours qu'Edith a disparu et elle est déjà dans la rubrique des brèves – preuve que l'enquête piétine. Comme il fallait s'y attendre, les traces d'ADN prélevées par la police scientifique à George Street proviennent exclusivement d'Edith, Will Carter et Helena Reed. Le sang est bien celui d'Edith, mais aucun ADN d'origine inconnue n'a été détecté sur les éclats de verre dans la poubelle de la cuisine.

— Des gants, a suggéré Harriet. À moins qu'il ne s'agisse d'une personne dont l'ADN est déjà présent.

C'est-à-dire celui de Carter. Ils sont en train de tracer son retour de Stoke sur les routes secondaires ; ils n'ont pas encore retrouvé la source du numéro inconnu xxx-515 ; ils attendent encore de récupérer les données de l'ordinateur du Corpus College. Tout cela prend un temps infini à cause des congés de Noël et des problèmes de sous-effectif. Chaque e-mail est renvoyé à son expéditeur avec la mention « Absent du bureau ».

— Tu as passé un bon Noël ? demande Marie, du service comptabilité, en passant devant sa table.

Question redoutée qu'elle écarte avec un haussement d'épaules.

— Super merci, répond-elle en levant à peine les yeux de l'article qu'elle feint de lire, à propos du troisième mariage d'une pop star sous stéroïdes – « Cette fois, c'est la bonne », assure-t-il néanmoins.

Le soir du réveillon de Noël, elle a été chargée d'un cas de mort suspecte, pour changer de l'affaire Hind. Il fallait bien que ça arrive. Dans la banlieue de Peterborough, un vieil homme avait été retrouvé carbonisé à l'intérieur de sa bicoque, juste derrière la porte d'entrée. Tentative de dissimulation d'un cambriolage, extorsion d'argent, ou tout simplement suicide ? Elle avait fouillé les lieux, réduits en cendres, et trouvé les restes d'une collection de perruques bon marché – en majorité blond platine – ainsi que des robes de femme en polyester dans une armoire épargnée par le feu. Sous les robes, un tas de chaussures à talon poussiéreuses, soigneusement découpées sur les côtés et à l'arrière pour permettre à un pied d'homme de s'y glisser. Le vieillard avait travaillé sa vie durant comme éboueur pour la ville de Peterborough.

Manon avait passé le réveillon et le jour de Noël à chercher des traces de sa famille, sans trouver personne – du moins, personne qui admette l'avoir connu.

Elle s'était penchée sur les caméras de surveillance, ce qui avait pris deux fois plus de temps car seuls les individus les plus paumés ou désespérés étaient de service ce jour-là, dont elle. Si Manon avait un conseil à donner, c'est de ne jamais se faire opérer ni d'être victime d'un crime violent un jour férié.

Toujours est-il que le décès de Monsieur Travesti-à-ses-heures-perdues lui avait permis au moins de supporter la journée. Le soir de Noël, elle avait acheté un repas à emporter au Spice Inn, puis elle était rentrée dans son appartement et, dans l'obscurité, s'était dirigée droit vers la cuisine. Elle avait posé sur le plan de travail son téléphone portable, dont l'écran s'illuminait puis s'assombrissait alternativement tel un dormeur s'éveillant à moitié pour se retourner dans son lit, et s'était souvenue des appels en absence que lui avait laissés son père.

La cuisine était la seule pièce que les précédents propriétaires, fans du modernisme des années 1950, avaient délaissée : une pièce cafardeuse avec un carrelage marron à motif fleuri, des joints en ciment fissurés et couleur de rouille derrière les robinets, des placards sombres ornés de poignées d'inspiration vaguement moyenâgeuse. Bryony lui avait conseillé d'en repeindre les meubles. « Utilise un blanc ammonite. Ça mettra un coup de pep, tu verras. » Manon n'avait jamais trouvé l'occasion de le faire. Les journées de travail s'étaient enchaînées et les heures sup' avaient succédé aux heures sup'. Cela avait rempli son compte bancaire mais pas son frigo. Aussi, lorsque la marée avait reflué, elle s'était retrouvée avec seulement des déchets inutilisables. Un désert de vie. Du céleri resté dans son emballage mais devenu caoutchouteux. Des culottes et des collants qui débordaient de son panier à linge sale. Des pommes si molles et farineuses qu'elle avait dû les recracher dans la poubelle. Et Manon s'était fermement résolue à remplir le frigo, à repeindre les placards en blanc ammonite pendant que la machine à laver bourdonnerait, et aussi à manger davantage de betteraves, et à se mettre sérieusement à la zumba, pour finir par voir son beau programme disparaître dans les remous et la houle de la marée suivante.

Le ventre ballonné de poulet korma, elle avait écouté le message vocal de son père : « Salut, chérie. Je voulais te souhaiter un joyeux Noël. Euh… nous, on s'est bien amusés. Una a préparé une succulente terrine de saumon pour changer de la traditionnelle dinde. Bref, c'était sympa. Euh. Bon, ne travaille pas trop quand même. Appelle quand tu veux, Manon. OK, eh bien, salut. »

Elle espérait qu'Ellie appellerait – elle avait même vérifié ses appels manqués –, mais rien. Elle avait rejeté la faute de ce silence sur sa sœur. Avec réticence, elle avait rappelé son père ; il allait attendre de sa fille qu'elle se montre pleine d'entrain et d'optimisme alors qu'elle avait le moral dans les chaussettes. Manon avait esquivé le sujet en lui parlant du cadavre du travesti, ce qui, à sa grande satisfaction, avait refroidi aussitôt son père. Elle entendait Una qui s'impatientait en arrière-fond, chuchotant aussi fort que possible : « Il faut absolument qu'on parte, Robert. » Manon avait répondu : « Pas de problème, vas-y. Obéis-lui. »

Elle aurait aimé pouvoir appeler Ellie, ne serait-ce que pour lui dire du mal d'Una. Mais elle n'avait pu se résoudre à faire le premier pas.

Un téléphone sonne quelque part dans la pièce et Manon lève la tête pour voir Davy revenir de la cantine en compagnie de Stuart et Nigel. Comme à son habitude, Colin fait des emplettes en ligne – un système hi-fi pour la télé, dit-il (« Y a des super affaires pendant les ventes de Noël »).

Manon ignore la sonnerie qui vrille l'air de la salle et sa lumière jaune réfléchie par les tables en laminé imitation bouleau, aussi larges que des tréteaux funéraires.

— Sergent ? l'interpelle Kim.

Manon pivote. Tenant le combiné du téléphone loin du corps, Kim la fixe avec une intensité qui fait se figer tout le service.

— Unité nautique, dit Kim.

Elles continuent à se dévisager et le cœur de Manon s'emballe.

— Un corps. Dans la Ouse. Près d'Ely. Le chien d'un promeneur l'a trouvé ce matin.

Personne ne bouge.

— Sergent ? reprend Kim.

— Dis-leur qu'on est en route.

— Et moi qui croyais… commence Davy.

— Pauvre Miriam, dit Kim.

— Pauvres tous les deux, ajoute Colin.

Manon se tourne pour le regarder. Même lui s'est décomposé.

Manon et Davy dévalent sans mot dire les escaliers du commissariat pour rejoindre une voiture banalisée. Les Hind vont désormais pénétrer en territoire inconnu, une vie avant et une après ; très bientôt la première, la vie protégée, va refluer, comme s'estompe le souvenir d'un paysage autrefois admiré. Pour Manon, cette vie d'avant consistait à lire à la lueur d'une lampe de poche des romans sous sa couette, frissonnant de braver l'interdit quand sa mère passait devant sa porte pour aller se coucher. Une vie à osciller entre passions et fureurs à l'abri du giron maternel. Pas de la joie, non – elle n'a jamais compris ces personnes qui décrivent leur enfance comme un temps de bonheur. Elle observe Davy au volant de la voiture en songeant que c'est ce qu'il dirait probablement de la sienne. Manon s'en souvient (du moins, ce qui lui reste en mémoire) comme d'une succession de périodes de frustration et d'effort, où tout était à la fois effrayant et nouveau, et de repli dans le confort familier avant que survienne l'attaque suivante.

Davy a bifurqué dans l'A14. Le ciel est d'un bleu fragile, très lointain, dominé par la lumière dure et cassante du soleil dont les éclats transpercent l'intérieur du véhicule, au point qu'ils doivent baisser la visière du pare-soleil. Ils laissent peu à peu la ville derrière eux, et la neige, qui a commencé à fondre dans le centre, regagne du terrain à mesure qu'ils approchent de la région du Fenland.

Puis c'était arrivé. « Syndrome de mort subite », avait déclaré le médecin légiste, et la vie d'après avait pris un autre cours, un territoire nouveau, semblable à celui que les Hind s'apprêtent à découvrir, maintenant qu'Edith flotte sur le ventre dans la Ouse. Tous les épisodes de l'existence de Manon s'étaient joués sur ces décombres.

Le quotidien était resté sensiblement le même pour sa sœur Ellie, douze ans, et pour elle-même, quatorze ans à l'époque. Dans leur intérêt, on conseilla à leur père de garder les mêmes habitudes. L'école. Leurs chambres d'enfant avec les rideaux à motif de cirque que leur mère avait choisis. Les leçons de natation du week-end et le paquet de chips englouti au retour sur la banquette arrière de la voiture, des effluves de chlore s'échappant de leurs cheveux pour imprégner l'habitacle, leurs collants enfilés n'importe comment. Leur père les surveillait dans le rétroviseur, siège passager vide à son côté. Impuissantes, elles avaient erré à travers cette vie, cartable sur le dos, dévisagées par ceux qui étaient plus chanceux, avec ce père si peu prévoyant que le frigo était souvent vide et qu'il n'y avait rien pour préparer leur repas froid du midi. Des uniformes repêchés du panier à linge sale et qu'on renifle pour s'assurer que l'odeur de renfermé passera inaperçue. Elles avaient l'air de s'en sortir, passaient leurs examens avec succès. Manon était première de sa classe : comparé à la vie, travailler en classe paraissait si simple. La lecture fut sa bouée de sauvetage. Cependant ni elle ni Ellie – même à quatorze ans elle en avait conscience – n'étaient *intactes*, de cette façon dont l'étaient les autres enfants. D'un côté la surface, de l'autre le gouffre entre ce vernis apparent et leur moi intérieur brisé à jamais.

C'était comme si leur mère avait emporté dans sa tombe les stratégies que Manon avait mises en place pour vivre. Lorsqu'elle intégra l'université de Cambridge, en littérature anglaise, son entourage y vit un signe de réussite et non ce que c'était réellement, un refuge. Cela fait trois ans que Manon n'a pas parlé à Ellie – un fossé qui s'est élargi dans des strates de ressentiment, comme les anneaux dans le tronc d'un arbre. Tout a commencé quand Ellie a rompu leur pacte de sœurs : une haine puérile et assumée à l'égard d'Una.

— Tu as *logé* chez eux ? s'était écriée Manon, incrédule. Tu ne m'as rien dit !

— Pourquoi le ferais-je ? avait répondu Ellie. Una est sympa, une fois qu'on s'habitue à elle.

— Una est *sympa* ?

— Oui. OK, elle exige qu'on replie le papier toilette en triangle après chaque utilisation, mais à part ça…

— Judas !

Davy tire le frein à main et ils restent assis en silence à écouter le cliquetis du moteur. Au loin, elle aperçoit les hommes-grenouilles de l'unité nautique qui vadrouillent sur les berges de la rivière, puis une ambulance, les portes arrière grandes ouvertes, une couverture rouge posée à plat sur un brancard en attente. Elle reconnaît le médecin légiste de Hinchingbrooke, Derry Mackeith, en pleine conversation avec un officier.

— Je ne peux pas blairer ces types, dit-elle à Davy alors qu'ils sortent du véhicule.

— Brigade criminelle… salue Mackeith en avançant vers eux depuis la berge. Que nous vaut cet honneur ?

Les veinules rouges sur son nez sont exsangues avec le froid et sa respiration s'échappe en nuages blancs.

— Elle est hors de l'eau ? demande Manon en essayant de regarder derrière lui, mais les plongeurs et les agents de l'unité nautique lui masquent la vue.

— Elle ? dit Mackeith. Pas de « elle » ici.

Manon le fixe sans comprendre.

— Que voulez-vous dire ? Ce n'est pas Edith Hind ?

— Pas si Edith Hind est un jeune métis de sexe masculin.

— Je croyais…

— Oui, désolé pour ça. L'unité nautique était perturbée de ne pas avoir encore retrouvé la fille Hind. Alors, fausse alerte. Quoique ça a été évident dès qu'on l'a repêché. On a essayé de vous rappeler. Vous pouvez bien entendu jeter un œil sur le corps, mais votre présence n'est pas indispensable. Si on me le demande, je dirais qu'il a sauté volontairement. J'imagine qu'on va analyser ses empreintes digitales pour l'identifier. À partir de maintenant, c'est le coroner qui prend le relais.

Manon jette à nouveau un coup d'œil derrière l'épaule de Mackeith. L'équipe d'hommes-grenouilles et d'agents en uniforme s'est dispersée, laissant voir le cadavre : couvert de boue, livide et très gonflé. Un bouddha de marbre bleu.

— À quand remonte le décès ?

— L'eau est très froide à cette époque de l'année, la décomposition prend plus de temps. À première vue, deux ou trois semaines.

— Avez-vous retrouvé un portefeuille ou un téléphone ? demande-t-elle au chef de l'unité nautique, qui s'est approché d'eux dans son imperméable coûteux, bleu marine avec une bordure en laine rose.

— Rien du tout. Juste les vêtements qu'il portait. Jean, sweat-shirt à capuche et des baskets de marque qui l'ont probablement entraîné vers le fond. Si vous n'avez pas d'autre question, nous allons transporter le corps à la morgue.

Ils sont sur le perron d'une grange aménagée couleur sciure, en bois de charpente flambant neuf, bordée d'une haie d'arbustes pompeusement taillés. À leur entrée dans la demeure – c'est là que vit le promeneur ayant fait la macabre découverte –, Manon et Davy restent muets de stupéfaction face à la hauteur sous plafond de la salle principale, aux épaisses poutres en chêne qui se croisent pour former la voûte du toit et aux immenses fenêtres pareilles à celles d'une cathédrale.

— Nous n'en aurons pas pour très longtemps, déclare Manon au propriétaire.

— Je vous en prie, asseyez-vous. Voulez-vous un café ?

Sa voix est profonde et mesurée. Vêtu d'un large pantalon en velours, il marche en se tenant légèrement courbé. Son visage penché semble doux et humble.

— Avec plaisir, répond Manon. Il fait terriblement froid dehors.

— Cet endroit est fantastique, dit Davy en s'approchant de la fenêtre.

Le ciel a viré au rose avec des stries jaunes ; en son centre, un losange radioactif, reflété par la rivière. Le long des rives se découpe la silhouette des arbres aux branches nues. Généreuse et vive, la lumière du crépuscule a étendu ses doigts jusque dans la pièce, gratifiant ses occupants d'un bronzage californien.

Face au mur tout en fenêtres se trouve une table de réfectoire avec deux bancs sur laquelle sont étalés des journaux. De l'autre côté de la pièce, un poêle à bois devant lequel un chien au poil roussâtre dort dans un panier. Il a levé la tête à leur entrée mais il la rebaisse, imperturbable.

— Elle est très vieille, explique Alan Prenderghast (Davy a soufflé son nom à l'oreille de Manon) en tournant les boutons d'une machine à café sophistiquée.

La cuisine est ouverte en forme de U, de couleur sombre avec des meubles gris ardoise et un plan de travail noir.

— Belle vue, remarque Manon en rejoignant Davy à la fenêtre pour contempler le coucher de soleil sur l'horizon piqueté de silhouettes d'oiseaux.

À sa droite se trouve un vieux fauteuil à côté duquel une paire de jumelles est posée sur un guéridon. Un ange passe. D'ordinaire, Davy aurait tenté de combler le silence, mais ils sont comme hypnotisés par la sérénité de la demeure, ses dimensions et la vue qu'elle offre.

Enfin, M. Prenderghast vient vers elle et lui tend une tasse de café fumant.

— C'est ce que je préfère ici, dit-il en regardant lui aussi par la fenêtre.

Les arômes de torréfaction s'élèvent en volutes.

— Vous voyez ce champ en face, de l'autre côté de la rive ? Chaque hiver il se retrouve inondé et des milliers d'oiseaux l'envahissent. Des canards, des oies et des cygnes. Toute une vie bruissante et mouvante. Beaucoup de ces oiseaux ont migré de Scandinavie. Je ne me lasse pas de les regarder s'envoler et se poser. Étrangement, c'est aussi une vision mélancolique.

Sa voix est calme, comme s'il choisissait chacun de ses mots. Une voix à réparer tous les accrocs de la parole. Elle reporte son regard sur le panorama, les couleurs du crépuscule semblables à une ecchymose, et les arbres dégarnis. Il a raison. C'est bien le paysage le plus triste qu'elle ait jamais vu. Elle aimerait pouvoir rester dans cette cuisine, chaleureuse et pourtant discrètement morbide. Se sentir au calme, au ralenti, loin de la ville – bien qu'elle n'ait jamais été de ces personnes qui voient dans la campagne un havre de paix.

— Trouver le corps a dû être un choc.

— Effectivement, c'était inattendu. Je n'avais jamais vu de cadavre auparavant. C'était bien pire que ce que j'avais imaginé. De qui s'agissait-il ?

— Nous ne le savons pas encore. Un jeune homme. On aura son identité dans la journée.

— Ce n'est donc pas la fille. Celle qui a disparu avant Noël.

— Non, ce n'est pas elle.

Il hoche la tête, buvant son café d'une main pendant que l'autre fouille l'intérieur de sa poche.

Assis à la table de réfectoire, Davy a sorti son calepin.

— Je peux vous demander de quoi vous vivez ? demande-t-il.

Manon s'est approchée de la bibliothèque installée près du poêle. Les étagères montent très haut et sont pleines à craquer, une échelle est adossée contre l'une des sections. *Tendre est la nuit. Pastorale américaine. Loin de la foule déchaînée. Birthday Letters. Jane Austen et la guerre des idées.*

— Bien sûr, répond M. Prenderghast à Davy. Je suis analyste système pour Cambs Biotech.

Freud. John Le Carré. Une histoire de la politique étrangère du Parti travailliste durant les années d'après-guerre.

— Désolé, mais qu'est-ce qu'un analyste système ? interroge Davy.

— Oh, c'est terriblement ennuyeux. En gros, je m'assure du bon fonctionnement du système informatique d'une grosse société pharmaceutique… Le genre de groupe à l'échelle mondiale que les lecteurs du *Guardian* abhorrent.

— Où se trouve-t-elle ? demande Manon.

— À l'extérieur de Cambridge, vers Newmarket. Une de ces zones industrielles sans charme. Cette semaine, j'ai travaillé de chez moi. Les bureaux sont déserts à cette époque de l'année.

— Vous avez étudié la littérature anglaise à l'université ? s'enquiert Manon avec un coup d'œil à la bibliothèque.

— Non. Beaucoup de ces livres sont pour un cours que je suis en ce moment à l'université libre. Les autres sont pour mon plaisir. Je ne suis… Je n'y suis pas allé. À l'université, je veux dire.

— Ce matin, vous promeniez votre chien ? reprend Davy, stylo en main.

— Oui. Ma balade matinale, pour que Nana puisse se dégourdir les pattes. Même si elle ne gambade plus autant qu'avant. Nous avons emprunté un chemin qui longe la rivière. Nana… – il hoche la tête en direction de la chienne qui à cet instant remue les sourcils, deux grosses chenilles, quoique son museau reste tapi au fond du panier – … s'est mise à gratter les racines d'un arbre près de la berge. Malgré mes appels, elle refusait de revenir. J'ai fini par la rejoindre. C'est là que je l'ai vu. Juste son dos. Il était étalé dans l'eau, sur le ventre.

Il tousse. Ils restent silencieux un moment, par respect pour le mort.

— Merci, monsieur Prenderghast, dit Manon. Je ne pense pas que nous ayons besoin de vous déranger plus longtemps.

Elle et Davy commencent à remettre leur manteau. Il leur faut plusieurs minutes pour s'emmitoufler dans leur écharpe et leurs gants.

— Vous faites la fête demain soir ? demande Davy.

— Ah oui, c'est la Saint-Sylvestre, sourit-il. J'avais oublié. Malheureusement je crains que ça ne soit pas ma tasse de thé. Je ne suis pas très à l'aise en société.

— Ah bon ? J'adore les soirées du Nouvel An, dit Davy.

— Je partage votre avis, monsieur Prenderghast. Je déteste ça.

— Je vous en prie, appelez-moi Alan. Pour ma part, je vais rester tranquillement à la maison. Peut-être regarder un film.

— Vous voulez dire tout seul ? dit Davy, sidéré.

Manon échange un coup d'œil complice avec Alan, comme s'ils étaient les parents désabusés de Davy. Alan rit :

— J'ai l'impression que, de nos jours, on a une peur terrible de la solitude… Comme si c'était une maladie. Les gens ne la supportent pas. Ils doivent être vus à tout prix dans un incessant tourbillon social.

— Ce n'est pas ce que je voulais… commence Davy.

— Non, bien sûr. Ma remarque était d'ordre général, réplique-t-il, une main sur la poignée de la porte. Veuillez m'excuser, j'ai tendance à me laisser aller à trop parler. Je dois être sur la défensive. Peut-être, inconsciemment, aimerais-je être invité à une fête, officier Walker ! Eh bien, merci. N'hésitez pas à me contacter si vous avez besoin de quoi que ce soit.

Samedi
DAVY

La piste cyclable, merveilleusement large et plate, lui fait traverser les plaines marécageuses du Fenland, et bien que ce soit tonique (ce matin, il a dû se forcer pour affronter les températures hivernales), à présent qu'il est au grand air et qu'il fonce à vive allure, il n'imagine rien de meilleur. Davy a toujours pris soin de rester actif, malgré des horaires de boulot contraignants – surtout dans le cas d'une grosse affaire comme l'enquête Hind. Tous les jours ou presque, dès six heures, il s'oblige à aller courir ou faire du vélo. Jamais il ne se laisserait aller, pas après qu'il a vu sa mère passer des journées entières au lit ou faire la larve devant la télé en enfournant des biscuits au chocolat avec l'air de le mettre au défi.

Ce matin, Chloe est allée travailler dans sa boutique de vêtements, Next, sur High Street, un samedi qui risque d'être chargé à cause du réveillon du Nouvel An, aussi Davy en a-t-il profité pour prendre la voiture et partir à une heure de Huntingdon, à Wisbech, afin de faire du vélo sur quelques-unes des belles routes du Fenland. Il veut prendre le temps de réfléchir à la façon d'aborder LA discussion avec Chloe. Et puis il a besoin d'exercice. Vraiment, il n'y a rien de tel que sentir son corps sur un vélo lancé à grande vitesse, à se remplir les poumons de l'air vivifiant de la campagne, sous un ciel si vaste qu'il paraît un dôme gigantesque au-dessus de la plaine, la rivière semblable à une route fraîche et grise à ses côtés.

Il pédale plus fort pour échapper aux images que ravive la rivière, celles du cadavre retrouvé la veille – sa peau distendue à la couleur violacée, inhumaine. Un garçon, presque un enfant. Davy ne peut s'empêcher de penser à Ryan et aux risques qu'il encourt s'il quitte la sécurité d'Aldridge House. Il décide d'appeler à nouveau l'assistant social et d'insister pour que les choses bougent. Il doit faire tout son possible pour éviter à Ryan de finir comme ce garçon dans la rivière car tout peut déraper très vite, il le sait. Davy se retrouve ensuite à avoir une dispute silencieuse avec Chloe, elle qui ne cesse de lui marteler : « Tu aimes ces gamins plus que moi », avant de bouder pendant des heures.

Il prend un virage serré sur le chemin de halage, à l'endroit où la rivière fait un coude, et s'émerveille de l'inclinaison qu'il réussit à prendre avec son vélo, défiant presque les lois de la gravité. Il devrait chuter mais la vitesse lui permet de garder l'équilibre. Le vent qui lui rugit au visage s'engouffre entre les arbres dénudés par l'hiver. Non, pense-t-il, ce temps de réflexion ne sera pas consacré à Ryan ou à l'affaire Hind, mais à Chloe. Ce soir pourrait être enfin l'occasion d'aborder le sujet des Projets d'Avenir, cependant, chaque fois qu'ils sont ensemble et que le moment paraît opportun, quelque chose se met en travers de sa route : musique un peu trop forte dans le restaurant, connaissances rencontrées par hasard au pub, envie pressante de faire la grosse commission (lui, pas elle ; jamais elle n'évoquerait un sujet aussi vulgaire).

Il ralentit et lève la tête en direction d'un panneau bleu pointé vers la gauche indiquant « March ». Il pourrait y faire un tour et fureter du côté de Deeping. Cette affaire le perturbe de plus en plus : Harriet continue à se méfier de l'alibi de Tony Wright ; Will Carter est loin d'être lavé de tout soupçon, son retour de Stoke n'ayant pas encore été entièrement vérifié. Manon pense qu'ils devraient enquêter davantage sur le directeur de thèse d'Edith, Graham Garfield. Quand Davy et Manon ont interrogé les Hind, ceux-ci ont exprimé des « réserves » à son sujet.

— Des réserves ? avait répété Manon.

— Eh bien, Edith nous a appelés dans un état de grande excitation, durant le premier semestre où il leur faisait cours. Il lui avait dit qu'elle était exceptionnelle, la plus brillante étudiante qu'il ait eue depuis des années, avait répondu sir Ian.

— Pourquoi auriez-vous des réserves, dans ce cas ? avait demandé Davy avec une désarmante sincérité.

— Peut-être n'aurions-nous pas dû en avoir, officier Walker. Mais quand un homme d'un certain âge se montre aussi enthousiaste à propos d'une séduisante jeune fille de vingt ans…

— Ian, voyons, tu es injuste, avait objecté lady Hind. Edith travaillait peut-être d'arrache-pied.

— Peut-être. Mais il y a d'autres raisons. Lorsqu'elle sortait avec ses camarades – elle était alors étudiante en premier cycle –, elle nous a raconté qu'il était souvent en train de rôder dans les parages, dans les bars étudiants, ce type d'endroits. Cela m'a toujours paru… bizarre.

— Il y a également cette fille avec qui il a eu une liaison, avait renchéri lady Hind en touchant le bras de son mari.

— Ah oui, comment s'appelait-elle ?

— Oh ! Je serais incapable de m'en souvenir. Edith nous a dit qu'ils couchaient ensemble. Je me rappelle même qu'elle a ajouté : « C'est dégoûtant. »

— Bien sûr, rien de tout cela ne constitue une véritable menace, avait conclu sir Ian. À vrai dire, je pense que le pauvre bougre entre dans la catégorie des nuisibles, pour citer un terme qu'affectionne Edith.

La catégorie des queutards, pense Davy en s'éloignant du panneau et du virage pour March, qu'il n'a pas emprunté. Voilà ce qu'est Graham Garfield. Le même mot dont sa mère a traité son père lorsqu'il est parti avec Sharon, « sale queutard », et « connard égoïste ».

Davy leur a conseillé d'y aller mollo avec Garfield puisqu'aucune loi n'interdit d'être un queutard. De toute manière, il n'y a rien qui le lie directement à Edith pour la nuit de samedi, surtout depuis que sa femme a confirmé son retour à la maison après la soirée au Crown.

— Souviens-toi de ce qu'Harriet a dit à propos des alibis fournis par les mères et les épouses, avait mis en garde Manon. Ce n'est pas parce que Garfield lit du Tennyson qu'il ne violera jamais personne. T'es un snob, officier Davy Walker.

— C'est juste qu'il semble tellement… courtois. Comme s'il n'avait jamais eu de coup dur.

— Les rupins font autant de conneries que les autres. Voire pire.

Il imagine qu'elle parle d'expérience, venant elle-même d'un milieu plutôt huppé, suffisamment du moins pour avoir étudié à Cambridge. Il essaie de reconsidérer Garfield sous l'éclairage projeté par la méfiance de Manon – par exemple, la façon dont il porte l'uniforme du parfait universitaire (pantalon de velours côtelé et renforts aux coudes), ou sa manie de ranger les livres dont il est l'auteur avec la couverture de face. Manon prétend qu'il s'agit d'insécurité intellectuelle, même si Davy continue à penser que ça fait instruit. Boule à zéro et tatouages, voilà un message différent. Il repense à Ryan et à la cité craignos où il vivait (mais Dieu sait où ils sont, sa mère et lui, à présent), aux types louches qui gravitent autour d'eux.

Les réflexions de Davy moulinent comme les roues de son vélo, alors qu'il est venu spécialement ici pour penser à Chloe. La soirée du Nouvel An pourrait prendre un tour romantique – il a honte de le penser, mais il préfèrerait faire la fête avec ses copains. Chloe ne s'entend pas très bien avec eux ; chaque fois qu'il a essayé de mélanger les deux groupes, sa petite amie et sa bande de potes de l'école, Davy s'est retrouvé dans un coin du bar à demander mille fois à Chloe ce qui n'allait pas. Peut-être fera-t-il l'impasse sur LA discussion. Après tout, il n'y a pas le feu au lac…

Soudain, il doit freiner de toutes ses forces et braquer sèchement le guidon, provoquant un jet de gravier. Imperturbable, le canard continue à traverser le chemin en se dandinant et adresse à Davy un clin d'œil vaguement méprisant, avant de faire un plongeon dans la rivière.

MANON

Cycle suédois au cinéma d'art et d'essai Cambridge Arts Picturehouse, tout en velours rouge et arômes de café torréfié. Des femmes portant des colliers de perles. La perspective d'un film suédois la comble de joie – tant pis si ce n'est pas un film noir. Les Suédois semblent goûter le morbide, contrairement aux Britanniques qui, s'ils sont aussi dépressifs que n'importe quelle autre nation, aiment projeter leurs sentiments les plus sombres sur les autres, notamment en les gratifiant d'un : « Faites pas cette tête, ça va aller ! » Ces remarques lourdes lui donnent envie de sortir son Taser.

Elle se gare sur une place réservée aux livraisons, à moins d'un mètre des marches imposantes du cinéma. Le froid est mordant, sec ; elle prend conscience de n'en plus pouvoir, ça n'a que trop duré, elle ne supporte plus d'avoir le corps constamment frigorifié et raide. Son œil gauche est à nouveau enflé et la démange atrocement. Cela s'était pourtant calmé après Noël, mais un mascara de mauvaise qualité a réveillé l'infection, désormais pire que jamais, et ses paupières sont collées entre elles par une substance purulente qu'elle doit peler chaque jour. C'est moins douloureux quand elle le garde fermé. De son œil valide, elle aperçoit une série de jambes de pantalon et de chaussures sur les marches blanches du cinéma. Elle se place dans la file d'attente en espérant que celle-ci avance vite, pour échapper au froid.

— Détective Bradshaw ? dit une voix masculine.

Elle lève la tête, un œil toujours fermé, et voit Alan Prenderghast penché vers elle.

— Tiens, bonjour ! fait-elle, le cou tendu telle une taupe effarouchée.

Elle lui sourit faiblement, essayant tant bien que mal (voire très mal) de masquer sa déception à l'idée qu'il occupe son esprit et l'empêche de savourer pleinement son film. Surtout qu'il la voie alors qu'elle ressemble à un boxeur après une défaite.

— Il semble qu'on ait eu la même idée, dit-il.

— La seule façon décente de célébrer la nouvelle année.

Elle tourne les yeux vers l'autre côté de la rue. Il étire le cou par-dessus les crânes devant eux pour mesurer la distance qui les sépare de la billetterie. Ils avancent de quelques pas.

— Après les événements d'hier, je me suis rendu compte que je n'avais pas envie d'être seul. J'avais besoin d'être en ville, au milieu de gens. Des gens vivants, précise-t-il avec un rire gêné.

— Je comprends.

— Nous ne sommes pas obligés de nous asseoir côte à côte, reprend-il. Moi-même j'adore aller seul au cinéma, donc pas de problème.

— Ah, OK, répond Manon, se sentant à la fois soulagée et rejetée.

Ils achètent leurs billets et s'avancent jusqu'au comptoir des confiseries, où Manon commande une limonade maison, des pop-corn bio et lui un café. Manon a l'impression d'être une enfant pour n'avoir pris que du sucré. Mais il demande un sachet *king size* de Maltesers.

Ils entrent dans les ténèbres ouatées de la salle de cinéma et ses sièges en velours rouge aux accoudoirs élimés. Il fait un signe de tête et dit « à tout à l'heure », avant de descendre l'allée. Le film projeté ce soir est *Together*, du réalisateur Lukas Moodysson, sur une communauté hippie dans les années 1970, qui rassemble laissés-pour-compte et marginaux.

Alan Prenderghast est assis quatre rangs devant sur sa gauche, elle distingue son profil mais pas les expressions de son visage. Malgré l'obscurité et la mauvaise visibilité, il lui semble qu'il rit chaque fois qu'elle lance un regard vers lui, ce qui arrive souvent au cours du film, les scènes en extérieur jour illuminant sa tête de miroitants reflets bleus. Elle croit déceler dans le mouvement de ses épaules un bonheur intense. Il paraît couver précieusement son sachet *king size* de Maltesers, couver sa solitude également et prendre un réel plaisir à visionner un bon film agrémenté de bonbons au chocolat, au fond d'un siège usé et confortable. Mais qui sait si c'est vraiment de la joie qu'il éprouve, ou si elle ne projette pas sur lui ses propres attentes, de même que les rayons de lumière du projecteur font danser les images sur l'écran ?

Elle est légèrement devant lui dans la file poussive des spectateurs qui quittent la salle de cinéma. Arrivée au porche, elle se retourne pour lui sourire.

— Je vais boire un verre au bar du cinéma, ça vous dit de vous joindre à moi ? propose-t-il.

— Quelle bonne idée.

Le bar, à l'étage, façon Art déco, est garni de tables en bois et de fougères en pots. Elle l'observe tandis qu'il revient du comptoir avec deux cafés, d'élégantes tasses blanches en équilibre sur leur soucoupe, et remarque combien son pantalon lui remonte haut à la taille. Ses baskets aussi sont immondes, deux grands navires blancs, du type que l'on porte pour jouer au tennis et non pour sortir. Il ressemble au Bon Gros Géant et elle, avec son œil tuméfié, à Quasimodo.

— Alors, qu'avez-vous pensé du film ? demande-t-il en défaisant son écharpe marron pour la suspendre au dossier de sa chaise.

— J'ai trouvé ça génial. Drôle, émouvant. Pétri de bons sentiments.

Il rit.

— C'est effectivement touchant de voir un groupe d'inadaptés se rassembler et se tenir compagnie. Cette idée selon laquelle on est mieux lotis à plusieurs.

— Oui. Mais ils n'étaient pas idéalisés pour autant. C'était réellement des marginaux.

— Dans la vraie vie, malheureusement, ça n'est pas toujours aussi simple de se lier d'amitié.

— C'est pas faux. Parfois, j'ai l'impression de n'aimer personne tant que ça. De préférer la solitude à la compagnie. Mais ensuite je me retrouve à ne plus supporter ça : moi, seulement moi, tout le temps. Je deviens mon pire ennemi… Puis vient l'affreuse prise de conscience que j'ai besoin des gens, et c'est presque une humiliation.

Il la regarde et sourit.

— Pardon, c'est sorti tout seul, se reprend-elle.

Il secoue la tête.

— Je comprends parfaitement. Moi-même je vis dans une immense grange coupée de tout. Certains dimanches, quand je suis assis, le matin, face à la fenêtre en train de lire, avec mon café et le soleil qui réchauffe mon visage, j'ai l'impression d'être au paradis. Mais à onze heures, je me surprends à attendre désespérément une visite qui, bien sûr, ne vient jamais car j'habite au beau milieu de nulle part.

— Aucune visite, si ce n'est parfois celle de la police, dit-elle en riant.

— Ou d'un cadavre. Enfin, lui n'est pas venu frapper à la porte.

— Ça va d'ailleurs ? Vous vous êtes remis ?

— Je ne crois pas qu'il y ait grand-chose dont il faille se remettre. Je veux dire, bien sûr ça a été un choc, et j'ai passé la journée à penser *beaucoup* à la mort. Mais ce n'est pas comme si je le connaissais ou que j'avais vraiment de la peine. En revanche, le fait qu'il soit si jeune m'a perturbé.

— Oui.

— J'imagine que vous n'êtes pas autorisée à parler de l'affaire.

— Effectivement.

Elle se frotte vigoureusement l'œil, avec l'impression d'écraser des mini-cailloux contre son globe oculaire.

— Votre œil paraît infecté.

— Je ne sais pas à quoi c'est dû. On dirait que quelque chose est coincé dedans. Cela fait quinze jours que ça va et ça vient.

Elle voit alors défiler de manière imprévue dans son imagination, parodie grotesque d'une scène du film *Brève rencontre*, le moment où il se sentira invité à approcher son visage du sien pour examiner longuement le fond de son œil. Ce n'est pas du tout ce qu'elle a voulu provoquer.

— Ça m'a tout l'air d'être une conjonctivite, dit-il.

— Ah oui ? fait-elle, déçue.

— Il vous suffira d'acheter un collyre à la pharmacie.

Dans la rue, ils découvrent que leurs voitures sont garées l'une derrière l'autre. La sienne est une Ford métallisée banale, exactement le genre d'auto auquel elle se serait attendue venant d'un analyste système en tennis blanches. Les sièges paraissent avoir été récemment aspirés.

— C'est la mienne, annonce-t-elle, attendant de lui qu'il fasse un commentaire flatteur sur sa Citroën vintage couleur moutarde aux sièges de cuir noir.

Qu'il comprenne qu'elle a *tout* pour plaire.

— C'est votre voiture ? lâche-t-il, seulement vaguement impressionné.

— Eh oui, dit-elle en tapotant le toit du véhicule.

— Bon.

Il plonge une main dans la poche de son pantalon et en ressort un mouchoir en tissu qu'il colle contre son nez. Il souffle dans le mouchoir qui s'envole, blanc et large, devant son visage et essuie son nez en le tordant d'un côté puis l'autre. Elle n'a encore jamais vu personne de moins de soixante-dix ans utiliser un mouchoir en tissu.

— Est-ce que ça vous dirait… commence-t-elle. On pourrait peut-être… aller ailleurs ?

Il regarde sa montre.

— À cette heure, tous les endroits vont être remplis d'horribles soûlards. Désolé, dit-il en étouffant un bâillement, mais je vais plutôt rentrer chez moi. Il est déjà tard, pour un vieux schnock comme moi.

— Bien sûr, vous avez raison. Bon, je crois que nous n'allons pas dans la même direction.

— Eh bien, bonne année.

Elle se demande s'il va se pencher pour lui faire une bise, or il recule légèrement. Quand il pose une main sur son bras, elle lui tend sa joue mais il a déjà tourné les talons.

Elle le regarde se glisser dans sa voiture pratique et confortable.

Dimanche
MANON

Peter, le mari de Bryony, ouvre la porte du four avec une main gantée semblable à une pagaie et en extrait un plat qui crépite furieusement. À bout de bras il tient la bête enragée, le Dieu de leur déjeuner, et la pièce s'emplit du parfum évocateur de la graisse grésillante, dont le fumet – senteur de sirop d'érable salé – traverse la cuisine, jusqu'au coin où Manon est assise, dans un fauteuil. Combinés au vin blanc sec qu'elle est en train de siroter, les arômes réveillent son estomac, qui se met à grouiller de plaisir dans l'anticipation d'être bientôt nourri.

Les fenêtres de la cuisine sont embuées, comme si le monde que Bryony et Peter ont créé – le rôti dominical, le nourrisson qui fait la sieste, l'enfant qui joue aux Lego dans la chambre voisine – avait oblitéré le dehors, devenu superflu. Leur monde se trouve ici, dedans.

— Tu pourras bientôt prétendre au rôle-titre de *Elephant Man*. Tu devrais peut-être te faire examiner ? dit Bryony en entrant dans la pièce.

— Peut-être, concède Manon en se couvrant l'œil gauche.

Bryony et Peter s'agitent autour du comptoir, transformant en un ballet nonchalant les simples gestes de placer les couverts dans le lave-vaisselle, sortir les bols des placards, se prendre la vapeur brûlante des brocolis au visage, découper la viande. Manon contemple leur danse. Ne devrait-elle pas posséder la même chose ? Ne devrait-elle pas *souhaiter* la même chose ? Pareille à un troisième enfant de la fratrie, elle vient ici pour humer l'atmosphère et se vautrer dans le revêtement moelleux du fauteuil où la passivité est reine. Elle est parfois piquée par la jalousie et l'envie d'occuper elle aussi cet univers. De ne jamais en partir. Elle sent parfois ses forces lui manquer à l'idée de retourner seule au-dehors, dans le froid du monde extérieur. Elle frotte son œil infecté. Il s'ouvre péniblement, livrant une vision brouillée, comme si elle regardait derrière un verre sale. Impossible aux épines vicieuses de la solitude de la piquer ici, dans ce monde du dedans, dont l'extérieur paraît avoir été effacé. Mais un dedans qui semble étrangement privé d'oxygène.

— Tu sais ce qui me rend dingue ? lui a confié Bryony un jour. Je ne peux pas prendre une douche sans qu'il y ait un débat familial sur les problèmes logistiques que créerait une absence de dix minutes. Je ne te parle même pas de faire une course rapide.

Ce ne sont pas ces détails pratiques qui dérangent le plus Manon. C'est la perte d'indépendance et d'unicité, qui l'obligeraient à se fondre entièrement dans un autre jusqu'à ce qu'elle perde graduellement son identité et ne soit plus capable de dire : « Il se peut que tu aimes cette chose, mais moi je ne l'aime pas car je suis distincte de toi, je suis une personne à part entière. » Ou bien : « Je ne vais pas manger maintenant, mais plus tard. »

— On a changé l'heure pour que les montres indiquent minuit, est en train de raconter Bryony depuis l'autre côté de la pièce en transvasant le gratin de chou-fleur dans un plat de service. Puis on s'est souhaité une bonne année et on est allés se coucher. Il était vingt et une heures trente, n'est-ce pas chéri ?

— C'est ça, dit Peter. Pense à tous ces malheureux dehors qui se bourraient la gueule, faisaient la fête et embrassaient des inconnus.

— Les pauvres. Qui voudrait vivre ce genre de frisson bas de gamme ?

— Moi j'étais au cinéma, dit Manon en buvant une gorgée de vin.

— Tu vois ? Elle aussi fait partie du club.

Bobby, leur fils de trois ans, entre dans la pièce en se dandinant sur ses petites jambes potelées. Il n'est que joues dodues et yeux pétillants ; Manon surprend le sourire involontaire de Bryony.

— Coucou toi, dit Manon en posant sa coupe pour le prendre sur ses genoux.

Elle est prise de l'envie subite de le couvrir de baisers, non parce qu'elle l'aime – à vrai dire, les enfants des autres la laissent plutôt froide – mais parce qu'elle aime Bryony et que c'est une jolie façon de le lui montrer.

— Tu veux qu'on joue à « À dada sur mon bidet » ?

— *Adada*, répète Bobby.

— Mais d'abord, un câlin, dit Manon en prenant dans ses bras son petit corps ferme et en frottant contre sa joue la douceur de cachemire de celle de Bobby.

Elle lui fait des mamours jusqu'à ce qu'il commence à se débattre, mais elle ne l'en serre que plus fort.

— Un dernier câlin, dit-elle en faisant un bisou-prout dans son cou, qui sent bon le pain chaud, avant qu'il se mette à crier :

— *Adadaaa !*

Ils enfournent le déjeuner en vingt minutes chrono. Les lèvres luisantes de gras, ils rongent la viande autour des os. Bobby se met à gigoter sur sa chaise haute et renverse son verre de jus de fruit.

— Viens avec moi, saucisse, lui dit Peter. On va regarder *Top Gear* à la télé.

Lorsqu'ils sont partis, Bryony et elle restent assises à la table de la cuisine encombrée de verres et d'assiettes sales, pour finir la bouteille de vin. Manon essuie son assiette d'un doigt dont elle lèche les restes de sauce gravy, tout en racontant à son amie sa rencontre avec Alan Prenderghast au cinéma. Fébrile, elle s'est retenue d'en parler jusqu'ici, attendant que Peter et Bobby quittent la pièce pour déverser son histoire sur Bryony.

— Il est gentil, mais ce n'est pas le petit ami idéal. Il a quarante-deux ans.

Elle joue avec un reste de carottes rôties qu'elle trempe dans la sauce avant de les gober.

— Sans te vexer, tu n'es plus exactement de prime jeunesse. Quarante-deux ans, c'est parfait pour toi.

— Oui, mais non… Non. Il est vraiment plouc. Du type grosses baskets moches, pantalon informe et mal coupé…

— Emmène-le faire du shopping.

— Il a des grandes oreilles.

— Tu n'as pas de cou.

— Il n'est pas allé à l'université.

— Bon sang, on s'en fiche !

— L'endroit où il vit est superbe.

— Tu vois, quand tu fais un effort…

— Mais il est… bizarre.

— C'est bien d'être bizarre. Toi aussi tu es spéciale. D'ailleurs c'est ce que je préfère chez toi. Arrête de faire ça, dit-elle en ôtant l'assiette de sous les yeux de Manon. Tu veux de la glace ?

Manon secoue la tête. Bryony bâille et étire ses bras jusqu'à ce que ses jointures craquent.

— Comment ça va, le boulot ? demande Manon. Tu t'en sors avec le classement ?

— Non. L'info inédite, c'est qu'on m'a assigné une nouvelle mission : assister HOLMES dans une affaire de trafic d'êtres humains. Un truc énorme sur lequel les douanes et la protection civile travaillent conjointement. Je suis super contente.

— Une affaire de prostitution ?

— Entre autres. Des filles d'une maison close à Luton ont témoigné. Mais on parle aussi d'un trafic de migrants par ferry. Des camions entiers provenant d'Afghanistan, Syrie, bref n'importe quel pays en guerre, débarquent par bateau type P&O Ferries. Tu n'imagines pas combien nos frontières sont poreuses en ce moment.

— Ça n'est pas vraiment une surprise.

— En tout cas, c'est hyper intéressant. Puis ça change de *Sam le pompier*.

— Ils ont inculpé quelqu'un ?

— Pas encore. Ils recherchent un type. Un Afghan, Abdul-Ghani Khalil.

Bryony s'est levée en emportant les assiettes pour les mettre dans l'évier.

— Deux prostituées ont mentionné son nom et un voisin pense qu'il ramassait une fortune en faisant entrer des clandestins dans le pays. Mais jusqu'à présent on manque d'éléments pour le mettre en examen.

Sur la table, le téléphone de Manon vibre.

— Attends une seconde, dit-elle à Bryony.

Manon se lève, le vin clapote dans son estomac. Elle est pompette, mais il lui faut reprendre ses esprits car l'appel provient de sa chef.

— Harriet ! claironne-t-elle, un doigt enfoncé dans l'oreille pour couvrir le bruit de moteurs de *Top Gear* dans la pièce voisine et le tintement de la vaisselle que Bryony dépose dans la machine.

— Le corps d'hier, celui qui a prétendument sauté, annonce Harriet sans préambule. Eh bien il n'a pas sauté.

— Pourquoi pas ?

— Il vient de Cricklewood. Son nom est Taylor Dent.

— *Cricklewood* ? Qu'est-ce qu'il foutait à Ely ?

— Précisément. Tu peux passer au QG ? Stanton veut faire une réunion.

Harriet raccroche. Elle ne s'embarrasse pas d'amabilités en début ou fin de coup de fil.

— Tu veux bien me déposer, Bri ? demande Manon en laissant tomber son téléphone au fond de son sac. J'ai trop bu pour conduire.

— Bien sûr. Laisse-moi juste enfiler des chaussures. J'ai pas trop envie que les collègues me voient avec ça, répond Bryony en enlevant ses pantoufles à tête de lapin rose fluo – la couleur du crépuscule derrière les imposantes fenêtres chez Alan Prenderghast.

— Prenez place, Manon, dit Stanton, dos tourné aux deux femmes.

Manon s'installe du côté où Harriet, déjà assise, est en train de consulter un dossier passablement écorné, en balançant nerveusement la jambe qu'elle a croisée au-dessus de l'autre.

Debout à côté de la fenêtre, Stanton porte une chemise bleu marine ornée d'un foisonnant motif floral. Probablement de chez Boden. Un cadeau de Mme Stanton, devine Manon, acheté spécialement pour le déjeuner familial du jour de l'An ou une soirée avec les voisins. Elle l'imagine faire une danse à la papa, ses enfants adolescents levant les yeux au ciel.

Elle a toujours eu de l'affection pour Gary Stanton. Il est droit dans ses bottes, à sa façon particulière de provincial empâté, amateur de golf et de voitures coréennes. Il n'est jamais obséquieux avec ses supérieurs ni condescendant avec ses subordonnés. Aussi a-t-il gravi sans bruit les échelons de la hiérarchie. Sans éclairs de génie, il est vrai, mais sans ennemis non plus.

Harriet tend le dossier à Manon au moment où Stanton pivote pour leur faire face, une main derrière le dos, se grattant l'omoplate.

— Taylor Dent, commence-t-il. Qu'est-ce qu'il fiche dans l'une de nos rivières ?

— Il a tué Edith Hind puis il s'est tué ? suggère Harriet. C'était peut-être le dealer d'Edith ? Elle lui devait de l'argent ?

— Et s'il était le chaînon manquant entre Edith et Tony Wright ? avance à son tour Manon. L'homme à tout faire de Tony.

— Nous allons devoir examiner toutes ces pistes. Vous allez me passer les domiciles de George Street et Deeping au peigne fin pour trouver des traces de son ADN. Une déveine qu'il n'y ait aucune caméra de surveillance autour de Deeping. Toutes les deux, vous allez demander à la Metropolitan Police de Londres de vous fournir des renseignements sur Dent et sur d'éventuels liens entre Wright et lui. Je veux que vous auditionniez la famille de Dent. Connaissait-il Edith ? Existerait-il un lien par le biais d'amis communs, un dealer, le fils Hind ? N'omettez aucune piste. Nous allons contrôler toutes les routes d'ici à Londres, les caméras à King's Cross au moment où il a disparu, en plus de la lecture automatique des plaques minéralogiques pour tout véhicule auquel il aurait pu avoir accès.

Stanton a l'air déprimé. Un nouvel homicide est la dernière chose dont il a besoin. Cela va surcharger ses officiers, déjà sous l'eau, et ralentir l'affaire Hind. Cela veut surtout dire des frais supplémentaires pour les analyses de la police scientifique et l'autopsie.

— Données téléphoniques, ajoute Stanton. Il va falloir qu'on analyse le portable de Dent et qu'on vérifie si son numéro apparaît dans les appareils d'Edith, Carter ou Reed. C'est peut-être lui, l'inconnu au xxx-515.

— L'alibi de Will Carter tient, dit Harriet à Stanton. Son retour de Stoke a été confirmé par une caissière de la station-service Texaco à Corby. Quand nous lui avons montré une photo de lui, elle a dit : « Je m'en souviens. Le beau gosse. »

Harriet lève la main vers la bretelle de son soutien-gorge mais fige son geste à mi-hauteur. Elle la laisse retomber inerte sur sa cuisse. Quelqu'un lui aurait-il fait une remarque à propos de ce tic nerveux ? Elsie peut-être ? Cependant, elle ne peut contenir le balancement de son pied, *tap tap tap*, comme une soupape pour évacuer son énergie.

Manon parcourt des yeux le dossier de Taylor Dent. Dix-sept ans. Originaire de Cricklewood, dans le nord de Londres. Métis. Un père nigérien au lieu de résidence inconnu. Une mère irlandaise, Maureen Dent, alcoolique et toxicomane notoire. Taylor Dent gagnait sa vie de la même façon que beaucoup de jeunes dans sa situation : magouilles et menus larcins. Trafic de contrefaçons, cigarettes de contrebande vendues dans les marchés ou à un kiosquier véreux. S'il vendait de la drogue, il ne semblait pas en consommer.

— Je vois ici qu'il a été arrêté pour attentat à la pudeur en 2008 puis libéré sous caution, lit-elle en fronçant les sourcils.

— Certains de ses clients avaient le bras long, dit Stanton.

Il affiche une mine dégoûtée. C'est un homme qui évite la confrontation, tel un chien fidèle attaché à un poteau : il refuse d'aboyer ou de mordre, en tout cas pas les mauvaises chevilles.

— Intéressant, dit Manon en poursuivant sa lecture. Apparemment Dent était clean.

— À notre connaissance, intervient Harriet. L'autopsie nous en apprendra davantage.

— Pas nécessairement, objecte Stanton en leur tournant de nouveau le dos pour se poster face à la fenêtre derrière laquelle le ciel s'est assombri, sa couleur bleu ardoise se mêlant aux lueurs jaunes des lampadaires sur le parking. L'eau aura effacé toute trace de substances dans son corps. D'après mon expérience, les résultats des examens post-mortem sur des noyés sont souvent décevants. Il aura été heurté par des racines et des branches d'arbre et partiellement entamé par des animaux. Je suis prêt à parier que la cause de sa mort restera incertaine. Quand je pense que nous les payons trois mille livres pour ça.

Il secoue la tête. Manon devine qu'il songe aux fortunes que gagnent les médecins légistes, avec leurs BMW à intérieur garni de cuir beige.

— Puisqu'on parle d'argent… reprend-il. L'affaire Hind coûte tellement cher qu'on va devoir demander une aide financière au ministère de l'Intérieur. J'en ai discuté avec sir Brian Peabody. (Il agite un bout de papier devant elles.) Équipes de recherche, unité nautique, appels à témoins, avis de recherche télévisés… Et maintenant, cette autopsie et des officiers supplémentaires sur l'affaire Dent. Bref, je sens que notre cher préfet devient nerveux.

— Qu'est-on supposés faire ? s'agace Harriet. Arrêter les recherches ? Chercher moins bien ?

— Chercher moins cher, dit Manon.

— Ce n'est pas qu'on nous coupe les fonds, rassure Stanton. On nous a à l'œil, c'est tout. Avec un corps, nous aurions un homicide donc un budget illimité pour l'enquête. Mais dans le cas présent… On hésite encore entre une disparition inquiétante, une suspicion d'homicide, ou une simple disparition, comme Peabody est enclin à le croire.

— Peut-on raisonnablement penser qu'elle est encore vivante ? interroge Harriet.

— Peabody essaie uniquement de voir plus loin. Une enquête de cette ampleur génère toujours une enquête dans l'enquête, des questions pénibles au Parlement relatives aux coûts et aux résultats de l'investigation, sans parler des raisons pour lesquelles nous n'avions pas prévu trois semaines avant son arrestation qu'untel ou untel avait fait le coup. Dans ces cas-là, chacun a son mot à dire et sait mieux que l'autre, rétrospectivement bien entendu. Que Hind et Galloway soient amis n'aide pas non plus. Encore une chose qui ajoute à la nervosité de Peabody. Il y a déjà des bruits de couloir à propos d'une contre-enquête par une autre équipe.

— Fallait que ça arrive à un moment ou un autre, soupire Harriet.

— Manon, je veux que vous alliez à Cricklewood dès demain. Mettez-vous en relation avec la brigade criminelle de Kilburn. Allez voir la famille de Dent et essayez de tirer le maximum de renseignements de la mère et du frère. Vous ferez ensuite un saut à Hampstead chez les Hind pour les tenir au courant de la situation.

— Elle devrait peut-être informer sir Ian que le plan d'austérité de son meilleur copain signifie qu'on manque de fonds pour retrouver sa fille, lâche Harriet. Voyons s'il évoquera le sujet lors de sa prochaine sortie dans un resto huppé de Hampstead.

— Je vais faire comme si je n'avais rien entendu, dit Stanton en adressant à Harriet un sourire qui indique « nous sommes dans le même camp ».

— Au moins, je n'aurai pas à leur dire qu'on a repêché leur fille dans la Ouse.

Stanton referme la porte de son bureau. Elles le regardent baisser les stores vénitiens et disparaître.

— Je te dépose quelque part ? lui propose Harriet tandis qu'elles enfilent leur manteau.

— Pas la peine, merci. Je vais prendre le train pour récupérer ma voiture à Bedford. Ça ne sera pas long. Au fait, comment s'est passée la partie de Bourricot ! avec Elsie ? Elle ne t'a pas lancé sa crème anglaise au visage ?

— Interminable, répond Harriet en ramassant son sac par terre. Pas vraiment recommandé, pour une personne atteinte de Parkinson à un stade avancé.

— J'imagine. Tous ces petits éléments en plastique à poser délicatement…

Toutes deux secouent la tête à cette pensée.

— Je ne sais pas ce qui m'a pris de lui proposer un jeu pareil, dit Harriet tristement. Quelle idiote je suis parfois. Mais je dois lui reconnaître qu'elle refusait d'abandonner la partie.

— Tu devrais aussi éviter Docteur Maboul.

— Et toi, ton Nouvel An ? Tu as fait une nouba d'enfer, je parie.

— Je suis allée au cinéma. Il y a un cycle suédois au Arts Picturehouse en ce moment. D'ailleurs c'est marrant, j'ai croisé le promeneur au chien, celui qui a découvert le corps de Taylor Dent.

— Ah oui ? Davy m'a parlé de sa fabuleuse grange aménagée. Il m'a également dit que tu lui avais tapé dans l'œil.

— Oh, dit Manon en virant à l'écarlate. N'importe quoi.

Mais quelque chose en elle se met à frémir, comme une nuée de célestes colombes battant des ailes dans sa poitrine.

Seule sur son banc bleu police, sur un quai de gare désert le dimanche, elle songe à ce qu'il reste dans son frigo. Cuisiner pour soi, n'est-ce pas exactement le symbole du célibat ? Elle a envie de plats raffinés, sauf qu'il n'y a rien de plus déprimant que de préparer un repas pour une personne : les ingrédients en trop, la vaisselle à faire en solitaire, l'impression surtout de s'escrimer pour rien – quelle importance au final que ce soit bon ou pas ? Seule sur son banc rigide et froid, elle pense au rab' de travail qu'entraîne la solitude, nulle âme avec qui partager les tâches ménagères, devoir gérer seule les tracas quotidiens : le wi-fi qui lâche, la machine à laver coincée en mode essorage. Bien sûr, on lui parle de liberté, d'indépendance – ne répondre de personne ! Mais l'excès de liberté, on en parle ? Une chute libre dans… la vacuité. Elle se demande si Alan Prenderghast est bricoleur, s'il sait réparer des choses ou changer un pneu. Sûrement, puisqu'il conduit une Ford Focus.

Il y a un autre passager solitaire, deux bancs plus loin. Lorsqu'il se tourne pour la regarder, Manon prend soin de détourner les yeux. Ne jamais croiser de regards.

Un oiseau se met à pépier, un petit air de campagne insolite au milieu des voies et du fouillis de métal au-dessus d'eux. L'homme se lève et commence à se diriger vers elle en tenant un gros sac qui pourrait aussi bien renfermer un torse humain ou un arsenal militaire, mais qui contient probablement une serviette-éponge humide et de rebutants slips de bain Speedo. Il a atteint le banc voisin du sien, juste au moment où la nuit s'illumine à la lueur des projecteurs du train First Capital Connect, qui remonte le quai avec force crissements et halètements, comme un sex-symbol vieillissant devant ses admirateurs. Les freins lâchent une longue plainte, une expiration venue on ne sait d'où.

Manon attend que l'homme choisisse un wagon pour monter dans un autre. Ne jamais monter la première, au risque qu'ils vous y suivent.

Les classiques sièges en tartan bleu, l'odeur d'air tiède qui filtre des évents métalliques dans le plancher, les restes d'un quelconque fast-food.

À Bedford, elle s'arrête un instant devant sa voiture pour fixer le halo orange derrière les rideaux tirés de Bryony, imaginant le couple qui regarde la télévision, lové sur le canapé.

Lundi
MIRIAM

Une nouvelle année commence, or elle paraît déjà si vieille, racornie et rouillée. 2011. Quinze jours qu'elle a disparu. Le temps s'est enfui telle une locomotive disparaissant dans la nuit, et avec elle, le déchirement aussi s'est atténué, comme si cette situation pouvait finalement devenir acceptable.

— Très bien, dit-elle à Rollo en ramassant ses clefs sur la table de la cuisine. Je file voir Jonti.

Rollo est en train de manger un autre toast. Son appétit est gargantuesque, à lui seul il avale des miches entières.

— Salue-le de ma part, dit-il la bouche pleine.

Le trajet de Miriam jusqu'à la boutique de Jonti à Kensal Rise est comme tous ses derniers trajets, placé sous le signe de la vigilance. Elle scrute chaque visage qu'elle croise, examine les entrées d'immeuble et les ruelles, croit apercevoir Edith partout : une mèche dorée de sa chevelure, son cou long et fin, sa nuque. L'ovale parfait de son crâne, insouciant et vulnérable.

La veille encore, Miriam a traversé en courant la pelouse abîmée du parc de Hampstead Heath, soudain folle de joie de reconnaître sa fille et songeant :

Quel soulagement ce sera pour Ian. Edith, vêtue d'un manteau qu'elle n'avait jamais vu, qui contemplait les bâtisses perchées sur Parliament Hill, de l'autre côté de l'étang.

— Oh ! s'est exclamée Miriam lorsque l'inconnue a tourné un visage étonné vers elle.

Furieuse, elle a dévisagé la jeune femme en fronçant les sourcils, comme si cette dernière était responsable de sa méprise.

Désormais elle fouille des yeux chaque sans-abri, avant de prendre honteusement la fuite. Dans l'atmosphère surchauffée et lourde du métro, elle détaille les visages des passagers, qui tous évitent son regard. Elle a visité les lieux de distribution de soupe populaire à King's Cross, les bénévoles prenant à tort son intérêt pour une culpabilité de petit-bourgeois – n'est-ce pas après tout la saison des bonnes actions ? Elle a rejoint une association de parents d'enfants disparus, pour certains depuis six, dix, voire quinze ans, elle a vu leurs campagnes acharnées et n'a pu s'empêcher de penser : Ne comprenez-vous pas qu'ils sont morts ?

Elle s'est mise à rechercher les amis d'enfance d'Edith, avide de trouver parmi eux des indices, des connexions, n'importe quoi. Inutile, c'est vrai, mais elle le fait pour garder un contact avec sa fille, avoir l'opportunité de parler d'elle et, surtout, *faire quelque chose*.

— Je pensais contacter les EMF, a-t-elle annoncé nonchalamment à Rollo l'autre jour. Mais je ne sais pas trop comment m'y prendre.

— Cette bande grotesque, a-t-il répliqué.

Il n'a pas tort. Les membres de l'EMF *sont* grotesques, même si Miriam ne l'aurait jamais dit à Edith. Ce groupe avait été surnommé ainsi à l'école en raison de la passion de ses membres pour l'écrivain E. M. Forster, dont ils discutaient les œuvres des heures durant dans les cafés de Finchley Road en sirotant du thé au citron et fumant quantité de cigarettes. Lorsque Edith s'était mise à les fréquenter, Ian et Miriam avaient d'abord été ravis (surtout Ian). Des intellectuels ! Edith était si passionnée de littérature, si transportée par sa lecture de *Howards End*, *Avec vue sur l'Arno*, *Maurice* et *Monteriano*, qu'elle avait pris le train jusqu'à Florence et San Gimignano (Miriam insista pour que Rollo, chaperon forsterien tout désigné, l'accompagne), un trajet au cours duquel elle avait noirci furieusement les pages de son journal intime, tandis que Rollo écoutait de la pop via des écouteurs qui paraissaient littéralement vissés sur ses oreilles. Il s'avéra que les EMF étaient d'insupportables fats, prétentieux et avec l'esprit de compétition, en particulier Electra, que Miriam suspectait d'être boulimique et à qui on avait offert une voiture pour ses dix-sept ans.

Non, Miriam préférait de loin Christy, qui vivait de l'autre côté de la rue. Âgée de quelques années de plus qu'Edith, avec qui elle entretenait une relation désintéressée et affectueuse, elle aimait jouer à la coiffeuse et regarder la télévision. Sa mère autorisait les soirées pyjama de dernière minute – une permissivité charmante probablement due à ses origines espagnoles –, ainsi que les goûters improvisés, malgré l'uniforme froissé des filles après une journée d'école. Aujourd'hui, Christy a deux petites filles de deux et quatre ans et une maison à Golders Green.

Miriam lui a rendu visite il y a quelques jours. Christy s'est montrée attentionnée, évidemment, lui a servi du thé (encore), tendu des mouchoirs et s'est excusée auprès de Miriam : elle était sans nouvelles d'Edith depuis des années. Puis, il y a eu son silence gêné lorsque Miriam a fondu en larmes. Elle commence à y être habituée.

— Tu as l'air épanouie, avait dit Miriam entre deux courts sanglots, assise à la grande table rustique de Christy. (Ses doigts suivaient les rainures du bois.) Je n'arrête pas de penser qu'Edith aussi aurait pu avoir cette vie, si elle et Jonti étaient restés ensemble.

— Je n'en suis pas sûre, avait répondu Christy. Elle le critiquait sans cesse. Edith a toujours été beaucoup plus ambitieuse que Jonti.

Une clochette tinte à son entrée dans la boutique de Jonti, au décor si minimaliste qu'elle est dépourvue d'enseigne. La porte se referme, étouffant le vacarme des autobus dont l'itinéraire longe cette artère, devant les chaises longues vétustes tapissées de velours doré, les tables en Formica des années 1950, les abat-jours frangés, les fauteuils club en cuir éventrés et les commodes écaillées, bref la marchandise défraîchie des antiquaires qui ont élu domicile sur Chamberlayne Road.

Elle est accueillie par l'odeur de sciure de bois et d'huile de lin, son corps se réchauffe progressivement derrière la large vitrine du magasin. Elle fait courir sa main sur un buffet, du chêne devine-t-elle, en admirant sa surface polie et les moulures qui s'entrelacent tels des doigts. Les créations de Jonti s'inspirent du style Shaker, avec un je ne sais quoi de très personnel. En guise de poignées, des rectangles en bois massif munis de petites chevilles, comme deux yeux sincères et ingénus sur un visage silencieux. Des armoires sans ornementations. Des tables solides, dépouillées. Miriam s'étonne de la qualité de son savoir-faire. Il a construit tout cela par lui-même. Si seulement Edith avait eu sa ténacité.

— Jonti ! s'exclame-t-elle lorsqu'il émerge de l'arrière-salle, et Miriam est envahie par la tendresse.

Légèrement courbé, il est en train d'essuyer ses mains sur les poches arrière de son pantalon et porte un petit bonnet ridicule en laine grise. Ce n'est pas qu'il soit sans prétentions (comme le prouve l'emplacement choisi pour sa boutique), mais il est sans malice. Jonti n'a pas plusieurs facettes, il est aussi simple que les meubles qu'il conçoit.

— Madame… lady Hind, salue-t-il en vérifiant la propreté de sa main avant de la lui tendre.

— Voyons, Jonti, appelle-moi Miriam, répond-elle en ignorant sa main pour le prendre dans ses bras.

Après tout, il avait occupé l'espace de sa cuisine suffisamment longtemps. Elle le considérait comme son fils lorsque, âgés de dix-huit ans, Edith et lui sortaient ensemble. Quand il était là, ce qui arrivait très souvent, l'ambiance était détendue et calme. Les mains dans les poches de son pantalon en velours moutarde, il se penchait sur le plan de travail et proposait : « Je peux vous aider à peler les légumes, madame H ? » Ou bien il plaisantait avec Rollo devant l'ordinateur, en attendant qu'Edith finisse de se changer.

Edith aussi profitait de sa bonne humeur naturelle, comme s'il polissait les aspects bruts de sa personnalité. Elle se précipitait à grand bruit en bas des escaliers et, le souffle court, s'écriait d'une voix enjouée : « Au revoir, maman, on y va ! », en tirant Jonti par le bras. Miriam criait : « Amusez-vous bien, tous les deux ! »

Ian, bien sûr, n'était pas du même avis. Selon lui, Jonti était démissionnaire. C'est vrai qu'il fumait beaucoup de marijuana (de « beuh », pour reprendre le terme qu'Edith et Rollo utilisaient). Il avait deux ans de plus qu'Edith et suivait déjà une formation d'ébéniste, comme pour se démarquer de son éducation dans une école certes privée mais de tendance libérale : des enfants de chanteurs et d'artistes, pas d'uniforme, et les élèves appelaient leurs professeurs par leur prénom.

Lorsqu'Edith tomba enceinte, cet été-là, elle savait déjà qu'elle était admise à Cambridge.

Il serait exagéré de dire que Ian l'obligea à s'en débarrasser, mais ses silences à table étaient assez éloquents pour que chacun soit forcé de prendre l'exacte mesure de la situation. Ian avait cette faculté de viser directement le cœur, en affichant une expression on ne peut plus explicite : « Je suis foudroyé par la déception. » Il avait mis la barre très haut pour Edith. Elle s'efforçait sans cesse de lui faire plaisir, et ses efforts avaient payé. Miriam ne pouvait s'empêcher d'admirer la discipline de fer qu'ils s'imposaient tous les deux dans le travail, sûrement parce qu'elle contrebalançait sa propre souplesse. Miriam passait son temps en compromissions, toujours incertaine de la limite à fixer aux enfants. Ian était autrement sévère. « Ne cède jamais devant les enfants. Sinon, c'est le début de la fin », disait-il. Et elle pensait : Foutaises. Ce sont des personnes ! Pourquoi n'auraient-ils pas le droit de gagner, parfois ? De vouloir jouer aux plus malins et s'en tirer ?

Edith obtint des A dans chaque matière et s'assura une place à Cambridge, puis elle avait batifolé avec Jonti et s'était retrouvée enceinte. Miriam prit silencieusement le parti de Ian, non parce qu'elle était en colère mais parce qu'être mère à dix-huit ans lui paraissait peu enviable pour sa fille. La « pulsion de mort » d'Edith, avait dit quelqu'un – sans doute Patty, qui suivait un cours sur Freud. Miriam pensait que c'était plus compliqué que cela. Plus ambigu, moins destructeur.

Chacun dans son fauteuil à bascule, Miriam et Jonti trônent au milieu d'une forêt de bois tourné. Il a accroché la pancarte « Fermé » sur la porte et leur a fait du thé vert – elle déteste cela mais se force à le boire par politesse.

— Je suis désolé pour vous, madame H, dit-il, et elle savoure de l'entendre l'appeler ainsi, comme autrefois.

Elle avait aimé être la mère d'adolescents, leurs carcasses pataudes, touchantes, qui envahissaient sa cuisine, semblables à celles d'enfants affublés d'un corps de déguisement.

— Merci Jonti. Ton travail, tout ceci, c'est très impressionnant. Comment y es-tu parvenu ?

— Ça a pris du temps. Pendant des années, j'ai été l'apprenti d'un vieux monsieur très gentil à Whitechapel. Je n'ai la boutique que depuis deux ans. Il y a encore des périodes de calme plat où j'ai l'impression que l'affaire va couler, mais jusqu'à présent j'ai eu des retours positifs sur mon travail et bénéficié d'un bon bouche-à-oreille. Je touche du bois.

Il n'a pas à tendre le bras très loin.

— Cela ne m'étonne pas. Ton travail artisanal est extraordinaire, vraiment. J'ai vu Christy hier. Elle m'a dit qu'elle économisait pour s'offrir un buffet. Ah, Jonti ! Elle a deux merveilleux enfants, des petites filles.

Son visage s'assombrit et elle réalise qu'elle a manqué de tact. Après l'avortement, Edith était devenue froide avec lui. « Aucune ambition », avait-elle confié à Miriam, qui perçut la voix de Ian dans les mots de sa fille. Elle vit Edith se montrer de plus en plus cruelle avec Jonti, le rabaisser au cours des repas de famille lorsqu'ils discutaient de politique ou de littérature. « Qu'est-ce que tu en sais, *toi* ? », lui lança-t-elle un jour alors qu'il exprimait un avis sur l'Irak. C'est ainsi que Jonti disparut discrètement de leur vie, le cœur meurtri mais sans rancune.

— Je suis désolée qu'elle ait été cruelle avec toi, dit à présent Miriam.

Il hausse les épaules.

— C'est le passé. J'ai fait la paix avec ça, madame H. J'espère sincèrement qu'il ne lui est rien arrivé. Je pense beaucoup à elle depuis que j'ai appris la nouvelle aux informations.

— Elle n'a pas essayé de te contacter ? demande Miriam bien que ce soit vain.

Il secoue la tête.

— Je vous l'aurais aussitôt dit. Je ne l'ai plus revue depuis ce fameux été. Une période très dure. Vous savez, il m'a fallu beaucoup de temps pour me remettre de la rupture et pour accepter de lâcher prise.

On croirait entendre la mère de Jonti. Miriam se rappelle la façon dont elle parlait sans cesse d'« auras émotionnelles », avec ses cheveux noirs frisés et son air de dépression post-divorce. Elle étudiait l'aromathérapie et la guérison par les plantes et nourrissait son fils exclusivement de lentilles.

— Et tu y as réussi, dit Miriam tristement. C'est bien dommage. J'ai toujours pensé que toi et Edith auriez pu construire quelque chose.

— C'est vrai ? Vous ne nous l'avez jamais dit.

— Non, admet-elle. Je n'ai rien dit.

Edith a laissé filer cet homme doux, avec ses grandes mains, sa placidité, sa tolérance. Elle aurait pu avoir ce buffet dans son salon. Il lui aurait posé un beau parquet, monté des étagères. Ce n'était pas négligeable.

À présent qu'ils sont tous les deux silencieux, Miriam prend conscience qu'elle et Jonti n'ont pas grand-chose à se dire. Cette époque est définitivement révolue ; ils ne peuvent même pas partager des souvenirs agréables tant la situation a viré au cauchemar. Autre chose qu'elle a oublié dans sa soif de nostalgie : Jonti n'a absolument aucun humour. Il est peu probable, finalement, que cela ait pu marcher, entre Edith et lui : un mariage épanoui requiert une certaine dose de fantaisie.

Ils restent assis parmi l'entassement de buffets, commodes et tables, à siroter l'infâme thé vert en écoutant les bus gronder dans la rue.

La pluie crachote au visage de Miriam, mouillant les épaules de son imperméable beige Burberry trop fin pour un mois de janvier. Elle cligne des yeux face au vent, le long de Chamberlayne Road, pour rejoindre la station de métro Kensal Rise, soulagée de laisser derrière elle Jonti et son propre sentiment de culpabilité.

Edith changea, après l'avortement, qui projeta son ombre amère durant de longues années, en fait jusqu'au printemps où Christy se maria – c'était il y a trois ou quatre ans seulement. Edith était intarissable sur le sujet, répétant à l'envi combien elle avait pitié de son amie, et ses yeux fixaient Miriam avec un air suppliant. « Elle est beaucoup trop jeune. Tôt ou tard elle va le regretter. On ne se connaît pas, à vingt ans. Je ne supporterais pas de devoir me caser maintenant. »

Descendant les marches du métro, Miriam se souvient des moments où la tristesse levait malgré tout son voile pour permettre à la joie gamine et espiègle d'Edith de s'échapper comme des bulles remontent le long d'un verre, notamment la fois où elles avaient fait du shopping à Fenwick afin de trouver une tenue pour le mariage. Miriam regardait Edith se pavaner et glousser dans les cabines d'essayage, en songeant à l'amour infini qu'elle portait à sa fille. Avec les enfants, elle s'était accoutumée à de soudains déferlements d'amour qui l'engloutissaient telles des vagues. Puis Edith avait choisi une robe déraisonnablement chère, deux cent cinquante livres, et Miriam s'était cabrée, non parce qu'elle n'en avait pas les moyens mais parce que cela paraissait indécent. Elle se devait d'apprendre à Edith la valeur de l'argent, qu'elle ne devienne pas l'enfant prodigue. C'est ainsi que Miriam, comme souvent au cours de sa brève carrière de mère, avait tout gâché. Elle avait hésité : « Je ne sais pas, Edith. C'est quand même très cher. » Sa fille y vit l'expression d'une censure, une limite à son amour, une froideur qui n'existait pas.

Non, ma chérie, mon cœur, ce n'était pas la raison. Le train s'avance vers elle, les larmes coulent sur son visage, se mêlant à la pluie. *C'était à cause de mes sottes inhibitions. Aujourd'hui je te l'achèterais, Edie mon trésor, des milliers et des milliers de fois.*

Chaque doux souvenir est marqué de cette manière, comme si Edith avait le pouvoir d'altérer d'un seul coup l'atmosphère, même maintenant. Dans le centre commercial Fenwick, elle s'était brusquement rembrunie, toisant avec mépris la robe à quatre-vingts livres que Miriam avait fini par lui acheter chez Oasis, même si le vêtement lui allait parfaitement – Edith pouvait porter tous les styles.

C'est vrai, Miriam manquait de cohérence : elle adorait acheter des choses à sa fille afin de lui exprimer son amour, mais non, elle ne pouvait lui acheter tout, tout le temps. Elle monte dans le train en fronçant les sourcils, en proie à une controverse silencieuse avec Edith, à moins que ce ne soit avec sa propre conception de l'attitude juste. C'est qu'elle refusait aussi de brider sa spontanéité. Toutes ces fois où, sur un coup de tête, elle disait à Edith enfant : « Allons au magasin de jouets », uniquement pour faire plaisir à son bout de chou – eux qui étaient heureux si facilement, si impatients de s'amuser. Mais il lui fallait aussi dire non et essuyer ensuite la haine. C'était son fardeau que d'être souvent dans l'erreur, comme lorsqu'elle avait tout gâché en n'achetant pas à Edith la robe qu'elle réclamait.

Les passagers la dévisagent tandis qu'elle tamponne ses yeux à l'aide d'un mouchoir pour sécher ses larmes, en vain. Elle a conscience que son visage est un maelström de colère, de regret et de méfiance.

Edith n'a jamais eu le pardon facile. Serait-ce la cause de sa disparition : une grosse bouderie, comme dans le centre commercial Fenwick ? Elle l'espère de tout son cœur. Elle serait heureuse de la savoir en vie, même si cela signifie de ne plus jamais lui parler. Tout, mais pas morte.

Célébré dans l'église au bas de Church Row, le mariage fut magnifique. Tout de blanc vêtue, Christy, une couronne de fleurs ceignant sa chevelure, était enceinte de plusieurs mois. Miriam et Edith étaient assises côte à côte. Lorsque Miriam tourna la tête à gauche pour regarder Edith, le visage de sa fille était baigné de larmes et sa bouche peinte en rouge tordue en une grimace muette.

MANON

— Taylor Dent ? dit l'inspecteur Sean Haverstock – ou « Havers », comme tout le monde au commissariat de Kilburn semble l'appeler.

Il se balance d'avant en arrière sur son fauteuil de bureau. Manon devine qu'il a environ son âge, sauf qu'il est chauve et porte une alliance.

— Oui, dit Manon. Que savez-vous de ses déplacements la semaine avant son décès ?

— Honnêtement, rien. Pour ça il faudrait qu'on puisse analyser son téléphone portable. Il avait un mobile avec SIM prépayée, pas un smartphone, mais ce mobile a disparu. Nous avons pu localiser sa trace dans le nord de Londres jusqu'au dimanche 11 décembre. Ça aussi c'était prévisible.

Elle acquiesce :

— Ça concorde avec la date de décès.

— Le téléphone a ensuite été perdu, éteint ou détruit.

— Des numéros récurrents ?

— Uniquement d'autres mobiles sans abonnement. Son monde…

— Pour l'instant, nous ne connaissons pas grand-chose sur son monde, coupe Manon.

Elle doute qu'Havers ait fait beaucoup d'efforts. A-t-il envoyé des officiers pour auditionner les amis et comparses de Taylor Dent ? Est-il allé enquêter du côté des connaissances de Dent à Cricklewood – ceux avec qui il aurait pu être en affaires ? Peau de balle.

— Et sa famille ? poursuit-elle. Que vous ont-ils dit ?

— Il avait un petit frère, Fly Dent, dix ans. Il semble avoir été tenu à l'écart du gros des activités de Taylor, qui d'ailleurs prenait soin de son cadet. C'est lui qui le nourrissait, lavait ses vêtements et s'assurait qu'il allait à l'école. Les travailleurs sociaux sont sur son cas. La mère est une épave. Polytoxicomane, mais seulement des produits bon marché : bières, solvants, méthadone. Peu de doute que le garçon sera placé en foyer.

— Personne n'a signalé la disparition de Taylor ? Y a-t-il une enquête en cours ?

— Le petit frère est venu ici, le lundi… 12, je crois. (Havers se redresse et fait mine de feuilleter des dossiers sur la table.) Ça a été enregistré, bien sûr. Mais un garçon comme lui… Si on devait ouvrir une enquête chaque fois qu'un jeune type vivant de magouilles disparaissait… N'oubliez pas qu'il était majeur, sergent Bradshaw. Pour ce qu'on en savait, il était en Espagne en train de s'approvisionner en cigarettes de contrebande.

Havers hausse les épaules comme s'ils avaient un accord tacite. *Un garçon comme lui.* L'inspecteur ne pourrait se foutre davantage du décès d'un Taylor Dent. Elle n'imagine que trop bien l'accueil que son petit frère a reçu lorsqu'il est venu signaler sa disparition.

Un bus la frôle à si grande vitesse qu'elle croit sa dernière heure arrivée, mais il la dépasse dans une trombe d'air chaud qui lui ébouriffe les cheveux. Odeur d'œufs frits et couinements de freins pareils à des cris de porcs dans un abattoir. Elle longe le pub Crown, le bookmaker Paddy Power et des magasins discount aux entrées jonchées de sacs en plastique usagés. Chaque visage qu'elle croise, chaque bribe de conversation qu'elle surprend viennent d'une partie du monde différente. L'enfilade des boutiques est le condensé hétéroclite d'un registre d'immigration, comme les strates compressées d'une roche : pub McGovern's, kebab halal, épicerie Bacovia românesc, épicerie Serhat (Polski sklep), magasin caritatif Bosnia & Herżegovina Community Biblioteka, épicerie perse Milad, restaurant africain D'Den Exotic, restaurant Taste of Lahore, supérette Bestco dont la moitié des rayons sont vides. Un pot-pourri vétuste et délabré où fleurissent les inévitables mauvaises herbes : prêteurs sur gages, bureaux de paris, pompes funèbres, agences de transfert d'argent Western Union.

Elle poursuit son chemin jusqu'à ce que les magasins se fassent plus rares et le trafic plus dense, et s'arrête devant un restaurant éthiopien, Abyssinia, à la vitrine parée de rideaux vichy rouge et blanc. À côté, une porte en métal gris. 11A. Levant la tête, Manon aperçoit des fenêtres obscurcies par la pollution et des rideaux grisâtres dont l'un paraît bloqué – un sac ou quelque chose appuyé contre la vitre. Ça va puer là-dedans, pense-t-elle en sentant son corps se raidir en prévision de l'odeur. Elle n'a pas tort : un mélange de vieille friture (graisse froide, le type d'odeur provenant d'une poêle sale abandonnée dans un coin) et d'humidité. On lui ouvre après qu'elle a sonné à l'interphone et elle gravit l'escalier étroit en se couvrant la bouche et le nez avec son écharpe.

— Entrez, entrez, dit une femme avec un fort accent irlandais.

Ses cheveux roux hirsutes sont gris foncé aux racines, sa peau transparente est couverte de taches de rousseur et d'un impressionnant réseau de veines, ses yeux sont craintifs. Elle se déplace rapidement, comme une créature apeurée qui se carapate sous terre.

— Madame Dent, salue Manon.

— Ouais, c'est moi.

— Je suis le sergent-détective Bradshaw, de la police du Cambridgeshire. Je suis venue vous poser quelques questions sur votre fils, Taylor Dent.

— Taylor est parti, Dieu ait son âme, dit-elle sans regarder Manon dans les yeux.

Elle la conduit dans l'appartement mais laisse la porte entrouverte.

— 'Scusez le bazar…

L'odeur nauséabonde de la cage d'escalier est remplacée par celle du tabac froid, ce qui n'est pas désagréable et même presque douillet. Les lumières sont tamisées, la moquette, sombre. Le couloir s'ouvre sur un salon pas beaucoup plus clair, le rideau bloquant la lumière de l'extérieur. La pièce semble incrustée de cellules humaines. Une foule vibrante de personnes disparues depuis longtemps, incarcérées, ou mortes.

Mme Dent (« App'lez-moi Maureen ») et Manon s'assoient sur le canapé marron à motif fleuri. Des sachets de chips ouverts traînent au sol. Des cendriers pleins. Un téléviseur gigantesque occupe la moitié de la pièce.

— J'vais nettoyer c'te foutoir, j'trouverai bien un moment pour l'faire. Faut que j'me fasse mettre une caméra dans l'ventre. Dans l'ventre, j'vous dis. Mais moi j'veux pas, alors j'y vais pas. J'peux vous montrer la lettre, p't'être que vous z'y comprendrez. Moi j'y comprends pas.

Elle se relève et détale avec un grand froufrou. Elle n'a pas croisé une seule fois le regard de Manon et c'est comme si elle s'adressait à l'air, ou à l'appartement, ou à elle-même. Manon a la curieuse impression d'être invisible à ses yeux, en tout cas de n'être pas la première représentante de l'État à envahir son espace : brigade d'investigation de Kilburn, services sociaux, inspecteurs de l'éducation.

— Ça non j'veux pas, lance Maureen de quelque part dans le couloir.

Manon la suit jusqu'à une minuscule cuisine crasseuse où la vaisselle s'empile dans l'évier et chaque surface plane est couverte de bouteilles et de canettes (bière, vin rouge, Fanta). Les semelles de Manon collent au linoléum. Maureen est en train d'ouvrir des tiroirs bourrés à craquer de lettres et de briquets, impossibles ensuite à refermer. La découverte d'un paquet de cigarettes John Player Blues la détourne momentanément de sa tâche. Elle en sort une et l'allume, puis cligne des yeux vers Manon pour la première fois depuis son arrivée.

— On en était où déjà ? lui demande-t-elle.

— Votre fils, Taylor.

— Il est mort. Taylor est mort, paix à son âme. J'ai eu une lettre du docteur, elle est là quèque part. (Elle se remet à ouvrir des tiroirs.) Y veulent m'rentrer une caméra dans l'ventre. Mais moi j'veux pas, ça non ! Vous z'y comprenez ?

Elle a sorti une feuille de papier pliée qu'elle tend à Manon.

— Moi j'comprends pas, poursuit-elle en détalant à nouveau vers le salon.

Manon parcourt la lettre : « Rendez-vous le 12 décembre 2010, 10 h 00. Gastroscopie. Royal Free Hospital. »

— La date de rendez-vous est passée depuis trois semaines, dit Manon en suivant Maureen. Vous y êtes allée ?

— Pffiou ! Dieu merci c'est fini. Vous êtes qui déjà ?

— Sergent-détective Bradshaw, de la police du Cambridgeshire. Nous avons retrouvé le corps de Taylor.

— Oh mon Dieu, non ! Oh Seigneur ! Taylor est parti, paix à son âme.

Maureen fixe le bout de sa cigarette. Manon perçoit les effluves d'alcool qui émanent de sa peau transpirante, piquée de taches de rousseur.

— Sa chambre est là-bas, ajoute-t-elle en pointant sa cigarette vers le couloir.

— Vous permettez que j'y jette un œil ?

— Comme vous voulez. Z'êtes pas la première. J'vous fais un p'tit thé ?

— Merci, ça ira, dit Manon en repensant à l'état de la cuisine.

Elle longe le couloir, au bout duquel se trouvent deux portes côte à côte. Derrière l'une d'elles, des jambes croisées au niveau des chevilles. Une paire de baskets à semelle plate, autrefois blanches, avec un trou béant à l'endroit où la toile rejoint le caoutchouc. Pas de chaussettes. Même à l'intérieur, ses pieds doivent être congelés, par un mois de janvier comme celui-ci. Une peau noire.

Elle passe la tête par la porte et voit le garçon assis sur un matelas par terre, jambes tendues devant lui. Il est en train de regarder un mini-poste de télévision posé à côté du lit. Sur le matelas – une place et demie –, deux sacs de couchage. Au pied du matelas se trouve une commode en mélaminé dont les tiroirs sont ouverts. Il faudrait y aller à quatre pattes pour y accéder. Le garçon lève la tête. Ses cheveux sont coupés ras. Ses yeux remarquablement noirs lui dévorent le visage. Manon est incapable de parler pendant un instant. Pas seulement à cause de sa beauté, mais parce qu'il a l'air si désespérément triste.

— Salut, lance-t-elle.

Il tourne la tête vers la télévision.

— Qu'est-ce que tu regardes ?

— *Danse avec les* putains de *stars*. Une merde.

Tous les deux fixent quelque temps l'écran et les rires criards qui s'en échappent.

— Je m'appelle Manon. Drôle de nom, pas vrai ?

Il lève la tête pour la regarder. Elle réalise qu'il est trop âgé et beaucoup trop malheureux pour jouer à ce jeu. Il veut de la franchise.

— Je suis un officier de police. J'essaie de savoir ce qui est arrivé à Taylor. Je peux m'asseoir un instant ?

— *Maintenant*, ça vous intéresse ?

Elle pointe un petit bout de matelas. Il s'écarte pour lui laisser de la place et elle s'accroupit en poussant un soupir douloureux – la raideur arthritique du vieil âge. Elle s'assoit comme lui pour ne pas malmener ses genoux, jambes tendues croisées aux chevilles.

— Comment tu t'appelles ? demande-t-elle, désireuse de s'adresser au garçon dans les formes.

— Je m'appelle Fly.

— Enchantée, Fly Dent, dit-elle avec un sourire en lui tendant la main. Manon Bradshaw.

Il lui serre la main, sa paume est froide. Elle examine la pièce.

— Tu partageais la chambre avec Taylor ?

Il acquiesce.

Sur l'un des tiroirs de la commode, elle remarque des autocollants à paillettes argentés qui se décollent à moitié. Tête de mort sur une paire de tibias, sabre d'abordage, navire de pirate. Des stickers pour enfants, de ceux qu'on offre dans les magazines. Derrière elle, les sacs de couchage sont emmêlés l'un dans l'autre.

— Je suis vraiment désolée, Fly. Tu dois être très triste.

Il la fixe. Ses yeux reflètent la peur.

— Est-ce que Taylor avait un téléphone portable ?

— Bien sûr, dit-il en hochant la tête.

— Tu sais où il est ?

Il hausse les épaules.

— Il l'avait toujours sur lui. Pareil pour çui-ci.

Se renversant en arrière, il sort un téléphone de sa poche et se met à le faire tourner dans sa main.

— Je peux regarder ? lui demande Manon tandis qu'il fixe à nouveau son attention sur la télé.

— C'est Taylor qui me l'a donné, répond Fly sans lâcher l'appareil. Pour que je puisse le joindre. Si j'avais besoin.

Il presse des touches. Le mot « Taylor » apparaît sur l'écran et Manon appuie sur la touche d'appel. La voix du mort résonne : « Chuis pas là, t'as vu ! Alors laisse un message et j'te rappellerai. Ou pas », suivi d'éclats de rire.

— C'est toi qui rigoles derrière ? dit-elle, le téléphone contre l'oreille, en souriant car le rire de Fly est contagieux.

Fly acquiesce, un grand sourire aux lèvres également.

Elle raccroche. Il s'est remis à fixer le poste de télévision et elle en profite pour examiner le contenu du téléphone. Le seul numéro qu'il ait jamais composé est celui de Taylor. Vingt ou trente fois. Pour savoir où il se trouvait. Peut-être se repasse-t-il le message vocal avant de s'endormir, pour entendre la voix de son grand frère et leurs rires à tous les deux.

— Tu as faim ? demande-t-elle.

Il fait signe que oui.

— Taylor m'achetait du KFC. Il faisait des courses à Bestco. C'est lui qui me donnait à manger.

— Viens avec moi, dit Manon en se relevant à grand-peine et sans beaucoup d'élégance.

Remontant le couloir, elle arrive au salon.

— Madame Dent ? Maureen ? appelle-t-elle.

Maureen est vautrée dans le canapé, devant *Qui veut gagner des millions ?* Une canette de bière à la main, elle paraît à moitié inconsciente.

— J'emmène Fly manger un morceau, d'accord ?

— Pas d'problème, allez-y, répond Maureen en levant sa canette, le menton posé sur la poitrine.

Hallucinant, pense Manon. *Je pourrais être n'importe qui.*

Fly est presque aussi grand qu'elle, mais ça reste un enfant. Juste un enfant, songe-t-elle en le regardant enfiler un mince blouson – de ceux que portent les joueurs de tennis sur le court, aussi inutile que de la gaze sous la bise de janvier. Elle sait qu'elle n'est pas supposée l'emmener dehors. Les auditions avec des mineurs (même si celle-ci n'est pas orthodoxe) sont censées se dérouler selon une procédure stricte, la règle étant de ne jamais les interroger seuls.

Non, ça n'est pas vraiment une audition. Elle lui a commandé une assiette d'œufs brouillés, c'est tout. Ce garçon a besoin de lipides. Et puis, est-ce qu'elle ne transgresse pas déjà le protocole en emportant chez elle sa radio de police ?

Ils sont face à un agencement optimiste de tables en plastique rouge et de chaises disposées à même le trottoir, comme si l'on était à Ipanema et non sur Cricklewood Broadway. À l'intérieur se trouve un comptoir en métal rempli de gâteaux portugais ou brésiliens et d'aliments, pour la plupart à base de sucres lents, devine Manon (quasiment tout sur les étagères est jaune). Derrière eux, un poste de télévision suspendu au mur diffuse à plein volume un jeu télévisé portugais. Bloc-notes en main, la propriétaire du snack leur adresse un large sourire :

— Brouillés ?

— Sur le plat, dit Fly.

— Brouillés, intervient Manon en faisant les gros yeux à Fly. Et plein de toasts.

Un autobus passe à vive allure, placardé d'une publicité pour l'organisme de crédit Wonga et suivi à la trace par un sac en plastique qui volète dans les airs, ses poignées comme deux bras tendus, jusqu'à ce qu'il heurte le ventre d'une femme en sari.

— Taylor avait l'habitude d'aller dans ce bar, indique Fly en regardant une devanture rouge sur le trottoir opposé : Momtaz Chicha Café. Tout le monde le connaît, là-bas.

— Il consommait des choses plus fortes ?

— Genre de la drogue ?

Il secoue la tête.

— Il voyait ce que ça faisait à maman et tous ses paumés de copains. Y disait que jamais de la vie il toucherait à ça. Y disait qu'il me tuerait si j'en prenais.

Au creux de son estomac, Manon sent une résolution se former. Elle va découvrir ce qu'il est arrivé à Taylor Dent et ce qui l'a arraché à cet enfant que de toute évidence il aimait.

— Raconte-moi ce qu'il s'est passé jusqu'au moment de la disparition de Taylor. Quand l'as-tu vu pour la dernière fois ?

— C'était dimanche. On est allés faire des courses à Bestco. Il était de super bonne humeur. On a mangé des *beans* avec des toasts puis on a regardé *Bob l'éponge*. Il m'a dit de faire mes devoirs pour le lendemain. Lui il écrivait des textos sur son portable.

— À qui ?

Fly hausse les épaules.

— Je sais pas. Il connaissait des tonnes de gens, mais il m'en parlait jamais.

— Ces textos, il les écrivait sur son téléphone ? Celui que tu appelais pour le joindre ?

De nouveau, il hausse les épaules.

— Des fois il en avait plusieurs et des fois non. Il en changeait tout le temps, à cause de… de ses affaires.

Il baisse les yeux au sol, honteux, comme s'il risquait encore d'attirer à Taylor des ennuis avec la police.

— Et ensuite ?

— Ensuite il a dit qu'il devait sortir mais qu'il reviendrait plus tard. Avant de partir, il m'a dit : « À partir de maintenant tout va aller mieux, petit frère. » Et voilà. C'est la dernière fois que…

Les larmes tombent soudainement, grosses et rapides. C'est la première fois qu'il en parle, pense-t-elle. Il lève les yeux pour la regarder de ses immenses pupilles noyées sous la douleur.

— Il est pas rentré. Il est plus jamais rentré. Quand je me suis réveillé, y avait personne.

Elle repense aux sacs de couchage, dont l'un était vide à son réveil lundi 12 décembre.

— Et après ?

— Je suis allé à l'école. J'arrêtais pas de l'appeler et de lui envoyer des messages. Je me suis dit qu'il travaillait. Je suis allé à la police direct après l'école.

— Qu'est-ce qu'ils t'ont dit ?

— Y m'ont dit qu'il reviendrait. Qu'il était pas un enfant donc ils pouvaient rien faire.

— Sais-tu pourquoi Taylor aurait voulu se rendre en Est-Anglie ?

— Où ça ? demande Fly en couvant des yeux l'assiette qui vient d'être posée devant lui.

— C'est une région à deux heures d'ici. La campagne. C'est très plat, il y a beaucoup de petites rivières.

Elle ne trouve rien de plus attractif pour décrire l'endroit. Elle songe un instant à parler du brouillard, mais se ravise. La télévision émet un tonnerre d'applaudissements tandis que le présentateur du jeu s'époumone : *« Obrigado ! Obrigado ! »*

— Je sais que ça ressemble pas à grand-chose mais ici c'est un chouette endroit, dit-il en avalant une bouchée de toast. Les Perses, là, c'est des types bien. (Il fait un signe de tête à Momtaz.) Des fois ils me donnent du thé gratuit. Comme les gars à Bestco. Eux ils me donnent des biscuits cassés, des vieux gâteaux, ce genre de choses. Ils savent pour maman, alors ils nous aident. Surtout Taylor.

— Est-ce qu'il allait à l'école ?

— Non. Y disait qu'il fallait bien que quelqu'un ramène de l'argent, comme maman le faisait pas. Il était super sévère avec moi, me disait que c'était moi le cerveau de la famille vu tous les livres que je lisais. Maintenant je regrette d'avoir perdu mon temps à lire au lieu de l'aider.

— L'aider à faire quoi ?

— À faire un travail normal. Pas du trafic ou du deal ou ce genre de trucs.

— Quel genre de « trucs » ?

— Je sais pas, des trucs quoi, dit Fly avec un haussement d'épaules.

— Par exemple ?

— Il me disait pas. Il voulait pas que je sache.

— Est-ce que Taylor a déjà parlé d'une fille qui s'appelle Edith Hind ?

— Celle qui passe aux infos ? Elle est connue, elle est à la télé.

À ces mots, son regard s'illumine, comme si la possibilité qu'elle soit morte importait moins que les joies de la célébrité.

— Il la connaissait ?

— Non.

— Fly, que penses-tu qu'il soit arrivé à ton frère ?

Il la dévisage de ses grands yeux aux immenses pupilles noires, dilatées et vulnérables. Quand il renifle, sa petite moue est l'innocence même.

— Il a dit qu'il avait trouvé un moyen de gagner de l'argent. Il disait que notre chance allait tourner. Mais il voulait pas me parler de ses affaires… Il me cachait tout.

Bien que ses yeux se soient à nouveau embués, il ne pleure plus. Il a le regard terrifié d'une personne qui se noie.

— C'était mon frère.

— Une dernière question, Fly. As-tu déjà entendu le nom de Tony Wright ?

Il réfléchit, renifle, secoue la tête.

— Il a fait du mal à Taylor ?

— On ne sait pas encore. Mais on va trouver qui a fait ça. On va découvrir ce qui est arrivé à Taylor et celui qui lui a fait du mal va aller en prison. Je te le jure. Qu'est-ce que tu vas faire maintenant ? Les travailleurs sociaux t'ont dit quelque chose ?

— Je sais pas. Je veux aller à l'école et rester avec maman. Je me débrouillerai avec ce que les gens chez Bestco me donneront à manger. À Noël je suis allé chez un ami. Tout va bien pour moi. J'ai pas besoin d'aller en foyer.

Manon se renfonce dans son siège et le regarde intensément, l'esprit en ébullition.

— Attends-moi ici, finit-elle par dire.

À la caisse, la propriétaire du café est hypnotisée par le jeu télévisé.

— J'aimerais un mot en privé, dit Manon en lui montrant son insigne.

La femme la conduit à l'entrée d'un couloir encombré de caisses de nourriture. Elles restent debout sous le rideau de porte dont les perles multicolores leur tombent sur les épaules comme des cheveux en plastique.

— J'aimerais que vous ouvriez une ardoise pour le garçon là-bas, lui dit Manon. Donnez-lui à manger ce qu'il voudra, quand il le voudra, et envoyez-moi ensuite la facture. Je vais vous donner mon numéro de compte bancaire en garantie.

— Pas la peine, votre boulot, c'est honnête. Je sais que vous paierez, dit la femme en souriant. C'est juste un enfant. Pas de problème, je lui donnerai à manger.

— OK, dit Manon à Fly à son retour à table. Maintenant, on va t'acheter un manteau.

— Davy, dit Manon au téléphone, le souffle court, adossée contre un mur.

Elle regarde fixement le ciel gris de Cricklewood, opaque comme une couverture de laine. Ses poumons refusent de se remplir entièrement.

— Davy, répète-t-elle en haletant.

— Calmez-vous, sergent. Qu'est-ce qui se passe ?

— Il faut l'aider.

— Quoi ? Aider qui ?

— Le frère de Taylor, Fly. Il vit dans un trou à rat et sa mère est complètement défoncée et personne ne lui donne à manger maintenant que Taylor est parti. Il va être placé en foyer, Davy. Il n'a que dix ans !

Le manque d'oxygène lui fait tourner la tête. Un autobus passe en grondant et l'inonde des fumées grises et anormalement brûlantes de son pot d'échappement, la faisant suffoquer.

— Les services sociaux sont sur son cas, reprend-elle. Tu te souviens de ce que cette femme de la protection à l'enfance a dit ? Comment s'appelait-elle déjà ?

— Sheila Berridge. Je ne pensais pas que vous aviez écouté.

— OK, ça va. J'ai changé d'avis. Que peut-on faire ?

— Les foyers ne sont pas forcément tous de mauvais endroits. Ils sont parfois mieux que là d'où les enfants viennent.

— T'y crois vraiment ?

— Évidemment. Je ne dis pas que c'est l'idéal. Bien sûr que ça n'est pas papa, maman et poulet rôti le dimanche midi. Mais les enfants s'en sortent. Ils ont de la nourriture et un lit pour dormir. Il se pourrait même qu'il soit placé dans une bonne famille d'accueil.

— Ou bien qu'il soit balancé dans un foyer surpeuplé qui grouille de pédophiles. Je veux simplement que quelqu'un, un professeur, un inspecteur des services éducatifs, n'importe qui, garde un œil sur lui. Peut-être des repas de cantine gratuits, j'en sais rien. C'est Taylor qui le nourrissait et maintenant…

— D'accord, d'accord, je vais m'en occuper. Peut-être qu'une de mes collègues pourra faire quelque chose, elle a beaucoup de relations. Dites, depuis quand êtes-vous aussi sensible ?

MIRIAM

— Iaaaan ! crie-t-elle en bas des escaliers tandis qu'elle se dirige vers la porte d'entrée en se frottant les mains.

Il faut absolument qu'elle remonte le chauffage. La minuterie du thermostat n'a pas été réglée pour fonctionner à plein régime en journée.

Miriam ouvre la porte au sergent-détective Bradshaw en tenue sombre et froissée, un sac volumineux pendu à l'épaule. Ses boucles sont coiffées vers l'arrière, lui dégageant le front. Elle la salue d'un petit sourire.

— Je vous en prie, entrez, l'accueille Miriam en reculant d'un pas. Dieu qu'il fait froid ! Entrez donc, la cuisine se trouve au bout du couloir.

Miriam suit la détective Bradshaw et lui propose du thé.

— Avec plaisir, répond l'officier en posant son sac à côté de la table de la cuisine. Je suis soulagée de voir que les paparazzis sont partis.

— Dieu merci, nous avons perdu l'intérêt qu'ils nous portaient, dit Miriam en remplissant la bouilloire. Pour l'instant. Les derniers retardataires ont décampé la veille du Nouvel An.

La détective enlève son manteau, qu'elle pose délicatement sur le dossier de la banquette molletonnée, pour révéler d'autres vêtements informes, noirs eux aussi. Sûrement parce qu'ils doivent sans cesse se préparer à l'éventualité d'une mort, pense Miriam. *Les messagers de l'Apocalypse !*

— Sergent-détective Bradshaw, dit Ian, main tendue, en entrant dans la pièce.

Sa voix a perdu l'entrain et l'humour que Miriam a toujours aimés dans les salutations de son mari.

— Appelez-moi Manon.

— Manon, oui, bien sûr.

— Du thé, mon chéri ? propose Miriam.

— Pourquoi pas ?

— Pourrais-tu demander à Rollo de descendre ?

— Oui. Il passe son temps à poster des messages sur Tweeter et Facebook, explique Ian avant de disparaître pour aller chercher leur fils.

Miriam s'assoit face à Manon dont le visage révèle un œil furieux, gonflé et rouge.

— Vous devez absolument soigner cette conjonctivite, dit Miriam en adoptant le ton sans appel d'un médecin généraliste. Rien de plus simple. Il vous suffit d'acheter du collyre Chloramphénicol, ça partira en un jour ou deux. Mais il faut suivre scrupuleusement le traitement. Voilà, le sermon est fini.

— J'espérais que ça partirait tout seul.

— Il y a peu de chances.

— Comment allez-vous, lady Hind ?

— S'il vous plaît, appelez-moi Miriam. Pour être franche, ça ne va pas du tout. Avez-vous du nouveau ?

— Pas sur l'endroit où se trouve Edith. Mais nous avons des pistes…

— Des pistes ? intervient Ian en s'asseyant avec Rollo devant Miriam et Manon.

— Bonjour Rollo, dit Manon en lui tendant la main. Il paraît que vous menez une campagne formidable sur les réseaux sociaux.

— Mouais, ça ne fait pas pour autant bouger les choses. Hormis beaucoup de déversement émotif, souvent de parfaits inconnus. Je sais que ça part d'une bonne intention, mais rien à faire, je trouve ça malsain.

Ils sourient et continuent à boire leur thé. Dans le silence triste de la cuisine, une mouche vole contre la vitre de la fenêtre. *Tap, bzz, tap*.

— Vous parliez de pistes, je crois… reprend Ian.

— Ce ne sont pas vraiment des pistes, plutôt des liens qu'il nous faut explorer. Nous avons trouvé un corps. (Elle s'empresse d'enchaîner.) Pas votre fille Edith. Un garçon de dix-sept ans, un certain Taylor Dent.

— Quelle horreur, sa pauvre mère ! s'exclame Miriam, une main devant la bouche. *Pauvre mère, mais merci mon Dieu il ne s'agit pas d'Edith, merci mon Dieu je ne suis pas cette pauvre mère*… Quel rapport avec Edith ?

— Nous ne savons pas encore, c'est pourquoi nous enquêtons. Il est, était, de Cricklewood, non loin d'ici.

— À des années-lumière d'ici, vous voulez dire, marmonne Ian.

— Edith a-t-elle déjà mentionné son nom ?

— Taylor Dent ? demande Ian en regardant sa femme.

Ils secouent la tête.

— Non. Je n'ai jamais entendu parler de lui, dit Miriam. Comment est-il décédé ?

— Nous n'en sommes pas sûrs. Son corps a été retrouvé dans une rivière à Ely. Rollo, est-ce que vous le connaissiez ?

— Absolument pas.

— Edith a-t-elle déjà pris des drogues ? Achetait-elle du cannabis à quelqu'un ?

— Non, disent Rollo et Miriam d'une même voix.

— L'un de ses ex-petits amis en consommait un peu. Jonti. Mais elle n'a jamais voulu essayer, poursuit Rollo. Je le sais car nous étions ensemble lorsqu'il fumait.

— Se peut-il qu'elle ait refusé à cause de votre présence ?

— Je ne pense pas. Elle n'avait aucun problème moral avec ça. Simplement, fumer ne lui disait rien.

— Parlez-moi de Jonti, dit Manon.

— Je suis allée lui rendre visite ce matin. Il est sans nouvelles d'Edith depuis des années. Mais oui, je vais vous donner son numéro, dit Miriam en se levant pour sortir son carnet d'adresses d'un des tiroirs.

La mouche s'est remise à son bourdonnement funèbre.

Ian se lève et va se poster devant la fenêtre, leur tournant le dos. Il commence à secouer le loquet de la fenêtre, frénétiquement, pense Miriam, essayant de le dégager pour faire sortir la mouche.

Elle revient à la table, lunettes de lecture sur le nez, et donne le numéro à Manon. Puis elle relève la tête avec agacement :

— Ian, veux-tu bien cesser de t'agiter et venir te rasseoir ? Nous discutons de choses importantes.

— Pardon, dit-il. Ce Dent, c'est votre seule piste ? Pensez-vous qu'il ait fait du mal à Edith ?

— Nous vérifions s'il existait une connexion entre les deux… S'ils s'étaient rencontrés ou avaient des amis communs.

— Vous dites qu'il avait dix-sept ans ? dit Rollo.

— Un *enfant*… soupire Miriam.

— À quelle école allait-il ? demande encore Rollo.

— Il avait laissé tomber l'école. Il vivait du marché noir. Cigarettes, objets de contrebande, recel de biens volés, etc.

— J'ai du mal à croire qu'Edith ait pu connaître ce genre de…

— Oh, *Ian* ! tais-toi donc, interrompt sèchement Miriam avant de se raviser. Je vous demande pardon, ajoute-t-elle en s'adressant à Manon. Je ne devrais pas m'énerver ainsi.

— Ne vous en faites pas, rassure Manon avec un sourire gêné.

Cessez donc de nous observer, pense Miriam. *Nous sommes comme cette mouche, à cogner inlassablement contre une vitre sans pouvoir rien faire.*

— Nous avons l'impression, dit Ian, que vous nous dissimulez certains éléments de l'enquête.

Miriam scrute le visage de Manon. Elle la voit prendre une décision.

— Une autre piste nous a occupés un moment, admet Manon. Mais elle s'est révélée… hum, infructueuse.

— Pour l'amour de Dieu ! s'exclame Ian.

Miriam lui fait un sourire reconnaissant. Il lui reste encore de la combattivité.

— Dites-nous, supplie Miriam.

— Nous enquêtons sur un dénommé Tony Wright. Il y a huit mois, il a été libéré de la prison de Whitemoor où il écopait une peine pour cambriolage à main armée et agression sexuelle.

— *Agression sexuelle*, souffle Miriam. Je priais pour qu'une telle chose…

— Pas d'inquiétude, lâche Manon. Il a un alibi très solide pour le week-end où Edith a disparu.

Elle a refermé la porte derrière la détective Bradshaw et le récit qu'elle leur a fait des agissements de Tony Wright, le couteau qu'il a mis sous la gorge de sa victime terrifiée.

Miriam et Ian se tiennent un instant dans le couloir froid et silencieux. Il la regarde puis fronce les sourcils et fait demi-tour. Elle croit déceler du mépris dans ses yeux. Serait-ce pour sa frayeur ?

Il est en train de se diriger vers son bureau et elle le suit.

— Quel besoin avais-tu de t'agiter devant cette fenêtre ? Ne peux-tu pas rester tranquille une minute ? dit-elle dans le but de le voir pivoter et écouter ce qu'elle a à lui dire.

— Fiche-moi la paix, rétorque-t-il d'un ton glacial.

Campé devant sa table de bureau, il fait mine de feuilleter des papiers.

Alors qu'elle sort de la pièce, il lui crie :

— Où vas-tu ? Faire encore une sieste, c'est ça ?

Elle se retourne et revient en furie dans son bureau. Le visage de Ian est décomposé, un mélange de colère et de reproche.

— Pourquoi ton désespoir primerait-il sur toute autre chose ?

— C'est faux, Ian ! Tu ne me permets pas d'exprimer la moindre tristesse. Mais il s'agit de ma fille !

— De la mienne également. Tu ne fais que te lamenter ou rester allongée pendant des heures dans une pièce sombre. Ce n'est pas ça qui la ramènera.

— Qu'est-ce que tu veux que je *fasse* ?

Il garde le silence, la tête baissée vers la table, mais elle sait qu'intérieurement il bouillonne et enrage comme elle.

— Cesse d'agir comme si tout cela était ma faute ! lui crie-t-elle en sortant de la pièce.

MANON

Ses pieds sont posés sur le siège en tartan bleu du train First Capital Connect, à côté d'un écriteau « Interdiction de mettre les pieds sur les sièges ». Elle tire sur sa paupière, la décollant de son œil en espérant que cela soulagera la démangeaison. Bien que l'irritation se soit désormais transformée en douleur, elle n'a pas ressenti l'urgence d'acheter un collyre antibiotique lorsqu'elle est passée devant une pharmacie plus tôt – sur Hampstead High Street, à la station King's Cross. Trop tard, maintenant : il est vingt heures passé et elle doit être au travail tôt le lendemain pour le débrief sur l'émission *Crimewatch*.

Elle a averti les Hind de s'armer contre un regain d'intérêt de la presse – le retour de paparazzis à leur porte – lorsque la reconstitution du dernier trajet d'Edith (le retour à son domicile en compagnie d'Helena Reed) sera diffusée à la télévision, mercredi soir. Il n'a pas été facile de leur parler de Tony Wright, en dépit de son alibi. L'expression terrifiée de lady Hind l'a incitée à ne pas leur raconter qu'il avait assommé sa victime à coups de manche de couteau jusqu'à ce que son visage soit violacé et tuméfié. Deux semaines après la condamnation de son agresseur, celle-ci s'était donné la mort.

Quelque part au fond de son sac, le portable de Manon se met à vibrer. Un SMS provenant d'un numéro inconnu.

Jsuis bien au chaud.

Elle sourit. Acheter un manteau à Fly lui a procuré une kyrielle de plaisirs dont elle n'aurait jamais soupçonné l'existence, comme si une lueur de simple contentement s'était diffractée dans toutes les nuances d'un arc-en-ciel. Choisir un blouson rose bonbon à sequins et lui dire : « Voilà qui t'ira bien. » Puis rire de son regard atterré, type : « N'importe quoi, celle-là. » Le voir se précipiter sur les manteaux de marque dont elle retournait l'étiquette de prix avec un : « Dans tes rêves. » Mais surtout, lorsqu'ils se sont finalement mis d'accord sur une doudoune bleu clair ornée de bandes blanches sur la poitrine, elle a réalisé combien le voir au chaud la rendait heureuse : la douceur de la doublure contre sa peau, l'imperméabilité du tissu extérieur qui le protégerait de la pluie. Ces vingt-cinq livres étaient la meilleure dépense qu'elle ait faite depuis longtemps.

Tu ne devrais pas être au lit ? M

Nan j'ai pas 5 ans. Puis je SUIS au lit. Je l'ai gardé pour dormir.

Elle est encore en train de sourire lorsqu'elle monte les marches du commissariat et entre dans la salle d'accueil, l'esprit occupé par les notes qu'elle doit préparer pour la réunion du lendemain. Elle marche tête baissée, inconsciente de ce qui l'entoure, quand Bob l'interpelle depuis le comptoir de la réception :

— Sergent, il y a quelqu'un qui vous attend.

Manon lève la tête et le voit : son manteau informe, son dos légèrement voûté, le sentiment d'attraction-répulsion – Alan Prenderghast.

— Bonjour, dit-il. Je ne m'attendais pas à tomber sur vous. J'étais simplement venu déposer ceci.

Il lui tend un petit sac en papier blanc orné du logo vert d'une pharmacie. Manon l'ouvre et en sort une boîte rectangulaire. « Chloramphénicol. Gouttes oculaires pour le traitement de la conjonctivite. »

— Waouh ! s'exclame-t-elle.

— Je me sens comme un voleur pris la main dans le sac.

— Ça alors… Je n'ai pas eu le temps de m'en occuper, comme vous pouvez le constater.

— Écoutez, dit-il précipitamment. Je ne sais pas très bien comment m'y prendre. Suis-je toujours un témoin ou je ne sais quoi dans cette affaire ?

— Non, pourquoi ?

— Je me demandais si on pouvait se revoir. Pour dîner ou ce que vous voulez. Un film, par exemple ? On pourrait s'asseoir dans la même rangée, voire côte à côte…

Son cou commence à se marbrer de rouge.

— Je ne sais pas. Je suis très occupée en ce moment.

Ils baissent tous les deux les yeux sur le sachet de la pharmacie.

— Dans ce cas, réfléchissez-y. Je vais vous donner mon numéro de téléphone.

Il lui prend le sachet des mains et fouille ses poches à la recherche d'un stylo, mais Bob est déjà en train de lui en tendre un.

— J'ai passé un très bon moment en votre compagnie, à boire un café après le cinéma, dit-il en notant son numéro sur le sac appuyé contre sa paume.

— Merci, répond-elle en examinant son écriture.

Les chiffres sont tout resserrés les uns contre les autres.

— Je suis désolée, il faut que j'y aille… Euh… Je dois préparer une réunion, puis on a ce nouveau meurtre sur les bras, et cette semaine, il y a la diffusion de *Crimewatch*…

Elle a conscience de chercher à l'impressionner avec son métier de détective, oui, il est certainement admiratif, lui qui doit se contenter d'un boulot de civil comme analyste informatique.

— Très bien.

Elle le regarde passer les portes du commissariat et descendre les marches jusqu'au parking.

Lorsqu'elle se retourne, Bob a les sourcils froncés.

— Pourquoi vous avez fait ça ? dit-il.

— Fait quoi ?

— Mis un vent à ce gentil gars ?

— Qu'est-ce que vous en savez, Bob ?

— Je sais que c'est sympa de rentrer à la maison en sachant qu'on vous y attend.

Mardi
DAVY

— Pour moi, ce serait un gratin de pâtes au thon devant la série *A Place in the Sun*, est en train de dire Kim d'un ton pensif.

Davy s'apprête à mettre son grain de sel dans le débat, quelque chose à propos de crackers, de fromage et de la série *Quincy*, quand Harriet leur lance un regard qui signifie : « Fermez-la, voilà le boss. »

L'inspecteur-chef Gary Stanton porte sous le bras une pile de dossiers d'aspect ultra important, et ses boutons de chemise peinent à contenir sa bedaine. Temps de passer à la taille supérieure, songe Davy.

Toute l'équipe est rassemblée autour d'une table ronde, un artifice faisant partie d'une stratégie inédite que Stanton a mise en place à son retour des États-Unis, où il se trouvait pour un programme d'échange avec le NYPD l'automne dernier. Pour Davy, ce programme n'a fait qu'embrouiller davantage les choses, Stanton étant revenu armé d'un tout nouveau jargon managérial. Davy est pourtant le premier à utiliser celui de la police, essentiel selon lui pour tracer une frontière claire entre le bien et le mal (pas plus tard que la veille, aux informations, il a regardé un inspecteur de police raconter devant le palais de justice d'Old Bailey comment il avait « déchiré la maléfique toile de mensonges du délinquant »). Mais ce charabia d'entreprise… Non, ça n'aidait pas. C'était même tout le contraire, des périphrases et détours sans fin qui ne faisaient qu'obscurcir le propos. Cela avait commencé avec la nécessité d'« appliquer le processus » au lieu de faire une chose. Puis Stanton s'était mis à parler de « déflation d'une ligne d'investigation », ce qui paraissait signifier qu'il ne fallait plus la suivre, et « d'options » à poser sur telle ou telle piste. Lorsqu'il voulut « déplacer le paradigme » afin « d'exploiter nos synergies », Davy jeta définitivement l'éponge. Il avait même craint de ne plus être capable de conserver son poste au sein du département. Aussi, lorsqu'il entendit un jour Harriet souffler à Manon : « Mais bordel, de quoi il parle ? », il se sentit rassuré.

Edith Hind avait disparu depuis deux semaines et la presse s'était plus ou moins désintéressée de l'affaire. La diffusion de *Crimewatch* allait changer ça. Stanton s'apprête à « vendre la mèche » (ses propres mots), ils ont intérêt à se tenir prêts.

— Donc, dit Stanton d'un timbre légèrement essoufflé – il vient peut-être de monter l'escalier depuis le service de presse. *Crimewatch*. De toute évidence, la presse va se déchaîner et nous devons nous attendre à ce que le public nous inonde d'appels… (grognement audible de Colin)… que nous devrons prendre très au sérieux. Tout ça va faire boule de neige, attendez-vous à quelques avalanches. Nous ignorons à ce stade quelle piste sera déterminante, je vous demande donc de ne rien laisser de côté, aussi insignifiant que cela puisse paraître au premier abord. J'évoquerai également la vie sentimentale d'Edith et le fait qu'elle avait des amants des deux sexes. Mon but n'est pas de nourrir les pages des tabloïds mais de pousser les précédents amants d'Edith à se faire connaître, les amants secrets ou ceux du passé.

Personne ne dit mot autour de la table. Tous pensent la même chose : sir Ian Hind va sortir de ses gonds et appeler aussitôt Roger Galloway qui lui-même appellera le préfet de police sir Brian Peabody qui enfin contactera Gary Stanton.

— Je m'en sortirai, dit-il d'un ton incertain, comme s'il lisait leurs pensées. Je dois mener cette enquête de la même façon que j'en mènerais n'importe quelle autre, c'est-à-dire avec l'intuition qu'il est arrivé quelque chose de grave à Edith et qu'un de ses amants ou partenaires sexuels est au cœur de sa disparition.

— Parler d'un amant de sexe féminin ne risque-t-il pas de mettre le feu aux poudres ? demande Manon.

— Impossible de faire autrement. Il faut bien trouver un moyen de faire sortir le loup du bois.

— Sortir qui ? dit Harriet.

— Nous devons forcer les personnes à se manifester. Pour être franc, nous avons besoin qu'Edith ne soit pas définitivement oubliée du public.

— Dût-il s'en souvenir nue, en pleins ébats avec une jolie jeune femme, lâche Colin avec un reniflement de mépris.

— Ne devrait-on pas prévenir Helena Reed ? dit Manon. La vie n'est plus jamais la même quand on passe à la télé pour raconter ses amours homosexuelles. Je crois qu'elle est trop fragile pour endurer ça.

— Vous avez raison, il faut que nous la mettions en garde. Kim, je veux que vous alliez chez elle pour l'informer de cette histoire. Dites-lui que *Crimewatch* sera diffusé mercredi soir et qu'elle se rassure, aucun nom ne sera cité. Mais proposez-lui tout de même votre soutien, au cas où. Dites-lui que nous pouvons mettre un agent de liaison à sa disposition.

Kim acquiesce.

— Harriet, pouvez-vous nous faire un point au sujet de l'enquête sur Taylor Dent ?

— OK, soupire Harriet. Aucune trace correspondante d'ADN à Deeping ou George Street. Pas de contact téléphonique apparent, même s'il se peut que Dent ait eu un ou plusieurs téléphones portables dont nous ignorons l'existence. La Metropolitan Police de Londres est en train de vérifier ça, pendant que nous cherchons un lien avec le numéro inconnu xxx-515, le mobile qu'Edith a appelé deux fois dans la semaine précédant sa disparition.

— Et la famille de Dent ? Du nouveau ?

— Un frère cadet, Fly, intervient Manon. Il a signalé la disparition de Taylor le lundi 12 décembre après l'école, c'est-à-dire une semaine avant celle d'Edith. Taylor n'était pas rentré la nuit précédente. Il a probablement dû sortir pour une affaire de deal ou je ne sais quoi. Avant de partir, il a dit à son frère que les choses allaient changer. J'en déduis qu'il comptait gagner une certaine somme d'argent. D'après ce que j'ai compris, il avait l'air très sûr de lui. Bref, son petit frère s'est réveillé lundi matin sans trouver Taylor à côté de lui. Malgré son inquiétude, il a préféré attendre la fin de la journée avant de signaler sa disparition. Sauf que la Met a accueilli sa déposition avec le plus grand scepticisme : Taylor était un grand garçon de dix-sept ans, assez grand pour se débrouiller tout seul, donc aucun souci à se faire.

— En d'autres mots, il ne valait pas la peine qu'on enquête sur lui, dit Davy en songeant à Ryan.

— Des officiers du commissariat de Kilburn sont à la recherche de ses comparses, mais je doute qu'ils trouvent grand-chose, poursuit Manon.

— Très bien, dit Stanton en posant les mains à plat sur la table comme pour garder l'équilibre. Puisqu'il ne semble pas y avoir de connexion entre Taylor Dent et Edith Hind et qu'on n'a toujours pas établi l'identité du numéro xxx-515, je vais devoir attribuer l'affaire Dent à l'équipe deux. Nous ne disposons pas de moyens suffisants pour qu'une seule équipe mène deux enquêtes de front.

— Mais… ! lâche Manon en se tortillant sur son siège, et Davy lui lance un coup d'œil. Il se peut que… plus tard… enfin…

Elle laisse mourir sa phrase.

— Une dernière chose, reprend Stanton. Il va y avoir une réunion avec l'équipe de management du service médico-légal.

Des grognements se font entendre dans la pièce. On va encore leur parler d'argent. Ces réunions servent à adapter les coûts d'enquête en fonction des budgets. Autrement dit, ils vont devoir se serrer la ceinture.

— Nous avons été informés que nos dépenses pour l'enquête Hind étaient trop élevées et qu'il fallait y remédier. C'est pourquoi Nigel Williams et Nick Briggs vont intégrer l'équipe numéro deux pour aider sur l'affaire Dent, tandis que l'équipe un poursuivra son travail sur Hind.

— Avec tout mon respect, chef, intervient Harriet, vous comptez réellement diminuer les effectifs de l'équipe alors que *Crimewatch* est programmé pour demain et que nous allons crouler sous les fausses pistes ?

— C'est effectivement ce que je vais faire, dit-il en se levant, la pile de dossiers sous son bras. Nous vivons à une époque d'austérité, chère inspectrice Harper. On ne vous avait pas prévenue ?

— … Des toasts aux anchois, dit Colin à Kim tandis que la salle commence à se vider. Sauf que l'huile te coule toujours partout sur le menton, ce qui tend à gâcher le plaisir de regarder *Columbo*.

MIRIAM

Elle est réveillée, sous le choc après son rêve.

Si elle pouvait, elle cesserait tout à fait de dormir. Ses nuits sont si torturantes et agitées – tasses de thé dans la cuisine, incessants allers et retours aux cabinets, passage d'un lit à l'autre dans l'espoir qu'un oreiller frais l'aidera à trouver le sommeil – qu'elle se laisse généralement rattraper par l'épuisement en fin d'après-midi. Dans ses rêves, Edith lui apparaît de multiples façons : habillée des vêtements d'une inconnue ou le visage surnaturellement déformé. Un visage mouvant, mi-poule de luxe, mi-succube.

La police leur a demandé si Edith connaissait Tony Wright ou Taylor Dent ; Miriam ne peut s'empêcher de penser à la terrifiante toile dans laquelle Edith s'est peut-être laissé engluer. Que sait-elle réellement de sa propre fille ? Chaque découverte est une agression supplémentaire : la relation avec Helena, les SMS troublés à Rollo. Que se passait-il dans sa vie ? La confiance en elle-même que Miriam s'est forgée au long de son existence en tant que mère est réduite à néant. Mais alors, sur quoi compter en réalité ? se demande-t-elle à présent. Sur la chance qui sourira à ses enfants ? Sur les hasards de la génétique ? S'ils sont intelligents et qu'ils réussissent dans la vie, on s'en attribue le mérite. S'ils se retrouvent laissés pour compte, on devient la cible du jugement d'autrui. Ces derniers temps, on pourrait lui dire n'importe quoi au sujet de sa fille, elle serait forcée de l'accepter, n'étant plus certaine de rien. Elle qui pensait qu'Edith l'aimait.

Miriam ramasse la carte de fête des Mères, qu'elle a sortie du tiroir de sa table de chevet où sont amoureusement conservés tous les petits mots de ses enfants. De l'écriture appliquée et parfaitement soignée d'Edith…

Ma chère maman,

C'est toi la meilleure.

Je t'aime. Je sais que je ne te le dis jamais – du moins, pas assez.

E.

Elle se rappelle l'indignation amusée de Ian :

— Pourquoi n'ai-je jamais droit à de telles cartes ?

— Simplement parce que son adoration pour toi est si visible, lui avait répondu Miriam à l'époque. À moi, elle a besoin de l'écrire.

Il pleurait dans son bureau. Elle l'a entendu lorsqu'elle est montée à l'étage il y a une heure. Elle s'est figée, une main sur la rampe de l'escalier, surprise qu'il laisse enfin s'exprimer sa tristesse. C'est si rare d'entendre un homme se laisser aller aux sanglots ; elle n'a pu s'empêcher de trouver cela intéressant. Les siens étaient étouffés, comme si les larmes l'asphyxiaient en coulant. Ceux de Miriam sont tumultueux, un déluge capable de tout raser sur son passage et face auquel elle ne peut faire le poids. La faiblesse faite eau.

Elle est restée à l'écouter sans chercher à le consoler. Le fossé qui les sépare s'agrandit chaque jour depuis la disparition, comme un écarteur en train de forcer un thorax, et chaque découverte est un nouvel affront ne contribuant qu'à les diviser. Face à l'impuissance, la seule réponse de Ian est la critique. Une critique dont elle est l'objet, quand il n'est pas occupé par ses Tâches Importantes, ses rendez-vous avec des détectives privés, ses impressions d'affiches, ses appels à des avocats ou encore ses dépôts de plainte contre des journaux pour harcèlement. Il ne s'arrête jamais de courir, son visage marqué semblant la blâmer : « Et toi, de quelle manière t'es-tu rendue utile ? »

Il refuse de reconnaître qu'elle souffre, en partie parce qu'elle le garde pour elle, comme ses voyages secrets à Huntingdon, où elle traverse le lugubre passage souterrain entre la gare et George Street. La fois dernière, elle s'est arrêtée devant la maison d'Edith, incapable d'y entrer à cause de l'intérieur noirci par la poudre à empreintes digitales, trop évocateur d'une scène de crime. C'est pourquoi elle s'est rendue en centre-ville, où elle a scruté le visage de chaque passant tout en se faisant violence pour ne pas lever la tête vers le ciel et hurler d'impuissance. Le monde vacille, il l'entraîne dans sa chute vertigineuse en emportant avec lui ses organes. La peur est un sentiment tellement *physique*.

Non, elle ne lui a rien dit de cela, et chaque fois qu'il la cherche, elle semble être allongée sur son lit dans la pénombre crépusculaire de leur chambre à coucher. Comme maintenant, une main contre son front. Elle remarque la présence de rides à ses jointures et, du bout du pouce, se met à tourner une de ses bagues – une énorme citrine taille ovale de la couleur du miel, sertie dans une monture en argent massif.

Il n'en veut pas qu'à elle. Il se montre également de plus en plus critique envers la police, faisant des recherches Internet sur chaque officier de l'équipe d'investigation dans l'espoir de retracer leur ascension dans la hiérarchie, l'étendue de leur expérience et leur formation. Sauf que Google ne fait qu'exhumer d'anciennes informations parues dans la presse. Quelle utilité de savoir que l'inspectrice Harper a conseillé aux automobilistes du Bedfordshire de verrouiller leur véhicule en 2006 ? Son soulagement de voir Stanton prendre le commandement a été de courte durée, l'opinion de Ian à son sujet étant qu'il « n'a pas inventé l'eau chaude », d'où ses appels à des détectives privés.

— Puisque tu es inquiet, pourquoi ne parles-tu pas à Roger ? lui a demandé Miriam un soir alors qu'ils s'apprêtaient à se coucher.

— Je n'ai pas envie de profiter de la position de Roger pour exercer une pression sur Stanton, pas encore. Cela pourrait causer plus de mal que de bien. Je préfère réserver mes cartouches.

Rog et Patty ont pris de leurs nouvelles, évidemment – un message vocal sur le répondeur de la maison et une jolie carte ornée d'hibiscus. « S'il y a quoi que ce soit que nous puissions faire… »

Elle presse sa main sur sa nuque en songeant : ces choses ne vous rapprochent pas, elles vous déchirent, chacun dans son coin. Il n'y a nulle part où se réfugier excepté dans le blâme, comme si c'étaient les bras d'un amant. Si seulement Ian n'avait pas tant attendu d'Edith. Si seulement elle, Miriam, n'avait pas été aussi passive. Si seulement Rollo n'était pas aussi *vivant*. Tout le monde était fautif car personne ne l'était.

Elle entend tourner la poignée de la porte, espérant et redoutant à la fois que ce soit Ian. Il vient s'asseoir au bord du lit, lui caresse le bras et soupire profondément. Elle ne le regarde pas.

— Je te demande pardon, Miri.

Il se met à pleurer et elle se redresse pour l'observer, à la fois curieuse et émue par lui.

— Pour quoi ?

— Pour tout… tout ce que j'ai fait.

Il ne la regarde pas, lui dissimule son visage.

— Je n'ai pas été un bon époux.

— J'ai l'impression que tu me hais.

— Bien sûr que je ne te hais pas. Je t'aime. À la folie.

Il la serre dans ses bras et elle lève la tête pour l'embrasser. Il lui rend son baiser mais suspend brusquement son geste alors qu'elle aurait souhaité qu'il le poursuive. Un passage à l'acte. C'est le seul moyen qu'ont un mari et une femme de se sentir en communion. Mais ces moments sont souvent mal coordonnés, mal interprétés. Combien de fois se sont-ils refusés l'un à l'autre par simple rancœur, fatigue ou réserve, et parfois les trois ?

— Et si nous allions dîner dehors ce soir ? propose-t-il. Au La Gaffe, ou cette nouvelle brasserie française ? C'est peut-être notre dernière soirée au calme avant le retour des vautours sur notre seuil, demain.

C'est un bon époux. Il est auprès d'elle et il l'aime. À la folie.

— On pourrait croire que nous célébrons quelque chose, dit-elle.

— Non, on ne le croira pas. Allez, viens. Lève-toi. Ce n'est pas en restant enfermés que nous aiderons Edith.

Mercredi
DAVY

— Monsieur le marquis attend en bas et il n'est pas content, dit Kim.

— Ian Hind ? En bas ? dit Harriet.

— C'est ça. Il tourne comme un ours en cage.

— J'ai oublié qu'on avait rendez-vous ? demande Harriet à Davy, qui hausse les épaules et se contente de trottiner à sa suite dans l'escalier tandis qu'elle poursuit : Il doit être là pour m'emmerder à propos de je ne sais quoi. (Elle s'arrête et regarde Davy.) Sûrement cette histoire de maîtresse. Je ne pensais pas qu'il était au courant. L'agent de liaison a dû lui dire. Merde, il va être furax. Du Stanton tout craché, disparaître dès que les tuiles se mettent à pleuvoir.

— Tout va bien, sir Ian ? s'enquiert Harriet en attendant que Davy entre, avant de fermer la porte de la salle d'audition un.

Il arpente la pièce à grands pas, exactement tel que Kim l'a décrit : un ours affamé dans une cage trop étroite.

— Où est l'inspecteur-chef Stanton ? lance-t-il en se retournant si brusquement que son manteau bleu marine voltige derrière lui.

— Il n'est pas ici aujourd'hui. Que se passe-t-il, sir Ian ?

— Vous cherchez à détruire la réputation de ma fille.

— Je ne crois pas qu'avoir un amant de sexe féminin soit préjudiciable, si ?

— C'est concupiscent, dit-il et Davy n'est pas certain de comprendre le mot. C'est salace.

Ah, OK, pense Davy. Voilà ce que ça veut dire.

— C'est la salir auprès du public, poursuit Ian Hind, et Dieu sait qu'ils n'ont pas besoin de vous pour ça ! Vous êtes en train de fouler aux pieds ma famille, vous…

Il se tait, la gorge bloquée par le trop-plein d'émotion, sauf que Davy a l'impression que sa colère l'empêche de pleurer.

— Sir Ian, je vous promets que ça n'est pas du tout notre intention. Nous voulons retrouver Edith et surtout nous la voulons vivante. C'est pourquoi nous ferons n'importe quoi, n'importe quoi vous entendez, même si cela inclut de l'embarrasser, elle, et peut-être vous également, bien que je ne voie pas ce qu'il peut y avoir de gênant à…

— Ma femme est en train de pleurer sur son lit, scandalisée par ce que vous racontez à propos d'Edie et terrifiée par ce que votre détective nous a dit sur cet… individu, Tony Wright. Je me suis renseigné sur lui, les chefs d'inculpation sont monstrueux !

— Nous avons enquêté sur Tony Wright de la même façon que nous enquêtons sur chaque criminel connu pour des agressions similaires. C'est une des lignes…

— Une ligne ? Vous nous dites qu'un prédateur sexuel armé d'un couteau de boucher pourrait être impliqué dans la disparition de notre fille puis vous… vous nous laissez avec ça ?

— Wright a un alibi, essaie de le rassurer Harriet. Un alibi très fort. Nous cherchons juste à vous tenir informés. Écoutez, j'imagine combien c'est difficile pour vous. C'est la raison pour laquelle nous mettons un agent de liaison à votre disposition, afin de contenir ce type de peurs et de répondre à vos questions. S'il vous plaît, calmez-vous, sir Ian. Si vous voulez vous asseoir…

— Non, je ne veux pas m'asseoir. Tout le monde n'a que ça à la bouche, asseyez-vous, prenez une tasse de thé. Je n'aime pas cet agent de liaison, et puis, j'exige de savoir ce que vous êtes en train de faire, comment avance l'enquête *concrètement*. Je refuse qu'une conseillère hypocrite me tapote l'épaule pour tenter de me *contenir*.

— Nous suivons toutes les pistes. Tony Wright était l'une d'elles. Il y a aussi la possibilité que la vie personnelle d'Edith, ses amants, soit au cœur de sa disparition. Nous espérons que la diffusion de *Crimewatch* fera émerger de nouveaux renseignements.

— Je ne comprends pas. Pourquoi le sergent-détective Bradshaw nous a-t-elle parlé d'un jeune garçon… un certain Dent, si mes souvenirs sont bons ?

— Parce qu'il s'agit d'une piste potentielle.

— Comment ça, « potentielle » ?

— Le corps de Taylor Dent a été retrouvé dans la rivière près d'Ely la semaine dernière. C'est ce dont le sergent-détective Bradshaw vous a informé, n'est-ce pas ? Nous avons ouvert une enquête pour homicide et cherchons d'éventuelles connexions avec la disparition de votre fille. Les deux événements ont eu lieu dans la même période. Ce serait une faute professionnelle de ne pas chercher à savoir s'il y a un lien entre les deux affaires.

— Pardonnez-moi si je suis lent, inspectrice Harper, dit-il en secouant la tête, les sourcils froncés. Mais comment pouvez-vous vous concentrer sur l'enquête si vous cherchez vaguement de tous côtés ? Puisque vous paraissez avoir de multiples pistes, que ce soit sa vie amoureuse, ce dangereux pervers ou ce garçon dans la rivière, laquelle êtes-vous en train de suivre *réellement* ? Où votre complète attention se porte-t-elle ?

Il se tourne et fixe Harriet de ses yeux gris métal avec une telle intensité que, Davy s'en aperçoit, elle feint de parcourir des notes dans son porte-bloc.

— Alors, s'agit-il de Tony Wright ou de Taylor Dent ? Vous n'en avez pas la moindre idée. Peut-être aussi qu'en tant que simple inspectrice vous êtes dépassée par l'ampleur de la tâche et que vous essayez les pistes tous azimuts ?

Il est tellement en colère qu'il en est effrayant, tel un directeur d'école qui passe un savon à un élève.

— Je… Nous suivons toutes les pistes possibles, répète Harriet en tripotant le coin d'une feuille.

— Laquelle ? explose sir Ian.

Les poings sur la table, il est penché au-dessus d'Harriet. Davy a l'impression qu'il va cogner sur la table.

— Difficile à dire pour le moment. À ce stade, plusieurs hypothèses…

— Vous êtes censée diriger cette enquête, faites-le. Est-ce Taylor Dent ou Tony Wright ?

— Pour être honnête, aucun ne me paraît satisfaisant. Mais si je devais… je dirais que la piste Tony Wright est plus solide, même si son alibi…

Sir Ian pousse un soupir, se redresse, puis, avec plus de douceur, dit :

— Très bien. Dans ce cas vous devriez sans doute mettre toutes vos ressources sur Tony Wright, n'est-ce pas inspectrice Harper ?

Il sort de la pièce et du commissariat, dans sa Jaguar, et retour à Londres – ils l'espèrent.

Davy attend Harriet à l'extérieur de la salle d'audition. Elle est adossée au mur du couloir, la tête en arrière, et souffle entre ses lèvres : « Putain. » Elle rouvre les yeux et regarde Davy.

— J'ai donné ce que j'avais de meilleur. Prends-en de la graine, Davy Walker.

— Ça, c'est sûr. Vous lui avez donné du fil à retordre.

— Tu as vu ça, hein ?

— Au moins, il sait qui est le patron maintenant.

Kim se dirige vers eux, de retour de sa visite à Helena Reed.

— Comment ça s'est passé ? demande Harriet.

— Ça va, elle va bien. Elle semble un peu déconnectée, je ne suis pas sûre qu'elle comprenne ce que ça implique réellement au niveau de la publicité, etc.

— Tu lui as expliqué ?

— Du mieux que j'ai pu. Je lui ai dit qu'elle devrait peut-être garder profil bas et vivre chez ses parents pour un temps. Je lui ai aussi proposé qu'un officier reste auprès d'elle. Elle a répondu qu'elle ne voulait pas voir sa famille, sans vraiment dire pourquoi, et qu'elle n'avait pas besoin de notre soutien.

— OK. N'oublie pas de consigner ça dans un rapport.

Jeudi
MANON

Les téléphones hurlent, chaque sonnerie couvrant l'autre comme des nourrissons en pleurs requérant une attention immédiate. Elle a cent quarante-huit e-mails non lus dans sa boîte de réception. Pénétrant et aigu, le chœur de claviers qui crépitent, de voix et de sonneries de portables lui vrille le lobe frontal pour se transformer en douleur lancinante derrière l'œil gauche. Le service tourne en surrégime depuis que *Crimewatch* a été diffusé, la veille au soir.

Une jeune fille correspondant à la description d'Edith repérée au sud de la ville ; une jeune fille correspondant à la description d'Edith repérée à l'est de la ville ; une autre repérée à Manchester ; une à Glasgow ; dans sept quartiers différents de Londres. Il leur faudra suivre chaque piste. Auditionner tout le monde. Rien ne devra être écarté.

Le son de la télévision a été coupé ; Stanton y apparaît filmé, il donne des entretiens tandis que la bande rouge au bas de l'écran indique : « Inspecteur-chef Gary Stanton, police du Cambridgeshire : "Edith, portée disparue, avait une liaison homosexuelle. Sa vie amoureuse complexe est au cœur de l'enquête." »

— Comment avez-vous été mis en relation avec ce service ? demande Davy au téléphone. Non, non, je ne veux pas vous raconter les dessous de l'affaire… (Silence.) OK, merci, je vais transférer votre appel au service de presse, dit-il en pressant plusieurs boutons sur le standard puis en raccrochant brutalement le combiné, un geste d'humeur inhabituel chez lui. Pourquoi les appels arrivent-ils ici et pas directement à la presse ?

— Parce qu'ils mentent à la standardiste, dit Harriet.

Colin est dans son élément, il bondit de joie toutes les cinq minutes :

— Celui-ci dit que c'est la faute des immigrés. Si on ne les avait pas laissés pénétrer nos frontières en masse… Classique, ajoute-t-il en secouant la tête.

Manon feuillette la pile de journaux posée sur chacune de leurs tables. Les gros titres portent tous sans exception sur l'enquête Hind : « Edith, disparue tragiquement, avait une maîtresse : les rendez-vous lesbiens d'Edith » ; « Edith Hind avait une amante cachée, révèle la police ». Même la presse généraliste en fait sa une. Le *Telegraph* y trouve l'occasion de republier une photographie d'Edith en toge d'étudiante, sûrement pour que le public masculin puisse ensuite l'imaginer défroquée, dans une étreinte homosexuelle torride. Le *Guardian* affiche son mépris habituel en traitant l'affaire comme un article de seconde zone, en bas de la une : « La presse se déchaîne sur "l'amante" dans l'affaire Hind. » Des histoires de sexe entre jeunes femmes, rien de tel pour faire repartir la machine médiatique. Mieux : des histoires de sexe entre jeunes bourgeoises. Manon prie pour que personne ne fasse le lien avec Helena Reed. La Met a dû déployer un cordon de sécurité autour de

Church Road à Hampstead, où les Hind ont été férocement assiégés.

Fergus entre dans le service. Sa chemise en coton gris s'orne de gigantesques auréoles au niveau des aisselles. Ses boutons d'acné sont rouge vif. Il repousse ses lunettes sur son nez.

— S'il vous plaît, j'aimerais vous dire un mot, lance-t-il.

Excepté pour les téléphones qui continuent à sonner, le département retrouve un peu de calme, qui debout sans bouger, qui perché sur un tabouret.

— Nous devons faire très attention aux tentatives d'infiltration. La plupart d'entre vous ont dû recevoir des appels de journalistes ce matin. Ils sont sur les dents et subissent des pressions pour avoir des informations supplémentaires suite aux révélations d'aujourd'hui. Je vous invite expressément à ne dévoiler aucun détail de l'enquête lorsque vous téléphonerez sur vos portables.

— Vous êtes en train de dire qu'on nous a mis sur écoute ? demande Stuart.

— C'est une éventualité qu'il ne faut pas négliger, répond Fergus en remontant sur son nez ses lunettes, que la transpiration fait glisser. Par mesure de précaution, tâchez de ne pas parler de l'affaire au téléphone. Si vous discutez entre vous, ne citez aucun nom ni information confidentielle et, surtout, ne dites rien à votre famille ou à vos amis. C'est compris ? Merci tout le monde.

Le bruit revient, plus fort que jamais. Manon ressent le besoin urgent de fuir ce volume sonore croissant, la chaleur infernale et l'atmosphère saturée. Sa migraine s'accentue.

— Davy, je vais à la cantine. Je te ramène un café ou quelque chose ?

— Quelle foutue pagaille ! lâche-t-il, et elle est surprise, non seulement de l'entendre exprimer un sentiment de désespoir mais également de voir l'expression bouleversée sur son visage.

Il ajoute :

— Enfin, à quoi pensait-il ? Ce n'est pas comme ça qu'on trouvera ce qui est arrivé à Edith. On ne fait que se servir d'elle !

— À ce stade de l'enquête, c'est normal de secouer un peu les choses, explique Manon. Elle a disparu depuis dix-huit jours, tout le monde l'a oubliée. Nos pistes mènent à des impasses. Stanton essaie juste de donner un coup de pied dans la fourmilière. Une tasse de thé ? Un sandwich au bacon ?

En descendant l'escalier, elle envoie un SMS à Fly.

Alors, cette doudoune ?

Elle est super, du coup mes baskets font la gueule ☺

Elle donne un petit coup de coude à Bryony, qui se tient devant elle dans la file du self :

— Coucou.

— Eh ! salut, dit Bryony. Sacré bordel, chez vous.

— M'en parle pas. J'ai une migraine à me taper la tête contre les murs. Les téléphones sonnent sans arrêt.

— Des pistes intéressantes ?

— Pas encore. Tu sais comment c'est.

— Tu viens t'asseoir avec moi ?

— OK, cinq minutes.

Elles choisissent une table au fond de la salle, puis Bryony revient sur le sujet de sa vie sentimentale.

— Donc attends, tu dis qu'il est venu jusqu'au commissariat pour t'inviter à dîner, qu'il t'a acheté du collyre, et toi, tu ne l'as pas encore rappelé ?

Manon sent son mal de crâne s'amplifier.

Dès mardi matin, la conjonctivite avait disparu. Elle avait mis des gouttes sitôt qu'elle était montée à son bureau le lundi après-midi, et le lendemain matin, elle était convertie aux pouvoirs surnaturels et divins des antibiotiques. Que deviendrait l'espèce humaine sans ces médicaments miracles ? Elle mourrait en couche. Perdrait la vue à cause d'une conjonctivite, ou un rein à cause d'une cystite. Elle se suiciderait pour une rage de dent. Ces sombres pensées l'ont traversée puis elles se sont enfuit, et Manon a poursuivi sa journée le cœur léger. Brièvement, elle a ressenti une gratitude éternelle pour Alan Prenderghast, mais ce sentiment s'en est allé aussi rapidement que l'infection. Mercredi après-midi, elle avait oublié avoir un jour souffert le martyre. Elle n'avait pas eu l'occasion de le remercier, et il semblait trop tard à présent pour le faire.

Pourtant, songe-t-elle maintenant, assise face à Bryony qui la presse de questions, il y a autre chose. Elle n'arrive pas à définir… quoi ? La raison pour laquelle quelque chose de subtil et complexe la retient de nouer une relation avec lui. La façon qu'elle a de se tenir à distance des rapports humains, de peur de s'y laisser absorber. Son ambivalence, que Bryony perçoit comme un simple trait de caractère. Ce n'est pas si simple. Le contact la met mal à l'aise.

— En revanche tu es prête à aller au lit avec n'importe quel sociopathe velu que tu trouves sur Internet, poursuit Bryony.

Manon hausse les épaules, une manière de lui répondre : « Cherche-moi, tu ne trouveras rien. »

— Il n'y a aucun moyen de t'aider. Moi, j'abandonne.

— Je n'arrête pas de me dire de l'appeler, se justifie Manon en prenant en même temps conscience du ton de sa voix : lent et détaché, comme loin d'elle. Mais je n'arrive jamais à m'y résoudre. Je ne sais pas pourquoi.

— Moi je sais. Parce qu'il pourrait se montrer gentil avec toi. Il pourrait te traiter bien et te faire des bébés.

— Arrête tes conneries, dit-elle avec une grimace, fâchée d'être malmenée. Tu ne le connais même pas, Bri.

— Je sais qu'il vaut mieux que tous les minables avec qui tu sors habituellement.

Manon s'est levée brusquement. Trop c'est trop.

— Dans ce cas, vas-y, tape-le-toi, lance-t-elle en faisant demi-tour pour partir.

— Manon attends, je…

Les portes de la cantine se referment derrière elle.

HELENA

Sa respiration sort par à-coups, bloquée au niveau du plexus solaire puis remontant péniblement jusqu'à sa gorge. Un puits de larmes.

— Ils sont après moi, parvient-elle à lâcher. Ils… sont après… moi…

— J'aimerais qu'on en revienne à votre rêve, quelque chose s'y cache peut-être, dit le Dr Young, la personnification même du calme.

— Ils sont… après… moi. Les journaux… C'est partout dans les journaux… Oh mon Dieu, mon Dieu, non !

Des deux mains elle se couvre le visage, gonflé et humide de larmes. Elle voudrait se cacher, que la terre s'ouvre et se referme au-dessus de sa tête – une tombe salutaire. Où qu'elle aille, elle se sent exposée, ou sur le point de l'être. Son nom sera jeté en pâture. Elle se sent sale.

— Le rêve, insiste-t-il.

Dans son rêve, elle court dans des rues de banlieue – Newnham ou la rue de ses parents à Bromley, impossible à dire. Le souffle court, les vêtements déchirés, traquée par une nuée d'énormes corbeaux aux ailes qui battent comme les toges des étudiants, aux becs acérés.

Elle court sans s'arrêter mais ils gagnent du terrain, elle tourne à un coin, voit la maison de ses parents, la porte d'entrée de son enfance, et sent monter le soulagement d'y trouver enfin la paix. Ses parents vont lui ouvrir leur porte, elle entrera et les corbeaux seront bloqués dehors. Elle atteint la porte et frappe tant qu'elle peut mais les corbeaux sont déjà au portail. Et la porte reste fermée. Ses parents refusent de lui ouvrir et, oh ! l'horreur ! L'horreur ! Elle est sur le point de défaillir, de s'effondrer de l'intérieur. Elle aperçoit ses parents qui la regardent derrière la fenêtre, en sécurité dans le salon, la laissant seule dehors pour affronter les corbeaux.

— Ils refusaient de me laisser entrer, dit-elle en haletant, les paumes contre son visage mouillé, les larmes coulant en abondance entre ses doigts repliés. Parce que je suis dégoûtante.

— Pourquoi êtes-vous dégoûtante ?

— Parce que… parce que les journaux racontent qu'elle avait une maîtresse, mais je ne… je ne suis pas… Tout le monde va croire que j'étais son amante, mais c'est faux ! Ce n'était pas du tout ça, mais les gens vont penser que je suis sale, que je suis répugnante, ils vont croire que je lui ai fait du mal.

— Pourquoi pensez-vous que les gens feront un tel lien ? Êtes-vous certaine de tout me dire à propos de votre relation avec Edith ? De cette nuit en particulier ?

— Oui, oui ! Vous voyez, même vous le pensez. Vous lisez « maîtresse » et vous pensez aussitôt à moi, sa meilleure amie, la dernière à l'avoir vue la nuit de sa disparition. Ils sont partout… les sous-entendus graveleux.

Silence.

— Pourtant, vous *savez* ce qui s'est passé. Vous connaissez la vérité sur cette soirée.

— Oui, enfin non, ce n'est pas ce que je voulais dire ! J'ignore ce qui est arrivé à Edith. Vous essayez de me prendre au piège. Vous essayez de me faire dire que je suis impliquée là-dedans.

Nouveau silence, accusateur cette fois.

— Je me demande, reprend le Dr Young, si vous avez l'impression que je vous enferme dehors… Qu'entre cette séance et celle de lundi prochain je vous livre en pâture aux corbeaux. L'intérêt de la presse, le sentiment que vous éprouvez d'être exposée… Ces trois jours vont vous paraître très longs si vous restez seule avec cette charge.

Excepté les halètements spasmodiques, elle est silencieuse.

— C'est tout pour aujourd'hui, conclut le médecin.

DAVY

— Jolie rue, dit-il en pressant le bouton de sa clef de voiture, qui lui répond avec un *blip* électronique en faisant clignoter les phares, tandis que, la respiration fumante et les mains dans les poches, ils avancent sur le trottoir brillant de givre.

Ils sont soulagés d'être sortis du bouillon frénétique du QG, avec ses milliers de signalements contradictoires d'Edith et les pénibles tentatives d'infiltration de journalistes de nouveau sur la brèche.

Un ruban de brume pare le sommet des arbres. Il regarde les jardins devant les maisons : carrelage en damier et tiges mortes de magnolias et de lilas ; bicyclettes cadenassées à des grilles de fer noir ; baies vitrées si propres qu'elles en paraissent liquides, surmontées par un mignon petit toit en ardoise grise.

Ils se trouvent dans le quartier chic de Cambridge, Newnham, afin d'auditionner à nouveau Barbara Garfield, l'épouse du directeur de thèse d'Edith, après qu'elle a téléphoné pour leur annoncer qu'elle avait de nouveaux renseignements. Mais n'était-ce pas le cas de tout le monde, après la dernière diffusion de *Crimewatch* ?

Ce serait sympa de vivre par ici, pense Davy. *Dans un environnement aussi agréable et sûr*. Ces jardinets appartiennent à des personnes qui regardent les émissions de jardinage et connaissent le nom de chaque arbuste. Il parie que l'intérieur des maisons est vétuste mais bourré de livres – pas le type vétuste-sordide des appartements qu'ils visitent dans le cadre de leur travail, obligés alors de garder la bouche et le nez dans leur pull. Non, il s'agit ici d'un vétuste réfléchi, une façon de dire que l'aspect matériel ne compte pas. Une vétusté ornée de tapis persans.

— Grantchester Street, lit-il sur son calepin.

— Au bout de cette rue à gauche, indique Manon.

Ils avancent de quelques mètres.

— Vous avez remarqué que Stuart a un nouvel iPad ? dit soudain Davy.

— C'est plutôt le rayon de Colin.

— Le dernier modèle, joli comme tout… Blanc, fin comme du papier à cigarette. Il dit qu'il n'arrive pas à s'habituer à l'écran tactile. Je me demande juste comment il a pu se l'offrir. Je ne pensais pas que les contractuels gagnaient si bien…

Il est arrêté par un corps qui lui rentre dedans sur la gauche. Quelqu'un qui vient de sortir du portail d'une des maisons alors qu'ils passaient devant.

— Oh là ! s'exclame-t-il en rattrapant la jeune femme par les épaules. Calmez-vous. Est-ce que ça va ?

Visage baissé, celle-ci est en train de pleurer. Lorsqu'elle relève la tête, Manon la reconnaît :

— Helena ?

Elle garde le silence. Ses yeux sont striés de rouge, ses lèvres gonflées. Elle tremble.

— Helena, répète Manon. Que faites-vous ici ? Vous êtes sûre que ça va ?

— Tout le monde va savoir, lâche-t-elle avec un regard implorant. Pourquoi a-t-il parlé d'une maîtresse ? Pourquoi l'a-t-il dit aux caméras de télévision ? Maintenant tout le monde va savoir. C'est écrit partout dans les journaux. Ils vont vouloir savoir *qui* !

Elle s'effondre sur la poitrine de Davy.

— Un agent n'est pas venu vous avertir de la diffusion de *Crimewatch* ? Je pensais que l'officier Kim Delaney…

— Je ne me rendais pas compte, j'ignorais les proportions que ça prendrait ! s'écrie Helena, les yeux écarquillés de terreur. C'est passé à la télévision, la télévision ! Je ne sais pas ce que j'avais en tête… Je n'ai pas compris.

— Personne n'est au courant, pour Edith et vous, la rassure Manon. Cela restera confidentiel, c'est promis. (Davy et elle échangent un regard par-dessus la tête d'Helena.) Personne ne va donner votre nom. Pour la presse, vous êtes juste l'amie avec qui Edith se trouvait samedi soir.

— Si jamais on vient vous embêter, vous m'appelez, renchérit Davy en la redressant afin de pouvoir prendre une carte professionnelle dans sa poche et regarder Helena dans les yeux.

Qu'elle comprenne qu'ils sont sincères. Ils vont la protéger.

— Maintenant, rentrez chez vous et essayez de sortir le moins possible. Vous avez besoin qu'on vous raccompagne en voiture ? Je peux demander à un officier de venir vous chercher…

— Non, non.

Elle s'essuie le nez du dos de la main, un geste qui lui donne soudain l'aspect d'une enfant.

— Je peux rentrer seule.

Elle fixe la petite carte blanche de Davy avec son étoile argentée surmontée de la couronne royale et les mots « Police du Cambridgeshire » autour du cercle bleu.

— Voulez-vous qu'on assigne un officier à votre domicile ? C'est tout à fait possible, reprend Davy.

— Que faites-vous ici ? demande brusquement Helena. Que faites-vous dans la même rue que mon… mon ami ? Un ami à moi vit ici.

— Nous sommes là pour une enquête de routine, dit Manon avec un sourire qui ne fait apparemment qu'accroître la peur d'Helena.

— Vous êtes sûre que ça va ? insiste Davy. Laissez-moi vous raccompagner, ma voiture est juste au coin de la rue.

— Non, non, répète-t-elle en se reprenant puis en écartant la main de Davy sur son épaule. Je dois d'abord aller quelque part. Je ne rentre pas tout de suite chez moi. Ne vous en faites pas, je vais bien. (Elle renifle.) Ça va se calmer, n'est-ce pas ? Cette histoire, ça va retomber ?

Davy et Manon la regardent tandis qu'elle pivote et s'éloigne d'un pas vif, tête basse et épaules voûtées, le long de Grantchester Street.

— J'aime pas ça, dit Davy. On devrait rapporter ce qui vient de se passer. Avertir Harriet qu'elle est fragile.

— Oui. On fera un rapport à notre retour au QG. Mais d'abord, allons voir Mme Garfield.

— Fini ? dit Manon en souriant à Davy.

— Pas encore, répond-il en éternuant trois fois de plus.

— Seigneur ! s'exclame Mme Garfield. Est-ce que ça va ?

— Avez-vous un chat ? demande-t-il.

— Mais oui ! Oh, pardon ! Attendez un instant, je vais la sortir.

Manon s'assoit à la table à manger tandis que Davy finit de se moucher. Ils sont dans une cuisine étroite qui donne sur un jardin. Le sol est revêtu d'un carrelage en terracotta, les meubles de rangement sont en bois de chêne. La pièce sent les lentilles bouillies et l'odeur caractéristique de surfaces nettoyées à l'aide d'une éponge un peu moisie. Le lave-vaisselle tourne. La table ronde, située du côté qui regarde le jardin, est couverte d'une nappe imperméable décorée d'un motif William Morris vert d'eau. Sur le mur se trouve une photographie représentant M. et Mme Garfield se penchant l'un vers l'autre, en short et lunettes de soleil.

— Voilà, elle ne vous embêtera plus, dit Mme Garfield en lissant sa jupe à son retour dans la cuisine. Même si je ne peux pas vous garantir que ses poils… J'ai bien peur qu'il y en ait partout. Voulez-vous boire quelque chose ? thé ? café ?

— Un verre d'eau, s'il vous plaît, répond Davy.

— Sergent ?

— Rien pour moi, merci.

Tout en ouvrant le robinet et mettant son doigt sous l'eau pour en sentir la température, Mme Garfield leur dit :

— Je ne sais pas trop pourquoi je vous ai appelés. D'autant que vous devez être inondés d'appels après la diffusion de *Crimewatch*. Les journaux ne parlent que de ça.

— Vous êtes-vous souvenue de quelque chose en particulier ? demande Manon.

— Vraiment, quelle sotte. Dire que vous avez fait tout ce trajet… Parfois on a l'impression qu'une chose est importante alors qu'il n'en est rien, vous comprenez ?

— Vous êtes-vous souvenue d'un événement quelconque la nuit où Edith a disparu ? Lorsque votre mari est rentré du Crown ?

Elle pose le verre d'eau devant Davy, qui a sorti son calepin vert. Au lieu de s'asseoir avec eux, Mme Garfield retourne près du plan de travail et commence à s'y affairer, faisant s'entrechoquer divers bols et casseroles. Ils patientent.

Davy note quelque chose dans son carnet, probablement la date et l'heure. Manon regarde vers le jardin, les pavés gris et humides, la terre boueuse couverte de feuilles mortes. Tout semble mort.

Elle rompt le silence pour dire d'une voix douce :

— Y a-t-il quoi que ce soit qui vous tracasse au sujet de… de M. Garfield ?

— Il efface l'historique de ses recherches Internet, lâche Mme Garfield sans se tourner vers eux, en donnant des coups d'éponge circulaires sur le plan de travail.

— Poursuivez, dit Manon.

— Moi je ne le fais pas. De toute façon, je ne vais que sur le site du grand magasin John Lewis, pour regarder les lampes de bureau. Ou sur Amazon. Je n'efface pas mon historique, je… ça ne me viendrait même pas à l'idée. Alors pourquoi le fait-il ?

— Si vous nous dites cela, c'est que vous avez eu l'idée de regarder le sien. Pourquoi ?

— Il est toujours tellement collé sur son ordinateur… Perdu dans un monde dont je ne sais absolument rien. C'est comme s'il passait les portes d'un lieu secret et qu'il y disparaissait. Comme si l'écran avait le pouvoir de me le voler. (Elle secoue la tête et poursuit sur un ton différent.) Ce n'est sûrement rien. Pour son travail, ou les résultats du football. Peut-être lit-il le *New Statesman*. Mais on ne sait *jamais*, non ?

Malgré son rire, l'atmosphère de la pièce s'est assombrie.

— Était-il avec vous la nuit du 17 décembre, après la soirée au Crown ?

— D'après ce que j'en sais, oui.

— Que voulez-vous dire ?

— C'est ce que j'ai déclaré à la police lorsqu'on m'a interrogée, mais je me suis peut-être mal fait comprendre. J'étais en train de m'assoupir quand j'ai entendu la clef dans la serrure. Puis je me suis endormie. Je ne l'ai pas vu de mes yeux.

— Qu'en est-il de vos relations avec M. Garfield ?

— Comment cela ?

— Quelque chose a changé dans vos rapports depuis ce jour ? Se comporte-t-il de la même façon avec vous ?

— D'après ce que j'en vois, oui.

Manon attend. Si elle garde le silence, peut-être Mme Garfield en dira-t-elle davantage. Mais celle-ci se contente de faire encore plus de bruit avec sa vaisselle et de s'agiter davantage, les mouvements de son corps semblant dire : « Je suis beaucoup trop occupée pour ce genre de bêtises. »

— Eh bien, merci de nous avoir accordé de votre temps, dit Manon en se levant, bientôt suivie par Davy. Je suis certaine qu'il n'y a pas à s'inquiéter à propos de cette histoire d'ordinateur, mais merci de nous en avoir fait part. N'hésitez pas à nous contacter si autre chose vous revient à l'esprit, madame Garfield. Ne vous en faites pas, nous trouverons le chemin de la sortie.

Ils referment les portières de la voiture, et les bruits de l'extérieur sont subitement coupés. Il y a un froissement de tissu lorsqu'ils font glisser la ceinture de sécurité contre leur manteau.

— Je suppose qu'on va saisir l'ordinateur de Garfield ? demande Davy avant d'allumer le moteur.

Manon est déjà sur son téléphone. Après un court préambule :

— Monsieur Garfield ? Bonjour, excusez-moi de vous déranger, c'est le sergent-détective Bradshaw à l'appareil… Nous aimerions jeter un coup d'œil à votre ordinateur portable.

— Et pourquoi feriez-vous cela ?

— Juste pour vous éliminer définitivement de l'enquête. Il serait préférable que vous nous le remettiez de votre plein gré.

— Écoutez, je souhaite réellement coopérer du mieux que je peux. Mais mon ordinateur ne contient rien d'autre que des dissertations ennuyeuses sur *Les Idylles du roi* de Tennyson, ce genre de choses.

— Vous pourrez le récupérer dans une semaine, dit Manon.

— Vraiment, j'aimerais vous aider, mais je ne peux absolument pas m'en séparer pour une semaine entière, et puis il n'y a rien d'intéressant dedans. Du moins rien qui soit d'une quelconque importance pour vous. Je suis désolé mais j'ai une réunion de travail avec des étudiants dans cinq minutes.

— Monsieur Garfield ?

— Oui ?

— Je détesterais devoir venir à l'université et vous mettre en état d'arrestation.

— Pourquoi diable m'arrêteriez-vous ?

— Parce qu'ainsi nous aurions automatiquement les pleins pouvoirs pour saisir tout matériel vous appartenant.

Silence à l'autre bout de la ligne.

— Je détesterais… créer un scandale, vous comprenez ? Des agents en uniforme demandant à la loge du concierge où vous êtes. Nos véhicules de police garés devant l'université, gyrophares allumés… Nous les adorons, ces lumières bleues. Des officiers qui traversent la cour pour se rendre dans votre bureau. L'attroupement d'étudiants venus voir ce qu'il se passe. Vous connaissez Cambridge… les commérages y vont bon train. Voilà ce que vous m'obligeriez à faire simplement pour récupérer votre ordinateur. Alors que si vous nous le donnez de vous-même, cela se fera sans vagues, en toute discrétion.

Davy allume le moteur au moment où Manon range le téléphone dans son sac. Alors qu'il s'engage sur la route, il demande :

— Direction l'université, c'est ça ?

— Oui.

— Au fait, j'ai parlé à ma copine, celle qui travaille comme assistante sociale à Brent. Elle m'a dit qu'elle avait pris en charge le frère de Taylor, Fly, c'est bien son nom ? Elle a rencontré des personnes du système éducatif et de l'école. Ils se sont mis d'accord pour qu'il reste chez sa mère.

— Merci, c'est génial.

— Pour tout vous dire, elle pense que c'est un enfant brillant.

Évidemment qu'il est brillant, pense Manon.

— Ah oui ?

— Oui. À l'école, ses professeurs disent qu'il est naturellement doué. C'est un lecteur formidable. Selon eux, un garçon dans sa situation devrait être en décrochage scolaire. Au lieu de quoi il est premier de sa classe.

— Il est doué, donc il mérite d'être sauvé plus qu'un autre, c'est ça ? dit-elle en tâchant de masquer son rougissement de fierté.

Pourquoi serait-elle fière de lui ? Ce n'est pas comme s'il était son fils.

— Disons que ça le rend intéressant, explique Davy, son regard enjoué fixé sur la route devant lui. Ma copine va s'assurer qu'il ne manque de rien. La mère de Fly est très malade. Vous le savez, non ? Elle n'a été à aucun de ses rendez-vous à l'hôpital. Si elle meurt, Fly sera placé en foyer. Je voulais juste que vous le sachiez.

— Je sais, je sais, dit-elle alors que ses mains se sont déjà précipitées à l'intérieur de son sac pour y repêcher son téléphone.

Comment ça se passe à l'école ?

Ça va, si on aime ce genre de trucs.

Qu'est-ce que tu as mangé au café portugais ?

Qu'est-ce que ça peut te faire ?

C'est moi qui paye.

Oh. Des toasts avec de la confiture.

Du pain blanc ou complet ?

Ben plutôt rouge.

Ahah. Blanc ou complet ?

Tu me saoules, Tatie Détective.

DAVY

Il leur faut peu de temps pour rejoindre les bureaux de Graham Garfield à Corpus. Tandis que Manon se hâte de récupérer l'ordinateur du professeur (sans tambour ni trompette, comme elle lui a promis), Davy l'attend en consultant ses courriers électroniques sur son BlackBerry. Sa demande de renseignements sur le numéro inconnu xxx-515 n'a rien donné, mais c'était avant Noël. De retour de congé, il a renouvelé sa requête. Le résultat vient de tomber dans sa boîte mail.

Manon s'engouffre à bord du véhicule et pose l'ordinateur de Garfield sur la banquette arrière.

— Il faisait la gueule, dit-elle, hors d'haleine et bataillant avec son manteau.

Davy se redresse sur son siège.

— « Inconnu xxx-515 », lit-il.

— Qu'est-ce que ça dit ?

— Le téléphone a été recrédité il y a deux semaines, à la station-service BP de Biggleswade.

— Ils doivent forcément avoir des caméras de surveillance. Allons jeter un coup d'œil.

— Ne devrait-on pas plutôt retourner au QG pour déposer l'ordinateur et informer Harriet de l'état d'Helena Reed ?

— Plus tard, dit Manon, surexcitée.

Davy connaît ce regard qu'elle a parfois. Lorsqu'elle a une idée en tête, impossible de lui en faire démordre.

— Allez, Davy ! Ça pourrait être la clef du mystère, la pièce du puzzle qui nous aidera à résoudre l'enquête ! Toi, moi, et le criminel… (Elle lui fait une grimace comique, levant et baissant les sourcils.) En route pour Biggleswade ! s'exclame-t-elle en brandissant une épée imaginaire.

Davy secoue la tête et démarre la voiture.

Alors qu'ils se garent dans le parking de la station-service, Manon scrute le toit du bâtiment bas, à la recherche de caméras.

— Enregistrement de la vidéosurveillance pour le 23 décembre, dit-elle au comptoir en exhibant son insigne sous le nez du caissier. Où les stockez-vous ?

Le caissier, un jeune homme boutonneux d'une vingtaine d'années, secoue la tête.

— On a tout effacé au début de l'année. Je le sais parce que je travaillais ce jour-là.

— Étiez-vous de service le 23 décembre ? demande Davy.

— Nan, et je sais pas qui était là. Il faudrait que je demande au gérant mais il est absent pour le moment.

Davy se retourne au grincement de la porte d'entrée et voit Manon déjà prête à quitter la boutique. Il lui court après tandis qu'elle traverse le parking en observant London Road et les pavillons spacieux qui bordent la rue de chaque côté.

— On pourrait interroger le gérant pour savoir qui travaillait ce jour-là ? suggère Davy dans son dos.

Elle continue à scruter les environs, tournant la tête de-ci de-là.

— Là ! s'écrie-t-elle, le doigt pointé.

— Quoi ?

— Tu ne vois pas ? Derrière le lierre.

Sur un mur en brique, de l'autre côté de la station-service, se trouve une caméra partiellement masquée par les plantes grimpantes et braquée sur le parking.

— Je suis curieuse de découvrir ce qu'elle contient.

MANON

— Tiens Colin, fais-toi plaisir, dit Manon à son retour au QG, en posant le MacBook Air de Graham Garfield sur le bureau de son collègue.

Il lève nonchalamment une paupière grise :

— Qu'est-ce que ce vieux cochon a encore traficoté ?

— C'est l'historique de ses recherches Internet qui nous intéresse.

— Tout ça laisse des traces, marmonne-t-il en cliquant sur l'écran comme si la machine lui avait appartenu toute sa vie. Ça risque de prendre du temps, à cause de la quantité de données à télécharger.

La pièce est plus calme que lorsqu'ils l'ont quittée, comme si l'épuisement collectif avait eu raison de l'agitation. Manon, elle, bouillonne intérieurement. Il lui faut cet enregistrement : quel qu'il soit, le correspondant qu'Edith a appelé la veille de sa disparition doit détenir une partie de la solution. Et Manon est sur le point de découvrir son visage, de lui mettre la main au collet. Impossible que ce soit Taylor Dent – à moins que l'au-delà dispose d'un stand où recharger son crédit téléphonique (nul doute que les compagnies de télécommunication planchent déjà sur cette option). Mais c'est peut-être l'un de ses comparses.

Kim fait le tour du service avec une boîte de chocolats au lait Thorntons Classics si large et fine qu'elle ploie et craque dans sa main.

— On est tombés sur Helena Reed, dit Manon à Harriet. Elle avait l'air bouleversée par l'émission *Crimewatch*, il faudrait sans doute qu'on garde un œil sur elle.

Kim, qui a la bouche pleine de chocolat, mastique avec la lenteur et l'application d'un bovin. Elle se ressert avant de faire passer la boîte.

— Non merci, dit Harriet, plus crispée que jamais, se perchant sur un coin de table puis en se relevant, épaules rentrées, une main tripotant la bretelle de son soutien-gorge. Bon, on va envoyer chez elle un agent de liaison qui lui tiendra compagnie pour le week-end. Manon, tu me notes ça dans un rapport, OK ? Et qui a envoyé ces chocolats ? ajoute-t-elle en désignant la boîte d'un mouvement de tête.

— Une vieille pie est venue les apporter à la réception.

— Je rêve ! Ça ne demanderait pas beaucoup d'efforts d'éliminer d'un seul coup la brigade criminelle au complet… Vous seriez prêts à manger n'importe quoi.

— Elle est où, la petite fiche de description des chocolats ? demande Colin, la boîte dans les mains.

— Faites passer, Brierley ! s'énerve Stuart.

— Je crois que je vais prendre… Non, attends. Ah ! Un rocher noisette.

Puis, la bouche pleine :

— Pour l'instant, je n'ai rien trouvé de compromettant dans ses documents. Même si je vois que Mme Garfield et lui ont pris du bon temps à Broadstairs.

— Quand aura-t-on les images de la caméra de surveillance ? demande Harriet.

— Ça ne devrait pas tarder, réplique Manon en actualisant ses e-mails. La mairie m'a dit qu'ils me les enverraient dans l'heure.

Elle crée un nouvel e-mail, destiné à l'inspecteur Haverstock, du commissariat de Kilburn. « Un petit mot, écrit-elle, pour vous prier de me contacter dès que vous aurez du nouveau sur l'enquête Dent. J'aimerais être tenue au courant. » Elle l'envoie.

Elle lève la tête et regarde Colin et Stuart : Colin s'active mollement sur le portable de Garfield en lançant des coups d'œil furtifs au nouvel iPad de Stuart.

— Je n'arrive vraiment pas à m'y habituer, dit Stuart, les sourcils froncés, en balayant l'écran.

Ce à quoi Colin, toujours en train de mastiquer son chocolat, lunettes relevées sur son crâne chauve, répond :

— C'est normal avec un nouveau gadget. Y a un temps d'adaptation obligatoire. C'est comme ça que ça marche.

— C'est bon, je l'ai ! s'exclame Manon en ouvrant l'e-mail qui vient de tomber dans sa boîte de réception.

Le téléchargement paraît durer une éternité. Harriet s'assoit sur un coin de table, se relève, tire sur la bretelle de son sous-vêtement. Manon envisage mentalement les diverses possibilités : un comparse de Taylor, un amant dont ils n'ont pas encore entendu parler, un dealer de drogue très défavorablement connu des services de police. Tout le monde s'est rassemblé autour de son écran : Harriet, Davy, Kim et Colin. De mauvaise qualité, grisâtres, les images deviennent plus nettes : une voiture passe, une autre.

— À quelle heure le téléphone a-t-il été rechargé, Davy ?

— À dix-huit heures deux.

Manon clique pour faire une avance rapide, l'œil fixé sur les minuscules chiffres jaunes qui défilent au coin de l'écran. Là, à dix-sept heures cinquante-neuf, apparaît une silhouette familière portant une veste en jean et des lunettes rondes, les mains enfoncées dans les poches, ses cheveux blancs ramassés en une queue-de-cheval.

Vendredi
MIRIAM

L'éternelle pénombre du Central Lobby – une pièce octogonale que le vernis des souliers de luxe fait miroiter. Des badges accrochés au revers d'une veste ou au bout d'un cordon passé autour du cou. Miriam est assise dans un fauteuil en cuir noir tandis que Ian, debout à son côté, lit la plaque fixée au socle d'une des statues d'albâtre.

Sans surprise, Rog et Patty ont poliment décliné leur invitation à venir dîner à Church Row. Elle et Ian en connaissent la raison : la horde de paparazzis est revenue assiéger leur porte, plus vorace que jamais depuis la diffusion de *Crimewatch* deux jours auparavant. Miriam les entendait rire et bavarder depuis sa chambre, à jeter leurs mégots de cigarette sur son beau dallage de pierre. Ils ont suspendu leurs caméras à son grillage de fer forgé, comme s'ils étaient chez eux. Chaque fois que Rosa sortait vider la poubelle, les obturateurs de leurs appareils cliquetaient frénétiquement. Lorsque, régulièrement, Ian entrait en furie et jouait de ses relations, un policier venait les déloger, mais ils ne battaient en retraite que pour se cacher dans la cour de l'église proche de la maison et revenir subrepticement plus tard. Ian lui a assuré avoir porté plainte auprès du Conseil de la presse, lequel a enjoint aux rédacteurs en chef de « respecter l'intimité de la famille Hind en ces moments difficiles ». Miriam doute qu'une telle action change quoi que ce soit à la situation. Ce n'est un secret pour personne que le Conseil de la presse est pieds et poings liés face aux journaux.

Résultat, Patty leur a annoncé ceci : « Nous ne voulons pas apporter de l'eau à leur moulin en arrivant à bord d'un véhicule officiel. »

C'est ainsi qu'en « inconnus » obéissants, elle et Ian ont franchi les portiques de sécurité du palais de Westminster et attendent à présent qu'on vienne les chercher.

En s'habillant ce matin – assise sur le lit, Miriam enfilait une paire de collants dix deniers tandis que Ian nouait sa cravate –, elle lui a demandé :

— Tu crois que c'est à cause d'Edith… de ce qu'ils racontent à son propos ? Que c'est la raison pour laquelle ils refusent de… *Zut !*

Elle avait ressenti comme une blessure le trou dans son collant. Elle qui détestait la sensation glissante de la maille, elle allait devoir en enfiler un autre.

— Ce serait malvenu de leur part, avait répondu Ian.

— Que veux-tu dire ?

— Rien.

— Ian, tu ne peux pas dire une chose pareille sans t'expliquer !

— Je dis juste qu'à l'école ce n'était pas si rare.

Pour être honnête, cela ne l'avait pas étonnée outre mesure. Une école où, âgé d'à peine sept ans, on vous abandonnait sans personne pour vous consoler lorsque vous tombiez et que vos genoux étaient écorchés, où la nostalgie du foyer était considérée comme une infraction au règlement… L'établissement éduquait certes les têtes couronnées et les leaders de demain, mais c'étaient des hommes que l'on façonnait par la contrainte. Si vous montrez un instant de faiblesse, si votre mère vous manque, Dieu vous aide. En voyant des photographies de Ian enfant, elle avait tout de suite deviné qu'il était un petit garçon sensible : jambes maigrichonnes et noueuses, lèvres charnues qui devaient probablement trembler lorsqu'il pleurait. Il n'était même pas venu à l'esprit de Ian que Rollo puisse suivre ses pas (hormis quelques vagues remarques sur les exceptionnels équipements sportifs de l'école). Il avait dû se douter que Miriam tiendrait férocement à garder son fils auprès d'elle.

De nos jours, songe-t-elle, ces questions ne sont plus aussi définies qu'auparavant. Chacun se crée sa propre expérience, les garçons comme les filles. Leurs sentiments évoluent, peuvent se porter là ou ailleurs. Cela fait partie du chemin vers l'âge adulte.

Ian lui assure qu'elle est paranoïaque. Pourtant, elle a le sentiment qu'avec Rog et Patty le lien s'est relâché, comme si elle et Ian personnifiaient un bateau laissé à la dérive. Même chose avec le Palais, qui jusqu'à présent est resté silencieux. Miriam a l'impression qu'ils ont été souillés, qu'ils portent désormais l'empreinte d'une existence brisée, plus indélébile qu'aucun signe révélateur d'une maladie ou d'un handicap, d'une prise de poids, d'une dépression ou de problèmes financiers. Le relent d'infamie touchant ceux qui n'ont pas *réussi*, pas su garder le contrôle sur leur vie.

— Bonjour, dit Patty à Miriam, qui se lève afin de permettre à son amie de la prendre dans ses bras et de l'embrasser. Rog vous attend dans son bureau. Je vous y conduis ?

Perchée sur ses talons, elle les guide le long de grands couloirs carrelés en saluant au passage des silhouettes en costume-cravate, puis à l'étage parmi un dédale interminable de murs lambrissés.

Rog s'est levé de son bureau et traverse l'épaisse moquette pour les accueillir.

— J'ai pensé que nous aurions davantage d'intimité ici qu'à Marsham Street, dit-il en serrant la main de Ian. Comment tenez-vous le coup, tous les deux ?

Miriam se sent réconfortée par la corpulence amène de Rog. Elle ne peut s'empêcher de l'imaginer en joueur de cricket, le pull-over de laine tendu sur son ventre, trottant vers le batteur pour lancer la balle en cloche par-dessus son épaule. Le gentilhomme anglais typique, tout en fair-play et esprit d'équipe.

— Pour être honnête, pas très bien, répond-elle. Il s'avère que perdre son enfant est *réellement* l'enfer sur terre. C'est une chose qu'on ne nous dit pas avant d'en avoir, n'est-ce pas ?

Ian la regarde en faisant une grimace et Rog toussote dans son poing. Patty se tient la tête penchée de côté, telle une thérapeute ou une comédienne compatissante.

— Entrez donc, dit Roger. Quelle sombre histoire. Je vous sers un verre ?

Miriam et Ian lancent des « Merci » et « Avec plaisir ». Ils sont déjà venus dans cet endroit, juste après qu'ils ont gagné, ou disons formé la coalition, en mai dernier. « La tournée de la gloire », s'était vanté Roger en partant d'un éclat de rire. Il était visiblement fier de lui, à juste titre après tout.

La pièce est vaste, la moquette s'orne de luxuriantes arabesques orientales aux couleurs pâlies par le temps. Lourdes tentures et lampes massives. Un bureau de la taille d'une table de banquet. Patty ouvre un meuble en bois de rose qui révèle un minibar équipé de verres, carafons et tous les ustensiles.

— Oh ! s'exclame Miriam, je ne pensais pas qu'on en fabriquait encore de nos jours.

Un accessoire pratique pour consoler les désespérés, licencier ses employés, ou pour les nuits blanches passées à rédiger des lois d'immigration draconiennes.

— De fait, corrige Patty, celui-ci date des années 1930. Il vient de la maison de vente aux enchères Bonhams. J'y suis allée avec Sam, elle est beaucoup plus disponible depuis qu'elle a quitté son travail chez Smythson.

Miriam n'a pas la force d'offrir à Patty ce qu'elle attend, c'est-à-dire de l'admiration. Ian et Miriam ont toujours été prompts à les satisfaire, mais à présent, alors qu'elle regarde Patty plantée à côté de son stupide minibar façon IIIe Reich, et puis Ian et Rog qui marmonnent à l'autre bout de la pièce, la vérité nue lui apparaît : Ian et elle sont réduits à l'état de fantômes, Rog et Patty murés dans leur suffisance. Sur quelles bases une amitié se construit-elle ? songe Miriam.

— Je suis convaincu qu'ils ne savent pas où ils vont, est en train de dire Ian au moment où Patty tend à Miriam un tonic au citron dans un verre de cristal taillé – Dieu merci, pas du thé.

Elle apporte un whisky à Ian, ce qui ne lui ressemble pas du tout, quoique peut-être davantage ces derniers jours.

— Ce qu'on raconte à la télévision ne fait que troubler l'enquête, ajoute Ian.

— J'imagine votre désarroi, et combien la diffusion de *Crimewatch* a dû être pénible. Cependant, le mieux pour vous est de laisser la police faire son travail, dit Rog, qui a trouvé refuge derrière le rempart de son bureau.

— Mais l'enquête est tellement confuse. Ils ne cessent de chercher des liens où il n'y en a pas. D'abord c'est ce criminel, Tony Wright, puis c'est la vie amoureuse d'Edith, puis ce garçon, Dent. La description qu'ils font d'elle ne ressemble en rien à…

Le ton de sa voix est devenu suppliant. Aussitôt, le regard de Rog se durcit, l'ombre fugitive du tyran en lui, le fondement véritable de son ascension au pouvoir – un regard tranchant comme le métal, une façon outrancière de s'accaparer l'espace. Miriam se demande quelles méthodes concrètes il emploie pour tyranniser son monde, celles-ci étant rarement théoriques ou abstraites, du moins si l'on veut qu'elles aient un impact. Probablement la menace, tout simplement, ou l'exclusion du cercle d'influence… Le bateau dérive de plus en plus loin.

— Nous avons pensé que tu pourrais trouver un moyen d'accéder aux dessous de l'enquête, dit Ian en lançant un regard implorant à Miriam.

— Dans ma position, je peux difficilement interférer avec le travail des enquêteurs. Surtout pour une affaire personnelle… De quoi aurais-je *l'air* ? rétorque Roger.

— Oh, ne me la fais pas ! Je suis sûr que tu « interfères » sans cesse. N'est-ce pas exactement pour cela que le *Daily Mail* affirme que tes mesures sont trop laxistes ?

— Ian, souffle Miriam pour tenter de le calmer. Tout ce que nous voulons… commence-t-elle, bien qu'elle ne soit plus sûre désormais de ce qu'ils souhaitent réellement.

Rog et Patty ne peuvent pas retrouver Edith pour eux, pourtant c'est l'unique chose qui compte. Peut-être veulent-ils ce que chacun attend des gens de pouvoir : une forme de protection. Ils aimeraient que Roger facilite le processus d'investigation comme il le ferait pour lui-même. Qu'il les prémunisse contre un travail bâclé.

— Tout ce que nous voulons, répète-t-elle, mais ses larmes l'empêchent de poursuivre, ce qui, d'une certaine façon, les sauve tous de l'embarras. Oh mon Dieu, pardon, renifle-t-elle tandis que Patty la prend dans ses bras. Pourrait-on changer de sujet, s'il vous plaît ? Comment vous portez-vous ? Et Calista, comment va-t-elle ?

MANON

— Silence, s'il vous plaît ! s'écrie Harriet, et la pièce retrouve un semblant de calme. Comme vous le savez, Tony Wright a été arrêté hier à dix-sept heures. Il a passé la nuit en garde à vue, on espère qu'il sera tranquille et disposé à parler ce matin. Son appartement est désormais une scène de crime. La police scientifique est en train d'examiner les lieux à la recherche d'indices qui mettraient en relation Wright soit avec Edith, soit avec Taylor Dent. Il nous reste… (elle regarde sa montre)… six heures pour trouver des chefs d'inculpation contre lui. Autrement, nous serons obligés de le relâcher. Sa défense va utiliser la mauvaise qualité des images de vidéosurveillance pour mettre en doute son identification. De plus, il a un alibi pour le week-end de la disparition d'Edith.

— Un alibi solide, lance Manon.

— Un alibi solide, répète Harriet avec un hochement de tête. Mais pourquoi Edith a-t-elle appelé Tony Wright dans la semaine précédant sa disparition ? Non pas une fois mais deux, le lundi puis le vendredi.

— Vous ne pensez quand même pas qu'ils avaient une aventure ? dit Davy.

— Il faudrait être sourd, aveugle et muet pour avoir une aventure avec Tony Wright, lâche Kim.

— Peut-être, intervient Colin d'un ton gourmand, comme s'il savourait un vin exquis, peut-être en a-t-elle eu marre des gosses de riches et cherchait-elle à s'encanailler ?

— Bah tiens, dit Kim. C'est sûr qu'entre le superbe thésard de Cambridge et le vieux cambrioleur pervers, mon cœur balancerait aussi.

— Tous les goûts sont dans la nature, rappelle Harriet.

— Peut-être que les vieux pervers l'excitent ? hasarde Colin.

— Je sens beaucoup d'espoir dans ta voix, dit Manon.

— On s'écarte du sujet, coupe Harriet. Disons qu'ils avaient une aventure, aussi invraisemblable que cela puisse paraître. Ça n'explique pas comment ils se sont rencontrés. Pourquoi une jeune femme du milieu social d'Edith connaîtrait un type comme Wright ? N'oublions pas que lui est encore là alors qu'elle non, ce n'est pas comme s'ils passaient leur lune de miel aux Bahamas.

— Il la faisait peut-être chanter ? suggère Manon. Si ce n'est pas une affaire de sexe, c'est l'argent. Il connaissait peut-être un lourd secret et elle le payait pour qu'il se taise. Ça expliquerait ses appels.

— Nous devons vérifier l'état de ses finances, dit Harriet. Voir si l'on trouve un téléviseur flambant neuf chez lui, ce genre d'achats. Je vais faire analyser son véhicule de fond en comble pour des traces d'ADN. Manon, tu viens avec moi, on va interroger Wright. Vous autres, venez nous chercher si vous avez des nouvelles de la police scientifique.

— Pourquoi nous avoir caché que vous connaissiez Edith Hind ? demande Harriet sans préambule.

— Bah tiens ! siffle Wright, furieux, et Manon se rend compte qu'il est harassé. La fille qu'a été kidnappée ? Mais ouais, on était carrément potes ! C'est bon, vous voulez m'passer les menottes tout d'suite ou faut qu'on se farcisse tout l'protocole ? Pourquoi s'emmerder avec un procès quand vous avez qu'à me balancer direct à Whitemoor, où vous m'laisserez croupir JUSQU'À C'QUE JE CRÈVE ?

Tony Wright s'est levé en renversant sa chaise. Son avocat, un homme taiseux dans un costume trois pièces gris, lui lance un coup d'œil et Wright se rassoit.

— Parlez-nous de votre relation avec Edith.

— J'ai rien à dire.

— Comment l'avez-vous rencontrée ?

— J'ai rien à dire.

Et ainsi de suite à chaque question, si bien que l'interrogatoire se mue en litanie monotone, Wright ne laissant même pas Harriet finir ses phrases pour répondre. Jusqu'à ce qu'elle mentionne Taylor Dent. Wright la regarde alors d'un air sincèrement perplexe, fronce les sourcils, puis répond : « J'ai rien à dire. » Au moment où on frappe à la porte, Harriet arrête le magnétophone et elles quittent la pièce.

— On n'a rien trouvé dans l'appartement, prévient Kim dans le couloir. Rien de compromettant, en tout cas. Pas de vêtements ni d'affaires appartenant à Edith. Aucune trace de sang. L'analyse de l'équipe scientifique va prendre un peu plus de temps.

— Merde, gronde Harriet.

Elle regarde Manon. Elles savent toutes les deux qu'à moins d'un miracle au cours de l'après-midi elles vont devoir relâcher Wright.

— Son avocat va invoquer le manque de preuves pour le faire libérer.

— On ne peut pas l'arrêter simplement pour avoir parlé à Edith au téléphone, dit Manon.

La seule manière de se détendre après une semaine passée à bosser quinze heures par jour est de s'oublier devant un livre ou un film. Aussi est-elle de retour sur les marches du cinéma, visage baissé pour se protéger du vent glacé, une main dans la poche tandis que l'autre pianote des SMS à Fly.

Tu as mangé quoi au café portugais ?

Un truc nouveau. Manioc ça s'appelle. Elle dit qu'elle veut me faire connaître des nouveaux plats. Jsuis pas sûr que c'est une bonne idée.

C'était bon ?

Pas vraiment. C'était jaune. Et sec.

Tu crois qu'elle pourrait te faire connaître des légumes ?

Je les connais. On s'aime pas des masses.

Elle fait quelques pas dans la file pour le film *Ma vie de chien* de Lasse Hallström, tout en relisant le fil de sa discussion avec Fly, quand une voix derrière elle dit : « Encore vous. »

Merde merde merde. Elle essaie de trouver quelque chose à dire avant de le regarder. C'est la dernière personne au monde qu'elle a envie de voir, non parce qu'elle ne l'aime pas (l'éventualité qu'elle puisse bien l'aimer la déboussole complètement) mais parce qu'elle ne l'a jamais remercié ni appelé et c'est la honte. Est-il encore trop tard, pense-t-elle en levant la tête, de feindre une quinte de toux et lui faire croire qu'elle a passé la semaine au lit avec la grippe ?

— Alan ! Comment allez-vous ?

— Comme une personne rejetée, sourit-il.

— Oh mon Dieu, je suis sincèrement désolée. Le collyre était une attention très délicate. D'ailleurs, regardez… (Elle cligne des yeux.) Guérie !

— Je vois ça.

— Je comptais vraiment vous appeler pour vous remercier. Mais le boulot… c'est n'importe quoi en ce moment.

— Ah oui, le boulot.

Il a un sourire ironique, comme s'il lisait parfaitement en elle. Elle est irritée par sa présomption. Ça a été *réellement* n'importe quoi.

— Je prends mon travail à cœur. C'est très important pour moi, se défend-elle.

— Je comprends, détective, dit-il en souriant à nouveau, les mains dans les poches.

— Je vous aime bien, laisse-t-elle échapper en se rendant compte trop tard qu'elle l'a dit à voix haute – maintenant, elle doit assumer. Si j'en fais parfois un peu beaucoup, c'est parce que je vous aime bien.

Elle le regarde avec l'impression que rien de tout cela n'est sincère.

— Cycle suédois, dit-il.

— Effectivement, rit-elle. Cycle suédois.

Ils restent plantés l'un à côté de l'autre tel un vieux couple, cordiaux, sauf qu'elle a l'estomac noué. Une personne paie son ticket à la caisse et ils avancent de quelques pas.

— On pourrait s'asseoir côte à côte cette fois, dit-il. Ça vous dérange ?

Manon lui sourit. Il lui a pardonné. Elle est sensible à sa proximité – un sentiment nouveau, une odeur inconnue – et impatiente de voir où cela les mènera.

Le garçon dans le film se prénomme Ingemar. Quoique sa mère soit en train de mourir, il ne cesse de répéter : « Cela aurait pu être pire », ce qui lui fait songer à Fly. Elle sent son téléphone vibrer et découvre un SMS du garçon : une photo de fraises Tagada suivie des mots « Une de mes cinq par jour. »

Des taches dansent sur l'écran ; noir, blanc, couleurs, lumière du jour. Les personnages échangent des paroles mais elle a perdu le fil. La main d'Alan est posée sur l'accoudoir entre leurs deux sièges et elle la prend dans la sienne. Elle sent une émotion particulière monter en elle, telle une fleur qui s'ouvre, triste et vulnérable. Il la regarde, puis lui rend la pression de sa main et ils se penchent l'un contre l'autre, tempes jointes. Son corps tremble intérieurement ; l'énorme écran de cinéma paraît fondre sur elle avec sa succession d'images futiles. Elle ferme les yeux. Ses mains sont larges et robustes, la peau de son pouce est calleuse. Des mains inconnues, un toucher mystérieux. Le va-et-vient des caresses de son pouce sur sa main lui provoque une décharge entre les jambes. Lorsqu'il cligne des yeux, elle a l'impression que l'air vibre autour d'elle. Voilà à présent qu'il cherche ses lèvres. Les siennes sont sèches et douces, il l'embrasse délicatement et son estomac tressaille. Elle se dissout avec l'obscurité. Alan l'analyste informatique, avec son pantalon en velours côtelé et ses chaussures de tennis comme deux gros paquebots. Qui l'aurait cru ? Elle se sent attirée vers lui par un afflux indéfinissable semblable à une odeur, et soudain elle est ardente, comme si l'initiative de toutes leurs émotions devait venir d'elle plutôt que de lui. Cette pensée la comble.

Lorsque les lumières se rallument, leurs têtes sont toujours jointes malgré sa nuque raide et leurs mains brûlantes et moites.

— Un café ? propose-t-il, et elle acquiesce.

Ils montent l'escalier du cinéma jusqu'au café Art déco, comme ils l'ont fait auparavant. Ils s'installent à la même table sauf que, cette fois, au moment où il revient en tenant leurs boissons – elle a commandé un thé à la menthe pour se rafraîchir l'haleine –, Manon note l'élégance de ses mains.

Il suspend son écharpe marron au dossier de la chaise en disant :

— J'ai adoré le passage à propos de la chienne que les Russes ont envoyée dans l'espace. Comparé à ce que cette pauvre bête a dû vivre, rien ne paraît si terrible.

Oh, il était concentré sur le film, pense-t-elle.

Elle boit une gorgée de thé.

Il se penche en avant.

— Et maintenant, détective ? dit-il avec une ironie telle qu'elle a l'impression d'entendre « Jusqu'à ce que la mort nous sépare ? ».

— Bonne question.

Tandis qu'ils continuent à siroter leurs boissons chaudes, les mains autour de la tasse et les coudes sur la table, Manon s'interroge. *S'est-il réellement passé quelque chose ? Ai-je rêvé ?*

Ils sont couchés dans le lit, son bras à lui passé sous ses épaules. Son avant-bras repose sur le poignet de Manon. De temps en temps, elle le fait sautiller.

— Il faut que tu saches, dit-elle, les yeux fixés au plafond, que mon opinion concernant la vie, c'est qu'elle est merdique.

— Cent pour cent d'accord avec toi. Je ne m'y accroche que pour la nourriture et très franchement, elle est souvent médiocre.

Elle rit. Fait sauter son poignet dans sa main.

— Noël, par exemple, reprend-elle.

— Dîner somptueux, journée épouvantable.

Elle rit à nouveau.

— Une partie de l'intérêt réside dans sa qualité vaguement hors d'atteinte, ajoute-t-il.

— Tu veux dire : « Tiens ! Je suis presque en train de m'amuser… Bah non. »

— Voilà, c'est ça. Ou plutôt : « Je vais m'amuser, je vais m'amuser, je vais m'amuser… Eh non, encore raté. »

— L'attente. C'est ça qui tue dans l'œuf toute possibilité d'amusement. Pareil pour les vacances.

Après un silence, il dit :

— Nana. Il faut que je rentre pour promener la chienne.

L'estomac de Manon se contracte sous le coup de la déception. Mais il ajoute :

— Tu m'accompagnes ?

Elle ouvre un œil à la lumière terne du matin, d'abord sans trop savoir où elle est, jusqu'à ce qu'elle aperçoive sa silhouette entortillée à son côté, le visage enfoui sous l'oreiller. Bienheureux mois de janvier ! Il fait froid dans la pièce, mais ne fait-il pas agréablement chaud sous la couette, surtout quand on est deux ? *Nous sommes deux*. Elle embrasse son épaule nue, reniflant l'odeur piquante et masculine de sa peau, une odeur de pain de campagne. Un homme ! C'est donc cela qui lui manquait : une personne autre qu'elle-même.

Elle roule sur le dos et ferme les yeux. Elle sent le poids de son corps sur le sien, ses lèvres douces et sèches, sa respiration brûlante qu'il tente de lui masquer en gardant la bouche fermée, son érection contre sa jambe.

— Bonjour, toi, dit-elle en riant.

— Bonjour, bougonne-t-il, comme vexé qu'elle se moque.

Sa voix est rocailleuse, ses yeux clos, enflés et douloureux, paraissent ceux d'un petit rongeur nocturne. Elle se demande s'il est encore endormi et si son excitation est purement inconsciente, le désir matinal des hommes, somnolent et atavique. Ô joie ! *Bonjour, toi.*

Il la prend, la tête nichée dans son cou, leur transport indolent, leurs deux visages unis, leurs corps empreints du souvenir confus de rêves nocturnes.

Ils recommencent, encore et encore, et restent la journée entière au lit, enveloppés dans ses draps de coton gris, elle sur lui, le visage d'Alan blotti au creux de ses seins nus. Manon essaie d'ignorer les regards stoïques de Nana, qui erre dans la pièce tel un visiteur perplexe dans une boîte de strip-tease. Sous la douche, il est derrière elle, pressant, l'eau lui coule le long du cou et sur ses mamelons durcis, sa main la caresse entre les jambes. Ils sont incapables de s'arrêter et quand ils le font, ce n'est que pour remettre ça, chaque élan différent, accru par le souvenir de l'emportement précédent, sans cesse réinventé.

— C'est décidé, je vais quitter mon boulot et gagner ma vie avec le sexe, dit Manon en chemise et culotte, les pieds frigorifiés sur le sol de la cuisine.

— Pareil.

Il mange un toast, penché sur le comptoir de la cuisine. Il est à quelques mètres d'elle, ne la touche même pas, pourtant elle ressent un désir urgent, érotique.

— Malheureusement nos revenus risquent d'en pâtir, poursuit-il.

— M'en fiche, dit-elle en se lovant contre lui pour lui glisser une main dans le caleçon.

Elle le reconduit au lit.

Mon cœur a fait son choix
Et je crains que ce ne soit toi.

Elle refuse de quitter cette bulle. Ils sont de retour dans l'appartement de Manon, où ils poursuivent l'exploration de leurs corps. Elle refuse que le monde et ses froides obligations ne les forcent à se réveiller. Elle regarde ses téléphones portables, le BlackBerry du travail et son Samsung personnel. Ils sont éteints et gisent tels deux cafards sur la table de chevet, et pour cause. À quand remonte la dernière fois qu'elle a eu une vie ? Que les turbulences passionnées de son cœur ont pris le dessus sur son travail ? Elle mérite cette parenthèse enchantée. Elle mérite de se consacrer corps et âme à son fougueux amant. Quand bien même son téléphone lui aurait fait de l'œil et expressément intimé d'appeler le bureau, ou surtout Helena Reed.

Non, elle ne cédera pas. Son corps a choisi de ne capter qu'un seul réseau, lui. Surprise, elle se demande si elle ne serait pas en train de courir à sa perte. De nos jours, une femme a-t-elle le droit de laisser son désir prendre l'ascendant ? Elle fond sur lui pour le chevaucher, se sentant comme Alice après qu'elle a mangé son gâteau. Elle est plus grande que la pièce.

— Allez, combien ?

— Pas beaucoup, dit-il en lui caressant les doigts, lesquels ont tracé le contour de ses tétons, y jouant avec les poils jusqu'à ce qu'il rie et se mette à crier « lâche ça ! », avant de repousser sa main d'un geste taquin.

— Allez, dis combien, le presse-t-elle.

— Mmmh.

Étendu sur le dos, il garde les yeux fermés.

— Juste une histoire sérieuse.

— Combien de temps ça a duré ?

— Six mois.

Elle ne fait aucun commentaire, quoique cela lui paraisse bien court pour un homme de quarante-deux ans. Elle aimerait lui parler de ses liaisons passées, du garçon qu'elle a failli épouser à l'époque où elle était étudiante. Combien elle l'a aimé pendant sept ans. Sa tristesse de le perdre quand leur relation a capoté.

Il ne lui pose pas de questions. Tout est si nouveau, se console-t-elle. Il vaut mieux vivre l'instant présent. Voici sa nouvelle vie ! Le lit, son seul royaume ! Qui aurait pensé qu'Alan, son doux et singulier Alan, serait celui qui mettrait un baume sur ses plaies – les années de solitude, les rancards désastreux. Quand on rencontre la bonne personne, tout prend naturellement sa place et les ratages eux-mêmes acquièrent un sens. Il était temps.

Bonjour, toi.

Samedi
DAVY

Même cuisiner des macaronis au fromage la veille au soir ne lui a pas apaisé l'esprit.

Après tout ce que sa mère avait fait pour Chloe et lui à Noël, Davy a pensé qu'il lui devait un bon repas. Sa mère a beaucoup insisté sur le temps que la cuisine lui avait pris, surtout sans personne pour l'aider. Davy s'est dit qu'un gratin de macaronis serait un plat parfaitement adapté à une froide soirée de janvier. Juste lui, sa maman et Chloe, qui a insisté pour être présente, a priori par devoir. Il n'empêche, Davy a parfois l'impression qu'elle se méfie de sa mère et qu'elle redoute le temps qu'ils passent ensemble, car alors ils pourraient échanger un moment de complicité dont elle serait exclue. Il s'est effrayé d'avoir une pensée aussi mesquine. C'est de plus en plus fréquent.

Il a versé les pâtes au fromage dans un plat de service blanc et l'a recouvert d'un film plastique si tendu qu'il en paraît invisible. Il a redressé le plat afin que celui-ci soit bien parallèle au mur derrière la cuisinière et parfaitement centré sur la plaque de cuisson, mais il n'en a tiré aucune satisfaction.

Il ne se reconnaît plus en ce moment, songe-t-il en retirant le film plastique pour mettre ensuite le plat au four et le faire gratiner quelques instants. Il prend son téléphone et compose le numéro d'Helena Reed. Son esprit revient sans cesse à elle – la façon dont elle a surgi si brutalement qu'elle lui est rentrée dedans, son visage terrifié. À qui a-t-elle rendu visite à Newnham, pourquoi en a-t-elle fait un mystère ? Qui est cet « ami » qui a provoqué de telles larmes ?

Pas de réponse. Cette fois, une voix l'avertit que son répondeur téléphonique est saturé et il est obligé de raccrocher sans lui laisser de message. C'est son troisième appel depuis ce matin.

« Helena, c'est encore moi, j'appelle pour m'assurer que vous allez bien. C'est l'officier Walker, je veux dire, a-t-il dit plus tôt. Si vous pouviez me rappeler quand vous écouterez ce message, ça me rassurerait. »

Bon, c'est vrai qu'elle a son numéro.

La sonnette de l'entrée retentit.

Chloe s'est raidi les cheveux de sorte qu'ils pendent de part et d'autre de son visage. Il la préfère nettement lorsqu'elle ne tire pas si fort sur son fer à lisser, comme à leurs débuts, quand il l'attirait au lit après sa douche sans qu'elle ait eu le temps de se pomponner pendant des heures – les couches de fond de teint, et les cils épais et noirs dont il n'est pas vraiment sûr qu'ils soient naturels.

Elle entre, les bras chargés de journaux.

— J'ai pensé qu'une mise à jour s'imposait, dit-elle, hors d'haleine.

— Mets-les dans le salon, dit Davy.

Lorsqu'ils les posent sur la table basse en verre, le plastique recouvrant les journaux fait glisser la pile, qui s'effondre. Un étalage d'obscénités, pense Davy, un paquet de ragots impudiques. Il ne supporte même pas de les regarder.

— Super, dit-il en tapant des mains au moment où la sonnette retentit à nouveau. Ça, c'est maman.

Sa mère, Chloe et lui s'installent à la table de la cuisine.

— Prêtes à savourer un bon gratin de pâtes ?

Ses efforts pour remettre de l'entrain dans sa voix paraissent vains. Cela fait des jours que ça dure. C'est sûrement Manon qui déteint sur lui, oui, ça doit être ça. Son pessimisme, sa façon de tout voir trop noir et trop cuit – l'envers obscur des choses plutôt que les bons côtés.

La veille au soir, alors qu'ils quittaient le bureau, il lui avait confié :

— Je commence à douter qu'on trouve un jour le fin mot de cette affaire.

— Tu es sûr que ça va, Davy ? avait-elle répliqué en lui posant la main sur le front.

Il avait fait une grimace et écarté sa tête, comme un adolescent hargneux.

— Je suis sérieux. Ça me déprime de ne pas voir le bout de cette histoire. On a laissé partir Tony Wright. Ce garçon qu'on a repêché dans la rivière, ça non plus ne mène nulle part. Puis tout ce scandale à cause de sa vie amoureuse… Je ne le sens pas, c'est tout.

— Il faut laisser le temps au temps, Davy. Tu dois lâcher prise. Tu verras, les choses vont s'éclaircir d'elles-mêmes. Mais il faut que tu acceptes de ne pas savoir pour l'instant.

Subitement, il s'est senti totalement perdu, comme si un gouffre de tristesse s'était ouvert sous ses pieds et s'apprêtait à l'engloutir.

— Tu as mis quoi dedans ? dit sa mère avec une moue de dégoût en sortant quelque chose de sa bouche pour le scruter attentivement. Noix de muscade, c'est ça ? (Elle étale le bout mâché sur la table.) Faut le râper, tu sais.

— C'est ce que j'ai fait, maman. Un morceau a dû tomber dans le plat. Tiens, prends une serviette.

Le gratin est si sec qu'il est obligé de le découper au couteau à viande. Noyer l'assiette de condiment Branston Pickle n'y change grand-chose. Ça reste fade.

— À mon boulot, tout le monde veut connaître les détails de l'affaire, dit Chloe d'un ton animé et joyeux qu'il ne lui a pas entendu depuis longtemps. (Elle passe un doigt sur son rideau de cheveux pour les mettre derrière ses oreilles.) Dire que tu es au cœur de ce qu'il se passe à la télé, c'est fou !

— Je n'ai pas le droit d'en parler, Chloe, répond-il en essayant de mastiquer une bouchée pâteuse de gratin.

— Moi, dit sa mère, je suis allée déposer un bouquet devant la maison à George Street. Il y a un énorme tas de fleurs là-bas.

— Pourquoi as-tu fait ça ? interroge Davy.

— Parce que tout le monde le fait. Et puis, c'est une terrible tragédie. Qu'une chose pareille se soit passée si près… dans la même ville. Je ne voulais pas rater ça. Dis-nous, que lui est-il *réellement* arrivé ?

— Il sait tout mais il n'a le droit de rien dire, pas vrai Davy ? dit Chloe en lui faisant un clin d'œil.

— Tu crois qu'elle est morte ? insiste sa mère, non sans une note d'espoir.

— Des amants *et* des maîtresses, renchérit Chloe. Qui aurait pu deviner ? Et combien ?

— On ne sait pas.

— Plus d'une, j'en suis sûre.

— On ne sait pas.

— Si, tu sais, mais tu ne peux pas nous en parler, dit-elle en épouse remplie de fierté. Vous savez ce qu'on dit : il faut de tout pour faire un monde, ajoute-t-elle à l'intention de sa mère.

Enfin complices toutes les deux. Puis, en s'adressant à Davy :

— Est-ce que son petit ami était au courant ?

— Je ne peux vraiment pas en parler, Chloe.

— Non, bien sûr que tu ne peux pas. Mais est-ce que les journaux t'ont contacté directement ?

— Seul notre service de presse répond à leurs questions.

— Quand même, reprend sa mère, je parie qu'ils te donneraient un bon paquet d'argent pour avoir des informations inédites.

— Oui, et je perdrais mon travail.

— Pas si tu te fais discret.

— Ce serait mal.

— Je parie que sa mère est en état de choc, dit Chloe. Imaginez si votre fille se comportait de cette façon.

— Et lui, le médecin de la reine… surenchérit sa mère.

Davy fixe un vague point devant lui dans la pièce crûment éclairée d'une lumière bleutée. Il remarque que la cuisine est aussi accueillante qu'un cabinet de dentiste.

— Ce sont des êtres humains, souffle-t-il. Juste des êtres humains.

Il vérifie à nouveau qu'il n'y a pas d'appels manqués ou de SMS d'Helena Reed sur son portable. Peut-être devrait-il passer chez elle pour s'assurer qu'elle va bien. Elle a dû partir chez ses parents à Bromley pour le week-end. Oui, c'est probablement ce qu'elle a fait : se mettre à l'abri en attendant que la situation se tasse.

Dimanche
HELENA

Elle entend leurs rires, on dirait des touristes en balade, ils font une pause pour fumer une cigarette autour du mémorial de guerre qui se trouve sous la fenêtre de son appartement. Cette même fenêtre dont elle a tiré les rideaux. Elle les garde fermés depuis que les paparazzis sont revenus assiéger son immeuble, la veille.

Au départ, ils étaient seulement quelques-uns, mais le reste a rapidement suivi. Comme un vol de corbeaux s'abattant sur des miettes, ils se sont agglutinés devant la petite porte bleue au coin de la Barclays – sa porte d'entrée, jusqu'alors invisible. « Helena Reed ! », criaient-ils. Espéraient-ils réellement qu'elle ouvre la fenêtre et les invite à monter ? Lorsqu'elle a repoussé un coin de voilage pour les observer, ils ont braqué leurs objectifs sur elle en se donnant des coups de coude, ils l'ont interpellée avec des cris et ont ajusté leurs zooms pour la photographier, si bien qu'elle a rapidement battu en retraite. Elle est restée enfermée toute la journée la veille et toute cette nuit, à écouter son répondeur biper à chaque nouveau message d'inconnus l'exhortant avec une intimité feinte à se confier – « Vous traversez une période très difficile, nous pouvons vous aider » –, tandis qu'elle rongeait la peau au coin de son pouce. *Qui* leur a donné son nom ?

Elle s'était pourtant attendue à ce que cela arrive, l'avait toujours su, en tout cas depuis la diffusion de *Crimewatch*. Depuis qu'elle est tombée sur ces deux détectives en sortant de sa séance avec le Dr Young, elle est prisonnière de ses pensées. Quatre jours et trois longues nuits. La police va-t-elle enquêter sur les raisons de sa présence à Newnham ? Va-t-elle découvrir qu'elle voit un psychiatre, puis en déduire qu'elle souffre d'instabilité mentale ? Vont-ils interroger le Dr Young, celui-ci leur divulguera-t-il ses pensées terrifiées ? Mon Dieu, que vont en dire les policiers ? Ils informeront le Dr Young que c'est elle la maîtresse d'Edith, ce à quoi il répondra, médusé : « Elle ne m'a rien dit ! » Et alors elle sera considérée comme irrémédiablement folle et calculatrice. Celle qui a dissimulé des preuves concernant la disparition d'Edith.

Jeudi après-midi, la police a dépêché un officier à son domicile, prétendument pour « veiller » sur elle. Une nounou. Helena a feint de s'accommoder de la présence de cette étrangère, mais intérieurement elle était rongée par la sensation d'être constamment épiée, chez elle en plus – ils la *surveillent*. Aussi lui a-t-elle dit : « Vous pouvez partir, vous savez. Je vais bien, je n'ai pas besoin d'assistance. D'ailleurs je vais aller quelque temps chez des amis. » Helena a souri, une main sur la poignée de la porte d'entrée. L'officier-nounou a répondu : « Vous êtes sûre et certaine ? », mais Helena a bien vu qu'elle était soulagée. Elle venait de passer un coup de fil discret à une baby-sitter et n'avait qu'une hâte, prendre le large aussi vite que possible.

Vendredi matin puis samedi matin, elle a couru s'acheter les journaux avec, à chaque fois, l'angoisse et la certitude d'y découvrir son nom. Elle avait été surprise de ne rien y trouver d'autre que l'habituelle description des événements. C'est pourquoi, lorsque les corbeaux sont revenus se masser au pied de sa cage d'escalier, elle a compris que l'inévitable s'était produit.

Elle a passé des heures à fixer la seule carte de police en sa possession, celle du sergent-détective Manon Bradshaw. La carte du jeune officier sympathique qui a promis de la protéger, elle a dû l'égarer dans sa précipitation pour rentrer chez elle. La détective Bradshaw était injoignable. Le numéro du cabinet du Dr Young renvoyait automatiquement au répondeur. Incapable de trouver quoi dire, elle avait raccroché.

Ce matin, aux alentours de dix heures, la rue a paru retrouver son calme et elle a hasardé un coup d'œil à l'extérieur. La meute semblait s'être dispersée, probablement partie ingurgiter un brunch graisseux dans un pub du coin, en ne laissant devant sa porte qu'un ou deux chiens de garde. Ayant épuisé ses réserves de pain et de lait, elle avait tenté sa chance et s'était précipitée pour descendre l'escalier de secours – bétonné et sale, l'air imprégné de l'odeur de tabac froid –, sortant par la porte arrière en métal qui donne sur les poubelles de la cour de la Barclays. Elle avait accueilli avec reconnaissance la brûlure du froid et de la pluie contre ses mains et ses joues tandis qu'elle courait vers le marchand de journaux le plus proche en maintenant sa capuche sur sa tête, mais elle avait été arrêtée dans son élan en voyant les huit photos d'Edith et elle fixées sur la devanture du kiosque, qui volaient au vent.

LA MAÎTRESSE D'EDITH ÉTAIT SA MEILLEURE AMIE

—

LA « MAÎTRESSE » ÉTAIT AVEC EDITH LA NUIT DE SA DISPARITION

—

LES AMIES ÉTAIENT AMANTES

C'était comme de regarder les photographies d'une inconnue à l'air surnaturellement familier. Elle s'est rendu compte qu'elle faisait très jeune, alors qu'elle se sentait déjà une vieille femme. Aussi, elle n'était pas du tout aussi grosse qu'elle le pensait, elle était même plutôt mince. Elle avait essayé de se voir à travers les yeux des lecteurs de ces infâmes torchons : instable, manipulatrice, sexuellement détraquée. Il y a un tel fossé entre ce qu'on paraît et qui l'on est réellement, un fossé parfois assez profond pour y disparaître.

Elle n'avait pas pensé au retour à son appartement et s'était retrouvée encerclée, assaillie par des corps et des voix, des odeurs inconnues alors qu'elle bataillait pour retrouver sa clef.

« Helena, par ici ! », hurlaient-ils tandis qu'elle se frayait un chemin parmi l'amoncellement de blousons, bras et épaules, tête baissée pour éviter leurs regards. On lui avait fourré une carte de visite entre les mains – une dame blonde, croyait-elle se souvenir –, mais elle avait gardé les yeux fermés pour traverser leur masse et chercher sa clef en prenant garde de ne pas faire tomber la bouteille de lait. La femme s'était collée contre elle et lui avait chuchoté à l'oreille : « Nous pouvons raconter votre version des faits. Voici ma carte. »

Elle avait claqué la porte de l'immeuble et s'y était adossée, les yeux toujours fermés. Helena Reed la lesbienne manipulatrice. Helena Reed la maîtresse jalouse. Helena Reed la meurtrière. Auréolée de l'innocence de ceux qui ne sont ni vivants ni morts, Edith ne pouvait avoir fait de mal, victime de la machination d'Helena visant à l'attirer dans le stupre et la luxure. Désormais, Helena sera toujours la femme fatale, quels que soient ses futurs entretiens d'embauche, postdoctorat, demandes de bourse de recherche, rencontres amoureuses ou rendez-vous dans un cabinet médical. Partout où elle ira, il y aura quelqu'un pour lever la tête de son bureau et dire : « Helena Reed de Huntingdon ? N'étiez-vous pas l'amie de cette fille qui a disparu ? » Et le mot « amie » sera chargé d'un double sens obscène.

C'était typique d'Edith et de sa désinvolture d'abandonner Helena derrière elle en la laissant s'inquiéter pour deux. Cela avait commencé dès leur première rencontre, le jour où Helena avait tapé à la porte de sa chambre d'étudiante dans le dortoir de Corpus Christi. « Entrez ! », avait crié Edith, et Helena l'avait vue debout sur son lit, en jean Levi's 501 délavé, qui plantait un clou dans le mur pour suspendre une reproduction de Modigliani. Sur le bureau près de la fenêtre, un vase d'anémones rouges, violettes et blanches, semblables à une riche parure de bijoux. « Un cadeau de ma mère, avait dit Edith, légèrement essoufflée, le dos tourné vers Helena. Une tasse de thé ? »

Edith était parfois superficielle, mais elle était déterminée. Lorsqu'elle s'était fixé un objectif, comme son emménagement à Huntingdon, on pouvait soit la suivre, soit poursuivre sa route. Edith, résolue. Helena, angoissée, passive. Elle prend conscience qu'elle fait bien pâle figure comparée à Edith, son éclat, son charisme. Elle se méprise pour avoir été leur parasite. Ces samedis soir passés à regarder des séries sur leur compte Netflix, ces déjeuners du dimanche dans leur cuisine. Edith en train de lire un livre, allongée sur le canapé, la tête posée sur les genoux d'Helena ; Will qui boit du vin, assis par terre. Helena, l'enfant unique d'un couple en mal de spectateurs.

Assise dans l'étouffant salon à les écouter rire et bavarder dans la rue, elle songe à appeler ses parents. Mais alors, eux aussi sont peut-être envahis par une nuée de corbeaux, ils sont peut-être emprisonnés chez eux. Aura-t-elle la force de s'entendre blâmer pour cette intrusion ? Combien de temps encore lui faudra-t-il vivre cloîtrée, rideaux tirés ? Même si elle s'aventure à l'extérieur, que trouvera-t-elle ? La veille au soir, étant toujours sans nouvelles du sergent-détective Bradshaw, elle a tenté d'appeler les locaux de la brigade criminelle. L'officier de service ce soir-là, Monique Quelque-chose, lui avait assuré qu'elle « transférerait sa demande ». Sans résultat.

— Il y a beaucoup de gens devant chez moi.

— Pouvez-vous me rappeler votre nom, madame ?

Inutile de rappeler aujourd'hui, d'autant qu'on est dimanche. Que peuvent-ils faire, après tout ? Maintenant que l'information s'est ébruitée, il n'y a plus aucun moyen de la retirer des journaux. Le téléphone de la maison et son mobile sont saturés de messages venant de personnes qui n'auraient jamais dû avoir son numéro, qui la brutalisent et la harcèlent. Ne pouvant se résoudre à les écouter, elle a éteint les appareils.

Vers une heure du matin, les corbeaux s'envolent (certainement à l'hôtel George). Encore une chance à saisir : elle s'imagine attraper le premier vol pour Rio de Janeiro, puis un autre pour Manaus, puis un bateau pour rejoindre l'endroit où le rio Negro se jette dans la rivière Solimões – la Rencontre des eaux, elle a toujours rêvé de voir ça. De là, elle pourra voguer le long des affluents de l'Amazone. Le monde est si vaste et si beau, il lui reste encore tout à explorer.

Elle erre d'une pièce à l'autre en échafaudant son plan d'évasion. Où a-t-elle mis son passeport ? Quels vêtements emporter ? Mais lorsqu'enfin elle se décide, il est sept heures et les corbeaux sont de retour devant son immeuble. Elle ne sait déjà pas comment les esquiver, alors atteindre les rives du bassin de l'Amazone… Elle se retrouve à fixer la porte de sa chambre, le crochet où son peignoir est suspendu.

Elle ne voit pas d'issue. Si seulement quelqu'un – Edith – était là pour lui couvrir la tête avec un manteau et la guider à travers l'obscurité… Elle se tient devant les rideaux dans le salon, ses larmes coulent sans discontinuer. Elle pousse un cri silencieux mais ses lèvres sont gercées. Elle ne parviendra jamais à s'échapper. Elle ne verra jamais le fleuve Amazone. Elle ne connaîtra plus jamais la liberté et le bonheur. Et la fille qu'elle aime s'en est allée.

Lundi
MANON

— Joli chemisier, Kim.

Surprise, Kim dresse la tête.

— Stuart, te fous pas de moi !

Stuart lui fait un clin d'œil, mais elle lève les yeux au ciel.

— Colin, dit Manon en lui pressant les épaules, et un nuage de fumée de cigarette paraît s'élever de son sweat-shirt. Qu'as-tu de nouveau pour moi aujourd'hui ? Je sais qu'on va la retrouver, j'en ai la conviction.

Elle suspend sa veste et prend son portefeuille dans son sac. Elle a faim et pense sandwich au bacon, saucisses, jaune d'œuf nappant un toast beurré. Elle se sent comme un fruit arrivé à pleine maturité : ses hanches semblent plus larges, sa poitrine plus pleine. Débordante de sucs et de vie. Elle est indolente, langoureuse et sensuelle. Elle aimerait qu'ils emménagent ensemble, mais il a su garder la tête froide, sa belle tête d'Alan Prenderghast. Il est rentré chez lui la veille au soir parce qu'il devait se lever de bonne heure le lendemain – « Je dois être frais pour lundi ! » – et il l'a embrassée, embrassée encore, et ils sont restés ainsi au seuil de la porte, lui avec son ridicule manteau informe. Elle en a eu mal aux lèvres, mais lorsque la porte s'est refermée, le baiser lui manquait déjà. La sonnette a retenti et son cœur a fait un bond, folâtre et enjoué. Elle a ouvert, l'a attiré dans l'appartement pendant qu'il ôtait précipitamment son manteau et ils ont remis ça, elle en chemise déboutonnée, le chevauchant sur le canapé en velours.

— Ne me quitte pas, lui avait-elle soufflé entre les lèvres.

Se renversant contre son siège, elle se met à lui écrire un SMS – « Salut bel étalon » –, mais elle est arrêtée dans son geste par un bruit sourd et un courant d'air sur son visage.

— J'imagine que tu as vu ça, dit Harriet, une main sur la pile de journaux qu'elle vient de jeter sur son bureau.

Manon se redresse. Le visage d'Helena la fixe. Les unes indiquent : « Les amies étaient amantes » sous le bandeau rouge du titre. Manon sent son visage se vider de son sang jusqu'à devenir glacé et la peur lui dresser les cheveux sur la tête. Elle regarde Davy, blême lui aussi.

— Qui a balancé son nom ? dit-il.

— On ne sait pas. Ça pourrait être n'importe qui. Dès que Fergus m'a montré les journaux, j'ai envoyé deux officiers à son appartement. Ils ont l'autorisation de forcer la serrure si elle ne répond pas. J'ai essayé de l'appeler sur ses deux téléphones mais les répondeurs sont pleins.

— On lui avait pourtant envoyé un agent de liaison, dit Manon.

— Qu'elle a renvoyé, en déclarant qu'elle allait passer le week-end chez des amis.

Tout va bien se passer. Tout ira bien si Helena est retrouvée saine et sauve. Elle revoit son visage terrifié, ses larmes incontrôlables. Elle repense aux téléphones qu'elle a éteints, qui gisaient inertes sur sa table de chevet pendant qu'elle se trémoussait au-dessus d'Alan Prenderghast, ne pensant qu'à *copuler*.

Manon ferme les yeux, son corps frémit sous les vagues de honte qui, comme son sang, affluent lentement. Pour une fois. Une seule…

— Kim, tu l'as prévenue, pour *Crimewatch* ? interroge Harriet.

— Oui, elle a semblé bien le prendre. Elle était calme. Mais là, c'est différent, dit Kim en pointant les journaux.

— Et toi, tu as fait un rapport après ta rencontre avec Helena, jeudi ? demande Harriet à Manon, qui acquiesce.

— Puisqu'elle a dit qu'elle était chez des amis, elle ne sera pas à son appartement, dit Manon en guise d'excuse. Quand les officiers seront-ils chez elle ?

— Je les ai envoyés il y a une dizaine de minutes. Ils m'appelleront. Pendant ce temps, Colin va nous montrer ce qui se trouve dans le disque dur de Graham Garfield, et il va le faire comme un adulte, sans commentaires scabreux.

Colin se tourne vers son bureau.

— Alors… beaucoup de brouillons de ses livres sur l'époque victorienne, des essais sur George Eliot, des devoirs d'étudiants, de la paperasse administrative, ce genre de choses. Mais… (il rechausse ses lunettes en cliquant sur l'écran qui se couvre de pages Web, une mosaïque brillante et bigarrée d'images pornographiques)… il a aussi d'autres centres d'intérêt. *Salopes asiatiques. Baise chez les obèses. Femmes au foyer libertines.* Un homme aux multiples passions. (Colin fait dérouler l'écran avec une ferveur inhabituelle.) Le mieux reste à venir, dit-il en se mettant de côté afin que chacun voie l'écran. La seule chose que Manon distingue, ce sont des lignes de code pour des liens Internet commençant tous par « Facebook ».

— Qu'est-ce que c'est ?

— Graham Garfield a regardé la page Facebook d'Edith Hind au moins cinq fois chaque nuit pendant la semaine qui a précédé sa disparition. Depuis, il l'a consultée une quarantaine de fois. Il a cliqué sur ces photos en particulier… Je crois qu'on appelle ça des « selfies ».

Il fait apparaître plusieurs images d'Edith : un gros plan sur des yeux au regard pénétrant qui fixent l'objectif, une photo où elle porte un pull laissant voir son épaule dénudée, une autre où elle est étendue sur un lit, tenant son téléphone au-dessus de son visage. Comme si l'on se trouvait dans l'intimité avec elle.

— Ça ne prouve rien, dit Stuart. C'est elle qui a posté ces photos, elle voulait qu'on la mate.

— Ça prouve qu'il avait un intérêt malsain pour elle, objecte Harriet.

— N'importe quel type normalement constitué ira regarder ça. Elle est carrément bonne. À quoi pensait-elle en prenant ces photos ? dit Colin.

— Par exemple à son droit à la liberté ? à l'indépendance ? lance Kim.

— Arrête ton char. Tu l'as vue, allongée comme ça sur le lit ? C'est un appel au sexe, dit Stuart.

— Elle ne savait peut-être pas ce qu'elle faisait, rétorque Kim. Personne n'est sérieux à vingt-quatre ans.

MIRIAM

Elle ouvre les yeux et doit faire un effort pour ajuster sa vision à la constante pénombre de la chambre. De la cuisine lui parviennent les bruits de Rosa qui fait le ménage. Ian est Dieu sait où, il s'active sûrement à des Affaires Importantes. Il a demandé à ses amis qui travaillent dans la presse, d'anciens camarades du Bullingdon Club, de lui accorder des entretiens dans le *Telegraph* et le *Times* afin de « renverser la vapeur », comme il dit. « Il faut bien que quelqu'un rétablisse la vérité à son sujet. » Ils ont promis de se montrer sensibles dans leurs portraits d'Edith et de lui faire relire les articles avant impression.

En digne fils de son père, Rollo poursuit ses démarches. Il est en réunion avec des membres d'une association de personnes disparues pour discuter d'une nouvelle campagne en ligne qui implique mille « tweets » ou quelque chose d'avoisinant. Miriam n'a jamais prétendu comprendre quoi que ce soit aux réseaux sociaux ni pourquoi y perdre son temps, cependant elle se réjouit de la persévérance de son fils.

Elle s'extrait du lit, les cheveux collés et raides, glisse ses pieds dans ses chaussons en laine de mouton et gravit la volée de marches étroites qui mène à la chambre d'Edith, se tenant fermement à la rampe incurvée. Dans le couloir, entre les chambres des enfants situées au dernier étage, éclairée par une lucarne rongée de moisissure, se dessine une maison de poupée d'époque victorienne, avec sa silhouette bien particulière. Une maison dans la maison. Elle a été offerte à Edith enfant par la mère de Ian, Edith Senior. Ian aimait la maison de poupée avec la même ferveur qu'il aimait sa mère et avait interdit à Edith d'y introduire ses Polly Pockets, comme si les jouets pouvaient en corrompre la visée pédagogique – tandis que, pour Miriam, le but d'un jeu consistait justement à s'approprier une chose. Elle aurait même ressenti de la fierté si sa fille avait dessiné au feutre indélébile sur le papier peint à motif floral.

Ian avait insisté pour que leur fille porte le prénom de sa mère alors que toutes les amies de Miriam appelaient les leurs Chloe ou Jessica. Bien sûr, de nos jours, ce sont les prénoms anciens qui sont en vogue. Même les barbons du Parti conservateur appellent leurs enfants Florence ou Alfred, avec un clin d'œil complice à leurs pairs. À l'époque, toutefois, Miriam ne supportait pas ce prénom, lui préférant Edie, plus doux selon elle, mais elle l'accepta, comme elle l'avait fait pour la maison de poupée, car elle n'avait pas le choix.

Elle s'allonge sur le lit d'Edith, en partie pour froisser la couette lamentablement lisse et inerte. Elle examine l'étui à violon rangé au-dessus de l'armoire, puis le cadre fixé au mur avec son collage de photographies prises lors du voyage en Italie : Edith et Rollo, souriants, sur la piazza di Spagna à Rome. Elle ferme les yeux afin de visualiser sa fille, de créer une image mentale si précise que rien d'autre ne puisse exister.

Ainsi, peut-être, aura-t-elle une vision de l'endroit où se trouve Edith et de ce qui lui est arrivé, comme par une intuition télépathique surnaturelle. Elle repense aux parents des personnes disparues qu'elle a vus à la télévision et qui refusaient d'abandonner les recherches malgré la probabilité quasi nulle qu'on les retrouve un jour. Leur argument final était toujours le même : « S'ils étaient morts, je le saurais. » Et son corollaire : « Ils sont vivants, je le sens. » Elle s'est toujours sentie gênée par l'irrationalité de telles déclarations, cette façon dont les gens s'accrochaient à un mensonge. Aujourd'hui, elle les comprend parfaitement. Ils refusent de couper le lien, tant qu'aucun corps n'a pas été trouvé. C'est le corps qu'ils recherchent, autrement la folie s'installe et croît, comme une mauvaise herbe.

Il existe peut-être *quelqu'un*, songe-t-elle, un médium ou une voyante, qui saura entrer en contact avec Edith et dire à Miriam ce qu'il lui est arrivé. Une personne dotée de pouvoirs extrasensoriels qui saura dialoguer avec les esprits ou prédire l'avenir. Tout, mais pas ces terrifiants hommes-grenouilles qui sondent les eaux.

Elle descend précautionneusement les escaliers pour se diriger vers la cuisine, où Rosa est en train de vider le lave-vaisselle, puis au salon, dans lequel les rideaux restent fermés à cause des badauds, et les lampes allumées comme pour le soir. Leur iMac est en veille, mais il lui suffira de presser une touche pour qu'il revienne à la vie. Elle n'ose taper « Edith Hind » dans le moteur de recherche, de peur que les rumeurs obscènes qui courent actuellement sur sa fille lui sautent au visage et la refassent pleurer, des messages vicieux de trolls qui sont en réalité des adolescents de quatorze ans confortablement installés dans leur chambre cossue pendant que leur mère fait frire du poisson pané à l'étage du dessous.

Non. Elle tape plutôt « médium Londres NW3 ». Selon les Pages jaunes, il s'en trouve quinze dans cette zone, avec un plan pour indiquer leurs adresses respectives. Elle clique sur resoudresesmysteres.com, un site qui propose tirage par tarot divinatoire, chiromancie ou encore clairvoyance empathique. C'est probablement le terme « empathie » qui lui assure des clients.

Une bulle glacée remonte dans sa colonne vertébrale : un sentiment d'horreur, proche de l'excitation.

— Oh putain, c'est la merde, dit Harriet en faisant les cent pas. C'est la merde d'énorme putain de merde.

— Quand a-t-elle… Elle n'a pas appelé à l'aide ? demande Kim.

Le temps s'est ralenti, il a épaissi l'air au point que Manon peine à respirer. Elle a un goût de métal dans la bouche, comme du sang.

Davy se justifie :

— J'ai essayé de la joindre tout le week-end mais les appels tombaient directement sur le répondeur. J'aurais dû aller la voir. Je ne comprends pas… Elle avait mon numéro ! Je lui ai dit de m'appeler si elle avait besoin de quoi que ce soit.

Il transpire et son cou porte la trace d'une rougeur.

— Apparemment, elle a appelé le commissariat tard samedi soir, dit Harriet. C'est une contractuelle de nuit qui a décroché. Elle ne savait pas qui c'était et a noté l'appel, sans donner suite. Comme à chaque fois qu'un décès implique la police, je vais devoir en référer à la Commission des plaintes contre la police, qui conduira elle-même son enquête pour s'assurer que nous avons agi de façon réglementaire vis-à-vis d'Helena Reed.

— Quand… dit Manon, surprise que sa voix soit audible car elle a l'impression d'être sous l'eau. Quand a-t-elle…

— Dans la journée de dimanche. Le légiste nous précisera l'heure.

Dans le silence qui s'est abattu sur le service, Harriet leur raconte que les officiers ont mis du temps avant de trouver Helena Reed. Son appartement était impeccable et désert, la vaisselle lavée. Selon eux, c'était exactement comme si elle l'avait rangé avant de s'en aller, et c'est d'ailleurs ce qu'ils ont pensé au départ.

— Elle est juste partie chez des amis, comme elle l'avait annoncé, a dit l'un des officiers.

— Attends une minute, a objecté l'autre.

Ils ont d'abord vu la note, posée sur le lit soigneusement fait, puis ils l'ont vue elle, pendue au crochet fixé à la porte de la chambre, le cordon de son peignoir autour du cou.

— Oh mon Dieu ! souffle Manon, une main sur la bouche.

Elle a fait le ménage sur elle-même, pense-t-elle.

La note disait :

« Ce n'est pas ça du tout,
Ce n'est pas ça du tout que j'avais voulu dire. »

— Foutus étudiants de Cambridge, s'énerve Colin. Pourquoi ne peuvent-ils pas laisser une note d'adieu normale ? Je ne sais pas moi : « Vous ne m'avez jamais aimée » ou : « Je me sens tellement seule. »

— Quelqu'un a tout balancé, lâche Davy, et Manon remarque qu'il dévisage Stuart en ouvrant et fermant imperceptiblement le poing.

— On n'en sait rien pour l'instant, dit Stuart d'un ton qui se veut léger, mais la veine saillante sur son cou lui donne l'air d'un caméléon inerte tâchant de se fondre dans le décor.

— Comment la presse a-t-elle su, pour Helena Reed et Edith ? poursuit Davy sans cesser de fixer Stuart, tout en traversant la pièce et en avançant vers lui.

Tous se figent, dans l'expectative. Chacun se sent tellement coupable.

— Eh bien, ce n'était pas difficile d'additionner un plus un, non ? La meilleure amie d'Edith, la dernière aussi à l'avoir vue le soir de sa disparition… La fuite aurait pu venir de n'importe qui. Tout le monde dans ce bâtiment est susceptible d'en avoir parlé à son épouse ou ses amis, dit Stuart en faisant un pas en arrière. Ou bien c'est l'un des étudiants, comme ce Jason Farrer. Il n'est pas un modèle de discrétion.

— Excepté que la presse n'aurait rien publié si ça n'était pas venu d'une source policière, n'est-ce pas, Stuart ? dit Davy.

Stuart s'est glissé l'air de rien derrière un bureau, afin de mettre une distance de sécurité entre lui et Davy.

— Il n'empêche, réplique Stuart, il n'y a aucune preuve que la fuite vienne de nous.

— Je trouverai le responsable, intervient Harriet. Croyez-moi, il va dégager illico.

C'est faux. Manon le sait, comme tout le monde dans la pièce sauf, peut-être, Stuart. Les fuites sont quasiment impossibles à tracer et aucun journaliste ne dévoilera jamais sa source. Les tabloïds ont pu obtenir l'information de n'importe qui.

— Il… ou *elle* dégagera, ajoute Stuart.

— Qu'on l'enlève de ma vue, dit Davy d'une voix basse et calme en regardant Stuart sortir précipitamment du service, le téléphone déjà à l'oreille.

— Est-ce qu'elle a essayé de t'appeler, Manon ? demande Harriet. Ton téléphone était allumé ?

— Évidemment, dit Manon en se tournant pour regarder le parking sans toutefois rien voir du panorama. Enfin… la réception était mauvaise, puis j'ai fait pas mal d'allers et retours…

Elle sent son visage prendre feu, comme sous l'effet d'une allergie.

— Pendue… murmure-t-elle.

Pour avoir vu beaucoup de victimes de pendaison, elle sait à quoi elles ressemblent : visage livide et boursouflé sur un cou démesurément étiré, inflammations dues au frottement de la corde. Parfois les victimes sont tombées. Parfois les pointes de leurs orteils frôlent le sol. Elle est surprise que le crochet fixé à la porte ait résisté. Mais Helena Reed n'était pas épaisse.

L'esprit de Manon s'emballe, passant en revue les moyens dont elle aurait pu se servir pour empêcher le drame. Envoyer un officier à l'appartement d'Helena sitôt que *Crimewatch* a mentionné l'existence d'une maîtresse ; la faire escorter jusque chez elle par Davy après leur rencontre jeudi à Newnham en passant outre son refus ; surveiller son activité téléphonique au cours du week-end – comme elle aurait normalement dû le faire, bien que de repos. Quatre jours durant lesquels

Helena s'est retrouvée seule, livrée à elle-même. Et Manon n'a pris aucune de ces mesures, sans autre raison que celle de ne pas les avoir prises. Elle a privilégié son appétit vorace, son petit plaisir, aux dépens de la sécurité d'autrui. Honte, elle crève de honte.

Bientôt, la culpabilité la submerge et elle est incapable d'y voir clair. Elle tente de se rassurer avec la pensée qu'il n'y a rien qu'elle aurait pu faire ; elle n'aurait jamais pu deviner ; elle n'était pas de service. Si elle l'avait été, ses téléphones seraient restés allumés. Elle finit par se reprendre et, dans un moment de défi, presque de triomphe, à se convaincre que ce week-end était le sien, que le boulot n'est *pas* sa vie. Elle ne ment pas lorsqu'elle se justifie face à Harriet Harper, elle dit la vérité. En partie.

— Affreux, dit Alan tandis que la lumière s'assombrit derrière les hautes fenêtres de sa majestueuse grange aménagée.

Elle fixe l'horizon, une ligne de feu écrasée par le ciel bleu-gris.

— Oui.

Elle se glisse contre son corps massif et pose les mains sur ses hanches, le front appuyé contre sa poitrine.

— Pauvre petite, dit-il en lui embrassant la tête, et Manon n'est pas sûre de savoir s'il fait référence à Helena Reed ou à elle-même.

— Le pire, c'est qu'elle n'avait rien à voir avec ça. Elle a été prise dans une tourmente qui ne la concernait pas.

— Mmmh, dit-il, le menton appuyé contre le sommet de son crâne.

— Elle se sentait horriblement honteuse, poursuit Manon en sentant sa gorge se nouer et les larmes lui monter aux yeux. Elle ne faisait qu'expérimenter certaines choses de la vie, c'est tout, et soudain c'est devenu public, et l'humiliation, la terrible culpabilité…

— Ne pleure pas, dit-il en lui caressant la joue, et Manon se demande s'il essaie de la consoler ou s'il lui intime de ne pas se laisser aller à des effusions en sa présence.

Elle a l'impression de couler alors que lui paraît flotter, à l'instar des oiseaux derrière sa fenêtre. Atterrissage et décollage.

— « Le Prince Hamlet ? Non pas, je n'ai jamais dû l'être », récite Manon.

Il la regarde, perplexe.

— La note qu'elle a laissée… C'est un vers tiré d'un poème de T. S. Eliot. Elle voulait dire qu'elle n'avait pas le premier rôle dans sa propre pièce.

Sur le trajet pour venir chez lui, elle est restée bloquée dans les embouteillages, à regarder toutes ces petites têtes et épaules derrière leur volant. Chacune de ces personnes enfermée avec ses propres pensées, happée dans le tourbillon d'une vie compliquée. Persuadée d'en être le centre.

— Du vin ? propose-t-il, et elle le regarde s'éloigner vers sa cuisine grise et métallisée.

— S'il te plaît.

Elle s'assoit dans son fauteuil élimé, mais il n'y a aucune vue à admirer maintenant que le soleil a disparu derrière l'horizon. Ils sont ensemble, voilà un fait concret. Aussi repousse-t-elle ses sentiments de solitude et de peur. Edith, songe-t-elle. Edith était de ces personnes qui se considèrent comme le centre d'attraction. Désinvolte et égoïste. C'est vrai aussi, il y avait un plaisir malsain à rejeter la faute sur Edith Hind. Et Helena, en noble demoiselle de compagnie, déférente, enchantée de se montrer utile.

— Quelles seront les conséquences sur l'affaire ? demande-t-il en lui apportant un énorme verre de vin.

Même sa *vaisselle* est belle.

— La Commission des plaintes contre la police va mener une enquête pour s'assurer qu'on a agi conformément au règlement, ce que nous avons globalement fait. Sauf qu'en réalité, ce n'est pas ce que nous avons fait, car elle a demandé de l'aide à l'équipe de nuit, qui n'a pas donné suite à son appel. Pas assez rapidement en tout cas.

Elle se tait, par souci de ne pas entrer dans les détails, pour les préserver, lui et elle-même.

— Nous aurions pu l'empêcher de passer à l'acte, murmure-t-elle à son verre en buvant une gorgée de vin.

Alan est reparti s'affairer en cuisine.

— Vont-ils enquêter sur toi ? Je veux dire, personnellement ?

— Sur chaque membre de l'équipe, dit-elle en haussant les épaules. C'est la procédure standard après un décès impliquant la police. Mais ils n'agiront pas avant plusieurs mois, pas tant que l'enquête Hind est en cours.

Elle se lève pour le rejoindre dans la cuisine, le surprenant par-derrière pour lui poser les mains sur les hanches.

— Je sais que tu n'aimes pas qu'on se voie pendant la semaine, mais est-ce que je peux rester cette nuit ? S'il te plaît ? Je n'ai pas envie d'être seule.

— Bien sûr que tu peux rester.

Un bref instant, elle est soulagée et lui serre fort le dos, mais elle est subitement prise d'un doute : qu'il ait accepté uniquement par pitié.

Ils partagent un steak saignant dont le jus se mêle aux grains jaune et marron de la moutarde, et des brocolis vert foncé croquants. Ils finissent la bouteille de vin, ce qui ne fait qu'intensifier son remords vis-à-vis d'Helena Reed et accroître sa solitude face à l'apparente inaccessibilité d'Alan. Il y a quelque chose de tellement insaisissable chez lui, elle n'arrive pas à dire précisément quoi. Ses gestes deviennent maladroits, à cause du vin mais aussi de son chagrin et sa culpabilité.

Elle s'imagine que le fossé entre eux diminuera au lit et qu'alors seulement le doute qui la tenaille la quittera, mais il se montre d'autant plus distant que leurs corps se rapprochent. Cet amour fuyant, elle en est tellement proche qu'elle pourrait le saisir entre ses mains, chaque fibre de sa peau le réclame. Elle fond sur lui, de tout son corps et de toute sa bouche, l'ivresse altère ses sensations et sa conscience, elle sent sa poitrine enfler au point qu'elle ne parvient plus à rien contrôler. L'acte est consommé, ils sont étendus chacun de leur côté. Elle éclate en sanglots – pas des larmes pudiques d'aristocrate mais le type d'épanchement spasmodique qui s'accompagne de gargouillis et de filets de morve.

Il s'est redressé sur un coude pour lui demander : « Qu'est-ce qui ne va pas ? », d'une voix où elle croit percevoir une note d'ennui.

— Est-ce que tu ressens la même chose ? dit-elle, une main sur les yeux. Dis-moi que tu ressens la même chose !

Il lui caresse le bras.

— J'ai été tellement seule si longtemps, lâche-t-elle avec une plainte gutturale.

L'espace d'une seconde, elle est soulagée de l'avoir exprimé, avant de sentir la peur monter irrépressiblement car il garde le silence et repose sa tête sur l'oreiller en tissu gris, les yeux fixés au plafond.

Mardi
MIRIAM

Vingt-trois jours ont passé depuis qu'Edith a disparu, et déjà Miriam s'étonne de la facilité avec laquelle elle est arrivée ici : à la porte d'une médium dénichée sur resoudresesmysteres.com. Miriam Hind, née Davenport, jadis une scientifique, toute sa vie une rationaliste, se retrouve à attendre que Julie, la diseuse de bonne aventure, lui ouvre la porte de chez elle.

Chez elle : à Hendon, ville de banlieue, une maison mitoyenne des années 1930 aux fenêtres si propres que la pâle lumière de janvier y brille d'un éclat aveuglant. La sonnette fait retentir un air de carillon enjoué. Lorsque Miriam lui a téléphoné, la veille, c'était sous l'impulsion du moment. Jamais elle ne s'était imaginé obtenir un rendez-vous le lendemain même. Manifestement, Julie ne croulait pas sous les clients.

À mesure que la journée et la nuit ont passé, l'enthousiasme de Miriam pour la chiromancie s'est considérablement émoussé. Elle a encore agi comme une idiote. À présent, elle est obligée d'honorer ce rendez-vous dont elle a pris l'initiative. Une promesse est une promesse : on peut y manquer en usant de toute la politesse requise, ou bien on s'y tient (une nouvelle fois, c'est tellement britannique). Elle n'a pas téléphoné pour annuler, ni envoyé de SMS ou d'e-mail via la rubrique « contact » du site. Il existe tant de moyens de revenir commodément sur sa parole, de nos jours.

Je lui expliquerai que ce n'est pas pour moi, se dit Miriam au moment où la porte s'ouvre.

— Entrez, dit la femme.

Miriam pénètre dans un vestibule lumineux, tapissé de miroirs et à la moquette neuve, couleur crème. La pièce est chauffée sans regarder à la dépense.

— Faut-il que j'enlève mes chaussures ? demande-t-elle en espérant que la réponse sera négative car, avec l'âge, il lui est devenu difficile de se baisser.

— S'il vous plaît, oui. Je vous attends au salon.

Ses manières, ses mèches blond cendré, son cardigan taupe à sequins évoquent la superficialité d'une esthéticienne de province. Miriam la suit jusqu'au salon, dont les larges portes vitrées donnent sur la pelouse d'un petit jardin. Ici aussi, la pièce sent la moquette neuve. Miriam s'enfonce dans un vaste fauteuil en cuir crème. Il semble que communiquer avec les esprits ne soit pas un mauvais gagne-pain, même avec un agenda aussi clairsemé que celui de Julie.

— Alors, commence la voyante.

— Alors, répète Miriam non sans une note de réserve.

— Je ressens une immense tristesse, une grande souffrance, annonce Julie, la tête légèrement penchée de côté.

Miriam acquiesce. Que diable fait-elle ici ? Il faut absolument qu'elle trouve une manière polie de fuir cet endroit. Que penserait Ian de tout cela ?

— Je sens que vous avez perdu tout espoir, que vous avancez à tâtons dans l'obscurité. La douleur est trop vive. Vous êtes désespérée et malheureuse.

De grâce, épargne-moi ton baratin, pense Miriam.

— Vous voulez savoir ce qu'il y a au bout du chemin. Comment les événements vont se dérouler. Vous voulez mettre un terme à l'incertitude… au marasme, comme j'aime à l'appeler. Que préférez-vous, la lecture par le tarot, les lignes de la main, ou l'aura ?

— Je ne sais pas.

— Peut-être une lecture générale. Vous pouvez me régler par chèque. Je ne prends pas la carte. Vous pouvez également me faire un virement bancaire. C'est ce que je recommande à mes clients, il y a une remise à partir de la troisième séance.

— Maintenant ? dit Miriam en saisissant son sac à main.

La femme acquiesce. Elle lui signe un chèque : quatre-vingts livres sterling pour une seule séance. Si la voyante croit qu'elle va tomber dans le piège du virement…

— Vous permettez ? dit Julie en lui prenant doucement la main, comme s'il s'agissait d'un objet précieux, la tournant pour en exposer la paume.

Miriam note ses ongles peints en rouge bordeaux, semblables à des serres d'oiseaux ensanglantées.

— Je vois une personne que vous aimez profondément. Une personne que vous avez perdue…

Tu ne fais que lire mon âge, songe Miriam. *Le mien est celui des endeuillés*.

— Votre enfant. Votre fille bien-aimée court un grand danger.

Tu as lu les tabloïds. Tu as vu mon visage au journal télévisé.

— Vous voulez savoir ce qui est arrivé à votre fille, poursuit la femme en regardant Miriam droit dans les yeux.

Le cœur de Miriam s'emballe. Sa main se met à trembler.

— Oui, souffle-t-elle.

— Vous aimez votre fille et vous êtes en souffrance. Vous êtes tourmentée à l'idée qu'il lui soit arrivé quelque chose. Vous vivez dans les affres de l'incertitude. Vous êtes incapable de porter le deuil, mais vous n'osez pas garder l'espoir.

— Oui, hoquète Miriam avec un sursaut malsain d'espérance. Je vous en prie, dites-moi…

Elle se rend compte qu'elle est en train de broyer la main de la voyante.

— Elle est vivante, dit la femme.

Miriam la fixe intensément.

— Votre fille est vivante, répète Julie dans un souffle comme si elle aussi souffrait, qu'elle avait fait sienne la douleur de Miriam.

— Quand reviendra-t-elle ? A-t-elle été enlevée ?

Julie ferme les yeux en caressant doucement la main de Miriam. Elle se met à respirer rapidement par le nez, puis secoue la tête.

— C'est parti, finit-elle par dire. Parfois les visions sont trop puissantes. Il est alors impossible de les retenir.

— Quand reviendront-elles ?

— Il faudra que vous repreniez rendez-vous.

DAVY

En lui tendant la tasse, il se rend compte qu'il s'est trompé. Il s'en fiche. Que Manon aille se chercher son café elle-même. Elle a mauvaise mine aussi, pire que la sienne : visage bouffi, regard fuyant.

— C'est quoi ça, Davy ? Tu sais bien que je le bois avec du lait !

— Sérieusement, vous vous rendez compte de ce que vous dites ?

Essaie donc de jouer les dures avec moi.

— Un point pour toi, concède-t-elle. Quelle mouche te pique ?

Il s'est réveillé en sursaut à cinq heures trente avec le souvenir du drame, tenaillé par l'aiguillon de la culpabilité. Il a observé Chloe, qui dormait à son côté et dont les cheveux, poisseux des produits qu'elle s'applique pour la nuit, emmaillotaient son crâne à la façon d'un bandage. Voilà qu'elle souhaite désormais « passer à l'étape supérieure ». Il ne le comprend pas : alors qu'il ne rêvait que de cela il y a seulement deux semaines, maintenant… Elle ne sait rien des tourments qui agitent son esprit. Pourtant l'enthousiasme de Chloe paraît grandir à mesure qu'il s'éloigne d'elle. Serait-ce donc le secret des femmes, celui que les hommes ont toujours su et qu'il a mis tant de temps à comprendre ? C'est peut-être la raison du succès auprès de la gent féminine d'un bon à rien comme Stuart Leach. Sinon, comment aurait-il le cran d'avoir une aventure avec Marie, du service comptabilité, pour ensuite l'ignorer superbement quand il la croise dans les bureaux ?

Davy appelle une nouvelle fois l'assistante sociale de Ryan, Reeva Dell. Cette dernière semble toujours épuisée, à en croire le ton monocorde et languissant de sa voix. Il faut dire que les services sociaux sont remplis de dépressifs.

— Je vous ai déjà dit que sa mère a déménagé sans laisser d'adresse, dit Reeva.

— D'accord, mais elle porte encore son nom de jeune fille, Wade, n'est-ce pas ? dit-il en se rappelant les résultats qu'il a trouvés dans les bases de données policières.

— Non, attendez. Elle a épousé quelqu'un. Voulez-vous que je vous donne son nouveau nom ?

— S'il vous plaît.

— Un instant.

Froissements de papiers et cliquetis de clavier. Ils ne sont pas les seuls à manquer de moyens. Davy se demande avec quel type de sociopathe la mère de Ryan s'est acoquinée, cette fois.

— Voilà. Son nom d'épouse est Jones.

— Jones ? C'est une plaisanterie ?

— Pourquoi plaisanterais-je, officier Walker ?

Comment vais-je retrouver une foutue Jones ? Il a envie de pleurer, de saisir le téléphone et de le projeter contre le mur. De voir le mur voler en éclats.

— Est-ce que Ryan porte lui aussi le nom de Jones ? La nouvelle équipe sociale a-t-elle conscience qu'il fait partie des enfants « à haut risque » ?

— Comme je vous l'ai dit, on ignore où ils sont partis. Je vous rappelle qu'elle ne nous a pas demandé la permission de s'en aller. N'oubliez pas que le garçon lui a été rendu.

— Oui, mais uniquement parce que…

Il ne se donne pas la peine de finir. S'énerver contre Reeva Dell ne fera pas avancer les choses.

— Je suis désolée de ne pas pouvoir vous aider davantage.

— Ne vous en faites pas, c'est très bien.

Harriet est venue se camper devant le bureau qu'il partage avec Manon. Poings sur la table, tête baissée.

— L'historique des appels d'Helena Reed, dit-elle tout bas afin que seuls Manon et Davy l'entendent. Elle a essayé de t'appeler, Manon. Trois fois.

Davy regarde Manon. Elle est en train de fouiller dans son sac à la recherche de son téléphone, comme si sa présence physique pouvait justifier la déclaration d'Harriet.

— Je n'étais pas de service, réplique sèchement Manon. J'ai le droit d'éteindre mon téléphone pendant le week-end et d'avoir une vie. Tu as peut-être choisi d'épouser ce métier, Harriet, mais moi non. Et puis, je t'ai prévenue que le réseau est capricieux, chez moi. Ça va et ça vient, tu comprends ?

— Je sais que tu n'étais pas de service, et ceci n'a rien à voir avec l'enquête officielle. Seulement je m'interroge, Manon : c'est quoi ce bordel ?

— Tu as raison, c'est ma faute, dit Manon avec un sanglot.

Davy et Harriet la regardent se lever et se précipiter vers les portes battantes pour les franchir tel un nageur qui plonge dans le bassin.

— Graham Garfield, dit Harriet à voix haute cette fois, à l'intention du service tout entier. Où en est-on avec celui-là ?

— Une étudiante affirme qu'il lui a fait des avances et d'autres disent qu'il avait la réputation de faire du gringue à ses élèves, l'informe Kim. D'après moi, il s'agit plus d'un dragueur lourd que d'un prédateur. Un opportuniste, si vous voulez… Il tentait sa chance et se prenait beaucoup de râteaux, mais de temps en temps ça marchait.

— Sa femme était au courant ? demande Harriet.

— Ça m'étonnerait.

— Lorsque nous sommes allés la voir, elle a paru revenir sur son alibi, intervient Davy. Après avoir d'abord affirmé qu'ils étaient ensemble à son retour du Crown, elle nous a ensuite confié qu'elle n'avait fait qu'entendre vaguement la clef dans la serrure au moment où elle s'endormait.

L'intérieur déprimant du Lord Protector : parquet poisseux et bruits irritants de machines à sous. Assis à leur table en coin habituelle, Davy tripote son verre en tâchant de trouver le moyen de dire à Chloe ce qui le tracasse en ce moment.

Il a essayé de lui expliquer son métier, combien son job compte pour l'idée qu'il se fait de lui-même. Il aimerait qu'elle comprenne qu'ils avaient le devoir de protéger Helena Reed et qu'ils ont échoué. Cet échec le mine. Ils ont fait tout ce qu'il fallait, suivi la procédure, alors pourquoi se sent-il si mal ?

Il prend en partie ombrage des critiques dont ils font l'objet en tant que policiers : la question de ce qu'ils auraient pu faire mieux, avec plus d'efficacité, tout en respectant scrupuleusement le protocole et en faisant preuve de la plus haute sensibilité, pour apprendre ensuite de leurs erreurs. L'officier de l'équipe de nuit, Monique Moynihan, perdra probablement son boulot, et c'est sans doute une bonne chose. Mais dans le même temps, Davy ne peut s'empêcher de penser qu'ils livrent un combat sans posséder les ressources nécessaires. Ils n'ont fait que leur métier, après tout.

À présent, il essaie d'exprimer ces pensées devant Chloe car il a besoin qu'elle le comprenne dans cette période cruciale de sa vie. Lorsqu'il relève la tête, elle affiche le faciès qu'il lui connaît si bien : les muscles de ses joues sont affaissés au point que son visage ressemble à une goutte en train de couler, son regard est vitreux, dans la pose qu'elle affectionne – les yeux fixés sur un point au loin, par-dessus son épaule.

Au lieu de la sortir de sa torpeur comme il l'aurait fait d'ordinaire, il lui dit :

— Qu'est-ce qu'il y a encore ?

— Rien, fait-elle en haussant les épaules. Ça va très bien.

— Non, tu fais encore la tête. Qu'est-ce que c'est, cette fois ?

Son franc-parler la prend de court, mais elle conserve ses joues pendantes de chien battu. Les bajoues de l'enfer, songe-t-il. Une bouche amère.

— Je trouve juste bizarre que tu te préoccupes autant de cette fille morte. Cette *lesbienne* morte.

— Dis-moi que tu ne parles pas sérieusement.

Elle hausse à nouveau les épaules.

— Tu penses toujours à autre chose : *pauvre Helena Reed, pauvre Ryan, Manon est géniale !* Tu n'es jamais là, dans l'instant.

— Zut, Chloe ! Est-ce que tu t'es déjà demandé pourquoi ? Est-ce que tu réalises ce que l'instant signifie pour moi ?

Il s'est levé de sa chaise, se surprenant lui-même.

— Ces instants avec toi, c'est comme… comme si j'étais aspiré dans des sables mouvants. C'est comme si je me noyais !

Il a de nouveau dix ans, il est en train d'ouvrir les rideaux de la chambre avec entrain, seulement pour voir sa mère couchée, au lit sans jamais se lever, jour après jour après jour.

— Tu m'asphyxies, Chloe, s'écrie-t-il en laissant enfin éclater sa colère. Tu m'asphyxies et je te déteste pour ça !

Il saisit son manteau suspendu derrière son siège et fait demi-tour pour partir. Tandis qu'il s'éloigne, il sait qu'elle ne lui pardonnera jamais ce violent mouvement d'humeur.

MANON

Tout serait donc déjà terminé entre eux, après sa crise de larmes stupide au lit ? L'a-t-elle effrayé au point de le faire fuir ? Le lendemain, au réveil, il s'est contenté d'échanger le strict minimum et elle a senti que sa présence bousculait sa petite routine matinale : la douche avec son savon au parfum agressif (menthe – elle ne supporte pas la brûlure glacée qu'il provoque sur ses parties intimes), le café, le costume impeccablement noir. Si seulement elle pouvait revenir en arrière et garder ses sentiments pour elle, elle redeviendrait peut-être l'amante idéale qu'il a d'abord cru qu'elle était. Sauf qu'elle ne l'est pas. Et maintenant, Manon se languit de lui.

— Allô, papa ? dit-elle en se redressant sur son oreiller, le téléphone en main.

— Ma chérie ! Comment ça va, chuchote-t-il.

Elle l'entend remuer dans son lit, puis un grognement à l'arrière-plan et la voix d'Una qui râle : « C'est pas une heure pour appeler. »

Manon regarde sa montre : vingt-trois heures quarante-cinq.

— Attends une minute, dit son père. Je vais prendre l'appel dans mon bureau.

Un bruit de froissement, de combiné qu'on raccroche. *Clic*. Puis il décroche de nouveau et sa voix a repris un ton normal.

— Alors, quoi de neuf ma puce ?

— Elle est encore en rogne ?

— Manon, pas ça, je t'en prie. Una était en train de s'endormir, c'est tout. Ne… Comment tu vas ? Le boulot ?

— Ouais, ça va, dit-elle tristement.

— C'est cette affaire qui te tracasse ? J'ai appris aux infos ce qui était arrivé à cette pauvre fille, Helena Reed. J'ai l'impression que ça chauffe pour Stanton.

Il s'intéresse toujours tellement à son métier, les enquêtes policières sont son plaisir coupable. Elle aimerait lui raconter la vérité à propos d'Helena, sauf qu'elle-même n'arrive pas à faire la part entre la réalité et ce sentiment de culpabilité qu'elle traîne tel un fardeau. Lui saurait démêler le vrai du faux, il aurait confiance en elle et croirait en sa bonne foi. Il lui dirait que ça n'était pas sa faute, tout en n'excluant pas une part de responsabilité. Ils resteraient un moment silencieux au téléphone, le combiné pressé contre l'oreille. Ils seraient honnêtes l'un envers l'autre.

— Papa, j'ai rencontré quelqu'un.

— C'est vrai ? dit-il, et sa voix est réellement surprise.

Seigneur ! pense-t-elle. Je ne suis pas si affreuse.

— Vas-y, raconte.

— Il s'appelle Alan. Alan Prenderghast. Il est analyste système.

— Un analyste système ? répète-t-il de la même voix dont il disait : « C'est un hérisson, n'est-ce pas ? »

lorsqu'elle lui montrait des photos de son école primaire. En quoi ça consiste ?

— Je ne sais pas vraiment. Il habite dans les environs d'Ely.

Elle aurait pu ajouter : « Il conduit une Ford » de la même manière dont elle aurait dit : « M. Darcy, oui, son domaine de Pemberley. »

— Et tu l'aimes bien ? demande son père avec incrédulité.

— C'est si dur à croire ?

— Non, non, je suis sûre qu'il est très gentil.

Ne voit-il pas combien Alan Prenderghast, son doux analyste système des environs d'Ely, est miraculeux ? Sa vaisselle charmante, sa chienne Nana… Son père ne mesure-t-il pas l'importance de leur idylle ?

Ils gardent le silence.

— Quand pourrais-je le rencontrer ? finit par dire son père.

— Quand tu arrêteras d'être une poule mouillée et que tu viendras me rendre visite, lâche-t-elle abruptement mais sans mauvaise arrière-pensée, comme dirait Davy.

Elle se représente son père dans un pyjama froissé, la main en coupe sur le combiné du téléphone, lançant des coups d'œil furtifs vers la porte de son bureau, parmi un décor de tartan écossais et de trophées de chasse qui jaillissent des murs comme des intrus effarés – archétype d'un seigneur des Highlands tel qu'imaginé par Disney. Sauf qu'Una Simmons est le véritable maître des lieux. Una Simmons, la Lady Macbeth de la famille, sans cesse en train de chercher le moyen d'écarter ses filles – Manon en particulier – de la demeure familiale, raison pour laquelle elles ne sont jamais autorisées à passer Noël en leur compagnie.

— Tu as parlé à Ellie ? réplique-t-il à cette attaque.

— Non papa, je n'ai pas parlé à Ellie. Il est tard, je ferais mieux de raccrocher. Va vite te recoucher auprès de Mein Führer.

Elle repose le combiné.

À la maison, Margaret Thatcher passait pour seule responsable, pas uniquement du taux de chômage record (« quinze pour cent de la classe laborieuse », disait son père, dissimulé derrière son éternel journal, en secouant la tête), mais de la crise des mineurs de fond, bien sûr, et de la dissolution des syndicats de l'imprimerie par Murdoch (une épine dans le cœur de son père), ainsi que, pour des raisons obscures, de ce qui était arrivé à la famille Bradshaw. Une double calamité, Thatcher et l'absence de mère. La tristesse de leur père, restée en sommeil tant que la personnalité flamboyante de leur mère avait illuminé et porté le foyer, détermina le climat dans lequel baignèrent les deux sœurs à la mort de celle-ci, jusqu'à ce que le désespoir envahisse tout : leur vision d'elles-mêmes aussi bien que du monde. Leur père soupirait devant les actualités. Il soupirait devant *The Guardian* et changea de journal pour *The Independent,* tout juste créé (« Il est indépendant, mais *l'êtes-vous* ? »), sans bénéfice notable. Il soupirait à la vue de vieilles photographies.

Ellie et Manon écoutaient Kate Bush dans leurs chambres – plus précisément Peter Gabriel et Kate Bush (« Don't Give Up ») – en pleurant toutes les larmes de leur corps.

Cette situation dura cinq ans, pendant lesquels leur père affirmait à qui voulait l'entendre qu'il « élevait les filles », même s'il semblait surtout se cacher derrière son journal pour râler. Dans un moment d'écœurement, il revint au *Guardian* et devint simplement morose, se contentant de marmonner à propos de la nouvelle maquette (« police de caractères Garamond Italique à côté d'un Helvetica Black ?! Ils sont tombés sur la tête ! »). Elles y virent un progrès. Il se remit à écrire pour le *Fenland Citizen*, où il avait été rédacteur en chef (l'équipe s'était parfaitement débrouillée sans lui pendant ses années de deuil), principalement des critiques de films et de livres, de temps en temps un compte rendu de voyage lorsqu'il trouvait l'occasion de laisser les filles seules à la maison pour faire une virée express à Dublin ou ailleurs.

À partir de 1997, leur père trouva un regain d'intérêt pour lui-même. Il acheta ses premiers vêtements depuis les années 1970 : un polo et des pantalons *chinos* en toile. Il se fit couper les cheveux sans qu'on ait à l'y forcer. Il se mit à siffloter dans la salle de bains, à sourire et faire des blagues. La cause de cette euphorie n'émergerait pas avant plusieurs mois. Elle n'était pas due à un quelconque processus biologique de guérison mais à une femme, Una Simmons. Une collègue journaliste qui tenait une rubrique pour ménagères dans la gazette, « Simmons a la solution ». Le soir des élections générales, ils firent ensemble le trajet jusqu'à l'imprimerie de High Wycombe, officiellement pour s'assurer de l'impression de la bonne une. Le reste, ainsi qu'ils se plaisaient à le raconter, ne fut qu'un raz-de-marée travailliste. « À force de mal, tout ira bien », dit le proverbe. C'est ce qui était arrivé, du moins pour le père de Manon. Dès lors, elle le perdit pour de bon.

Elle pose le téléphone par terre, tapote son oreiller et tend le bras pour allumer sa radio de police.

Mercredi
MIRIAM

— Peux-tu prévenir Rosa que ce n'est pas la peine de faire le ménage dans mon bureau ? Il y a tous mes documents pour la campagne de recherches, je n'ai pas envie qu'elle mette du désordre dans les papiers, dit Ian.

— Bien sûr. Où vas-tu ? lui demande Miriam.

Elle est en train de disposer des lilas dans un vase, de grandes fleurs rustiques qui viennent du Tesco Express au coin de la rue. Elle ne les trouve même pas belles, avec leurs grosses feuilles ternes et leurs pétales vulgaires, mais les acheter lui a donné le sentiment de renouer avec le monde des vivants, et c'est grâce à Julie, dans sa banlieue de Hendon. De toute façon elles embaumeront l'atmosphère hivernale de la maison.

— Je vais faire une course rapide… Tu as l'air en meilleure forme.

Le pied posé sur le tabouret de cuisine ivoire, il lace ses chaussures de tennis.

— Pourrais-tu enlever ton pied du siège ? dit-elle.

— Excuse-moi.

Elle ne lui a évidemment rien dit de sa visite à Julie. Il y verrait une preuve supplémentaire de sa folie. Pourtant il a suffi d'une séance pour rendre le quotidien à nouveau supportable.

— Je songeais à retourner travailler, dit-elle en tentant de rassembler les tiges afin que les fleurs retombent naturellement autour du vase, mais elles sont aussi rigides que des barres de fer.

— Excellente idée. Ça te fera du bien de sortir de la maison. Ça t'occupera l'esprit.

— Tu veux dire que cela m'empêchera de penser à Edith.

— Ce n'est pas en pensant à elle que nous la retrouverons.

— Quoi qu'il en soit, je n'ai pas encore pris ma décision.

Son collègue au cabinet médical, Raj, l'a appelée juste après Noël – seulement pour lui dire qu'elle pouvait s'absenter aussi longtemps qu'elle voulait, il avait trouvé une vacataire, et qu'en cas de documents à signer (dans le libéral, la quantité de paperasse était incroyable) il passerait la voir. Cela fait vingt-quatre jours qu'Edith a disparu. Trois semaines et demie d'une vie en suspens, faite d'insomnies et de confinement. Une existence silencieuse et ouatée, comme si elle vivait sous l'eau. Or elle souhaite plus que tout rester immergée plutôt que remonter à la surface, vers le monde bruyant et cru où on lui demandera comment elle va, comment vont les *choses*. Pourquoi ne pourrait-elle pas rester chez elle à décorer la maison et demeurer fidèle au souvenir d'Edith, un souvenir rendu vivant par les déclarations de Julie ? Serait-ce mal ?

— Bien, dit-il en enfouissant sa clef dans la poche de son jogging. Je n'en aurai pas pour très longtemps.

Une heure plus tard, elle est assise derrière son bureau à elle, à trier des papiers administratifs : la cotisation d'une compagnie d'assurance, un chèque pour le laitier, un relevé de compteur. Ayant besoin d'un timbre, elle se lève et va dans le bureau de Ian. Il en garde un carnet dans le tiroir central de sa table de travail, avec tout un tas de trombones, d'enveloppes et d'intercalaires en plastique pour ses classeurs. Elle les sent sous sa main. Le tiroir est mal ajusté et ne s'ouvre pas complètement. Elle enfonce sa main plus profond, dans les élastiques, les fournitures de bureau et la poussière, soulève même un peu le tiroir, sans parvenir à trouver le carnet de timbres. Des stylos, une lampe de poche miniature. Une punaise lui pique le doigt. Puis un gros objet rectangulaire qu'elle n'identifie pas. Elle le sort. C'est un téléphone Nokia, un modèle ancien, massif et trapu. Un fossile, comparé aux smartphones actuels. Les bords de l'écran sont rayés. Au dos, il y a des autocollants à paillettes : des pirates, un crâne barré par des os, un galion. Le téléphone d'un enfant. Pourquoi Ian aurait-il…

Elle passe son pouce sur les autocollants qui produisent un petit bruit sec, leurs bords agréablement durs contre la pulpe de son doigt. Elle le retourne à nouveau. Il est éteint, bien sûr. La batterie doit être déchargée. Ian a probablement dû le trouver par terre dans la rue.

Elle replace le téléphone au fond du tiroir au moment où Ian ouvre la porte de la maison. Elle referme le tiroir mais celui-ci se bloque et elle est obligée de pousser plus fort. Il est à la porte du bureau.

— Que cherches-tu ?

— Je voulais simplement un timbre, dit-elle, avec une nervosité qu'elle ne s'explique pas. Ça ne fait rien.

Il vient se placer entre elle et la table et referme le tiroir central avec un claquement sec, puis il ouvre le tiroir voisin et lui tend un carnet de timbres.

— Tiens, dit-il.

Six jours plus tard
Mardi
MANON

Alors qu'elle referme la porte de son immeuble, elle sourit et lève le visage pour accueillir la tiédeur de l'atmosphère, inhabituelle pour un mois de janvier : le soleil aveuglant perce un ciel trop lumineux pour être regardé en face. L'air lui emplit les poumons d'une fraîcheur vivifiante, la rivière scintille, pareille à un chapelet de diamants. Elle se demande quelle surprise il va lui offrir pour la Saint-Valentin. Un bouquet de fleurs ? Un dîner dans un restaurant intime ? *Un week-end à Paris ?* Comme ses années de solitude lui paraissent loin et minuscules, une contrée vue d'un avion haut dans le ciel. Bien qu'il ne se soit pas écoulé tant de temps que cela, leur souvenir semble flou et incertain, comme si le corps n'avait qu'une hâte : rejoindre la douce chaleur du territoire inédit de l'amour, et oublier l'ancien. Que cela fasse une semaine ou un mois, le retour en arrière est inenvisageable.

Elle s'enfonce dans le siège conducteur, baisse le pare-soleil pour se protéger de la lumière agressive, fouille dans son sac à la recherche de ses lunettes de soleil et démarre. Alan a-t-il remarqué qu'elle a pris du poids à cause de leurs brunchs du dimanche et leurs currys à emporter du vendredi soir ? Est-il rebuté par sa façon d'exprimer son bonheur, sans considération pour les limites de la bienséance ? Elle a l'impression que plus elle est démonstrative, moins il se livre. Elle se surprend parfois à espérer qu'ils retournent sur les marches du cinéma, à l'époque où elle était méfiante et lui entreprenant. Il n'aime pas les SMS ou les e-mails. C'est elle qui écrit tous les messages enflammés ; elle les lui envoie lorsqu'elle se sent déborder de tendresse. Et s'il est vrai qu'elle n'attend rien de particulier en retour, il n'empêche que l'absence de réponse la touche à chaque fois, comme un présage qui projetterait une ombre sur sa vie intime. Une image s'est fixée dans son esprit, celle des nuées d'oiseaux qui s'envolent et se posent sur les berges face à la grange ; l'un qui touche terre alors que l'autre s'élève, deux êtres mus par un élan contraire.

Elle ralentit à l'approche d'un feu de circulation, s'émerveillant des reflets du soleil sur le toit des véhicules et les rétroviseurs. Le souvenir du dimanche précédent la fait sourire : sa tête posée sur ses cuisses, le froissement du journal, sa somnolence heureuse tandis qu'elle lisait son livre et disait :

— Voilà un mot intéressant : « ébaubi ».

— Mmmh. Je préfère « giron », a-t-il répondu en lui pressant la poitrine, et ils ont remis ça.

Ils sont deux. Ça viendra. Il est secret. Il a une réserve toute britannique, ce que d'aucuns trouveraient charmant. Il n'aime pas les SMS, c'est tout.

Un nuage obscurcit le ciel, une masse sombre et menaçante, et elle relève ses lunettes sur son front. Rien de plus normal, on est encore en hiver.

Le feu passe au vert et elle appuie fort sur la pédale – la voiture est lente à réagir. Il maintient sa Règle des Jours de Semaine : huit heures pleines de sommeil avec masque de nuit en soie lavande. Pas de câlins coquins, en tout cas pas le mardi. Il a un sens précis des priorités, tout doit être sous contrôle. *Alan Prenderghast, pointilleux ? Qu'importe !* Il est réel et ils sont ensemble et, oui, les oiseaux s'envolent mais ils finissent toujours par se poser. Elle doit juste lui laisser du temps.

C'est ce qu'elle a dit à Bri, lorsque cette dernière l'a enrôlée de force pour l'aider à réarranger les meubles dans le bungalow de sa mère, en vue d'une future location.

— Plein de gens aiment y aller mollo. C'est une étape normale de…

— Ici, près du mur, a soufflé Bryony sans montrer tout l'intérêt qu'espérait Manon.

— Ça ne veut pas dire qu'il s'en fout. Moi j'ai connu des tas de situations où on me mettait la pression, et franchement c'est rédhibitoire, tu comprends ? C'est une réaction purement humaine.

Elle reculait à petits pas, la chair au bout des doigts meurtrie par le poids du canapé Parker Knoll de la mère de Bryony.

— Donc, le plus important pour moi est de…

— Et maintenant, la table basse.

— … garder mon sang-froid et éviter de lui mettre la pression. Doucement, je tends la carotte et j'appâte le garçon.

L'amour est à portée de main, si seulement elle pouvait se retenir de trop le lui montrer. Elle l'appelle de tout son être, son insaisissable Alan. Mais au moment où elle touche terre, il s'envole.

Le désir, le manque qu'elle ressent sont aux antipodes de ses aventures passées – les coïts maladroits et son indifférence pour ses partenaires. Ils la font se sentir elle-même à nouveau, un océan d'elle-même qui le recouvre tout entier. Elle pourrait vivre toute sa vie avec ce sentiment de manque. Quelle joie plus intense que celle d'être sûre de ses sentiments ? Elle a sonné le glas des relations avortées. Désormais, elle a de la peine pour toutes les femmes qui font des concessions ou craignent de s'engager, qui se posent la question de savoir si cette fois ça va marcher ou si le prochain sera le bon. Pendant sept longues années, elle a vécu cette situation avec le garçon de l'université. Lorsqu'ils se sont séparés, elle aurait été incapable de dire si c'était la bonne chose à faire. Qu'importe, il s'agit du passé.

Tout est perfection dans la nouvelle ère Alan. Tout – ses grandes chaussures, son manteau informe, sa tête de Bon Gros Géant masquée de soie lavande, sa Règle des Jours de Semaine –, tout est justifié. Quel père merveilleux il ferait ! Elle imagine sa belle grange où traîneraient une multitude de jouets pour enfants. Il a tellement d'humour. Parfois, quand il raconte une blague, elle rit au point de faire pipi dans sa culotte. D'accord, elle n'a pas d'exemple précis en tête, mais c'est la vérité.

Elle se gare sur le côté de la route, éteint le moteur ; tout est calme. Elle pose son sac sur ses genoux parmi les cliquetis du moteur et sort son téléphone privé, pas celui du boulot, au cas où son chéri lui aurait envoyé un mot doux. L'écran n'affiche aucune nouvelle notification. Ce sera elle qui ira à lui. Elle écrit :

> Rhaaa ! Seulement mardi et je suis déjà crevée. Ce soir, dîner à emporter. Tu me manques mon ange. M.

DAVY

Il boit une gorgée de mauvais café et regarde par la fenêtre du troisième étage en jouant avec ses clefs dans la poche de son pantalon. Il aperçoit Manon qui claque la portière de sa voiture puis s'arrête, le visage levé vers le soleil, les yeux fermés, extatique. Touchée par la foutue grâce.

Fini les crises de larmes dans le parking, le front appuyé contre le volant. Fini les cafés au lait saisis avec rudesse et les traînées baveuses de mascara sur ses joues. Désormais c'est lui, Davy, qui sent la patience le quitter dans les embouteillages, comme si les bouchons étaient un indice de ce qui ne tourne pas rond dans le monde. Il se sent désaxé. Une jeune fille a disparu depuis un mois, une autre est morte. Ils ont mal fait leur travail, songe-t-il amèrement, et tout part à vau-l'eau.

Manon est devenue… joviale. Légère. Elle est polie avec ses collègues, s'intéresse à leurs anecdotes *adorables* de couches pour bébé alors qu'autrefois elle mimait des vomissements dans leur dos.

— Nigel, qu'ont fait les jumeaux ce week-end ? Tu dois être épuisé, mon pauvre !

Ce retournement de veste insupporte Davy.

Ils ont surveillé les faits et gestes de Tony Wright cette semaine, mais il n'a pas fait un pas de travers. Le rapport d'autopsie de Taylor Dent est enfin arrivé, sans rien leur apprendre qu'ils ne sachent déjà : « Impossible de déterminer si le décès a eu lieu avant ou après la chute du corps dans l'eau. Type de blessures correspondant aux dégâts que provoque l'immersion prolongée dans une rivière. Résultats toxicologiques non concluants. »

Après une séance d'audition pénible avec Graham Garfield portant sur son usage de Facebook et une enquête approfondie sur son passé, il s'avère qu'aucun élément solide ne permet de l'inculper. Encore une impasse. Garfield gigotait nerveusement sur sa chaise pendant qu'on l'interrogeait, mais ce n'était pas par honte, a pensé Davy. Son expression semblait plutôt signifier : « Je suis un homme. J'accepte mes vices. Pourquoi ne le pouvez-vous pas ? »

La presse s'est mise à publier sur l'affaire des articles de fond s'attachant à analyser les paramètres de l'enquête. Ainsi, la police se serait intéressée de trop près à l'entourage immédiat de la jeune disparue, propose par exemple le *Mirror*. Les officiers n'ont pas donné suffisamment de crédit à l'hypothèse selon laquelle le criminel pourrait être un inconnu ayant frappé au hasard.

C'est fou comme les gens aiment critiquer, songe Davy en secouant la tête. *Ce n'est jamais un inconnu. Enfin, presque jamais.*

Et tout ce temps, Manon roucoule à propos de tel ou tel restaurant à la mode. « Je me sens ardente », lui a-t-elle confié la veille, alors qu'ils étaient assis à bord du véhicule banalisé, un sac en papier du fast-food du coin sur les genoux.

Ils étaient en mission de surveillance sur une affaire de drogue et de prostitution. Il sentait la chaleur du sac contre ses genoux, son palais était nappé d'arômes synthétiques, de graisses saturées et de sel. Profitant qu'il avait la bouche pleine pour dissimuler son irritation, il avait grommelé une vague réponse.

— De deux personnes, c'est toujours moi qui suis la plus enthousiaste.

Il avait acquiescé, en prenant une autre bouchée de son cheeseburger.

— Sauf quand je ne le suis pas. La plupart du temps, je n'aime pas les gens. Dans ce cas, je ne me sens pas ardente du tout.

— C'est passionnant, avait marmonné Davy, les yeux fixés devant lui.

— Là où je veux en venir, c'est qu'il me faut beaucoup de temps pour rencontrer quelqu'un que je trouve vraiment génial, et là, eh bien, mon enthousiasme débordant peut le désarçonner.

— Comme un saint-bernard.

— Un peu comme ça, oui.

— On se prend un autre cheeseburger ?

— « Seulement quatre-vingt-dix-neuf *pence* », avait-elle répondu en hochant la tête, la bouche encore pleine.

— Ce n'est pas vraiment une question d'argent, si ?

— Allez, on se fait plaisir.

Il devrait être heureux pour elle, mais il n'y arrive pas. Il commence à s'habituer à ce que ses mauvaises pensées prennent le dessus. Il devrait peut-être demander à être muté – partir loin et recommencer à zéro ; tout pour échapper aux émotions qui menacent sa santé mentale –, sauf qu'il a développé une complicité nouvelle avec Stanton, pareille à la pousse fragile qui surgit d'une graine. Il ne peut nier nourrir l'espoir que cela fera avancer sa carrière.

Même le temps s'est alourdi et s'écoule avec la consistance du sirop, tandis que pour Manon, il en est certain, il s'est accéléré ces quinze derniers jours. Elle parle de Nana comme si c'était *sa* chienne. « Nana fait sa mue », dit-elle avec compréhension en ôtant des poils de son chemiser. Il se représente le chien, stoïque, ses oreilles semblables à deux voiles soyeuses battant de chaque côté de son museau. L'image se confond avec celle de Chloe coiffée de son rideau de cheveux lissés.

Elle lui manque. Elle lui manque, elle lui manque, elle lui manque. Certaines nuits, il pleure tellement que son oreiller est trop mouillé pour qu'il puisse s'y recoucher. Sept jours de solitude à se sentir misérable et regretter la présence d'une personne avec qui il n'aurait jamais dû se mettre en couple, pour commencer, sept jours à souhaiter son retour. Il se demande s'il ne devrait pas essayer d'oublier le manque de compassion de Chloe et son habituelle expression d'amertume, et pourtant il voudrait qu'ils soient de nouveau ensemble. Peut-être regrette-t-il l'homme qu'il était avant qu'Helena se suicide, celui qui se réjouissait d'épouser un jour Chloe, son cadeau empoisonné. Et voilà que, dans un mouvement de balancier vicieux tombé du ciel, le bonheur de Manon a supplanté le sien, et qu'il est confronté chaque jour à la vision niaise du rêve de l'amour, plâtré sur le visage de celle qui-vient-de-tirer-un-coup.

Il a récolté sous son ongle une quantité petite mais satisfaisante de cérumen, qu'il roule à présent entre le pouce et l'index alors qu'il se place dos à la fenêtre.

Il lève la tête et voit Manon entrer par les portes battantes. Elle lui sourit de l'autre bout de la salle et fait le geste de porter une tasse à ses lèvres en articulant silencieusement : « Café ? »

— Pourrais-je avoir votre attention ? demande Stanton, avec son éternelle collection de dossiers sous le bras.

Il adresse un sourire à Davy, qui est en train de s'approcher.

— Tout va bien ? lui demande-t-il chaleureusement.

— Tout va bien, patron.

— Parfait. Un mot rapide, s'il vous plaît. L'inspectrice Harriet Harper va s'absenter quelques jours pour des raisons personnelles. Si vous avez des questions, adressez-vous à moi ou au sergent-détective Manon Bradshaw… (Il fouille la pièce des yeux, voit Manon.) Ah ! vous voilà, Bradshaw.

Elsie doit être morte, pense Davy. *Pauvre Harriet. Elle sera probablement inconsolable.*

— Tous les deux, vous allez prendre les choses en main, n'est-ce pas ? dit Stanton à Davy et Manon, une main sur l'épaule de Davy.

Cela avait commencé à l'enterrement d'Helena Reed, vendredi. Davy se tenait sous un parapluie noir, la pluie tombait dru autour de lui, la foule endeuillée était arrosée de gouttelettes d'argent, leurs souliers chics éclaboussés par les flaques d'eau.

Manon avait trouvé une excuse pour ne pas y assister. Étaient présents une poignée d'étudiants et de membres de l'université, ainsi que le Dr Young, le visage gris (Davy l'avait reconnu, à la suite des auditions de police). Will Carter aussi était là, dans un costume taillé sur mesure, comme le laissait voir son imperméable noir resté ouvert. Davy en est arrivé à admirer Will Carter. Il s'était comporté avec la plus grande dignité, ne s'était pas laissé aller à des épanchements exagérés dans l'église, mais il était resté assis avec une expression d'élégante sympathie au moment de rendre les derniers hommages. Il était encore plus séduisant en tenue de deuil, notamment sa redingote, un vêtement que Davy n'aurait jamais imaginé mettre. Et ses chaussettes – visibles lorsqu'il croisait les jambes –, même ses chaussettes avaient une teinte parfaite de bleu qui s'accordait avec sa chemise et sa cravate.

Ian et Miriam étaient également présents, ce qui avait surpris Davy car les sous-entendus salaces concernant Helena continuaient à tournoyer dans les médias, comme si son suicide équivalait à une confession.

LA MAÎTRESSE D'EDITH RETROUVÉE MORTE

—

POURQUOI A-T-ELLE MIS FIN À SES JOURS ?

Lady Hind portait un chapeau à large bord, obligeant ses voisins à se dévisser le cou en penchant la tête tandis qu'elle demeurait impassible. Sa gorge brillait de l'éclat d'un collier de pierres noires. Les Hind pleurèrent plus qu'il ne convenait pour une amie de leur fille. Davy y vit une sorte de répétition du moment où leur pire terreur surviendrait. D'ailleurs, il était impossible lors d'obsèques de ne pas se laisser aller à des pensées macabres sur la disparition d'êtres chers et ce que l'on ressentirait. C'est ce qu'il y avait de fascinant dans les enterrements.

Les parents d'Helena étaient absents car son père avait eu une attaque au moment du scandale médiatique à propos de la sexualité de leur fille. Quant à sa mère, le prêtre la décrivit comme « souffrante ». « Nos pensées sont tournées vers eux, dit-il. Nous nous joignons à leur douleur pour pleurer une fille, une amie et une étudiante bien-aimée. »

Alors que la foule quittait l'église, Davy ne bougea pas de son banc, incapable de détacher ses yeux du portrait d'Helena posé sur un chevalet près du cercueil, s'obligeant à regarder en face sa culpabilité et son impuissance à empêcher un acte si irrémédiablement destructeur. Puis il sentit une masse qui s'asseyait à son côté. La respiration de Stanton était lourde, comme si la graisse lui comprimait la gorge. Ils restèrent ainsi à contempler le portrait d'Helena – son visage souriant et innocent, qui ne se doutait pas de ce que l'avenir lui réservait –, et, sur ce banc d'église, une certaine intimité commença à s'établir entre les deux hommes. L'inspecteur-chef et le simple officier. « Une pinte ? » proposa Stanton, et Davy accepta l'invitation, en partie parce que, avec le départ de Chloe, il n'avait pas d'endroit particulier où aller en ce vendredi soir. Il croyait cependant que boire un verre avec son patron allait être une épreuve fastidieuse, mais alors qu'ils s'asseyaient autour d'une petite table ronde, il réalisa qu'il était trop épuisé pour simuler et, regardant Stanton droit dans les yeux, lui confia à quel point il se sentait misérable et coupable depuis la mort d'Helena Reed. Stanton lécha la mousse sur sa lèvre supérieure, et dit :

« Davy, si seulement vous pouviez toujours conserver cette sensibilité, et croyez-moi, chaque minute passée au sein de la police la tuera, si vous arrivez à vous accrocher à ces sentiments humains, il se pourrait que vous fassiez un bon flic, après tout. »

Mercredi
MIRIAM

— Maman ?

La voix de Rollo. Elle se dirige vers l'endroit d'où elle provient, jusqu'au salon et ses rideaux constamment tirés.

— Regarde ça, dit-il.

Il est devant la télévision, d'où émane le thème musical, joyeux à l'excès, du programme matinal. Dans sa main, la télécommande pointe encore en direction de l'écran. Le téléviseur n'est jamais allumé durant la journée, sauf exceptionnellement pour un film d'après-midi en noir et blanc, quand Miriam se sent particulièrement fatiguée.

— Pourquoi me montres-tu cela ?

— Attends un peu.

Le plateau est un capharnaüm de fausses briques apparentes, papier peint à motif floral et mobilier pastel qui paraissent vociférer de concert un seul ordre : « Joie de vivre ! »

— Voilà, dit Rollo.

Les présentateurs, une blonde qui ressemble à Bambi et un homme sans âge aux cheveux blancs, ont adopté une voix basse pour ce qui s'annonce comme la rubrique « tragédie ».

« Il y a un mois, Edith Hind, vingt-quatre ans, disparaissait de son domicile à Huntingdon. Bien que l'affaire n'ait pas encore été résolue, les médias ont divulgué des informations fracassantes concernant sa vie privée. Ces révélations ont conduit sa meilleure amie, Helena Reed, à mettre tragiquement fin à sa vie la semaine dernière. Aujourd'hui, en exclusivité pour *This Morning*, le fiancé d'Edith est venu nous parler de la femme qu'il aime afin de faire la part entre réalité et fiction. »

— Elle, c'est Holly Willoughbooby, explique Rollo.

— Mon Dieu, c'est réellement son nom ?

— Chuuut.

Les grands yeux de biche de Holly les regardent, sous sa volumineuse mèche blonde. Sa voix suinte la condoléance, cependant Miriam remarque qu'en même temps le bas de l'écran affiche un bandeau annonçant les rubriques à suivre : pantalons aux coupes les plus flatteuses, débat sur les nourrissons qui mordent. Quelque chose dans l'éclairage du plateau suggère une impression de fragilité, un monde qui pourrait à tout moment s'effriter.

« Vous avez vécu deux années de bonheur avec Edith sans vous douter du drame qui allait vous frapper. Vous devez être malade d'inquiétude à son sujet », dit l'homme sans âge, dont la peau bronzée et les cheveux blancs le font ressembler à un négatif photo.

Will Carter sourit. Il est resplendissant dans sa chemise à col ouvert bleu ardoise, la couleur exacte de ses yeux qui, sous l'effet de l'éclairage et de la haute définition, paraissent littéralement scintiller.

Évidemment, pense Miriam.

« Je suis inquiet et elle me manque atrocement. Mais j'ai également été très affecté par les calomnies et les mensonges publiés dans les tabloïds. C'est venu s'ajouter à notre désespoir. »

« Vous voulez dire le vôtre et celui de ses parents, sir Ian et lady Hind », dit l'homme sans âge.

— Lui, c'est Phil, précise Rollo à Miriam.

— La télévision aurait donc le pouvoir d'inverser le temps ?

— Dans le cas de Philip Schofield, oui.

« Je me dois aussi de mettre les choses au clair au sujet d'Helena. Elle était notre amie la plus chère et n'a rien fait de mal… Elle n'aurait *jamais* fait de mal à personne. Les ignobles mensonges que l'on a proférés à son encontre ont eu des conséquences inimaginables, fatales. »

— Il me fend le cœur, lâche Rollo.

— Le début d'une belle carrière à la télé, renchérit Miriam.

Ils sont face au poste de télévision dans une pose qui suggère qu'ils ne font que passer ; or ils sont tous les deux hypnotisés, pareils à des enfants devant leur premier dessin animé.

— Je l'imagine parfaitement présenter *The One Show*, ou l'une de ces émissions sur la nature, type *Countryfile*, poursuit Rollo.

— Mais il est si barbant. Regarde, même Holly étouffe un bâillement. Là, tu as vu ? Sa bouche est devenue toute crispée.

Rollo observe sa mère.

— Je croyais qu'il y avait interdiction ABSOLUE d'évoquer l'ennui.

— Maintenant je l'avoue.

— En tout cas, je l'admire d'aller au casse-pipe pour défendre Edith et Helena.

— Rollo, mon chéri, dit Miriam en le prenant dans ses bras. (Elle regarde la pendule par-dessus ses épaules d'athlète.) Mince ! Je vais être en retard pour mon rendez-vous avec Julie.

— Ça y est, tu es en manque, fait Rollo, et elle entend la désapprobation dans sa voix.

Elle quitte la pièce à la recherche de son sac à main.

MANON

Elle marche d'un pas ferme sur le parvis de King's Cross, louvoyant à travers une foule compacte aux sourcils froncés, avec ses sacs de voyage, journaux et gobelets de café trop chaud pour être bu. Chaque visage, presque sans exception, a le regard baissé sur un écran minuscule.

Manon sort son téléphone de son sac pour chercher le numéro d'Harriet. Jamais elle ne fuirait une personne affligée par le deuil ni ne laisserait sa gêne à elle primer sur leur sentiment de perte, car elle a vécu cette situation – elle a vu des connaissances changer de trottoir pour éviter d'avoir à lui parler lorsque sa mère est morte. Pourtant, elle redoute la discussion avec Harriet.

Le téléphone contre l'oreille, elle avance le long des trottoirs fraîchement bétonnés et sertis de spots à énergie solaire, en direction de la gare Saint-Pancras et du train Thameslink pour Cricklewood.

— Il s'avère que je suis riche, maintenant, dit Harriet. Elsie avait vingt mille livres sterling en actions pour mamies. Elle m'a tout légué.

— Sacré somme ! Comment ça va, toi ?

— Bof.

— Mmmh.

— Tu es où, Manon ?

— À Londres. Je suis venue voir Fly.

— C'est bien.

— Quand est-ce que tu reviens travailler ?

— Je ne sais pas encore. Il y a plein d'affaires à trier, des choses à organiser. Tu vois le genre. Lundi, je pense.

Elle sera présente physiquement, mais pas mentalement. Manon sait comment cela se passe. Elle sait combien on peut offrir une apparence normale, tout en sentant le chagrin déferler en soi comme une marée sournoise, à contre-courant de toutes les choses ordinaires de la vie, et finir par l'emporter. L'impuissance devant cette lame de fond. Les endeuillés, songe-t-elle, devraient porter une pancarte « Deuil en cours », et ce pendant au moins deux ans.

Le vent la rudoie sur le trajet le long de Cricklewood Lane, puis Broadway, agitant le sommet des arbres, qui grondent plus fort que les vagues sur l'océan. Elle a rendez-vous avec Fly au café brésilien, où elle réglera la facture à la propriétaire, Neuza Lima.

Elle entre dans le snack, soulagée d'échapper au mauvais temps et de pouvoir enfin se recoiffer.

— Bonjour, Neuza.

— *Olá*, répond la propriétaire en lui faisant la bise.

— Tout se passe bien avec Fly ?

— Il est charmant, charmant ! Un garçon très gentil.

Fly vient de passer la porte du café – avec sa manie de renifler. Elle lui fait un immense sourire malgré son timide signe de la main. Il s'avance pour embrasser Neuza et Manon est surprise de se sentir rejetée.

— *Olá*, salue-t-il Neuza.

— *Olá, meu querido*, lui dit Neuza en le serrant contre sa forte poitrine. *Bem-vindo* à vous deux ! Asseyez-vous, là, la jolie table près de la fenêtre. Vous voulez quoi ? Café ? Œufs ?

Depuis la fenêtre, ils peuvent voir les autobus qui ne cessent d'aller et venir en vrombissant sur Cricklewood Broadway, projetant leurs ombres fugitives auxquelles se mêle le reflet brillant de la vitre.

— Comment ça va ? demande Manon.

Il a l'air de se porter comme un charme. Les repas de Neuza ont remplumé ses joues et rendu un peu d'éclat à ses yeux, qui demeurent néanmoins pleins de tristesse.

— Maman est très malade, dit-il. Elle arrive plus à sortir du lit ni à rien avaler. Les docteurs disent qu'elle en a plus pour très longtemps.

— Oh, Fly.

— On lui a proposé d'aller dans un hospice à Hampstead, Marie-Curie je sais pas quoi, quand la douleur sera trop forte et que je pourrai plus…

— Sais-tu ce que tu vas devenir quand ça arrivera ?

— Il faudra que j'aille chez quelqu'un. Quelqu'un de bon, a dit l'assistante sociale, un adulte gentil qui prendra soin de moi. Sinon ils me mettront dans un foyer.

Il attend, les yeux droits dans ceux de Manon. La pièce est remplie du son de la télévision portugaise et du bouillonnement du lait. Manon détourne le regard pour examiner Neuza, en se demandant pourquoi son café met tant de temps à venir.

— As-tu un ami chez qui tu pourrais loger ? Un ami de l'école, par exemple ?

— Je croyais que c'était toi mon amie.

Elle voit avec soulagement leur commande arriver, café *latte* et jus de fruit.

— Fly, j'habite à Huntingdon. C'est très important que tu restes dans ton école.

— *Obrigada*, dit Fly à Neuza.

— *O prazer é meu*, répond-elle en lui frottant les cheveux.

Manon prend Neuza à part et lui demande si elle ne pourrait pas trouver une personne pour s'occuper de Maureen Dent et faire le ménage dans l'appartement.

— Ma nièce peut le faire pour huit livres de l'heure.

— Parfait, dit Manon avec une petite grimace.

Elle ignore combien de temps encore elle pourra subvenir aux besoins financiers de la famille Dent.

— Vous les rajouterez à ma facture. Autre chose. Quand tout… euh, sera fini, est-ce que vous pourrez prendre en charge Fly ?

Neuza fronce le nez comme si elle avait soudain perçu une mauvaise odeur.

— Non, pas possible. Il est un garçon très gentil mais mon mari ne voudra pas de Fly. Lui n'est pas un homme très bon.

— OK, pas de souci. Je vais trouver une solution. Pour l'instant, on continue avec l'ardoise pour les repas et le ménage. C'est d'accord ?

— *Sem problemas*, répond Neuza, et d'après son expression redevenue chaleureuse, Manon comprend que cela signifie « pas de problème ».

De retour chez elle le soir, elle écoute depuis son lit les cris des fêtards sur la rive opposée de la rivière. Un camion passe en grondant sur une artère et l'ampoule à côté de sa tête tremble contre l'abat-jour de métal, avec un vrombissement d'insecte. Le téléphone est posé sur son ventre. Elle se tracasse au sujet de Fly. Elle compose le numéro d'Alan.

— Salut, fait-il.

— Tu es couché ?

— Un peu oui. Comment s'est passée ta journée ?

— Je suis allée voir Fly Dent à Londres. Il… il n'a que dix ans. Sa mère n'en a plus pour très longtemps.

— Pauvre gosse.

— Il voudrait habiter chez moi, une fois qu'on aura mis sa mère à l'hôpital. Il a peur d'être placé en foyer et, franchement, je le comprends. Je suis même certaine qu'il s'attirera des ennuis s'il y va.

— Ne faut-il pas qu'il reste à proximité de son école ? Je croyais que tu disais que c'était un élève doué.

— C'est vrai, mais il a besoin d'un environnement sain.

Dans le silence qui s'ensuit, Manon se rend compte qu'elle attend qu'il la persuade de faire ce qui doit être fait, mettre de côté les problèmes pratiques et prendre elle-même Fly en charge, simplement par bonté, sans rien calculer. Elle a besoin de connaître son camp, s'il est mû par les mêmes sentiments de compassion qu'elle.

— Ce n'est pas comme si je n'avais pas les ressources nécessaires, dit-elle sans conviction. J'ai un boulot, un appart. J'ai de l'argent.

— Ce serait un gros bouleversement pour vous deux, répond Alan. Il n'est pas non plus sous ta responsabilité… pas vraiment. C'est à ça que sert l'État.

— Peut-être. Mais est-ce qu'on n'a pas parfois le devoir de s'occuper des autres ? De vouloir offrir mieux ?

— En théorie.

Il cherche peut-être à préserver leur relation, songe-t-elle avec un sursaut d'espoir, à éviter qu'un colocataire de dix ans lui prenne sa place. Sacré frein à la passion. Il refuse de la partager (peut-être).

— J'ai eu une histoire avec une femme qui avait un enfant, poursuit-il. Ça n'a pas duré très longtemps.

— Je doute que l'enfant y ait été pour quelque chose, dit-elle sans réfléchir car elle redoute le tour que prend la conversation. Ce qu'il y a de pratique avec les rencontres Internet, c'est qu'on peut toujours préciser « Pas d'enfants ».

— Tu as fait des rencontres par Internet ?

— Comme tout le monde, non ?

— Ça semble un peu désespéré.

Je suis désespérée, pense-t-elle. *Du moins je l'étais. Pourquoi mentirais-je ?*

— Tu n'as jamais eu envie de rencontrer quelqu'un ?

— Une rencontre naturelle me semble préférable.

— Naturelle ? Qu'est-ce qu'il y a de naturel à se mettre minable et se faire ramasser par n'importe qui dans un bar ?

— Non, ce qu'il y a de naturel c'est de se faire interroger par une sublime inspectrice à propos d'un cadavre, dit-il en tâchant de l'amadouer.

Elle sourit dans le silence redevenu pacifique. Mais il ajoute :

— Tu disais la vérité sur ton âge, quand tu faisais ça ?

Elle se redresse brusquement.

— Qu'est-ce qu'il a, mon âge ?

— Trente-neuf ans… La zone de danger.

— Je te demande pardon ?

— Ce n'est pas ce que je… Excuse-moi. Ce n'était pas très fin de ma part.

— On en parle, de ton sperme de grabataire ?

— Calme-toi.

— Oh là ! *Calme-toi ?* s'écrie-t-elle. Non, maintenant je veux savoir. Tu veux dire quoi par « zone de danger » ? On se dirige où exactement tous les deux ? Est-ce qu'on veut réellement les mêmes choses ?

Il soupire, comme exténué par son comportement.

— Je suis désolé, Manon, mais je n'y arrive plus. C'est fini.

Elle reste allongée. Sous le choc. C'est fini ? Fini avant même d'avoir commencé ? Quel gâchis a-t-elle encore provoqué avec son tempérament impulsif, si prompt à se vexer ?

Elle tend le bras pour allumer la radio de police, en espérant que son doux murmure la portera dans une bulle de réconfort. Elle ferme les yeux. Se tourne dans son lit et roule en position fœtale, les mains enfouies entre les jambes.

Ainsi, pense-t-elle, il y aura toujours un fossé. La tristesse. La perte. Une chose à portée de main et néanmoins insaisissable. Une femme ne peut attendre indéfiniment. « Syndrome de mort subite », avait conclu le médecin légiste, comme si le terme « syndrome » pouvait rendre le décès de sa mère compréhensible.

Une minute on est aimé, la suivante on ne l'est plus.

Vendredi
MANON

Elle a su garder un silence digne pendant les vingt-quatre premières heures, se forçant à croire que ce n'était qu'un incident et qu'il lui reviendrait après un temps. Il regrettait sûrement déjà ses paroles. Il ne pouvait pas laisser passer une relation si intense.

Mais rien.

Pas d'appel ni de SMS ; elle a lu dans son silence le signe qu'il gardait son sang-froid. Après une nuit d'insomnie, ses émotions étaient aussi déchiquetées que le relief des Alpes. Un sommeil sans repos, entrecoupé de rêves pleins d'espoir dont elle a fini par se réveiller avec la vision du corps sans vie d'Helena Reed se balançant contre la porte de sa chambre.

Maintenant, avachie sur sa table de bureau à la MIT, Manon est épuisée et ne cesse de vérifier l'écran de son téléphone, son visage défait appuyé contre la paume de sa main. Jusqu'à présent, elle lui a envoyé sept messages, a fumé cinq cigarettes et embouti sa propre voiture. Et il n'est même pas encore onze heures.

Je suis désolée pour ma crise de l'autre nuit.
Ne nous quittons pas sur ce malentendu. M.

Écoute, je sais que j'ai un caractère de cochon parfois. J'aimerais juste qu'on s'explique. M.

Eh Big Al ! J'pense à toi. [Celui-là elle le regrette particulièrement.]

Même si ta décision est prise, pourquoi ne pas en discuter en adultes ?

Pas étonnant que t'aies jamais eu de relation de plus de six mois.

En fait je suis carrément soulagée, connard.

Je t'en supplie ne me quitte pas.

Kim est en train d'écrire sur le tableau blanc à l'avant de la salle et Manon se met à scruter ses fesses. Elles tombent comme deux grosses gouttes d'huile sur des cuisses gigantesques, océaniques, pas même séparées par l'ombre d'un creux. Mon cul est probablement aussi gros que celui-là, pense-t-elle. *Un cul flapi de célibataire. Je vais avoir quarante ans, je n'aurai jamais d'enfants et mon cul fait la taille d'un... Ne chiale pas. Ne t'avise surtout pas de chialer en plein bureau.*

— Dawn utilise la technique du sevrage naturel. C'est génial parce qu'en apprenant à se nourrir de manière autonome, les bébés ne développent pas de troubles alimentaires plus tard, est en train d'expliquer Nigel alors que Davy tend un café à Manon.

— Pitié, tue-moi ! articule-t-elle silencieusement à Davy.

Son téléphone émet le bip de réception d'un SMS et son cœur fait un double salto au moment où Kim lance à la cantonade : « Tout le monde écoute ? », se tournant pour révéler son travail sur le tableau.

DAVY

Enfin on avance, pense Davy en lisant l'écriture ronde de Kim sur le tableau. *Après cinq semaines d'enquête infructueuses, nous avons finalement des détails sur les déplacements d'Edith lors des quelques jours précédant sa disparition.*

Il lance un coup d'œil à Manon, vautrée sur sa table au point d'avoir la tête quasiment posée dessus.

— L'information nouvelle nous vient de la boutique de fripes Scope, sur High Street. Il s'agit d'un enregistrement vidéo montrant Edith en train d'acheter un tas de vêtements le vendredi 16 décembre, c'est-à-dire la veille de sa disparition.

— Quel type de vêtements ? demande Davy.

— On n'est pas encore sûrs. La qualité des images est mauvaise et l'angle de vue ne permet pas de voir ce qu'il y a sur le comptoir. Nous avons auditionné la vieille dame de la caisse mais on dirait qu'il lui manque quelques cases.

— Peut-on raisonnablement en déduire qu'Edith cherchait à se déguiser ? lance Davy.

— Pas vraiment. Will Carter affirme qu'elle adorait faire du shopping, surtout dans les magasins de fripes. Par éthique, ou je ne sais quelle raison.

Davy examine le tableau blanc.

Samedi 10 décembre : Rend visite à Helena chez elle en pleine nuit. Relation sexuelle avec HR.

Dimanche 11 : Se rend à Deeping au volant de sa G-Wiz, 15 h 20. La lecture automatique des plaques signale son retour à Huntingdon à 22 h 45.

Lundi 12 : Règle le loyer à son propriétaire, qui la trouve « distraite ». Appelle le numéro de Tony Wright.

Mercredi 14 : Retourne chez Helena Reed. Relation sexuelle avec HR.

Vendredi 16 : Rappelle le numéro de Tony Wright. Fait des achats à Scope sur High Street. Relation sexuelle avec Will Carter, qui la trouve « en grande instabilité émotionnelle ».

Samedi 17 : Soirée de Noël au pub Crown, Cambridge. Contact sexuel avec Jason Farrer. Retour à Huntingdon en bus de nuit avec HR.

— La suite, vous la connaissez, poursuit Kim.

— *Putain !* s'exclame Manon d'une voix qui fait se retourner le département entier, y compris Davy.

Elle est au bord des larmes.

— Je vois que tout le monde m'écoutait avec attention, dit Kim.

MANON

Son écran affiche un nouveau SMS d'« Alan P. », alors qu'il est si rare de lire son nom sur son téléphone. Serait-ce le retournement de situation qu'elle espérait ? Se pourrait-il qu'au moment où elle se pose lui aussi atterrisse en douceur à son côté ? Va-t-il enfin admettre qu'elle lui manque, qu'il veut qu'ils soient officiellement en couple, même les jours de semaine ?

> Je suis désolé Manon, j'ai passé un bon moment avec toi mais je cherche une relation exceptionnelle.

Dans sa hâte de fuir la salle et les regards braqués sur elle, elle se prend les pieds dans une corbeille à papier et se cogne durement la cuisse contre un coin de table.

« Aïe ! », lâche-t-elle, se frottant la jambe puis rassemblant précipitamment ses téléphones, sac et manteau, mue par un unique objectif : disparaître derrière les portes battantes.

Arrivée au bas des escaliers, elle ignore peut-être où elle va et pourquoi, mais elle sait à coup sûr qu'elle ne répondra jamais à ce SMS. Il y a une limite à l'insulte. Ce message, pense-t-elle alors qu'elle allume une cigarette sur les marches du commissariat, est exactement à son image : guindé et formel. Sa seule réponse sera un silence glacial et désabusé.

Mais bientôt, après qu'elle a fumé sa cigarette jusqu'au filtre, elle se retrouve en train de fouiller frénétiquement l'intérieur de son sac à la recherche de son téléphone. Des larmes furieuses coulent en abondance sur l'écran.

> Tu risques d'attendre longtemps putain d'abruti de connard dégénéré.

L'interphone sonne et elle se redresse péniblement dans son lit. Sa chambre, l'appartement tout entier est plongé dans l'obscurité. Elle allume la lumière avant de se diriger vers l'appareil fixé dans l'entrée.

— Coucou ! fait la voix de Bryony. On est venus te sortir de ta tanière.

Sans se donner la peine de répondre, Manon presse le bouton d'ouverture. Laissant la porte entrebâillée, elle va s'asseoir sur le canapé et s'enroule dans une couverture tandis que Bryony et Davy pénètrent chez elle, en même temps qu'une bourrasque d'air froid.

— Laisse tomber, c'est un sale con, dit Bryony. Faire ça à une nana géniale comme toi…

— Il changera peut-être d'avis, poursuit Davy, visiblement revenu à son optimisme congénital.

— S'il te plaît, Davy, ne donnons pas de faux espoirs à notre patiente.

— Pourquoi toutes mes relations sont-elles foireuses ? se lamente Manon.

— Pareil pour moi, dit Bryony. Simplement, j'ai épousé le dernier qui s'est présenté.

— Moi je suis d'avis que cet imbécile a laissé une place vacante pour un type vraiment bien, ajoute Davy.

— T'es un chou, Davy, dit Manon.

— Allez ! Ce qu'il te faut, c'est un verre, dit Bryony. Direction le Cromwell's !

— Aaargh, je t'en prie. On ne pourrait pas juste rester ici et regarder *Playboy à saisir* ?

— Pas question. Tu vas me faire le plaisir de changer de vêtements, dit Bryony en donnant à Manon un coup sur l'épaule qui l'envoie s'enfoncer dans le canapé. Va troquer ces frusques pour une robe de princesse.

— Où sont vos gants en caoutchouc ? Je m'occupe de la vaisselle, dit Davy.

Bryony met un disque des Scissor Sisters sur la chaîne stéréo avant d'entraîner Manon dans la chambre.

— Ça sent la mort ici, dit-elle. Tu as passé ton temps au lit à pleurer et à péter ?

Manon hoche la tête.

Bryony fait le lit et ouvre la fenêtre, puis elles choisissent une tenue – robe tunique noire et bottes hautes –, à la suite de quoi Bryony assoit Manon sur une chaise pour la maquiller. Dans la cuisine, Davy s'affaire à ranger la vaisselle, à en croire le bruit qui s'en échappe. Les yeux fermés, Manon sent la caresse et les chatouillis d'un pinceau pour fard à paupières, la respiration sucrée de Bryony et le contact de sa main sur son front.

— Je veux pas y aller, pleurniche Manon.

— Tais-toi.

Quarante-cinq minutes plus tard, ils sont tous les trois devant la porte d'entrée.

— Comment tu la trouves ? demande Bryony.

— Superbe, répond Davy avec un sourire.

— Davy, la maison est nickel ! s'exclame Manon.

— Rien de tel qu'un coup de ménage pour vous mettre du baume au cœur !

À ces mots, Manon sent monter une nouvelle crise de larmes.

— Allez, on y va, s'empresse de dire Bryony. Ça serait bête de ruiner ton maquillage.

Dans la pénombre du pub, le premier verre lui fait l'effet d'un nectar. Manon commence à se détendre et à prendre du recul. Quelle importance après tout ? On s'en fout ! Tout passe !

— Rien à foutre ! dit-elle en levant son verre.

— Tu l'as dit ! répond Bryony en trinquant avec elle.

Après le deuxième verre, elle est reconnaissante à Alan de lui avoir épargné l'enfer des conventions sociales. Tellement surfait, la *vie de famille*.

— Chiaaaaaant ! dit-elle à Bryony.

— Chiant, répond cette dernière.

— Il veut qu'on reste amis. Il me l'a dit par texto. Genre tout d'un coup il est devenu textomane. Amis ?! Il délire ou quoi ?

— Mouais. Pour moi, une bonne rupture c'est de ne plus jamais parler à la personne, sauf armée de ciseaux ou dans un tribunal.

— Clair !

Elle examine la bande de suspects habituels : Colin, Stuart, Kim et Nigel (venu s'en jeter un petit avant de rejoindre « la merveilleuse Dawn »).

— La divine Dawn, chuchote Bryony.

— L'irréfutable Dawn, dit Manon.

— L'impossible Dawn, renchérit Bryony.

— Les jumeaux se sont réveillés ce matin à quatre heures, dit Nigel, l'air visiblement déprimé, regardant le fond de son verre.

Encore une raison de se réjouir, pense Manon en allant chercher un double au bar. Que ce soit elle ou d'autres qui les commandent, les verres se succèdent vite et bien tassés. Elle se dit que la vie passe mieux dans un brouillard : floue et anesthésiée contre les émotions brutales. Elle se noie à mesure que le gin prend possession de ses sens et commence à vaciller sur place, tandis que la pièce se met à tanguer et la musique à battre au rythme du sang dans ses veines. Elle ressent les vibrations des basses sous la semelle de ses chaussures.

Tout sourire, Stuart lui lance des œillades dangereuses. Manifestement ils discutent depuis un petit moment. Bryony est introuvable.

— Merde, t'as pas encore été viré ? dit-elle en chancelant devant lui.

— Ils n'ont aucune preuve contre moi. Je me fais discret, c'est tout. Je tâte le terrain, me familiarise avec la hiérarchie.

— La hiérarchie c'est ton truc, hein Stuart ? dit-elle, et elle a l'impression qu'elle peut dire n'importe quoi à n'importe qui. Obsédé par le classement, pas vrai ?

— Quelle note vous nous donnez, alors ? dit-il en tendant sa pinte vers leur groupe de collègues. Qui est un bon flic ?

— Moi ! s'exclame-t-elle de suffisamment près pour pouvoir poser sa joue contre son torse.

Elle est tentée de le faire. Dans la tempête, n'importe quel port fera l'affaire.

— Que pensez-vous de Harper ? demande-t-il avec le même regard que lorsqu'il s'est plaint de cette directrice d'école se prenant « pour Dieu tout-puissant ».

— Harriet est bonne. Très bonne. Même si elle est frustrée sexuellement.

Elle rote dans son poing.

— Pardon.

Elle ne sent plus le bas de ses jambes. Stuart nage d'un côté à l'autre.

— Kim est bonne. Solide, tu vois. Sans imagination.

— OK, continuez…

Le renard rusé, dont le charme l'appâte vers les ténèbres.

La musique est tellement forte qu'elle est obligée de lui crier à l'oreille, de respirer son odeur. Un mâle excitant et dangereux. Elle hurle à présent et ses mots résonnent étrangement, comme émis dans un porte-voix.

— Davy ne fera jamais un bon flic, vocifère-t-elle dans un silence brutal. Trop occupé à voir le foutu côté positif.

Les yeux mi-clos, l'esprit cotonneux, elle a hurlé sa phrase sans se rendre compte que la musique s'est arrêtée. Quelqu'un a dû débrancher la prise, songe-t-elle trop tard.

Lorsque lentement elle se retourne, elle voit une rangée de visages qui la fixent. Kim, Bryony, Nigel, Colin. Davy est au centre, les oreilles rouges de colère. Elle peut pratiquement voir ses cheveux se dresser sur son crâne.

Elle-même se met à brûler. Elle est ivre mais aussi douloureusement sobre. Davy a les yeux qui lui sortent de la tête et elle ignore si c'est à cause de ses paroles ou parce qu'elle a craché son fiel à l'oreille malveillante de Stuart. Elle est tellement saoule que ses mouvements ne suivent pas et qu'elle garde les paupières mi-closes malgré la panique qui la gagne, incapable de forcer son corps à répondre à son cerveau.

— Davy, je… commence-t-elle au moment où la musique repart de plus belle, un coup de massue sur son crâne.

Il a déjà quitté le pub.

Avant que Manon comprenne ce qui arrive, Bryony est apparue avec son sac et son manteau dans les bras.

— Eh, c'est à moi, ça ! dit Manon alors que Bryony l'entraîne par le coude avec un « Excuse-nous » à Stuart.

— Oï ! Je faisais que… proteste Manon.

— On sait tous parfaitement ce que tu faisais.

Samedi
MANON

Tout gît en ruines.

Elle traverse le salon glacial en allumant toutes les lampes, sa façon de lutter contre le crépitement de la pluie derrière la fenêtre.

Son pyjama dégage une odeur fétide, relents d'alcool infects et douceâtres qui suintent de sa peau. Elle s'assoit sur le canapé en velours et se met à pleurer.

Si seulement une chose était restée intacte : une passion éteinte mais un boulot épargné ; ou bien un métier compromis mais l'amour offrant une promesse radieuse. Au lieu de cela, elle se tient devant un champ de bataille désolé au centre duquel trône la mort d'Helena Reed, sa tête pendant sur le côté, comme crucifiée. Lorsqu'ils étaient ensemble, elle a pu se persuader qu'elle avait failli à son devoir pour préserver leur relation : elle refusait d'être mariée à son métier. Maintenant, même son travail l'a rejetée.

Assise jambes croisées sur le canapé, elle pose son ordinateur sur ses genoux et son téléphone à côté d'elle. Elle pointe la télécommande vers la télé et les actualités surgissent à l'écran. Elle a besoin de quelque chose, *n'importe quoi*. Il lui faut une idée.

Elle tape « Tony Wright » dans son moteur de recherches et divers comptes rendus de ses crimes apparaissent, notamment un article du *Eastern Daily Press* retraçant son histoire, après sa condamnation. Le terme « prison de Whitemoor » est surligné en bleu et elle clique paresseusement sur le lien. Internet est un voyage tout en méandres et détours hasardeux, c'est une invitation à se perdre des heures, des jours, une semaine durant. Elle est reconnaissante de pouvoir s'y égarer un moment. Elle lit la page Wikipédia sur Whitemoor.

En juin 2006, un rapport de l'inspecteur en chef des prisons d'Angleterre a accusé le personnel pénitentiaire de Whitemoor de négligence envers les détenus, et de refuser de répondre à leurs questions ou requêtes.

Elle survole le paragraphe suivant.

Plus tard, en octobre 2008, un nouveau rapport d'inspection a révélé que le personnel pénitentiaire craignait que les détenus musulmans cherchent à radicaliser le reste des prisonniers. Selon les inspecteurs, les surveillants avaient tendance à traiter les détenus musulmans comme des extrémistes potentiellement dangereux, bien que huit d'entre eux seulement aient été incarcérés pour des crimes terroristes. En raison des inquiétudes qu'a soulevées cette inspection, un groupe de chercheurs de l'Institut de criminologie de Cambridge a été chargé par le ministère de la Justice de mener une série d'entretiens avec le personnel et les détenus entre 2009 et 2010.

Manon coupe le son de la télévision car quelque chose est en train de prendre forme, une vague idée. L'Institut de criminologie de Cambridge. C'est-à-dire une entité dépendant de l'université. Tony Wright était incarcéré à Whitemoor au moment des inspections. Donc Tony Wright a peut-être été interviewé par l'Institut.

Elle saisit son téléphone et compose le numéro de son contact à la prison de Whitemoor, Wilco Bennett.

— Manon, ça fait un bail, salue-t-il chaleureusement.

— Ça va bien, Wilco ? dit-elle pour couper court aux plaisanteries d'usage.

C'est vrai, elle a un petit faible pour Wilco Bennett : amateur de pigeons voyageurs et d'opinions politiquement incorrectes, ce qu'elle lui pardonne volontiers puisqu'il a passé sa vie entouré de sociopathes depuis 1989. Ils ont appris à se connaître lors de procédures sans fin à la cour de justice de Peterborough – audiences de renvoi, demandes de liberté sous caution et les temps d'attente associés, qui les voyaient souvent assis côte à côte sur un banc inconfortable au sous-sol de la salle d'audience.

— Sacré bordel, l'affaire Edith Hind, lance Wilco.

— Effectivement. Dis-moi, je peux te demander un service ?

— Balance.

— Tony Wright.

— Monsieur Prince charmant en personne.

— Pourrais-tu me faire parvenir la liste de ses visiteurs ?

— Ouh là, ça remonte. Il est sorti depuis neuf mois maintenant.

— Je sais. Tu es au bureau ou c'est ton week-end de congé ?

— Non, je suis là. Je suis pas très doué en informatique. Il me semble qu'il faut télécharger la liste sur bidule chouette avec un truc machin. (Il émet un ricanement.) Impossible après de retrouver le foutu dossier, tu comprends ? Téléchargé d'accord, mais *où* ? Mais bon, c'est plutôt calme aujourd'hui. Je vais voir si je trouve quelqu'un pour m'aider. Tu t'intéresses à quelle période en particulier ?

— Si c'est possible, j'aimerais la liste complète de ses visiteurs. Mais c'est l'année 2009 qui m'intéresse. Tu me rappelles ?

— Pas de problème.

Elle s'allonge sur le canapé, les mains entre les genoux et l'ordinateur à ses pieds. Elle a froid. Elle n'a rien mangé depuis l'après-midi de la veille, avant le désastre au Cromwell's. Elle prend la couverture posée sur le dossier du canapé et s'enroule dedans. Elle songe à appeler Davy mais se contente de remettre le son de la télé et de rester étendue, les yeux au plafond, à écouter le brouhaha du journal de treize heures – des sujets anodins pour la plupart, du type la famille royale ou le coût des crèches, des actualités destinées à des personnes qui portent à leurs lèvres tremblotantes des cuillerées de soupe à la tomate Heinz. Ou emmitouflées dans des couvertures en laine comme elle-même. Elle a envie d'une cigarette.

« Vingt réfugiés ainsi que le corps d'un Afghan décédé ont été découverts à l'intérieur d'un conteneur dans le port de Tilbury, entend-elle le présentateur annoncer. Soupçonné d'organiser un trafic d'immigrés clandestins vers le Royaume-Uni, un homme originaire d'Ipswich a été placé en garde à vue. Abdul-Ghani Khalil, trente-sept ans, a été arrêté avec trois hommes de Luton en lien avec ce décès. »

Elle tend le bras derrière sa tête pour prendre une cigarette, qu'elle allume couchée, soufflant la fumée vers le plafond.

Elle jette son mégot par la fenêtre entrouverte de sa voiture, qu'elle referme ensuite. Assise derrière son volant, elle sent une nouvelle montée de larmes lui écraser la poitrine et redescendre, ainsi qu'autre chose – un sentiment kamikaze. Elle ne devrait pas être ici toute seule.

Devant elle, la route s'étire et disparaît dans l'ombre massive des immeubles de la cité. Une poubelle qui déborde est coiffée d'un sac en plastique plein. Il y a un groupe de jeunes au coin de la rue, capuche relevée, qui squattent en cercle. Bien qu'elle ne distingue pas leurs visages, leurs corps sont fébriles.

Ce n'est pas la première fois qu'elle se retrouve seule la nuit dans la cité. Sa dernière visite, c'était pour se pencher au-dessus du corps d'une chargée de recouvrement qu'une société d'assurances avait envoyée seule collecter une somme minable. Cette mère de trois enfants, bien habillée et qui portait un fin collier en or par-dessus le col roulé de son pull en mohair blanc, avait pris sans le savoir un aller simple pour la mort à bord de sa petite Fiat marron. Elle n'aurait jamais dû s'aventurer seule en ces lieux, en tout cas pas de nuit, pour demander de l'argent. L'homme qui l'a poignardée devait douze livres par semaine à la société.

Comme la chasseuse de dettes, c'est au tour de Manon d'être là, seule dans le noir. Il n'y aura personne pour signaler sa disparition, pas de collègues pour la tirer d'ennui. Aucun renfort.

Elle claque la portière de sa voiture et se dirige vers l'appartement de Tony Wright.

— Que m'vaut c't'honneur ? dit-il en lui ouvrant.

— Je peux entrer ? demande-t-elle, et il fait un pas en arrière.

Elle l'entend refermer le verrou de la porte.

— On est jamais trop prudent dans un quartier comme çui-ci.

Elle entre dans le salon, éclairé uniquement par la lueur violette d'une lampe à lave posée sur une étagère, dont les globules se meuvent au ralenti telle une flore sous-marine. La pièce sent la fumée et l'encens.

— Est-ce que Lyn est là ? demande Manon en examinant les lieux.

Son cœur bat fort. Elle a l'impression que le sol se dérobe sous ses pieds. Que fait-elle ici, enfermée avec Tony Wright ?

— Non, y a personne sauf toi et moi, ma cocotte, dit Tony en se dirigeant vers la petite cuisine.

Il en revient armé d'une bouteille de whisky et deux verres. Puis il lui fait signe de s'asseoir à une table carrée collée au mur et pose un verre devant elle. Elle pense aux deux coupes à vin de George Street, au sang qui maculait les éclats de verre.

Il lui sert à boire et elle ne refuse pas. Encore une règle qu'elle transgresse.

— Alors, dit-il en levant son verre et en lui souriant, mélange désarmant de père Noël et de Captain Igloo.

— Alors, répète-t-elle, et elle boit une gorgée en espérant que l'alcool lui raffermira les nerfs.

Le whisky lui brûle la gorge, une larme de feu qui descend jusqu'à son estomac. Sa tête devient légère et elle est prise de nausées. Il lui racontera peut-être ce qu'il a fait à Edith Hind et comment il s'est tiré d'affaire, puis il la tuera. Oui, c'est l'option la plus vraisemblable, et elle se sent calme face à sa mort prochaine. Elle se fout de ce qui peut lui arriver. Ils allument chacun une cigarette. Il y a tant de camaraderie à se donner mutuellement du feu. Une autre règle qui vole en éclats.

— Juste toi et moi, Tony, reprend-elle. On va jouer cartes sur table, d'accord ? Que faisait Edith sur la liste de tes visiteurs ?

Il la regarde. Souffle la fumée de sa cigarette.

— Elle est venue à la prison pour faire des recherches, interroger les détenus, etc. Je sais plus trop pourquoi, c'était y a un bail… 2009, je crois. À l'époque, Whitemoor était un sacré bordel. Émeutes, évasions. Les matons nous foutaient une vraie misère. Elle a posé un tas de questions sur nos conditions de détention. On s'est mis à bavarder. Et comme la discussion se passait bien, je lui ai demandé si elle voulait revenir pour qu'on puisse continuer à parler.

— Tu cherchais à gagner sa confiance pour abuser d'elle ?

— Abuser quoi ?! J'ai jamais touché un cheveu de sa tête !

Se penchant en avant, il se met à taper du doigt sur la table.

— Tu tir'ras rien de moi parce que j'ai rien fait à cette fille. Y a aucune loi qui dit qu'un sale type comme moi peut pas être copain avec une nana classieuse comme elle.

— De quoi avez-vous discuté, tous les deux ?

— On a parlé de la prison, de la vie dedans. Elle m'a apporté des livres pour que je les lise. *Jude l'obscur*. Et même si j'avais plein de temps à tuer, en vrai j'ai fait semblant de les lire pour qu'elle m'aime bien. J'aimais parler avec elle, j'aimais aussi la regarder. Mais bien, hein, pas de manière dégueu. C'est une jolie fille.

— Vous avez donc discuté de littérature, toi et Edith Hind ?

— J'te dis, j'ai seulement fait semblant de lire le livre pour qu'elle continue à me rendre visite. Puis ma mère est morte et quelque chose en moi s'est cassé. Je me suis renfermé sur moi-même. Edith est venue me voir juste après. J'étais mal, tu vois. Sombre.

Il donne un coup de poing sur la table.

— On s'est mis à parler de choses plus profondes.

— Pourquoi t'a-t-elle appelé la semaine avant sa disparition ?

— Oh, comme ça.

— Tony.

— Pour rien de spécial. Genre, comment ça va, Tony, tu as trouvé un boulot, tu vois ton agent de probation. Juste des nouvelles. C'est une chic fille… Une bonne personne, vraiment. Jamais une fille aussi classe s'était intéressée à moi. J'ai eu envie de faire des efforts. Je pensais que peut-être j'aurais pu… je sais pas moi…

Il laisse sa phrase en suspens.

— Tu aurais pu quoi, Tony ? Prendre son argent ? Sa vie ?

— Ça y est, t'es repartie.

Il se lève. Manon se lève également pour lui faire face, la pièce paraît se resserrer autour d'eux. Si elle veut rester en vie, il faut qu'elle quitte cet endroit.

Mais la porte est fermée à clef. Tony met lentement la main dans sa poche. Elle repense à sa victime, la jeune femme qu'il a tabassée avec le manche d'un couteau.

— Pense ce que tu veux, dit-il en allumant une autre cigarette. Tu me vois, et tu crois que je suis pas capable de changer. Comme tu veux. Mais moi je te le dis, Edith Hind a pas mal compté dans ma vie, et, même avec tout ce bordel, je suis heureux de la connaître.

— De la connaître ?

— De la connaître, de l'avoir connue… Putain j'en sais rien où elle est.

Il se rassoit en croisant les jambes de manière presque féminine, les yeux fixés sur la cigarette qu'il tient d'une main ferme.

— Elle est donc vivante.

— Je te dis que je sais pas ce qui lui est arrivé. Ouais, j'espère qu'elle est vivante.

C'est le moment ou jamais pour s'enfuir. Elle se précipite vers la porte, essaie de l'ouvrir. En vain. Elle tire furieusement sur la poignée, jusqu'à entendre Tony qui s'est placé derrière elle pour lui mettre une main sur l'épaule.

— Eh, doucement ! Calme-toi, dit-il en la tournant face à lui. Pas la peine de t'exciter comme ça.

Il est tellement près qu'elle sent son odeur : cannelle et whisky. Son cœur bat à se rompre, elle se demande si lui aussi peut l'entendre.

— Et voilà, dit-il en ouvrant la porte sur le vent glacé de la nuit.

Elle tremble. Elle ignore si c'est la peur, le froid, ou le soulagement d'être sortie saine et sauve. Elle tremble tellement qu'elle ne parvient pas à glisser la clef dans la serrure de la voiture. Elle s'aide en tenant son poignet d'une main afin de viser correctement le trou.

Crac.

Une douleur fulgurante lui traverse le sommet du crâne, suivie par un liquide froid qui lui coule le long de la nuque. Elle sent ses jambes se dérober sous elle.

Le monde bascule.

Dimanche
MANON

Sa bouche. Horriblement sèche, aussi épaisse que du coton. Elle ouvre un œil sur une pièce blanche. Serait-elle morte ? Tout est tellement immaculé, il s'agit peut-être de l'au-delà. Si c'est le cas, elle espérait une vue plus sympa. Une grande fenêtre donne sur des arbres dégarnis et le toit plat d'immeubles municipaux. Le ciel a la couleur du porridge. Son mal de crâne menace de lui ouvrir la tête en deux.

— Tenez, buvez ça.

Quelqu'un lui soulève la nuque et elle referme ses lèvres autour d'une paille. Le contact du liquide provoque en elle un tel choc que ses tempes bourdonnent.

— Vous avez eu beaucoup de chance, dit l'homme.

Elle force ses yeux déshydratés à faire le point – une blouse blanche d'abord, puis un stéthoscope, enfin sa barbe noire. Il sent le savon antiseptique. Il se redresse, pose le gobelet sur le meuble à côté du lit et elle remarque sa peau olive et ses sourcils noirs. Probablement d'Albanie ou du Moyen-Orient. Elle aimerait pouvoir se recoiffer, essuyer les traces au coin de ses lèvres.

— Vous avez reçu un sacré coup sur la tête. Ça vous a mise KO. On ne sait pas si c'est un coup de poing ou si on vous a assommée avec quelque chose. Quoi qu'il en soit, nous avons eu peur que vous fassiez une hémorragie cérébrale. C'est pourquoi nous vous avons gardée en observation pour la nuit. Comment vous sentez-vous ?

— Patraque, croasse-t-elle.

Il sourit.

— Nous allons vous garder encore un peu, puis nous vous ferons passer des examens médicaux. En attendant, je vais vous donner du paracétamol. J'imagine que vous avez une migraine carabinée, non ?

Il est effectivement *très* mignon, même si elle s'aperçoit maintenant qu'il a presque quinze ans de moins qu'elle.

— Au fait, vous avez de la visite.

Le médecin et Harriet semblent esquisser un petit pas de danse en se croisant sur le seuil de la porte. Manon ferme les yeux, sa tête est lourde contre l'oreiller. Elle ressent l'énergie explosive d'Harriet, qui s'est calée dans un siège en plastique à son chevet et vient poser sa main sur Manon.

— Que s'est-il passé ? chuchote cette dernière.

— D'après la caméra de surveillance, un gamin – sûrement un toxico – a voulu jouer au malin. Il t'a vue seule et a trouvé ton sac à main à son goût. Qu'est-ce que tu foutais là-bas…

— Pas Tony Wright ?

— Non. C'est même ton cher ami Tony qui t'a porté secours. Il a appelé une ambulance et a fait fuir celui qui t'a assommée. Ne t'inquiète pas, on le chopera. Pour l'instant, ce gamin est responsable d'une agression très sérieuse contre un officier et se retrouve en possession d'un BlackBerry de la police.

— Pas de panique, il est protégé par mon mot de passe. Je vais faire un rapport au Département d'investigation criminelle. Laisse-les s'en occuper.

— Mmmh, marmonne Harriet avec scepticisme. En tout cas, je te garantis qu'il va passer un *long* moment en prison, histoire d'avoir le temps de réfléchir à tout ça. Mais ça ne me dit pas ce que, toi, tu fichais là-bas ?

— Edith Hind est sur la liste des visiteurs de Tony Wright à Whitemoor.

— Tu te fous de moi ?

Manon secoue la tête.

— Il affirme qu'ils étaient bons copains.

Elles se taisent afin de méditer cette nouvelle information.

— Edith lui rendait visite ? Volontairement ? s'étonne Harriet.

— Apparemment. Un des membres du personnel de Whitemoor, Wilco Bennett, va m'envoyer son dossier complet. On en saura davantage.

— Pourquoi l'a-t-elle appelé juste avant sa disparition ? Toi et Tony, vous en avez parlé ?

— Oui, dit Manon en se redressant légèrement. Il dit qu'ils ont « bavardé comme ça, de tout et de rien ».

Elle tente d'imiter l'accent écossais – un désastre. Harriet grimace et demande :

— Il vient du Pakistan ou quoi ?

— Bref, je n'y crois pas une seconde, reprend Manon. Pour moi, ils préparaient un coup.

— Comment ça ? Tu penses qu'ils avaient un accord ? Ils cherchaient à se donner rendez-vous ?

— Je ne sais pas. Je crois que nous avons mal jugé Tony Wright. Nous avons pris pour acquis qu'il lui avait fait du mal, alors qu'en fait…

La porte s'ouvre et Davy entre prudemment dans la chambre.

— Il va falloir que je le réinterroge. Wright, bien sûr, dit Harriet. Bon, je vous laisse, tous les deux.

Davy prend la place qu'Harriet vient de quitter.

— Je vous ai apporté ça, dit-il en lui tendant un paquet entouré de cellophane – des fleurs qui paraissent avoir été ramassées dans la cour d'un garage.

— Tiens, des chrysanthèmes, dit-elle en portant le bouquet à son nez pour le sentir.

Elle fait la grimace. Une vague odeur d'urine. Elle déteste les chrysanthèmes et n'a de toute évidence pas réussi à masquer son dégoût, puisque Davy lui dit :

— Je vois que vous êtes enfin redevenue vous-même.

— Je suis désolée. Merci beaucoup.

— Aucun souci, je les ai achetées parce que je sais que vous n'aimez pas ça.

Le visage de Manon se décompose et elle fond en larmes. Elle ne pensait pas qu'il restait encore de l'eau dans son cerveau desséché comme une vieille noix.

— S'il te plaît, pardonne-moi, Davy. Je n'ai jamais voulu te faire de mal, surtout toi. Tu es la dernière personne au monde que je voudrais jamais… jamais…

Des sanglots d'enfant, saccadés, inconsolables.

— Tu es le meilleur flic que je connaisse.

— Sauf que je ne le suis pas, hein ? J'essaie trop fort de l'être.

— Plus maintenant. Ces derniers temps tu sembles… en colère.

— Je suis faible.

— Non, tu ne l'es pas. C'est faux. Regarde ces choses merveilleuses que tu fais pour les enfants dans ton centre d'accueil, le temps que tu leur consacres, alors que moi je saisis la moindre opportunité pour dire non à Fly. Et puis la culpabilité que tu ressens pour Helena Reed, tandis que je suis incapable de me l'avouer.

Ses yeux sont à nouveau embués et elle cherche son regard. Il lui fait un large sourire, comme si ses larmes étaient une excuse suffisante.

— Hier soir j'ai dormi avec Chloe, dit-il, l'air penaud.

— Oh non ! Bon, tu dois être rassuré. Vous avez couché ensemble ?

Il acquiesce.

Elle tourne la tête vers la fenêtre et ils restent ainsi à contempler la vue.

— Faudrait me tatouer « crétine » sur le front, finit par murmurer Manon.

— Ça rentrerait pas.

— Juste « con » alors.

— Ça, ça irait.

Il se renfonce dans son siège. Elle ferme les yeux. Elle aime tant partager un moment de silence avec Davy Walker. Certaines personnes ont des silences bienfaisants, lui en fait partie.

— La vie est dure quand on a pris un coup sur la tête.

— La vie est toujours dure, pour vous.

— Oui, mais là c'est pire. Je me sens tellement…

Elle se remet à pleurer, les yeux perdus vers les arbres au loin. Elle prend conscience qu'on lui a donné une chambre individuelle uniquement parce qu'elle est officier de police.

— Ce qu'il vous faut, c'est un chien, dit Davy.

— Quoi ?

— J'ai entendu dire qu'un chien rend heureux les gens qui ne le sont pas. Ce sont de bons compagnons pour ceux qui n'arrivent pas à nouer des relations.

— T'es un vrai pote, tu sais.

Allongée, elle regarde la lumière baisser graduellement derrière la fenêtre en attendant que le séduisant médecin lui donne l'autorisation de sortir, et ses pensées se tournent vers Edith et Tony Wright. Par quel mystère savait-il qu'elle était vivante ? La radio de l'hôpital diffuse un bulletin d'informations à propos du migrant retrouvé mort dans ce conteneur maritime à Tilbury. Bryony sera chargée d'enquêter sur les preuves contre Abdul-Ghani Khalil, songe-t-elle, alors que son esprit vagabonde pour se fondre avec le reste des actualités, le détail des itinéraires qu'empruntaient ses camions.

Elle s'endort.

Lundi
MANON

Son imprimante bourdonne au même rythme que les pulsations douloureuses dans son crâne. Manon est assise jambes croisées sur le sol, vêtue de son pyjama et d'épaisses chaussettes, une couverture autour des épaules. Elle a mal au dos et ses genoux sont engourdis. La pièce n'est éclairée que par une lampe Anglepoise posée par terre. Sa lumière crue paraît interroger les montagnes de papiers qui entourent Manon.

Des empilements feuille sur feuille sur feuille, et toujours l'imprimante en crache de nouvelles, qui s'éparpillent chaotiquement sur le sol. « Je n'arrive pas à séparer la liste de visiteurs du reste du dossier pénal, disait l'e-mail de Wilco Bennett, donc je te transfère le tout, c'est-à-dire quinze ans. Bonne lecture ! »

Le dossier pénal rassemble tous les éléments de la vie d'un détenu : informations personnelles, inculpation, condamnation, possibilité de remise en liberté conditionnelle, relations, déplacements (de telle cellule à telle autre), informations relatives à l'affaire jugée, évaluation des risques, formations suivies, activités, travail rémunéré ou non, écarts de conduite, programmes de réhabilitation pour criminels, etc.

Laissant sa couverture derrière elle tel un ver enfoui dans le sable, Manon rampe à travers cette mer blanche pour saisir son téléphone, qui vient de vibrer.

> Comment va ta tête ? Je t'aurais bien apporté des lasagnes et du Nurofen mais mon affaire de trafic de migrants ne me laisse pas une minute de répit ! Bri

Cela lui rappelle de prendre un nouveau cachet de Nurofen, qu'elle alterne toutes les quatre heures avec du paracétamol même si la douleur s'est émoussée et ne subsiste désormais qu'en fond. Elle se dirige vers la cuisine où le froid la saisit au cou et aux chevilles. Tandis qu'elle renverse la tête et avale le comprimé, elle se demande ce qu'elle espère trouver en farfouillant dans le passé carcéral de Tony Wright ainsi que dans les deux cents pages du rapport du ministère de la Justice constitué par l'Institut de criminologie de Cambridge avec l'aide d'Edith. « Les relations entre le personnel pénitentiaire et les détenus dans la prison de Whitemoor », un tableau saisissant de la vie en prison.

Le gentil médecin de l'hôpital Addenbrooke l'a renvoyée chez elle hier soir et Harriet lui a interdit de venir travailler. « Fais pas ta tête de mule. Reste à la maison, repose-toi. Je ne veux pas te voir avant mardi au plus tôt », lui a-t-elle commandé.

Elle retourne dans le salon mal éclairé en marchant sur les pages qui crissent sous ses pas. Elle croise les pieds et, couverture sur les épaules, s'accroupit pour rassembler un tas de feuilles et le lire.

Elle apprend que les trois premières années d'une longue peine sont les plus dures. Les nouveaux détenus sont soumis à un programme d'intégration dans l'aile C et la plupart traversent de profondes crises existentielles pouvant aller jusqu'à l'automutilation. Ce sont des hommes qui se préparent à passer quinze, vingt, vingt-cinq ans en prison sans espoir de libération anticipée. Ils cherchent désespérément un sens et sont terrassés par le sentiment de perte. Alors âgé d'une quarantaine d'années, Tony Wright ne faisait pas exception à la règle. Il se tailladait les bras dès qu'il parvenait à mettre la main sur des lames de rasoir, et les objets tranchants semblaient grouiller à Whitemoor.

Elle parcourt encore quelques pages, puis elle regarde sa montre : seize heures. Elle a commencé sa lecture à dix heures le matin même mais elle a dû s'assoupir par intermittence, douillettement emmitouflée dans sa couverture.

Page 20 du dossier pénal de Wright : « Crises émotionnelles. Pas de réduction au statut de cat. A. » Pendant des années, il a paru subir la forme la plus stricte d'incarcération, chacune de ses émotions étant jugée « à risque très grave ». Plusieurs séjours en isolement. Une tentative de suicide. À la suite de cette tentative, lors d'une discussion avec son conseiller de probation, Tony Wright a confié : « Je suis du corned-beef. Je suis de la viande en conserve. »

« Ne ris pas, n'aie pas l'air heureux, a-t-il écrit à sa famille dans une lettre confisquée et jointe au dossier, parce que quelqu'un te regarde sur un écran et estime que tu ne souffres pas assez, et cette personne est celle qui décide de ta réduction de peine. »

« Détenu placé dans une cellule différente tous les vingt-huit jours », disait une note dans le dossier de

Wright, en plus de fouilles corporelles intégrales et d'un système de rotation de cellules en vue d'empêcher la formation de relations de type bande organisée. Ou la formation de relations quelles qu'elles soient, pense Manon.

Paracétamol. Tasses de thé. À un moment donné, elle prend un bain. Elle s'assoupit peut-être une ou deux fois. Mais elle revient s'asseoir par terre, parmi le puzzle blanc qui s'étale sur la moquette.

Le rapport de l'Institut de criminologie décrit une brutalité en hausse à Whitemoor vers la fin de la peine de Wright. Le personnel était inapprochable et suspicieux, la violence, endémique. Alors que les prisons de haute sécurité fonctionnaient jadis sur un certain code – relations de respect entre anciens et nouveaux détenus –, la population moderne et multiculturelle de Whitemoor était jugée avec une extrême méfiance par le personnel pénitentiaire. Les surveillants de prison craignaient la population musulmane, en pleine expansion, tandis qu'à l'extérieur, à l'approche des élections générales, les médias et le public devenaient chaque jour moins libéraux. « La prison devrait servir de lieu de punition, pas de réhabilitation. » « Les criminels, en particulier accusés d'actes terroristes, ont la vie facile. » En réponse à ces opinions réactionnaires, le secrétaire d'État à l'Intérieur supprima les activités artistiques et les programmes éducatifs à Whitemoor.

Manon lève la tête. L'imprimante mouline à vide en grognant. Une lumière rouge se met à clignoter. Bourrage papier.

Elle ouvre les divers tiroirs et bacs, sort les cartouches d'encre en se tachant les doigts mais ne parvient pas à les réinsérer. Elle ne voit pas où le papier est bloqué.

Elle referme brutalement les bacs, presse avec colère sur le bouton, éteint la machine, patiente, la rallume. Elle pousse un hurlement de frustration lorsque le signal lumineux recommence à clignoter et elle songe un instant à projeter l'appareil contre le mur. Puis elle se met à pleurer. Alan saurait la réparer. Alan a probablement une imprimante laser multifonctions qui ne se bloque jamais, choisie grâce au banc d'essai d'un magazine spécialisé. Il a sûrement des réserves de cartouches dans un tiroir. Mais personne ne peut l'aider avec son bourrage papier. Elle est seule. Et pendant tout ce temps, ils ont mal jugé Tony Wright.

Revenant s'asseoir jambes croisées, elle saisit une autre page du dossier de Wright. Tony fut déplacé dans l'aile B, où le traitement des détenus était moins coercitif. Ses conditions de vie parurent s'améliorer. En 2005, il commença à travailler à la bibliothèque de la prison. Une note le décrit comme faisant « profil bas » et le qualifie de « solitaire ». « Détenu 518 résolu à purger sa peine et à sortir de prison le plus vite possible. » Wright apprit à se ménager une existence plus confortable à mesure qu'il approchait de la fin de sa peine, et alors même qu'il baignait dans un environnement de grande tension dû au régime répressif de Whitemoor. Dans une autre lettre confisquée, il écrit : « Je garde la tête basse. Je ne parle à personne. Ma personnalité est perdue quelque part, elle attend que je sorte pour revenir. »

Sur la même page se trouve un addendum : « Détenu surpris en train de lire *Jude l'obscur* de Thomas Hardy. Matériel confisqué : thèmes violents. »

Manon essuie les larmes sur ses joues.

À un certain moment, Edith Hind était arrivée. Elle l'écoutait, essayait de le comprendre. Elle lui demandait comment se passaient ses journées, sa vie, quels seraient ses plans à sa sortie. Elle lui offrait son aide. Elle était la première personne à le traiter comme un être humain depuis quinze ans. De simples banalités comme « Bonjour Tony, comment allez-vous ? » ont dû lui sembler une boisson fraîche que l'on tend à un homme mourant de soif.

Manon regarde sa montre. Il est deux heures du matin. Elle serre la couverture contre ses épaules et s'empare des dernières feuilles que son imprimante a éjectées. Page 258 du dossier : « Détenu replacé dans l'aile C, statut de cat. A. »

Elle fronce les sourcils. Qu'est-ce qui a causé une telle rechute ?

Détenu 518 mêlé à une grave violation du règlement disciplinaire lors d'une altercation dans la salle de sport avec le détenu 678. Suspension de la révision de peine. Après examen de l'implication du détenu 518 dans cet épisode violent, sa demande de liberté conditionnelle a été refusée jusqu'à ce qu'une réévaluation des risques soit conduite.

Qui est le détenu 678 ? Manon fouille parmi les pages éparpillées autour d'elle, qui glissent l'une sur l'autre comme de l'eau. Elle parcourt cette mer blanche de plus en plus vite, à la recherche d'une explication concernant ce changement d'attitude après dix ans de conduite exemplaire. Puis elle la trouve. Page 259 du dossier pénal : déposition du détenu 518 retranscrite textuellement d'après l'enregistrement d'une audition avec un membre du personnel pénitentiaire en charge d'enquêter sur l'incident de la salle de sport, le 21 janvier 2009.

« Je m'entraînais seul sur le tapis de course dans la salle de sport quand le détenu 678 est arrivé et s'est mis à soulever des poids à côté de moi. On était tranquilles sans parler tous les deux, juste lui et moi. Je le connais de vue mais on n'est pas copains ni rien. Bref, un groupe de prisonniers est entré dans la salle, des Blancs avec des tatouages. Je savais que ces gars-là détestaient les Frères, y pensaient que les musulmans avaient trop de pouvoir. Ils ont encerclé le type à côté de moi. Si tu permets, j'aimerais utiliser son nom et pas juste son numéro, parce que c'est un être humain, tu comprends ?

« Donc ce mec, Khalil – je crois que son prénom c'est Abdul –, il continue à soulever sa fonte gentiment, mais la tension était palpable. Lui comme moi on savait que ces gars étaient venus chercher la merde, une "correction" ils appelaient ça, parce qu'y a pas de caméras de surveillance dans la salle de sport. C'est là qu'y a toutes les embrouilles et les règlements de compte à Whitemoor.

« "Frère Khalil", a dit un des types. Un autre a sorti une lame. Ils lui ont tenu les bras derrière le dos et lui ont tranché la gorge. Puis ils sont partis.

« Moi je continuais à courir sur mon tapis – incroyable, non ? – et ma première pensée a été : *Ça y est ils vont boucler toute l'aile.* Faut vite que j'aille chercher mes affaires parce qu'ils vont fouiller toutes les cellules maintenant. Voilà ce que cet endroit a fait de moi. Il a aspiré toute mon humanité pour faire de moi un monstre. Certains diront que j'en avais pas beaucoup pour commencer, mais c'est faux. Bref, à ce moment-là j'ai eu un sursaut de conscience et j'ai donné l'alerte. J'ai essayé d'arrêter le saignement jusqu'à l'arrivée du docteur. Parce que c'est un humain, et moi je suis un humain. Tu comprends ? »

« Révision de peine accordée au détenu et restauration de tous ses privilèges, poursuit le dossier de Wright, après que sa déposition a été confirmée par celle du détenu 678 (A-G Khalil). »

Manon lève la tête, abasourdie. Tony Wright a sauvé la vie d'Abdul-Ghani Khalil.

Mardi

MANON

— Manon, c'est toi ?

Entendre cette voix lui coupe la respiration. Comment est-ce possible ? Pourquoi maintenant ? Elle a peut-être eu l'intuition de sa peine de cœur. C'était fréquent lorsqu'elles étaient enfants.

— Salut.

— Je… je suis désolée de t'appeler à l'improviste.

— Non, non.

— Je tombe mal ?

— Eh bien, je suis au boulot, aux toilettes si tu veux tout savoir. Tu dois entendre que ça résonne.

Elle tire quelques serviettes en papier rugueuses, essuie ses larmes mais un coin de papier lui entre dans l'œil. Aveuglée, elle se plie de douleur en se frottant les yeux. Le téléphone lui brûle l'oreille comme s'il était radioactif.

Ce n'était pas uniquement qu'Ellie avait poussé la trahison trop loin en faisant la paix avec Una. Leur éloignement était la conséquence de longues années de rivalité, des strates successives qui avec le temps s'étaient calcifiées jusqu'au silence complet. Une accumulation de menues blessures. Certaines réussites professionnelles d'Ellie que Manon n'avait pas digérées. Un petit ami fantastique. Des vacances de rêve dont elle n'avait rien voulu entendre. Elles avaient cessé de se donner des nouvelles et, bientôt, plus vite que Manon s'y serait attendue, le simple fait de s'appeler était devenu difficile. Leur mère aurait pris le taureau par les cornes : « Je me fiche que vous soyez gênées » ou « Arrêtez vos enfantillages, nom de Dieu ! » – ce qui n'aurait probablement fait qu'empirer la situation. Mais leur mère était morte. Et leur père s'exila en Écosse. Cela aurait pu tout aussi bien être le Canada, étant donné la façon dont Una l'avait transformé en mollusque.

— Comment ça va ? demande Ellie.

— Oh, tu sais bien…

— Non, je ne sais pas. Ça fait trois ans qu'on ne s'est pas parlé.

— Donc c'est de ma faute ?

— Ça n'a pas d'importance, soupire Ellie. Je t'appelle pour t'annoncer quelque chose. J'ai eu un bébé, un petit garçon. Il a trois mois. Solomon. Mais on l'appelle Solly.

— Quoi ? Tu as eu un bébé ? s'exclame Manon en sentant sa tête se vider de son sang. (Elle fait un signe de tête distrait à Kim, qui est en train d'entrer dans une cabine individuelle.) Tu es… Où habites-tu maintenant ?

— À Londres. Kilburn.

— Waow. C'est… une super nouvelle.

— Oui. Je voulais que tu le saches, Manon. Au cas où… eh bien, peut-être qu'un jour tu viendras me voir. Pour rencontrer ton neveu.

Manon s'imagine soudain en tante acariâtre, l'hôte solitaire dans le rose paradis d'une famille heureuse à Kilburn. Le parc à jeux et les balançoires et le rôti du dimanche qu'elle vient si brusquement de perdre à jamais. La vieille tata ridée.

— J'ai pas mal de boulot en ce moment à la brigade criminelle.

— Bien sûr, je comprends. Tu as dû être promue inspectrice, maintenant.

— Mmmh. Pas vraiment.

— Il faut que je te laisse, Solly vient de se réveiller. Cet après-midi, on a un atelier d'éveil pour bébés à la bibliothèque.

Manon est foudroyée par la jalousie au point qu'elle est incapable de répondre. La sensation est physique : difficulté à avaler, douleur lancinante aux tempes, sentiment de panique, de vouloir fuir la source de ce mal.

— OK, super. Ça m'a fait plaisir de te parler, dit-elle.

Elle tire quelques serviettes du distributeur en prévision des larmes qui ne manqueront pas de venir. Évidemment qu'elle aime sa sœur, plus que tout au monde. Mais elles en sont arrivées à cela. Les griefs se sont mués en plaies suppurantes car personne n'était là pour les faire revenir à la raison. Leurs inclinations les meilleures ont été étouffées, prises en otage par ce qu'elles avaient de plus vil. Pour couronner sa détresse, la culpabilité afflue par vagues nauséeuses. Ma sœur, avec un bébé et aucune mère pour l'aider. Ma sœur bien-aimée pour laquelle ma jalousie a tué tout sentiment d'amour. Ma sœur que je hais pour avoir obtenu ce dont je rêvais. Quelle calamité d'être dans la peau de Manon Bradshaw.

Tout gît en ruines. Elle se remet à pleurer au moment où Kim sort des toilettes, suivie par un bruit de chasse d'eau. Kim l'a-t-elle entendue lui reprocher d'être « sans imagination » au Cromwell's vendredi soir ? Ou bien est-ce Manon qui blêmit à ce souvenir ?

Elles se font un signe de tête silencieux sans qu'aucune ne mentionne les larmes de Manon ni sa crise dans le pub.

De retour à son bureau, elle appelle Will Carter depuis son téléphone fixe.

— Quand Edith s'est-elle découvert un intérêt pour la criminologie ?

— À l'été 2009. Après notre diplôme, aucun d'entre nous – enfin presque – ne savait quoi faire ensuite. Edith a décidé de faire un stage au sein de l'Institut de criminologie de Cambridge, pour qui elle a mené des entretiens à Whitemoor, afin de voir si elle écrirait sa thèse dans ce domaine. Je me souviens qu'elle était très excitée à l'idée de visiter une prison pour la première fois, elle avait un tas d'idées pour des réformes et des programmes éducatifs, comme de faire un cours sur la littérature féministe afin de les sensibiliser à la question du viol.

— A-t-elle mentionné Tony Wright ?

— Non, elle ne citait jamais de noms. Il me semble que les visites ont pris fin assez rapidement. Je me rappelle seulement qu'après deux ou trois visites à Whitemoor, elle est devenue très déprimée. Elle disait que c'était un des endroits les plus tristes qu'elle ait jamais vus, où il n'y avait pas la moindre humanité dans le traitement des prisonniers. Ils vivaient sans espoir ni rien pour les occuper. Elle disait que ça sentait le chou cuit et la javel. Selon elle, personne ne cherchait à faire de la prison un lieu de réhabilitation. Tout n'y était que surpopulation, manque de fonds et questions logistiques visant à enfermer le plus longtemps possible des hommes violents ressentis comme une menace par l'État. Peu de temps après, elle est allée voir Graham Garfield et s'est inscrite en thèse de littérature anglaise.

— Vous n'étiez pas au courant de sa relation amicale avec Tony Wright ? Ni qu'Edith continuait à lui rendre visite ?

— Non, dit-il doucement.

— Une dernière question, Will. Le nom d'Abdul-Ghani Khalil vous dit-il quelque chose ?

— L'homme qui vient d'être arrêté à propos d'un corps trouvé dans un conteneur à Tilbury ? Les infos ne parlent que de ça.

— Edith a-t-elle cité son nom devant vous ?

Il éclate de rire.

— Croyez-vous que je plaisante, monsieur Carter ?

— Vous insinuez qu'elle faisait partie d'un trafic de migrants ? Quoique, plus rien ne m'étonne venant d'Edith. (Il soupire.) Écoutez, j'ignore totalement si elle connaissait Abdul-Ghani je ne sais quoi. Mais ce n'est pas comme si je savais *réellement* qui elle était, n'est-ce-pas ?

Tu l'as dit, pense Manon. Elle est détournée de ses réflexions par la sonnerie de son BlackBerry de rechange, posé sur son bureau.

— Il faut que je vous laisse, Will, je dois prendre un appel urgent. Je vous rappelle pour vous tenir au courant.

Elle raccroche le fixe et décroche son téléphone portable.

— Sergent détective Bradshaw, j'écoute.

— C'est l'inspecteur Haverstock. « Havers », du commissariat de Kilburn. Vous me remettez ?

— Bien sûr, oui, bonjour, dit-elle sans réussir à masquer son envie d'abréger.

Elle doit absolument enquêter sur la connexion entre Wright et Khalil, cette piste la conduira peut-être à Edith. Elle refuse qu'on la dérange.

— J'ai du nouveau sur Taylor Dent, poursuit Havers. On a découvert qu'il utilisait un autre mobile pour ses affaires de drogue et de recel. Nous avons arrêté l'un de ses comparses, c'est lui qui nous a parlé du téléphone et donné le numéro. Bref, nous avons recueilli les données qui s'y trouvaient, et il y a un message vocal que nous voulons vous faire écouter. Nous n'avons aucune idée de qui il peut s'agir, c'est pourquoi nous transmettons le message, avec l'espoir que quelqu'un saura. Je vous l'envoie, ou vous souhaitez que je passe directement par l'équipe chargée de l'affaire ?

— Non, pas de problème, je vais l'écouter, répond-elle en même temps qu'elle compulse furieusement les bases de données de la police. Envoyez le fichier audio à mon adresse e-mail. M_Bradshaw@pcn.co.uk. Merci.

Elle jette le BlackBerry sur son bureau.

Revenant à l'écran de son ordinateur, elle imprime l'historique d'appels du portable de Tony Wright et surligne les numéros qu'il a appelés après sa conversation avec Edith Hind : la plupart sont des téléphones avec SIM prépayée, sans abonnement donc sur lesquels il n'existe pas de données.

Elle essaie de joindre Bryony mais n'obtient que son répondeur.

Faut que je te parle. Rappelle-moi. M

Impossible. Suis débordée de travail. Plus tard.

Bri, c'est urgentissime. RAPPELLE.

— Qu'est-ce qu'il y a ? demande Bri. Ça ne peut pas attendre ?

— Non. Tu es devant le dossier Khalil ?

— Je passe ma vie devant ce foutu dossier. J'ai même commencé à appeler mes gosses Abdul et Ghani.

— Tu peux vérifier si ces numéros apparaissent ? Tu es prête ?

— Qu'est-ce qui se passe ?

— Je t'explique après. Prête ? Inconnu xxx-638.

Silence pendant que Bryony entre le numéro dans le système HOLMES.

— Rien.

— OK. Inconnu xxx-422.

— Non. Ah ! si en fait. C'est lui, enfin un de ses comparses qui servait d'intermédiaire.

— Bingo ! s'écrie Manon. Bri, je t'adore.

— Mais quoi ? Raconte !

— Tony Wright a contacté Khalil juste après avoir eu Edith Hind au téléphone. Khalil et Wright se connaissaient de Whitemoor. Encore une chose, Bri. On est d'accord que Khalil faisait passer des migrants via les ports de Douvres, Folkestone ou Tilbury ?

— C'est ça. Généralement dans des conteneurs maritimes ou des camions qui voyageaient à bord de ferries P&O.

— Est-ce qu'il faisait passer des gens en sens inverse ?

— Tu veux dire *pour sortir* du Royaume-Uni ? Pour de l'argent, Khalil aurait emmené n'importe qui n'importe où. Je crois savoir, mais je me trompe peut-être, qu'il y a une demande pour le passage en sens inverse. Des gens qui veulent retourner chez eux, ou qui pensent que le continent offrira de meilleures opportunités. Mais comme les douanes se fichent éperdument de ce flux migratoire, nous n'enquêtons jamais dessus. Désolée, mais il faut vraiment que je me remette au boulot.

— Attends juste une seconde. Est-ce qu'il opérait aussi dans le Cambridgeshire ?

— Oui. Tout le long de la côte Est – Felixstowe, M11, Maidstone, Douvres. Tu veux qu'on interroge Khalil sur ses éventuels liens avec Edith ?

— Non, laisse-moi encore un peu de temps.

— Très bien. Bon, vraiment, là…

— Oui, désolée. Merci ma poule, dit Manon en posant le téléphone sur la table.

Sa boîte de réception indique un nouvel e-mail. Elle met son casque pour écouter le fichier audio.

Après un sprint effréné à travers tout le bâtiment, elle repère, dans le bureau de Stanton, Harriet qui fait défiler d'un œil absent l'écran d'un ordinateur. Manon est tellement essoufflée qu'aucun son ne sort de sa bouche. Harriet lève la tête.

— Qu'est-ce qui t'arrive ?

Crise de panique ? Pourquoi les mots sont-ils bloqués ?

— Quoi Manon ? *Parle* !

— Le fichier audio, éructe-t-elle en pointant l'ordinateur. Le fichier audio !

Harriet ouvre l'e-mail que Manon a transféré à son adresse et écoute le fichier. Elle et Manon sont incapables de détacher leurs yeux l'une de l'autre. Cette voix – aristocratique, condescendante, impérieuse : « Rendez-vous à l'endroit habituel. »

— C'est lui, dit Harriet.

— Je sais.

— Putain c'est vraiment lui. De quand date le message ?

— Dimanche 11 décembre.

— Très bien. Je vais demander qu'on localise sa plaque d'immatriculation à la date du 11 décembre. Il faut qu'on trouve un moyen de relier le numéro de Dent au sien. Je parie qu'il n'a pas utilisé son téléphone personnel pour passer ce coup de fil, il faut donc qu'on recherche un portable avec SIM prépayée ainsi que la date et le lieu d'achat de l'appareil – je mettrais ma main à couper que c'est sur Hampstead High Street. On va faire venir nos experts en identification vocale pour prouver que la voix de l'enregistrement concorde avec celle de nos auditions.

— On n'en parle pas d'abord à Stanton ?

— Stanton, on l'emmerde.

Mercredi
MANON

Harriet et elle ont été conduites dans une salle d'attente qui ressemble au salon d'une maison d'hôtes cossue. Deux canapés en cuir Chesterfield se font face de part et d'autre d'un vaste tapis persan. Arômes de café torréfié. Sur une table basse vernie sont disposés des exemplaires des magazines *Country Life* et *Homes & Gardens* ainsi qu'un imposant vase de fleurs. De grandes lampes éclairent chaque coin de la pièce.

— Officiers, les salue Ian Hind en sortant de son cabinet, l'air affairé. Quelle surprise. Auriez-vous du nouveau ? Mais ne serions-nous pas plus à l'aise à la maison avec Miriam pour discuter ?

— Pourriez-vous nous accorder un moment en privé ? demande Harriet.

— Bien sûr. Rosemary, qu'on ne me dérange pas, dit Ian à la secrétaire assise à une table à l'accueil. Je vous en prie, suivez-moi.

Il les fait entrer dans son cabinet, lui aussi richement décoré, et prend place dans un fauteuil en cuir à côté de son bureau.

Harriet et Manon restent debout.

— Sir Ian, commence Harriet, où étiez-vous la nuit du dimanche 11 décembre ?

— Le 11 décembre ? C'était il y a deux mois. Il faudrait que je regarde mon agenda ou que je demande à Miriam. Comme cela, au débotté, je n'en ai pas la moindre idée. Sûrement à la maison. En général je ne sors pas le dimanche soir.

— Nous possédons des images de votre véhicule roulant sur la M11 en direction de l'Est-Anglie cette nuit-là, et plus précisément March, où se trouve votre maison de campagne.

Il tapote le bout de ses doigts, fait une grimace et continue à les fixer d'un regard absent, comme pris de confusion.

— Mais oui, tiens, vous avez raison. Je suis effectivement passé en coup de vent à Deeping. Il y avait de menus problèmes d'entretien à la maison…

— Dont vous avez oublié de nous parler.

— Très honnêtement, je me souviens à peine d'avoir fait le trajet, mais maintenant que vous me le rappelez… (Il leur fait un sourire condescendant, puis regarde sa montre.) Y a-t-il une raison à ces questions ? J'ai un patient dans dix minutes et il faut que j'examine son dossier.

— Encore une chose, sir Ian, dit Harriet. Vous nous avez affirmé ne pas connaître Taylor Dent.

— C'est exact.

— Pourtant vous avez laissé un message vocal sur son téléphone afin de lui donner « rendez-vous à l'endroit habituel », ce sont vos mots, le 11 décembre, qui se trouve être la date de sa disparition.

— Je vous demande pardon, quel message ?

— Tenez, nous allons vous le faire écouter, intervient Manon en ouvrant le fichier audio sur son smartphone.

« Rendez-vous à l'endroit habituel. »

Le silence est complet. Ian Hind garde les yeux fixés sur la surface de son bureau, Manon et Harriet observent son visage. Il semble prendre une décision.

— Vous ne pouvez pas prouver qu'il s'agit de moi.

— Figurez-vous que nous avons retrouvé la trace de ce téléphone. C'est vous-même qui l'avez acheté, le 15 juillet 2010, dans la boutique Phones 4U sur Hampstead High Street. Le caissier vous a formellement identifié, dit Harriet.

— Écoutez, riposte Ian, je veux faire tout mon possible pour aider la police à retrouver ma fille, croyez-moi. J'en parlais justement à Rog l'autre jour… Roger Galloway. Nous nous trouvions dans la Chambre des communes et je lui disais mon admiration pour l'équipe du Cambridgeshire, particulièrement vous, inspectrice Harper, et que s'il cherchait des femmes officiers efficaces et compétentes, il pouv…

— Ian Hind, je vous arrête pour suspicion de meurtre sur Taylor Dent.

— Une minute, inspectrice, dit-il en se redressant sur son siège. S'il vous plaît, ne perdons pas notre sang-froid. Je suis sûr que nous pouvons arriver à un accord mutuel sans passer par ces désagréments.

— Vous avez le droit de garder le silence, mais votre défense pourrait souffrir…

— Un coup de fil à Roger et vous pourriez gravir très vite les rangs de la hiérarchie, deux femmes intelligentes comme vous… Lui qui ne cesse de dire que la police manque de femmes…

— Qu'il arrête de promouvoir des hommes, dans ce cas, lâche Manon.

Harriet pousse un soupir et continue sa propre phrase :

— … du fait de ne pas avoir mentionné, lors de votre interrogatoire, un élément que vous utiliseriez à l'audience. Tout ce que vous direz pourra servir de preuve. Est-ce que vous me comprenez ?

— Je peux également enterrer vos carrières.

— Savez-vous où se trouve Edith ? demande Harriet.

— Mon Dieu, non évidemment ! Écoutez, asseyez-vous, d'accord ? S'il vous plaît.

Elles acquiescent et prennent place face à lui sur les sièges en métal réservés aux patients.

— Je ne suis pas un homme mauvais. Tout ça n'était qu'un terrible accident. Il me faisait chanter, vous comprenez ?

— Nous vous conseillons de faire appel à votre avocat avant d'aller plus loin, dit Harriet.

— Oui, bien sûr. Je peux vous demander un service ? Ne dites rien à Rosemary en sortant. Et ce n'est pas la peine de me menotter, n'est-ce pas ?

— Non, nous pouvons quitter les lieux tous les trois ensemble.

Après plusieurs heures passées dans une salle d'audition du commissariat de Kilburn en présence de son avocat, un ténor du barreau, sir Ian Hind signe une déposition.

« J'ai rencontré Taylor Dent il y a six mois, en juin 2010. Il travaillait sur un chantier en face de mon domicile, et, dès que je sortais de chez moi, il me regardait intensément en souriant, torse nu à cause de la chaleur.

J'ai ressenti de l'attirance pour lui. Je suis marié depuis vingt-cinq ans et mon ménage est heureux, mais au cours des ans il m'est arrivé d'avoir des relations sexuelles avec des hommes. Des rencontres arrangées… par exemple dans les douches à la salle de sport, ce genre de choses. Mais rarement, et jamais de relation suivie. Ma famille est tout pour moi.

« Les rencontres avec Taylor étaient différentes. Il a réveillé en moi des sentiments que je n'avais pas ressentis depuis l'école. Jusqu'alors, j'étais parvenu à séparer clairement mes aventures avec des hommes et ma vie comme époux et père. Avec Taylor, pour la première fois, quelque chose a commencé à se construire. Nous nous rencontrions dans le parc de Hampstead Heath. Ne voulant pas que Miriam découvre quoi que ce soit, j'ai acheté un téléphone mobile avec SIM prépayée uniquement destiné à le contacter. Je pensais que la relation prendrait bientôt fin, je me déferais de lui comme d'une mauvaise habitude et ma vie reprendrait son cours normal. Mais je me suis retrouvé incapable de me séparer de lui. Ce n'était pas juste une histoire de sexe, en tout cas pas pour moi.

« Taylor s'est mis à me demander de l'argent. Nous ne discutions jamais de ce pour quoi je payais. Lorsque nous nous rencontrions, je lui disais que je voulais l'aider, généralement je lui donnais cinquante livres, mais il s'est enhardi et c'est passé à cent. Il me demandait de l'argent pour des achats spécifiques, par exemple des chaussures neuves pour son petit frère. Il m'a ensuite demandé si je pouvais lui procurer certaines drogues utilisées en chirurgie, en particulier de la kétamine et des barbituriques. Je suppose que c'était pour les revendre à la sauvette. J'ai commencé à lui en fournir en petites quantités, jusqu'au jour où, c'était fin septembre, nous avons tous les deux consommé de la kétamine. J'ai découvert que la drogue m'aidait à me désinhiber pour… lorsque nous… enfin pour ces choses dangereuses et illégales que nous faisions.

« J'ai pris conscience que je dérivais dans une vie qui ne me ressemblait pas, une vie qui menaçait de détruire tout ce que j'avais bâti, mon travail, ma famille, mon mariage. Je lui ai dit que nous devions cesser de nous voir, j'en avais assez. Je voulais retrouver ma vie d'avant, mais je crois qu'il était devenu dépendant de mon argent et des drogues que je lui fournissais.

« Vers la fin novembre, il s'est mis à me menacer. Il m'a révélé des détails sur ma famille pour me prouver qu'il pouvait me faire du tort. Il m'a dit qu'il raconterait tout à Edith, Rollo et Miriam… tout ce que nous faisions ensemble dans le parc, qui j'étais réellement. Il voulait dix mille livres pour garder le silence et disparaître pour toujours. J'ai accepté de les lui donner – c'est la raison du message vocal. Nous étions convenus que je lui remettrais la somme le soir du dimanche 11 décembre. J'avais la ferme intention de lui donner l'argent et de résoudre le problème une bonne fois pour toutes, ainsi je pourrais passer un Noël agréable, sans inquiétude, avec ma famille.

[Le suspect fond en larmes. L'audition est suspendue.]

« J'ai rassemblé l'argent et pris avec moi une certaine quantité de kétamine, comme je l'avais souvent fait, pour me rendre à Hampstead Heath. Soyons clairs :

ma seule intention était de lui donner ce qu'il voulait afin de repartir à zéro. J'avais le sentiment que Taylor était une bonne personne et que notre relation n'était pas dénuée d'affection. Je sais que cela paraît naïf, dans la mesure où il me faisait chanter, mais je sentais qu'il prendrait l'argent et que les choses en resteraient là.

« Il était tellement fébrile, tellement ravi et excité. Cet argent allait tout changer pour lui, c'est ce qu'il m'a dit. Il avait un petit frère, je l'ai déjà mentionné, et cette somme allait transformer leur vie. J'ai eu l'impression que Taylor se moquait de mon malheur et qu'il était heureux que notre relation soit finie.

« Je lui ai dit que les dix mille livres se trouvaient dans le coffre de ma voiture, en plus d'un cadeau spécial. J'étais garé derrière le pub Jack Straw's Castle. Il m'a accompagné au véhicule et je lui ai tendu le sac contenant l'argent. Puis il a pris une dose puissante de kétamine pour fêter la transaction. Il m'a alors avoué qu'il me trouvait répugnant et qu'il était heureux de ne plus jamais avoir à me revoir. “Comme ça je n'aurai plus à faire tous ces trucs dégueulasses”, m'a-t-il dit. Il me regardait avec dégoût et j'ai compris que seul l'argent l'avait intéressé.

[Le suspect s'effondre une nouvelle fois en larmes. L'audition est suspendue plusieurs minutes.]

« Je me suis vu à travers ses yeux, misérable et humilié. Il ne m'avait jamais aimé, même *un peu*. Je l'écœurais, comme tout ce que nous avions fait ensemble. J'ai senti quelque chose se briser en moi, et mon sentiment d'impuissance s'est subitement mué en colère. Jamais avant je n'avais ressenti une rage aussi furieuse. Je l'ai poussé dans le coffre resté ouvert, dont j'ai claqué le capot. Je me suis mis au volant et j'ai commencé à rouler sans but précis, simplement pour quitter cet endroit. Bientôt je me suis retrouvé sur la route qui mène à Deeping, presque par automatisme. C'était comme si la voiture se conduisait seule. Lorsqu'un trajet est ancré si profondément dans votre esprit, vous pouvez le suivre sans réfléchir. Avant que j'aie pu réaliser quoi que ce soit, j'étais sur la M11. Tout ce temps, je me suis dit : *Je vais le conduire à l'extérieur de Londres et le laisser au milieu de nulle part, sans l'argent.* La kétamine est un analgésique extrêmement fort qui a des effets sédatifs et amnésiques tout en maintenant un rythme cardio-vasculaire stable. Il serait complètement perdu. Il oublierait ce qu'il venait de se passer.

« En arrivant à Deeping, j'ai ouvert le coffre. Il était inconscient mais vivant, j'ai vérifié. Comme je l'ai dit, la kétamine est un anesthésiant. Elle provoque une inhibition du système nerveux central et la sensation de ne plus avoir de contrôle sur ses jambes ni sur aucun de ses mouvements. Je suis entré dans la maison pour cacher le sac d'argent dans une chambre à l'étage. J'ignore pourquoi j'ai fait cela, sans doute pour le mettre en sécurité, hors de sa portée. Je pensais le récupérer plus tard.

« Après avoir placé le sac au fond de l'armoire, je suis retourné devant le coffre. J'ai fouillé les poches de Taylor pour lui prendre son portable. Je savais que le téléphone pouvait me trahir, c'était la preuve que lui et moi avions été en contact, mais je ne pensais à rien d'autre, je vous assure. Juste à cacher nos rapports. Je savais également qu'en le lui prenant il n'aurait aucun moyen d'appeler au secours. Je voulais qu'il mette le plus de temps possible à rentrer chez lui.

« Je suis remonté en voiture et j'ai emprunté le sentier, très boueux ce soir-là, qui traverse notre propriété jusqu'à atteindre la ferme voisine. Je me suis garé dans les bois à côté de la rivière et l'ai hissé hors du coffre pour le laisser sur place, évanoui, à environ trois mètres du bord de l'eau. Je ne l'ai pas jeté dans la rivière, ni noyé, ni provoqué sa mort. Il a dû se réveiller en état de choc, faire quelques pas en titubant puis tomber dans l'eau.

« Une semaine après cette terrible nuit, nous avons été informés qu'Edith avait disparu. J'étais horrifié. Je le suis encore. J'aime ma famille. Jamais je ne leur ferais de mal. Je ne sais pas ce qui est arrivé à ma fille et je ne souhaite qu'une chose, c'est qu'on la retrouve.

« Dans ma précipitation pour rejoindre Miriam cette nuit-là – la nuit avec Taylor Dent – j'ai oublié de reprendre l'argent dans la chambre. Lorsque des enquêteurs sont venus fouiller la maison après la disparition d'Edith, j'étais persuadé qu'ils le trouveraient et m'interrogeraient sur la présence d'une telle somme cachée dans un sac en plastique au fond d'une armoire. J'avais prévu de leur dire (à Miriam également) que je comptais payer en liquide des travaux de construction à Deeping, raison pour laquelle l'argent s'y trouvait. J'ai attendu et attendu encore, mais personne n'a jamais soulevé la question. Je ne pouvais évidemment pas en parler ni demander ce que l'on avait trouvé dans la maison sans éveiller de soupçons. »

Jeudi

MIRIAM

D'aucuns penseront qu'elle prend la fuite, mais que savent-ils des épreuves qu'elle a subies ? Une journée peut sembler durer une année ; chaque minute frémit telle une guêpe à l'agonie. Même les secondes sont prises de convulsions, elles s'abandonnent avec un frisson à un calme étrange et surnaturel – comme si toute chose se pétrifiait. C'est peut-être une fuite, mais c'est aussi bien plus que cela.

Elle patiente près du tapis roulant sur lequel circule la ribambelle de petites valises semblables à des boîtes à chaussures sur roulettes. Des bagages d'hommes d'affaires qui défilent en boucle à l'arrivée de l'aéroport de La Rochelle. En août, ce hall étrange aux apparences de hangar fourmille de Britanniques rougeauds qui attendent l'apparition de poussettes repliées sur le long ruban en caoutchouc, de mères et de pères en sueur qui portent dans leurs bras des nourrissons plus gras qu'ils ne le souhaiteraient, leurs passeports bordeaux prêts pour le contrôle des douanes. Elle et Ian ont fait partie de cette foule, des années auparavant. Rollo en larmes à propos d'une chose ou d'une autre, probablement parce qu'il voulait monter sur le chariot à bagages ;

Edie perchée sur le rebord métallique du tapis roulant, un livre sous les yeux comme à son habitude. Ian gardant un œil sur le tapis au milieu de la bousculade pour récupérer leur collection hétéroclite de sacs de voyage. Mais aujourd'hui, dans le froid d'une bise de janvier, on ne trouve qu'une poignée de passagers – quelques hommes d'affaires français impatients de quitter le hall de débarquement pour fumer une cigarette.

Le ciel est couvert d'épais nuages qui bouillonnent au-dessus de la plate campagne vendéenne. Miriam roule sur une route lisse et vide bordée de grands arbres, laissant Fontenay-le-Comte derrière elle. Elle est soulagée d'échapper à l'Angleterre, si petite et étriquée, et au remous provoqué par l'arrestation de Ian. D'échapper aux consolateurs hypocrites qui ne manqueront pas de sonner à leur porte – des amis prétendument à leur rescousse. Oui, il y a un réel soulagement à se trouver incognito sur ces terres désertées, où personne ne pourrait se ficher davantage des vices de son mari. Son ex-mari plutôt, comme elle devrait commencer à se le représenter, sauf qu'elle n'y arrive pas. Elle aurait dû s'en douter, ne cesse-t-elle de se répéter : elle aurait dû s'en douter. Lorsque le sergent-détective a frappé à leur porte, la veille au soir, le temps a paru se figer, à la manière d'un déjà-vu. La détective a franchi le seuil en lui annonçant que son mari venait d'être arrêté pour suspicion d'homicide, et Miriam y a vu la répétition d'un événement déjà survenu, une boucle du temps étirée comme une bande élastique. Elle a acquiescé, son apparence extérieure semblant encaisser la nouvelle, mais elle s'était sentie comme noyée – dans un lac peut-être – et les seuls sons qui perçaient la surface lui parvenaient tel un glas lent et funèbre. Ses pensées tournaient elles aussi au ralenti.

Elle s'était rendue dans le bureau de Ian et avait ouvert le tiroir qui contenait le Nokia décoré de ses autocollants de pirates, un indice qui aurait dû lui mettre la puce à l'oreille, suppose-t-elle, mais sur lequel elle a volontairement fermé les yeux car elle refusait de voir la vérité en face. On n'entend que ce que l'on veut entendre. On ne voit que ce qui nous arrange. Le téléphone avait disparu, évidemment. Elle avait tâtonné à la recherche des clefs du coffre-fort, qui se trouvait derrière une étagère remplie de livres dans le salon. Le coffre en métal vert était dissimulé derrière *Gray's Anatomy*.

— Vous êtes sûre que ça va? avait demandé la détective en l'examinant avec inquiétude. Vous avez l'air… calme. Est-ce que je peux vous aider? avait-elle ajouté, perplexe de voir Miriam sortir des livres de la bibliothèque.

Elle avait déverrouillé le coffre, et le téléphone était là – parmi des devises étrangères et la Rolex que le sultan de Brunei avait offerte à Ian. Il ne s'était pas donné beaucoup de mal pour le cacher.

— J'imagine que cela pourra vous servir, avait dit Miriam en tendant le téléphone à la détective.

— Merci.

— Il appartient au garçon?

— Je ne sais pas. Probablement, avait répondu l'enquêtrice en regardant Miriam droit dans les yeux, puis elle avait ajouté: Il y a autre chose dont il faut que je vous parle.

La détective lui avait alors annoncé qu'elle pensait qu'Edith était vivante – «Ce ne sont pas des paroles à la légère, lady Hind » – et qu'il se pouvait qu'un certain Abdul-Ghani Khalil lui ait fait passer illégalement la frontière pour rejoindre la France.

— Le cadavre trouvé dans un conteneur à Tilbury, s'était souvenue Miriam.

La détective lui avait expliqué qu'Edith avait probablement été mise en contact avec Khalil par l'intermédiaire de Tony Wright et que leurs échanges téléphoniques avaient servi à établir un point de rendez-vous sur l'une des autoroutes autour de Huntingdon. Wright savait comment éviter les caméras de surveillance. Khalil pouvait lui faire traverser la frontière sans se faire repérer par les douanes.

— Mais *pourquoi* ? avait dit Miriam.

— Tous les jours il y a des gens qui veulent disparaître, c'est l'une des choses les plus communes qui soient. Connaissez-vous un endroit en France où Edith aurait pu aller se cacher ?

Miriam avait fouillé sa mémoire comme sa main avait tâtonné dans le tiroir du bureau de Ian.

— Peut-être. Je ne suis pas sûre, avait-elle dit après un temps de réflexion.

— J'ai besoin que vous m'en fassiez une liste – des endroits où vous avez passé des vacances ou qui seraient chers à Edith. Je la donnerai à Interpol.

— Laissez-moi y aller d'abord, avait plaidé Miriam en regardant la détective aussi intensément qu'elle le pouvait. Je vous en prie.

— Je suis désolée mais…

— Je vous demande simplement un délai. S'il vous plaît. Juste un peu de temps avant que vous ne lanciez les recherches. Un ou deux jours, pas plus. J'ai une idée de l'endroit où elle peut être mais je n'en suis pas sûre. Laissez-moi y aller seule pour la convaincre de rentrer. Notre famille a tant souffert…

Elle avait agrippé les bras de la détective et serré de manière que cette dernière ne puisse détourner le regard.

— Je n'ai pas le pouvoir de retenir Interpol, mais ils ne pourront pas aller bien loin s'ils n'ont pas de pistes, c'est-à-dire d'endroits où commencer les recherches. La France est un grand pays. Si vous partez maintenant, vous aurez de l'avance. Mais il faut que je vous prévienne : mon patron est au courant de la connexion entre Wright et Khalil. Nous allons interroger Khalil à ce sujet et il se pourrait qu'il sache où chercher.

— Je comprends, avait acquiescé Miriam.

Elle avait reconduit la détective. Puis elle s'était effondrée à même le tapis de sol de l'entrée, la joue contre le revêtement rugueux aux relents de poussière, saisie par le vent glacé qui passait en mugissant sous la porte. Elle était montée se coucher peu de temps après, tiraillée entre la torpeur qui la gagnait et l'urgence de se mettre en route, comme le lui avait conseillé la détective.

Allongée dans sa chambre où un rayon de lumière jouait dans l'entrebâillement du rideau, elle s'était repassé le film de leurs années de mariage. *A-t-il jamais voulu de nous ? d'une femme et d'enfants ?* Leurs vacances – se sentait-il pris au piège ? Était-il là contre son gré ? Toutes les fois où il participait à un colloque ou allait jouer au badminton avec Roger. Leurs moments de tendresse, tous leurs efforts. Les disputes et les réconciliations. Elle voyait tout cela sous un nouveau jour, comme un programme informatique ajuste son calcul.

Elle avait réfléchi et réfléchi encore, comme si elle avait pu arrêter de balancer entre une idée et une autre.

Elle avait pleuré jusqu'à ce que la nuit tombe. Puis elle était entrée en catatonie. Du moins c'est ce qu'il lui avait semblé. Lorsqu'elle était finalement parvenue à s'endormir, son film mental avait repris, cherchant des indices dans les images estompées de sa vie de famille.

Le lendemain matin, elle avait descendu l'escalier en traînant une valise. Rollo la dévisageait sans comprendre.

— Je suis désolée de te laisser seul pour affronter ça, lui avait-elle dit.

— Où vas-tu ?

— Je ne peux pas te le dire.

— Est-ce que je peux venir avec toi ?

— Non, avait-elle répliqué en lui caressant la joue. Rollo, mon chéri, tu dois rester auprès de ton père. Va le voir en prison. Il a besoin de toi.

La route qui descend à Vouvant serpente sous le couvert des arbres, pour longer ensuite le manège de M. Ripaud, d'où Edith était partie pour sa première randonnée à cheval dans la forêt de Mervent sans porter sa bombe d'équitation – Miriam avait été horrifiée de l'apprendre, de la bouche de Ian.

— De qui crois-tu que nous tenions l'expression *laisser faire**[1] ? l'avait-il taquinée en sortant les fromages au lait cru qui avaient embaumé de leur odeur caractéristique le réfrigérateur de leur *gîte** de vacances.

---

1. Les mots et expressions suivis d'un astérisque sont en français dans le texte original.

— Pouah ! Des chaussettes sales ! hurlait Rollo chaque fois que la porte du frigo s'ouvrait, frappé par l'odeur.

Cet été-là, Edith se découvrit passion sur passion – essentiellement la lecture et l'équitation – et elle se nourrit exclusivement de pain français (des baguettes à la mie blanche et épaisse dont elle coupait une moitié pour elle seule) et de pêches, leur jus sucré dégoulinant sur son menton et son T-shirt. Elle avait refusé que Miriam lave son pantalon d'équitation car son odeur lui rappelait Arthur, son cheval adoré.

Miriam s'engage sur la pente au sommet de laquelle se trouve le parking, à l'ombre de la tour Mélusine. Elle prend son manteau sur le siège arrière. Le vent souffle fort dans les arbres, tandis qu'elle marche vers le mur qui borde l'aire de stationnement, en admirant l'eau en contrebas. Des bourrasques en rident la surface qui ondoie de milliers d'écailles mouvantes. Elle serre son manteau contre elle et tourne en direction du *bar-tabac**, devant lequel un présentoir à cartes postales vacille dangereusement dans le vent.

— *Une Anglaise, vous dites ? Elles sont partout**, fait l'homme derrière le comptoir.

— *Oui, mais une Anglaise qui habite ici ?** l'interroge Miriam. *Il y a depuis quelques mois ?**

Elle peine à retrouver des expressions idiomatiques, comme si elle fouillait dans une vieille valise. Ce sont les mots justes, mais pas forcément dans le bon ordre.

— *Bof. 'Sais pas**, fait-il avec une grimace.

Miriam commande un café en examinant la salle – une pièce sombre avec une gigantesque télévision accrochée au mur qui diffuse une émission sportive émaillée de vivats fracassants. Une clientèle éparse, pour la plupart les yeux rivés sur le téléviseur. Elle décide de boire son café en terrasse malgré le froid piquant.

Lorsque le serveur lui apporte sa commande, elle retient la page volante du guide touristique qu'elle a acheté à l'aéroport de Stansted afin de trouver un hébergement. Sa main couverte d'un gant de cuir repose sur le chapitre consacré à la « Légende de Mélusine ».

Selon la légende, Mélusine assassina son père et subit comme châtiment de voir la moitié inférieure de son corps transformée en serpent chaque samedi soir. Peu de temps après, elle rencontra Raymond de Poitou qui lui demanda de l'épouser. Mélusine accepta, à condition qu'il ne pose jamais son regard sur elle le samedi soir. Le couple vécut heureux de nombreuses années dans le château de Vouvant, jusqu'au jour où, rompant sa promesse, Raymond de Poitou la surprit dans sa forme mi-humaine mi-serpent.

Vision typique de la sexualité féminine, songe Miriam. *Un serpent, vraiment.* Elle lève la tête et aperçoit devant la terrasse un groupe de cyclistes affublés de l'attirail complet – collants en Lycra, gants, casque aérodynamique et lunettes de soleil enveloppantes antireflets qui leur donnent l'apparence moirée d'une nuée de mouches.

Quand, au cours d'une dispute, Raymond traita son épouse de « serpent » devant la cour, Mélusine se transforma en dragon et s'envola pour ne plus jamais revenir.

— *Excusez-moi**, l'interpelle une voix masculine.

Miriam lève les yeux du guide. L'homme lui annonce qu'il l'a entendue s'enquérir d'une jeune fille – *une Anglaise** – dans le bar. De ce qu'elle comprend de son français rapide, il en connaît une.

— *Jeune*?* lui demande-t-elle en plissant les yeux face au soleil, une main en visière sur le front.

— *Oui, eh bien, dans la vingtaine, je suppose**, répond-il en lui indiquant une direction qu'elle peine à saisir. *Tout droit, à gauche, en bas, par la rivière**.

Elle est prise au dépourvu, désorientée. Elle ne s'attendait pas à ce que son voyage porte réellement ses fruits. Une fuite hors du chaos de l'Angleterre, un pèlerinage dans le passé de sa vie de famille, oui. Mais *retrouver* Edith ?

Prenant le chemin que l'homme a pointé, elle se hâte à l'ombre des boutiques du village, le primeur puis la *pharmacie** ornée de son logo vert fluorescent, tourne au coin de la place de l'Église pour arriver devant la *mairie** au sommet de laquelle flotte le drapeau français, et en face, l'église de Vouvant, du XIIe siècle, dont les marches imposantes mènent à deux arches jumelles.

Arrivée là, elle est incapable de se souvenir de la direction à prendre. Alors qu'elle s'interroge, elle remarque une vieille femme à bout de souffle, chargée d'une multitude de sacs, qui avance lentement à l'aide d'un déambulateur. Miriam s'avance vers elle.

— *Rivière*?* s'enquiert-elle en désignant une des allées qui partent de la place.

La vieille femme acquiesce.

— *Oui, en bas**.

EDITH

La journée est si belle, si ensoleillée que je suis prise de l'envie d'ouvrir en grand les hautes fenêtres de ma chambre. J'installe un coussin sur le balcon digne de Juliette, en songeant à l'héroïne d'*Avec vue sur l'Arno,* Lucy Honeychurch, en train d'ouvrir ses volets à la pension Bertolini.

Le soleil me brûle le visage mais le vent est encore frais et je porte mon gilet le plus chaud. J'ai pris mon exemplaire de *Jane Eyre*, mais je ne lis pas. Je contemple le panorama, sereine pour la première fois depuis cinq semaines, sans doute parce que je n'ai pas fait de recherches sur Internet, aujourd'hui. La tête renversée contre le cadre de la fenêtre, les yeux fermés, j'entends un bruit de pas sur le chemin en contrebas.

Lentement je me redresse en clignant des yeux, pour apercevoir le sommet d'une tête par-delà le mur. Des cheveux gris. Quelque chose de vaguement familier, un visage levé, puis nos regards se croisent et je suis foudroyée de reconnaître ce visage tant aimé. *Jane Eyre* me tombe des mains et bascule par-dessus le balcon – oiseau abattu en plein vol.

Je me précipite dans l'intérieur sombre de l'appartement et dévale l'escalier pour lui ouvrir. Que fait-elle ici ? Elle doit me haïr après ce que je lui ai fait endurer. Que sait-elle exactement et surtout, *comment* vais-je lui apprendre la nouvelle ? Les secrets que j'ai dissimulés car ils risquaient de la détruire ? Ceux-là mêmes que je fuis depuis cinq interminables semaines.

Lorsque je déverrouille la porte, elle est sur le seuil, le visage couleur cendre, accusateur. Elle a vieilli d'au moins dix ans depuis la dernière fois que je l'ai vue. *Ma faute.*

— Comment as-tu pu ? siffle-t-elle.

— Maman, je… je peux tout t'expliquer. Tu ne… comprends pas… maman…

Les mots refusent de sortir.

— Je n'ai jamais voulu te faire de mal…

— Comment as-tu pu nous faire *cela* ?

— Il y a tellement de choses que tu ne sais pas !

Je me mets à sangloter. Je suis incapable de me reprendre, de faire cesser mes pleurs.

— Je croyais que tu étais *morte* !

Ses yeux striés de rouge sont remplis de larmes, son front est plissé par la colère et l'incompréhension. Il n'y a rien de pire que voir sa mère pleurer et de savoir qu'on en est la cause.

— Entre, lui dis-je en la tirant à moi pour la serrer dans mes bras.

Elle pousse un râle de douleur et s'effondre sur ma poitrine. Ses cris pareils à ceux d'un animal sont gênants tant ils sont forts, ils rebondissent de part et d'autre du muret qui borde le chemin.

— Viens, entre. Je vais nous faire du thé. Puis je t'expliquerai tout.

Elle renifle, sort un mouchoir de son sac à main et essuie les larmes sur ses yeux et son nez.

Je la conduis dans l'escalier sombre jusqu'à mon appartement, en me demandant par quel bout commencer mon récit. Si je lui explique les raisons de ma disparition, je vais devoir lui révéler sur notre famille des secrets qu'il vaudrait mieux qu'elle ignore. Je ne sais comment justifier mon acte sans la faire souffrir davantage. Je lui ai déjà fait tellement de mal. Je la guide dans le salon, lui prends doucement son sac des mains pour le poser sur le canapé, et je lui fais signe de s'asseoir.

— Je ne sais pas par où commencer, dis-je, puis je m'arrête.

Je n'arrive pas à la regarder en face, alors qu'elle me dévore avidement des yeux.

— J'ai vu des choses…

— Il a été arrêté, lâche-t-elle. Tu l'ignorais, n'est-ce pas ? Ton père a été mis en détention hier pour le meurtre de Taylor Dent.

Je la fixe. Ainsi, ce n'est pas moi qui lui annoncerai ce que je sais, comme un mensonge que j'aurais inventé par perversité ou imaginé dans le seul but de la faire souffrir. Non, je n'aurai pas à lui apprendre cela, et pourtant, je regrette qu'il ait été arrêté. Je regrette qu'elle soit au courant et qu'ils ne soient plus ensemble. Que ce ne soit pas à moi seule de payer le prix.

— Taylor Dent ? C'est comme ça qu'il s'appelait ? dis-je en chuchotant. Je ne savais pas.

— Tu as assisté à la scène, cette nuit-là, à Deeping.

J'acquiesce et nous restons toutes les deux silencieuses, sous le choc.

— Je ne comprends pas, dit-elle enfin. Pourquoi t'es-tu enfuie ? Pourquoi as-tu voulu nous faire croire que tu étais morte ?

— C’est faux ! me suis-je écriée d’une voix hystérique, me sentant à nouveau basculer.

Je voudrais lui dire la vérité mais j’ignore si j’y arriverai.

— C’est faux, faux ! me suis-je mise à hurler en arpentant la pièce. Il est vrai que j’ai voulu disparaître. J’ai voulu que le sol s’ouvre sous mes pieds et qu’il m’engloutisse. J’étais incapable de garder le secret mais je ne pouvais pas non plus le dénoncer. Impossible d’en parler à Will ou à Helena…

— Helena…

— Je sais… dis-je avec une plainte, en me frappant l’estomac. Helena, oh, Helena !

Un cri jailli telle une boule de feu de mes tripes. Ma culpabilité. Ma détresse. Le mal que j’ai causé.

— Elle est morte et c’est ma faute. Je le sais, maman. Tu n’as pas besoin de me le rappeler, de m’accuser. Je sais *très bien.*

— Edie, appelle-t-elle doucement. S’il te plaît, calme-toi. Viens t’asseoir.

Nous nous pressons l’une contre l’autre, le regard perdu dans les flammes qui dansent et crépitent. Elle est assise, les genoux serrés, dans une pose rigide. Mes jambes sont repliées sur le côté. Nous gardons le silence, profitant de pouvoir enfin souffler.

Elle porte un chemisier bleu marine à motif William Morris de feuilles et de cosses entrelacées. Ma tête repose contre son épaule. J’observe le dessin du tissu, le pendentif niché au creux des rides à peine marquées sur sa poitrine. Je suis émue par son raffinement et son élégance. Ses bagues scintillent sur ses doigts, mais la peau de ses mains paraît celle d’un reptile et son visage est raviné par la douleur et l'épuisement. Ma pauvre maman. Mes larmes se remettent à couler et elle embrasse mes cheveux.

— Raconte-moi ce qu'il s'est passé, demande-t-elle.

— Je suis allée à Deeping un dimanche, début décembre. C'était l'après-midi. J'y suis arrivée vers quinze heures… il faisait encore jour. J'avais besoin d'être seule pour réfléchir, loin de Will. Je songeais à me séparer de lui. (Je la regarde dans les yeux.) Tu le savais, maman, pas vrai ? Tu avais deviné que je voulais le quitter. Tu vois, il s'était passé des choses avec Helena et j'étais perturbée. Je ne savais pas si c'était le signe que ça n'allait plus entre lui et moi ou si c'était le début d'une relation sérieuse avec elle. Je me sentais perdue et j'avais besoin de m'aérer la tête, prendre de la distance. J'avais plus ou moins décidé de passer la nuit à Deeping. J'étais allongée sur votre lit… tu sais combien j'aime dormir dedans. La nuit commençait à tomber et je me suis endormie. J'ai été réveillée par des bruits au rez-de-chaussée. La maison était plongée dans l'obscurité et j'ai pensé, dans un demi-sommeil, *Ah, maman et papa sont là*. Puis je me suis souvenue. Tu te rappelles, je vous avais eus au téléphone et tu m'avais dit que vous comptiez rester à Londres ce week-end-là ? Papa avait beaucoup de travail, vous ne viendriez pas à Deeping. Je me suis figée, pensant qu'il s'agissait d'un cambrioleur qui s'était introduit au rez-de-chaussée. On fait tellement peu cas des mesures de sécurité, là-bas ! J'avais verrouillé la porte d'entrée – je suis toujours nerveuse quand je suis toute seule à la campagne – mais comme il y a la clef sous le porche… J'ai entendu des pas dans l'escalier. Mon cœur battait à tout rompre, j'étais terrifiée. Doucement je me suis levée du lit et me suis glissée dans l'armoire au milieu de tes vêtements, puis j'ai refermé la porte de l'intérieur. L'intrus est entré dans la chambre et s'est dirigé droit sur l'armoire. J'ai cru que ma dernière heure était arrivée, mais il a ouvert le tiroir du bas et y a fourré quelque chose. Je suis restée dans le meuble, morte de peur, tandis que les pas s'éloignaient. J'ai entendu encore du bruit au rez-de-chaussée puis la porte d'entrée a claqué. Je suis sortie en tremblant de ma cachette et j'ai regardé par la fenêtre. Le détecteur de mouvement avait déclenché la lumière et j'ai vu papa ouvrir le coffre de sa voiture. Dedans, il y avait un corps… un garçon…

— Taylor Dent.

— Je ne connaissais pas son nom. J'ai essayé de le chercher depuis ce jour… J'ai regardé sur Internet les personnes disparues ou assassinées en Est-Anglie, mais je n'ai rien trouvé à propos d'un jeune Noir tué dans les environs de March. C'était comme s'il était passé inaperçu.

— Contrairement à toi.

— C'est vrai, dis-je en me redressant. Dans les semaines qui ont suivi ma disparition, tout le monde ne parlait que de ça, alors que lui, rien.

Je me renfonce dans le canapé, contre son épaule. C'est plus facile de raconter mon histoire si je ne la regarde pas.

— J'ai assisté à toute la scène depuis la fenêtre de la chambre. Je n'arrêtais pas de trembler. On ne met pas quelqu'un dans un coffre si on ne veut pas lui faire du mal. Le coffre c'est pour les animaux, pas les humains.

— Il n'a pas vu ta voiture ?

— Je m'étais garée à l'autre extrémité du parking. Comme la G-Wiz est minuscule, il ne l'a pas vue depuis l'allée centrale. Mon cœur cognait dans ma poitrine. Un garçon dans un coffre… c'était le signe que quelque chose allait très, très mal. Papa lui fouillait les poches et le corps du garçon basculait passivement, qu'il ait été inconscient ou mort. Il a cherché jusqu'à ce qu'il trouve je ne sais quoi, un téléphone ou un portefeuille – je ne pouvais pas voir – qu'il a mis dans sa propre poche. J'essayais de réfléchir… Pourquoi ferait-on les poches d'un garçon qui paraissait mort ou évanoui ? Il n'y avait pas d'explication sinon la pire. Avant que j'aie pu courir en bas, les portières ont claqué et il est parti. Je suis allée voir ce qu'il avait caché dans le tiroir de l'armoire. C'était un sac en plastique avec des liasses et des liasses de billets entourées d'un élastique.

— C'est donc toi qui as pris l'argent ?

J'acquiesce.

— Au moins, il est resté dans la famille, sourit-elle douloureusement.

— J'ai pensé à toutes les options que j'avais : retourner à George Street auprès de Will ; faire comme si je n'avais rien vu ; raconter à la police ce que j'avais vu ; te le raconter à toi ; aller voir Helena. Aucune d'entre elles ne m'a paru possible. Je butais sur chaque possibilité, c'était comme si je m'étais trouvée à bord d'une auto-tamponneuse et que je heurtais les murs sans répit. J'ai pensé rejoindre Rollo à Buenos Aires, puis j'ai réalisé qu'il me faudrait tout lui dire. L'horreur. J'étais convaincue que personne ne me croirait. On me prendrait pour une folle, celle qui avait détruit sa famille.

J'ai d'ailleurs cru que j'étais *réellement* folle et que j'avais imaginé toute la scène. Qu'il fallait qu'on m'enferme. J'ai regardé l'argent et l'idée de disparaître m'est venue. Et c'est la seule qui avait du sens. Maman, il faut que tu me croies, mais la seule chose que je savais, c'est que je devais fuir. Mon seul désir était de disparaître, pas de te faire du mal.

— C'est pourtant ce que tu as fait. Tu m'as fait un mal terrible, Edie.

— Je ne supportais pas l'idée de savoir une chose qui pourrait te détruire. Je refusais de garder le secret mais je ne voulais pas non plus le trahir. Je ne pouvais pas retourner voir Will, et avec Helena, tout était si confus… J'étais prise au piège, tu comprends ? Lorsque j'ai vu la somme qu'il avait laissée, j'ai su que c'était ma porte de sortie. Cet argent me permettait de disparaître. Je pouvais me volatiliser, et je connaissais les personnes qui m'aideraient à le faire.

— Quelles personnes ?

Je me lève. Je ne parviens toujours pas à la regarder.

— Encore un peu de thé ? dis-je en lui prenant la tasse des mains.

— Edith, quelles personnes ?

— Ne te préoccupe pas de ça. Tu n'as pas besoin d'en savoir plus. L'argent me permettait de disparaître sans laisser de traces. C'est ce que je voulais.

Je reviens dans la pièce avec deux tasses fumantes.

— Que lui est-il arrivé ? Où l'a-t-on incarcéré ?

— Il est à Littlehey. Rollo va aller lui rendre visite. Nous avons fait appel à un avocat du cabinet Kingsley Napley.

— Comment va-t-il ?

— Je ne suis pas allée le voir, réplique-t-elle, et je lis la détresse sur son visage. Mais j'irai. (Elle lève la tête.) Oui, j'irai le voir. C'est quand même mon mari.

Son regard est résolu. Je la regarde.

— Après tout ce qu'il a fait…

— Je n'ai pas à me justifier, Edith, dit-elle en fronçant les sourcils. Ni à justifier mes sentiments. Certainement pas auprès de *toi*.

Nous restons silencieuses après cela, mais ce n'est pas un silence apaisé.

MIRIAM

Ce qu'elle vient de dire à Edith, c'est la première fois qu'elle s'autorise à le penser, et elle est surprise par la force de sa conviction. C'est encore son mari. Un événement, si tragique soit-il, ne saurait effacer vingt-cinq ans de mariage. Oui, elle lui rendra visite à Littlehey. Cela lui prendra peut-être du temps, elle se sentira peut-être en colère, trahie ou honteuse. Mais elle ne l'abandonnera pas à son sort. Leurs amis le feront sûrement, mais elle non.

— Comment est-il mort ? l'interroge Edith à présent. Taylor Dent. Qu'est-ce que papa a…

— Noyé. Dans la rivière près de Deeping. Je ne connais pas les circonstances exactes, mais il avait pris de la drogue, de la kétamine, ce qui a probablement causé le décès lorsqu'il est tombé dans l'eau. Ça l'a peut-être paralysé. De toute façon, ce sera éclairci lors du procès.

— Il était donc vivant quand je l'ai vu dans le coffre ? s'écrie Edith, et Miriam voit le visage de sa fille s'altérer à mesure que cette idée pénètre sa conscience. J'aurais pu l'aider si je n'étais pas restée cachée !

— Tout aurait été différent si tu n'étais pas restée cachée, dit Miriam sans pouvoir masquer le reproche dans sa voix.

Le soulagement de voir sa fille vivante cède peu à peu la place à la fureur, de celles dont Miriam se souvient lorsqu'Edith était petite – les fois où elle la perdait de vue dans un parc ou sur la plage, et qu'elle la cherchait frénétiquement avec des cris toujours plus hystériques tandis que d'autres mères l'aidaient, par instinct. Puis venait le moment où Edith ou Rollo était découvert jouant avec insouciance dans un fourré ou un bac à sable, et Miriam se mettait dans une rage folle et les faisait pleurer uniquement pour qu'eux aussi ressentent une milliseconde sa peur. « Ne refais plus jamais ça, *jamais* ! » Tout en les serrant dans ses bras jusqu'à les étouffer.

— Comment as-tu pu partir si longtemps ? demande-t-elle. Pourquoi ? Tu as pourtant vu les proportions qu'a prises l'enquête, les moyens déployés par la police. Tu savais que tout le monde te recherchait. Que nous, ta famille, te croyions morte.

Edith se remet à pleurer.

— Tu ne comprends pas ? Justement, les choses étaient allées trop loin. J'étais coincée, il était trop tard pour que je puisse revenir…

Elle suffoque, et Miriam se demande si c'est la culpabilité qui l'empêche de respirer.

— Impossible de revenir en arrière. Puis Helena est morte et… J'ai déclenché cette série de drames, et je n'avais même pas… je n'avais rien prévu. Plus ça prenait de l'ampleur – le déchaînement des médias, le nombre de policiers mobilisé –, moins j'étais capable de rentrer à la maison.

— Tu aurais pu m'envoyer un e-mail, une carte postale, n'importe quoi pour me dire que tu allais bien.

Edith s'éloigne. Elle ne peut, ne veut pas répondre à cette question.

— Edith ? presse Miriam.

EDITH

Je sais que mon histoire comporte des failles et qu'elle les voit. J'entends combien mes explications paraissent incohérentes. Et pourtant, dans le calme de ma vie de campagne, les jours ont filé. Moins on entre en contact, et moins le contact devient possible, comme si le silence pouvait s'étendre telle une mare de sang. Dans cette solitude, j'ai trouvé plus d'espace. La liberté. Quelque chose de téméraire et d'interdit. Je ne voulais *pas* rentrer. Mais je ne peux pas le lui dire. Ce serait porter l'égoïsme à son comble. Son visage, couleur de cendre, me regarderait avec trop de tristesse et de déception. Mais moi aussi j'ai été déçue.

— Il m'a laissée tomber, dis-je dans un murmure. Il n'était pas celui que je pensais. Il attendait tout de moi, alors que lui, pendant ce temps…

— On a tous une vie intérieure, Edie. Tu es suffisamment grande pour le savoir.

— Mais de là à tuer un garçon ?

En disant ces mots, j'ai déjà la réponse à ma question. Elle détourne les yeux. Je perçois sa honte.

— Maman ?

— Ils étaient… commence-t-elle. Ils avaient une aventure.

— Une aventure.

— Oui.

— Donc il est… ?

— Il est quoi ? coupe-t-elle sèchement en me regardant dans les yeux. Homosexuel ? Hétérosexuel ? Et toi, qu'es-tu donc ? Est-on forcé de n'être qu'une seule chose ?

— Comment peux-tu lui pardonner ?

— Qui a parlé de pardon ?

— Tu sembles…

Je ne parviens pas à trouver le bon mot. Serait-ce de l'acceptation ?

— Peut-être que je n'attends pas des autres autant que toi.

— C'est lui qui a toujours attendu l'impossible des gens ! C'est lui qui a placé la barre si haut, alors que tout ce temps…

Je pleure. Mes larmes sortent brûlantes, comme une délivrance. Justifiées.

— … je n'ai même pas eu le droit de garder mon bébé, de m'installer avec Jonti pour mener une vie normale. Oh non, ce n'était pas assez bien pour lui. Alors que lui…

Elle me dévisage, choquée.

— Edie, tu aurais pu garder cet enfant. Nous ne t'avons jamais forcée à…

— Ce n'est pas ce que j'ai senti, dis-je quoique je ne sois plus si sûre de la vérité. On m'a fait clairement comprendre que je courais droit à l'échec. Vous aviez de si grandes espérances pour moi.

— Je ne me suis jamais doutée que tu avais ressenti cela, ma chérie. Notre intention n'était pas que tu te débarrasses du bébé mais de t'aider à prendre une décision raisonnable… qui engageait ta vie. Peut-être avions-nous tort. J'ai vu Jonti récemment, lorsque nous te cherchions. Et j'ai pensé que vous auriez pu vous en sortir avec un nouveau-né. C'est une bonne personne. Mais très sincèrement, Edie, nous avons cru faire le bon choix. Tu as tout le temps encore de faire un enfant. Dix-huit ans c'était si jeune, ç'aurait été une épreuve. Ce ne sont pas de grandes espérances, c'est de l'amour. Nous voulions ce qu'il y avait de meilleur pour toi. Je ne parle pas de Cambridge, évidemment. Je dis que je ne voulais pas te voir déprimée et seule à dix-huit ans avec un bébé sur les bras.

À présent, elle m'observe avec une expression inquiète qui me rassure.

— Oh, je sais comment est Ian, poursuit-elle. Tu as cru que nous attendions de toi l'excellence, et je le comprends. Mon Dieu, il y avait peut-être une part de narcissisme là-dedans. Je veux dire, quel parent n'a jamais rêvé de dire : « Ma fille étudie à Cambridge » ? Mais ce n'est rien comparé à l'amour que nous te portons, Edith.

— Comment étais-je supposée savoir ce que je voulais quand vous aviez des projets si ambitieux pour moi ? Et alors que la seule chose que je souhaitais c'était vous faire plaisir ? J'ai passé ma vie à faire en sorte que vous soyez fiers de moi, mais lui… lui… il a commis un acte immoral !

Je suis allée trop loin.

Elle s'est levée et je vois la colère qui bouillonne en elle. Ses mots sortent en un râle furieux, pourtant je sens qu'elle tempère la violence de ses sentiments.

— Tu es la fille d'un *homme*. Un homme ordinaire, empli de doutes et de faiblesses, qui s'est trouvé pris dans un engrenage qu'il n'a pas su contrôler. C'est vrai, il a commis un acte terrible, pour lequel il sera puni très sévèrement. Et toi aussi tu es ma fille, Edie, même si tu ne me montres aucun amour. Toi aussi, tu dois décider de qui tu es. Décider, Edie. Cela ne sert à rien de te trouver des excuses, que nous t'avons obligée à faire telle ou telle chose, que nos attentes étaient trop hautes, que la pression était trop forte. Tu dois te lever et faire entendre ta voix. Et si tu as décidé que ton amour pour tes parents finissait le jour où tu prenais conscience qu'ils étaient humains, c'est qu'il ne te reste plus beaucoup d'espoir.

— Mais il m'a tellement déçue, dis-je faiblement.

Une tentative puérile.

— Toi aussi, Edith.

Nous sommes silencieuses. Maman s'est laissée retomber dans le canapé. Son regard est vitreux. Elle fixe le feu de cheminée.

— « Ce n'est pas de l'amour que l'amour qui change quand il voit un changement », récite-t-elle, puis elle me regarde en face. C'est ton père et tu dois le soutenir, comme nous te soutenons.

Un an plus tard
Mercredi
MANON

— Fly ? Fly ! Viens faire tes devoirs !

Elle l'entend grogner depuis l'autre bout du couloir et patiente en regardant le jardin éclaboussé de soleil dont les rayons jouent entre les branches des tilleuls. Les pierres couleur miel du dallage de la terrasse irradient la chaleur de cette belle journée.

— Fly ! Allez viens, tu perds du temps.

Il la rejoint à la table de la cuisine et soulève avec un effort comique son cartable d'école pour le poser sur ses genoux. Sa chemise blanche porte la tache d'un stylo qui a fui, l'encre noire a imprégné le coton au niveau de la poche. Il sent la transpiration. Manon note mentalement de lui acheter du gel douche.

— Quelle surprise tes professeurs nous ont-ils réservée pour ce soir ? dit-elle.

— Y faut que j'écrive un texte pour convaincre de quelque chose, comme les pubs de politique à la télé.

— Les spots de campagne. OK. Des idées de sujet ?

— Ben par exemple, pourquoi je pourrais pas regarder la télé après qu'on ait dîné, comme tous les autres enfants.

— Après qu'on *a* dîné, Fly. Tu ne vas pas convaincre grand monde si tu fais des fautes de syntaxe. Très bien. Écris comme si tu voulais me faire changer d'avis.

— Personne peut te faire changer d'avis, Tatie Détective.

— Pour toi, ce sera Tatie Inspectrice.

Il s'affale en travers de la table tel un parapluie cassé en mordillant la pointe de son stylo. Lorsqu'il se met à écrire, c'est en chuchotant les mots pour lui-même. Manon se lève pour remuer le ragoût d'agneau qui mijote sur le feu.

— Quand tu auras fini, tu pourras aller jouer dehors, dit-elle, dos à lui.

— Sérieux ?

— Sérieux.

Elle aime le surprendre en assouplissant parfois les règles strictes qu'elle lui a imposées, même si elle sait qu'elle attendra anxieusement son retour à la maison. Mais elle peut difficilement lui refuser ces petits plaisirs : la balade sur Mill Lane jusqu'au marchand de journaux où il achètera des bonbons, puis les balançoires sur Sumatra Road, enfin le parc de Fortune Green où ses copains d'école se retrouvent pour escalader le grillage métallique de l'aire de jeux. Il aura bientôt douze ans et mesure plus d'un mètre cinquante. Il va seul à l'école.

— Mais pas de sweat à capuche, ajoute-t-elle en se rappelant combien ils peuvent paraître intimidants lorsqu'ils traînent en bande.

Ils sont tous déjà si grands, si précocement *adultes*.

— Pff. Pourquoi ? râle-t-il.

— Primo, tu vas mourir de chaud là-dedans – même si ton pantalon te tombe sous les fesses, ce qui, entre nous, est complètement ridicule mais nous avons déjà eu cette discussion. Secundo, je ne veux pas qu'on te prenne pour ce que tu n'es pas. Tu es un garçon gentil et bien élevé, Fly. Je ne veux pas qu'on puisse penser le contraire.

— Pourquoi je devrais être interdit de porter un truc juste à cause de la couleur de ma peau ?

— Effectivement, ça serait un bon sujet pour ton devoir. Oh, et Fly ? Interdit de fumer dans le cimetière. Ne fais pas l'innocent, je sais que tu as déjà essayé.

— C'est ça, marmonne-t-il entre ses dents.

Sous son dédain de façade, Manon croit reconnaître une joie secrète aux limites qu'elle lui fixe.

— Et je veux que tu rentres pour dix-huit heures précises. Ellie et Sol viennent dîner à la maison.

— OK. Je pourrai donner à manger à Solly ?

— Je suis certaine qu'Ellie sera ravie, lui sourit-elle. Tu préfères quoi pour accompagner le ragoût, riz ou semoule ?

— C'est quoi « semoule » ? rétorque-t-il, les yeux à nouveau baissés sur son cahier.

— Les petits grains jaunes.

— Ouais, ça plutôt.

Dans la pièce baignée de la pâle lumière de mai et pleine des arômes de viande mijotée, Manon prend conscience du temps qu'il leur a fallu pour devenir une petite famille.

Cela s'était fait sans préméditation. La mère de Fly était décédée brutalement. Trois mois après l'arrestation de Ian Hind et quatre mois après que Manon eut rencontré Maureen pour la première fois, son cancer à l'estomac l'emporta. On n'avait même pas eu le temps de l'hospitaliser. Manon s'était rendue à Londres sans plan précis, elle improviserait au fur et à mesure des événements. Elle et Fly avaient vécu chez Ellie – une réconciliation dictée par la nécessité – dans son deux-pièces de Fordwych Road, une artère formant la frontière entre Kilburn et West Hampstead. Loin de vivre le paradis, Ellie s'était séparée durant sa grossesse du père de Solly, encore un minable, et désespérait de retrouver un jour un cycle de sommeil normal.

Ils vivaient les uns sur les autres. Le nourrisson partageait la chambre d'Ellie, Manon occupait la chambre d'amis et Fly dormait dans le salon, sur le canapé-lit qu'il repliait en vitesse chaque matin avant que tout le monde se lève. Manon y vit le signe de son angoisse quant à la précarité de la situation.

Deux mois passèrent ainsi – Manon posa la totalité des congés payés et des jours de récupération qu'elle avait accumulés au fil d'années de service de nuit et de week-ends –, ce qui permit à Fly de finir le semestre dans son école primaire, où ses professeurs se donnaient beaucoup de mal pour lui. Ellie put récupérer un peu de sommeil. Pour l'avoir vécu, Manon et sa sœur savaient que Fly devait autant que possible conserver ses routines habituelles afin de surmonter le décès de sa mère.

— C'est agréable... de vous avoir à la maison, disait Ellie. Fly fait ressortir ce qu'il y a de meilleur en toi.

Mais c'était Solly qui avait illuminé leur vie. Tous, ils l'adoraient, en particulier Fly qui s'allongeait avec lui sur la moquette pour lui chatouiller les pieds et lui faire des bisous sur le ventre. Il se couvrait le visage des mains puis les retirait en faisant « bouh ! », et les gloussements de Solly se transformaient en éclats de joie – notes aigües comme celles d'un piano, vibrantes et chaleureuses. Il était impossible de ne pas sourire lorsque Solly riait, ce qu'il faisait volontiers, toute la journée.

Quand Manon eut épuisé ses jours de congé, elle dut prendre une décision.

— Je vais demander à Fly s'il peut loger chez des amis, dit-elle alors à Ellie. Juste le temps que je règle la situation à Huntingdon. Je ne veux pas te…

— Ne sois pas bête. Bien sûr qu'il reste ici, lui répondit sa sœur. Solly l'adore. Et puis, ce n'est pas bon pour lui de déménager sans cesse, pas après ce qu'il a vécu. Sincèrement, j'aime l'avoir avec moi. Combien de temps ça va te prendre ? Quand reviendras-tu ?

Manon avait perçu l'anxiété de sa sœur à l'idée qu'elles soient de nouveau séparées.

— Pas longtemps, la rassura Manon.

Les changements qu'elle s'apprêtait à faire seraient temporaires, avait-elle pensé. Elle prendrait un poste de contractuelle à la Metropolitan Police de Londres en attendant de trouver à Fly une place dans une famille d'accueil.

Edith Hind revint au Royaume-Uni avec sa mère et se présenta d'elle-même au commissariat du Cambridgeshire. Elle expliquerait tout, avait-elle dit. Elle portait une chemise blanche à col pointu chastement boutonnée, un pantalon coupe cigarette bleu marine et des mocassins marron d'écolière, en plus de lunettes de vue à grosse monture noire dont Manon pensa qu'elles étaient un accessoire pour compléter sa tenue d'élève modèle. L'ensemble avait été conçu pour donner l'impression d'une jeune fille sérieuse, sincèrement alarmée par la tournure qu'avaient prise les événements. Malgré cet accoutrement de bibliothécaire, sa beauté était à couper le souffle : éclatante chevelure auburn encadrant de boucles légères son fin menton, peau d'albâtre, silhouette élancée et gracieuse. Manon n'avait pu en détacher son regard. Elle se demanda si Edith ne devrait pas être plus sévèrement punie à cause de sa beauté. Ou le contraire. Devrait-elle pouvoir s'en tirer librement ? Manon voulait-elle la voir souffrir par pure jalousie ?

Elle et Harriet étaient assises face à Edith, elle-même flanquée de Miriam et d'un avocat excessivement coûteux.

— Je ne voudrais rater ça pour rien au monde, déclara Davy en se postant dos au mur.

Tout le monde, y compris Gary Stanton, regarda l'audition depuis la salle de retransmission vidéo.

— Mademoiselle Hind, commença Harriet avec une politesse excessive, pouvez-vous nous expliquer la présence de taches de sang dans la cuisine de votre domicile à George Street, plus exactement au sol et sur un des meubles de rangement ?

— Oui, bien sûr, répondit-elle en repoussant quelques mèches cuivrées derrière une oreille – un geste *adorable*. Lorsque je suis rentrée chez moi avec Helena, je me suis rendu compte que j'étais bien plus ivre que je ne le pensais, je titubais et vacillais, j'avais même du mal à rester debout, pour être honnête. (Petit rire innocent.) Je me suis néanmoins servi un verre de vin dans la cuisine, c'était après le départ d'Helena, mais je l'ai cogné par mégarde contre le plan de travail et le verre s'est brisé dans ma paume. La force avec laquelle le sang a jailli m'a littéralement clouée sur place, j'étais incapable d'en détourner les yeux tellement j'étais ivre, comme si la main avait appartenu à quelqu'un d'autre. Je ne me suis même pas donné la peine de nettoyer et me suis contentée de jeter les bouts de verre ensanglantés dans la poubelle avant de sortir un deuxième verre dont je ne me suis finalement jamais servie. Je me suis précipitée à l'étage en tenant ma main blessée – cela explique les éclaboussures sur le sol du couloir – et dans ma hâte j'ai heurté le portemanteau. En haut, dans la salle de bains, je me suis fait un pansement. Voilà ce qu'il s'est passé. Je suis vraiment désolée, ajouta-t-elle en regardant Harriet dans les yeux. Je ne me doutais absolument pas que ces gestes seraient pris pour le signe d'une agression volontaire ou d'un acte de violence.

— Pourquoi avez-vous laissé la porte d'entrée ouverte ?

— Pardon ?

— Will Carter dit qu'en rentrant chez vous, la porte était entrouverte. Pourquoi ?

— Non, je l'ai fermée. En tout cas, je pensais l'avoir fait. Mes souvenirs de cette nuit sont tellement chaotiques. J'étais complètement ivre, terrorisée à l'idée de ce que je m'apprêtais à faire… Après tout, je fonçais tête baissée vers l'inconnu. Je savais que je m'embarquais pour un voyage dangereux. J'ai erré en titubant dans la maison. J'ai cru avoir fermé la porte, mais il se peut que dans ma panique je ne l'aie pas correctement claquée.

— Vous nous avez déclaré avoir quitté à pied Huntingdon pour Papworth Everard et l'A428, où vous avez attendu au point de rendez-vous, sur une aire d'autoroute, jusqu'à ce qu'un camion vous fasse monter. Qui a fixé ce lieu de prise en charge ? s'enquit Harriet en regardant ses notes.

— Abdul-Ghani Khalil.

— Un homme que vous ne connaissiez pas a ouvert l'arrière du camion et vous êtes montée. À l'intérieur se trouvaient d'autres immigrés de nationalités diverses. Vous avez été conduits à ce que nous supposons être un port – en effet, vous avez déclaré avoir eu la sensation que le camion embarquait à bord d'un ferry. Enfin, le camion vous a laissée sur une aire d'autoroute au nord de Calais, en France.

— C'est ça, une *aire de service**, dit-elle en prononçant les « r » à la manière française.

— Une quoi ? dit Harriet.

— Une station-service. J'avais désespérément besoin d'aller aux toilettes et de me dégourdir les jambes. C'est là qu'un homme que je n'avais jamais vu et avec qui j'avais rendez-vous m'a fait monter à bord de sa voiture et m'a emmenée jusqu'à Nantes. Comme convenu, je l'ai payé en liquide… Quatre mille livres.

— Convenu par qui ?

— Abdul-Ghani Khalil.

— Comment avez-vous connu Abdul-Ghani Khalil ?

— Sans commentaires.

— Est-ce Tony Wright qui vous l'a présenté ?

— Sans commentaires.

— Avez-vous rencontré Abdul-Ghani Khalil lors de vos visites à Tony Wright à Whitemoor ?

— Sans commentaires.

— Avez-vous payé Tony Wright pour qu'il vous présente Abdul-Ghani Khalil ?

— Sans commentaires.

— Tony Wright vous a-t-il fourni les informations relatives à votre sortie clandestine du pays ?

— Sans commentaires.

— Pourquoi le numéro de Tony Wright apparaît-il deux fois sur votre téléphone, la semaine précédant votre disparition et une fois la veille ?

— Nous sommes amis.

— Quel type d'amitié ?

— Amis, c'est tout. Nous le sommes depuis notre rencontre à la prison de Whitemoor. J'étais bouleversée par ce qu'il s'était passé à Deeping avec mon père. Je voulais lui en parler.

Manon resta peu de temps à Huntingdon. Lorsqu'elle revint dans le nord de Londres, elle connut une période de chômage durant laquelle elle posa sa candidature à divers postes et puisa dans l'argent de ses économies et du loyer qu'elle percevait pour la location de son appartement à Huntingdon (pourquoi vendre, puisque la situation était provisoire ?). Elle signa un bail de six mois pour un appartement situé à quelques numéros de l'immeuble d'Ellie et s'y installa avec Fly. Elle s'assura auprès de l'agent immobilier : « C'est bien un mois de préavis pour les deux parties ? »

Entre-temps, elle passa le concours d'inspectrice de police et Fly, lui, sombra.

Peut-être était-ce dû au déménagement (Manon ne supportait plus d'être une charge pour Ellie, qui voulait installer Solly dans une chambre séparée). Peut-être le passage à un gigantesque et terrifiant collège fut-il trop brutal. À moins que ce ne fût une accumulation d'épreuves et d'expériences trop complexes à gérer. Toujours est-il que Manon se retrouva seule pour affronter la colère et le désespoir de Fly.

— Il s'est mis à faire pipi au lit et à avoir des cauchemars, confia-t-elle un jour à Miriam au cours des heures passées dans le palais de justice d'Old Bailey, assises sur un banc à l'extérieur du tribunal numéro un, à attendre que prenne fin l'une des nombreuses audiences préliminaires de Ian Hind. Je suis épuisée. Je dois me lever entre cinq et six fois par nuit pour changer les draps et calmer ses terreurs nocturnes.

— Comme si vous aviez un nourrisson, dit Miriam.

Ironie du sort : c'était à présent Manon qui cherchait du réconfort auprès de Miriam. Cette dernière avait certes vieilli d'un coup, mais retrouver sa fille l'avait dotée d'une sérénité nouvelle. Il n'avait pas fallu beaucoup insister pour convaincre Edith de l'accompagner à Londres, lui avait raconté Miriam. Malgré son narcissisme exacerbé, elle avait une conscience.

— Je dis cela avec une grande affection, sourit Miriam. Je lui ai expliqué qu'il valait mieux qu'elle rentre de son plein gré plutôt que ramenée de force par Interpol. De toute façon, vous aviez déjà fait le lien entre elle et Abdul-Ghani Khalil et aviez averti la police française. Ce n'était plus qu'une question de temps avant qu'ils la retrouvent. Elle s'est mise à pleurnicher – cette enfant est la reine de l'auto-apitoiement ! – mais je lui ai assuré que nous embaucherions les meilleurs avocats ainsi qu'un attaché de presse pour gérer les médias.

Tout le monde, au commissariat du Cambridgeshire, voulait inculper la jeune fille de tous les chefs d'accusation possibles : d'avoir gaspillé le temps de la police, entravé le cours de la justice et surtout provoqué une enquête de cinq mois estimée à plus de trois cent mille livres puisées directement dans la poche du contribuable. Mais l'imposante équipe juridique de la famille Hind, tout de noir vêtue, avança une ligne de défense solide, selon laquelle il était impossible de prouver qu'Edith avait agi avec « l'intention » de faire croire à la police qu'il s'agissait d'un enlèvement. Le sang, les manteaux renversés, la porte d'entrée ouverte, tout cela était les effets malencontreux d'une nuit de panique et d'anxiété. Edith n'avait fait que fuir l'origine de son trouble : le crime commis par son père, qu'elle ne souhaitait ni dénoncer ni couvrir. Et puis, Mlle Hind devait-elle être tenue responsable de l'empressement avec lequel la police du Cambridgeshire avait qualifié un événement, certes fâcheux, de « disparition inquiétante » ? Par ailleurs, une tripotée de psychiatres déclarèrent que la jeune femme avait souffert d'« angoisse psychique » durant son séjour dans la campagne française.

— Angoisse, mon cul, lâcha Harriet.

Dans le camp opposé, l'accusation s'indigna : pourquoi était-elle restée cachée, lorsqu'elle s'était rendu compte de l'ampleur des recherches en lisant la presse en ligne ? Comment justifiait-elle le fait de n'avoir prévenu personne qu'elle était en vie et en bonne santé, même si elle ne voulait pas rentrer ?

Un juge examina les arguments des deux parties et décida de porter l'affaire devant les tribunaux.

Au palais de justice d'Old Bailey, la machine juridique tournait avec son habituelle lenteur dans sa procédure contre Ian Hind, aussi Manon en profita pour solliciter le conseil de Miriam au sujet de Fly – probable infraction à un quelconque protocole relatif aux « parties », mais aucune des deux femmes ne s'en souciait.

— Une chose est sûre, je ne vais pas pouvoir tenir ce rythme longtemps, dit Manon.

— Il ne fait pas cela pour vous fâcher.

— Je sais, mais je ne comprends pas ce qu'il se passe dans sa tête.

— Moi non plus, je n'ai jamais su ce qu'il se passait dans la tête de mes enfants, poursuivit Miriam, et Manon fut surprise d'être considérée elle aussi comme une mère. J'ai l'impression qu'il attend de vous que vous le souteniez quoi qu'il arrive, pour le pire et le meilleur, exactement comme le ferait une mère avec son nouveau-né.

Elle ne savait absolument pas si Miriam avait raison, mais elle suivit son conseil – quoique pas seulement par grandeur d'âme. Elle soutint Fly du mieux qu'elle put, par épuisement et inertie. De toute façon, la situation la dépassait.

Elle demanda également des conseils à Davy, lui qui avait tout vu et tout vécu, dans le foyer où il travaillait bénévolement.

— Il faut lui fixer des limites strictes, lui avait-il suggéré. Ça reste de l'amour, mais il faut de la fermeté. La dernière chose que ces gosses veulent, c'est une personne instable. Rien ne leur fait plus peur.

Le sergent-détective Davy Walker était d'une telle sagesse à présent que Stanton l'avait pris sous son aile. Il était aussi résolument célibataire, depuis qu'il avait réussi à s'extraire des griffes de Chloe à l'issue d'une ultime réconciliation sur l'oreiller manquée. Sa vie se résumait désormais à la brigade criminelle, au VTT et à son travail de bénévole dans le foyer pour enfants. « J'ai déjà tout ce qu'il me faut », répondit-il à Manon lorsqu'elle lui demanda s'il voyait quelqu'un.

Pauvre Stanton. Un rapport de la police du Bedfordshire sur l'enquête Hind établit que : « L'inspecteur-chef Gary Stanton a réagi avec trop de précipitation en traitant la disparition d'Edith Hind comme une disparition inquiétante, avec suspicion d'homicide ensuite, et ce malgré l'absence de preuves suffisantes. »

— Il ne peut pas gagner contre eux, confia Davy à Manon comme s'il défendait son propre père. D'abord l'affaire Lacey Pilkington, qu'on lui reproche de ne pas avoir prise au sérieux plus tôt, puis ça. Je ne sais pas comment il tient le coup.

— Grâce à la perspective de sa pension de retraite, rétorqua Manon.

Elle n'avait pas eu l'occasion de réfléchir posément à la situation avec Fly, même si elle avait eu le temps de se demander par quel moyen en sortir. S'éloigner discrètement.

Mais Fly était tombé malade.

Cet hiver-là, la grippe s'abattit sur lui avec la brutalité d'une épidémie du Moyen Âge, et aucun cachet de paracétamol ou de Nurofen ne réussit à faire baisser sa fièvre. Son cœur battait comme un mécanisme prêt à dérailler. Manon n'arrivait pas à joindre le cabinet de médecins – le téléphone sonnait dans le vide, ou occupé. En désespoir de cause, elle se résolut à appeler Miriam, qui passa la voir chez elle, garant l'insolente Jaguar de Ian en face des bennes à ordure de Fordwych Road. Elle ausculta le jeune garçon.

— Un enfant de onze ans peut-il attraper une méningite ?

— Vous, vous êtes allée fouiller sur Internet, la réprimanda Miriam. C'est la chose à ne surtout pas faire en cas de maladie. Invariablement, on se retrouve avec tous les symptômes d'un cancer. Vous avez bien fait de m'appeler. Il a beaucoup de fièvre, il faut le surveiller de près.

Elles s'assirent un moment dans le salon de Manon, sur le canapé recouvert d'une couverture crème bon marché, éclairées seulement par une minuscule lampe posée sur une étagère. Même si elle avait gardé son manteau, Miriam semblait plus détendue que Manon ne l'avait encore jamais vue.

— Comment ça se passe pour Ian, à Belmarsh ?

— Figurez-vous que cela ne se passe pas si mal, il va même bien, dit Miriam d'un ton à la fois amusé et surpris. Il lit énormément. Il donne également un cours d'anatomie à des détenus. Ce qui est assez ironique puisque certains ont décapité leur victime. J'ai toujours un peu peur que ses manières snobs lui occasionnent des ennuis avec le reste des prisonniers – par exemple, qu'il se prenne un mauvais coup pour avoir demandé de la gelée de coing avec son fromage. Dieu merci, ça n'est pas encore arrivé.

— Vos enfants lui rendent visite ?

— Oui. Tous, nous purgeons notre peine, soupira-t-elle – puis, se levant : Je repasserai vous voir demain matin sur mon trajet pour aller au travail. Si l'état de Fly s'est aggravé, je le ferai hospitaliser.

La maladie s'acharna sur lui deux longues semaines. Heureusement que Miriam ne lui avait diagnostiqué qu'une mauvaise grippe. Son corps lutta contre l'infection, malmené comme le mur d'une jetée battue sans relâche par les vagues. Il tremblait des pieds à la tête dès qu'il se levait pour aller aux toilettes. Sa chambre sentait non pas le renfermé, mais l'aigre. Manon avait beau ouvrir les fenêtres en grand et changer les draps, l'odeur douceâtre était écœurante. Enfin, il retrouva suffisamment de forces pour lire et regarder la télévision. Son regard était vide et il avait perdu beaucoup de poids. C'est alors qu'il entra dans une profonde dépression, pleurant sur sa mère et sur Taylor. Il rejetait la faute sur Manon et lui en voulait de son malheur car elle se trouvait être la cible la plus proche. Il était tellement inconsolable qu'elle se demanda plus d'une fois s'il s'en remettrait un jour.

Au terme de l'enquête auprès de la police du Cambridgeshire, le rapport sur le décès d'Helena établi par la Commission de plainte contre la police aboutit à un avertissement pour faute professionnelle de type 14 à l'encontre de l'officier Monique Moynihan, qui avait pris l'appel d'Helena la nuit du 7 janvier 2011. Monique déclara lors de son audition que l'effectif total de la brigade criminelle cette nuit-là se réduisait à elle-même et deux autres officiers. Cependant, l'un de ces officiers disposait de vingt jours de congé qu'un de ses supérieurs lui avait conseillé de poser au risque de les perdre. L'officier Moynihan ajouta avoir confié à l'inspecteur Kirk Tate son inquiétude au sujet du manque de personnel, sans toutefois consigner la discussion dans un rapport. L'inspecteur Tate, pour sa part, n'avait aucun souvenir de cette conversation. La nuit du 7 janvier 2011, l'officier Moynihan suivait plusieurs enquêtes qu'elle considérait comme urgentes. Elle déclara qu'au téléphone Mlle Reed avait paru hésitante et timide mais non en détresse. Elle précisa que Mlle Reed n'avait pas appelé les urgences. Aussitôt après avoir raccroché, Monique Moynihan et Lee Rayner, l'autre policier de service cette nuit, avaient été appelés sur une affaire de cambriolage.

La Commission avait également enquêté auprès de l'équipe quatre de la brigade criminelle pour déterminer si, dans le cadre de la disparition d'Edith Hind, il y avait eu manquement à l'obligation de prudence envers Helena Reed. Elle reconnut la singulière ampleur de l'affaire et les besoins élevés en matière de forces de police. Elle estima en outre que les rapports sur l'évaluation des risques encourus par la jeune fille suite à la diffusion de *Crimewatch* le mercredi 4 janvier 2011, l'un par l'officier Kim Delaney et l'autre par le sergent-détective Manon Bradshaw, étaient réglementaires et respectaient la procédure. Toutefois, des auditions avec le psychanalyste de Mlle Reed, le Dr Young, permirent de conclure que les policiers, en rédigeant leurs rapports, avaient sous-estimé l'état de fragilité mentale de la jeune fille.

C'est ainsi que la Commission élabora, à l'intention des membres de l'équipe quatre chargée de l'affaire Hind, un document sur les stratégies d'apprentissage à suivre pour de telles situations, puis les invita à participer à un cours de remise à niveau sur l'obligation de prudence ainsi qu'à une formation express de deux heures relative aux troubles mentaux.

Manon entend son téléphone vibrer sur la table de la cuisine et plonge la main sous le tas de manuels scolaires, papiers et miettes, jusqu'à déterrer l'appareil. Il s'agit d'un SMS de l'inspecteur-chef Havers, du commissariat de Kilburn – son nouveau patron.

> Inspectrice Bradshaw, je vous veux ici demain à la première heure.

Elle s'ennuie à mourir dans son nouveau job. Non seulement elle ne peut plus bavarder avec Harriet (à présent inspectrice-chef à la MIT du Cambridgeshire, avec le reste de la bande – comme elle les envie !), mais en plus son imbécile de nouveau boss joue au petit chef avec elle et la prend de haut. Sans parler de l'obsession de la Metropolitan Police pour les contrôles d'identité aléatoires et les fouilles, dont Fly commence de plus en plus fréquemment à être l'objet. Manon lui a demandé de consigner chaque détail et incident dans un carnet, qu'il garde dans la poche arrière de son pantalon baggy, afin de pouvoir mener ensuite son enquête.

— Je ne savais pas qu'il avait onze ans, lui avait dit l'un des officiers de la Met.

— Il fallait lui demander, avait-elle répondu.

— Je suis désolée, madame…

— Inspectrice Bradshaw.

Ils n'aimaient pas causer d'ennuis à leurs collègues, aussi Manon fit clairement savoir à tous les officiers de Kilburn qu'ils n'avaient pas intérêt à toucher un seul cheveu de Fly. Une flic blanche servant de mère de substitution à un gamin noir – autant dire que le loup était dans la bergerie.

Bien sûr, elle se méfiait de quelques-uns des gosses avec qui Fly traînait à l'école. Autre chose à ne pas oublier : prendre rendez-vous avec le directeur. Gel douche, directeur, acheter des fruits, du pain, puis des sacs-poubelle. Depuis quand ses listes étaient-elles devenues si longues ? Elle partit à la recherche d'un bloc-notes et d'un stylo. Acheter bloc-notes et stylo pour les listes.

Lorsque le bail de six mois pour la location était arrivé à terme, elle l'avait renouvelé, s'assurant une nouvelle fois : « C'est bien un mois de préavis des deux côtés, n'est-ce pas ? »

La vie n'est jamais parfaite, songe-t-elle alors que ses convives s'entassent dans la cuisine. Il lui a fallu du temps pour s'habituer à cette idée. Elle avait toujours cru que la vie était parfaite pour tout le monde sauf elle. Ou bien qu'il lui faudrait sans cesse la corriger, l'amender et l'améliorer, un peu comme si elle passait éternellement un examen, et qu'au bout du compte tout s'arrangerait. Mais de plus en plus, elle se rend compte que la perfection n'existe nulle part, dans la vie. Il y a toujours quelque chose : une maladie, un divorce, un deuil, à moins que ce ne soit la découverte d'une face cachée de la personnalité qui rend toute cohabitation impossible. Chacun fait du mieux qu'il peut et purge sa peine, les gens se retrouvent ensemble par accident – comme ce qui leur est arrivé, à elle et à Fly, simplement parce qu'il n'avait personne d'autre sur qui compter et qu'elle avait été incapable de l'abandonner à son sort.

— Venez vous asseoir, lance-t-elle. Le dîner est prêt. Ellie, je te sers un peu de vin ?

— Avec plaisir, répond cette dernière en mettant Solly dans les bras de Fly. Je te confie l'animal, débrouille-toi comme tu peux.

Solly en équilibre sur sa hanche, Fly, tout sourire, embrasse le cou du petit garçon, qui lui agrippe les joues de ses mains potelées en poussant un cri de joie.

Manon et Fly ont acheté chez Ikea une chaise haute à dix livres ainsi qu'un couffin pour les nuits que Solly passerait chez eux. Fly l'installe dans sa chaise et Solly se met à marteler la petite table en plastique, dans l'excitation du repas à venir. Tout le monde est assis, sauf Manon qui, investie dans son rôle de « maman », s'affaire au-dessus de la cuisinière.

— Si je vous ai réunis ce soir, annonce-t-elle, c'est parce que je veux demander quelque chose à Fly, et je tenais à ce que tout le monde soit présent.

Même Solly, qui agitait frénétiquement les bras en voyant approcher la première cuillerée vers sa bouche, se fige et les dévisage avec une expression intriguée qui les fait tous éclater de rire.

— Je veux t'adopter, dit Manon à Fly.

— Tu quoi ?

— Adabouuuh ! s'exclame Solly.

— Je veux t'adopter. Je veux qu'on soit… liés. De manière légale.

Il la fixe un instant sans rien dire, puis se tourne vers Solly avec une nouvelle cuillerée.

— C'est pour mieux m'embêter pour toujours.

Manon s'assoit à table et trempe un morceau d'agneau dans la semoule, comme une pierre mouillée roule dans du sable.

— *Cuère !* s'écrie Solly en essayant de prendre le couvert des mains de Fly.

— C'est ça. Cuère.

Il colle son nez sur celui de Solly et le petit garçon pousse un cri aigu en attrapant à nouveau ses joues.

— C'est parce que je t'aime, dit Manon.

— *Cuère !* insiste Solly.

— D'accord, monsieur le bavard, dit Fly. Tiens, en voilà une autre.

Il fait voler la cuillère jusqu'à Solly, qui ouvre la bouche en grand. Puis Fly mange une bouchée de son assiette.

— Pas mal, le ragoût, dit-il. Même s'il y a des légumes dedans. C'est quoi ça, des carottes ?

— Mais non, rétorque Ellie. Tu te fais des idées.

— Est-ce que je peux aller chez Zack après pour jouer à la PlayStation ?

— Pas question, répond Manon.

Fly continue à manger. Lui et Manon se dévisagent en mastiquant.

— Pourquoi tu demandes, alors que tu connais déjà la réponse ? lui dit Manon.

Il hausse les épaules.

— Juste pour rire. Je me dis qu'un jour tu feras pas attention et tu accepteras.

— Dans tes rêves. Sinon, tu penses quoi de ce que je viens de dire ? Tu veux être mon fils ?

— Bah oui, bien sûr.

REMERCIEMENTS

Je remercie le sergent-détective Graham McMillan, de l'unité d'investigation criminelle du Cambridgeshire, pour son aide sur ce livre, ainsi que le sergent-détective Susie Hine, de la brigade criminelle du Cambridgeshire, pour ses conseils lors de la rédaction du premier jet du roman. Je suis responsable des éventuelles erreurs d'exactitude, pas eux.

Merci au chef de la police Jon Hutchinson d'avoir facilité mes visites au commissariat du Cambridgeshire.

Merci à Claire Craig, consultante en pathologie à l'Imperial College, NHS Trust. De même, je remercie Michael Osborn, consultant en histopathologie à l'Imperial College, pour ses précisions en médecine légale.

Merci à Marissa McConville pour l'irlandais vernaculaire de Maureen Dent.

Merci à Eileen MacCallum pour l'écossais vernaculaire de Tony Wright.

Pour les informations en droit pénal, merci à Daniel Burbridge.

Le rapport publié en novembre 2011 par l'Institut de criminologie de Cambridge (Cambridge Institute of

Criminology) qui traite des relations entre détenus et personnel pénitentiaire à la prison de Whitemoor et sur lequel Edith a fictivement travaillé comme chercheuse existe bel et bien. C'est un document passionnant et plein d'humanité. Il est disponible ici : assets.publishing.service.gov.uk/government/uploads/attachment_data/file/217381/staff-prisoner.relations-whitemoor.pdf.

Merci à Sandra Laville du *Guardian* pour ses renseignements sur le piratage informatique et sur l'affaire Soham.

Je remercie Sian Rickett, Susannah Waters, Alexandra Shelley, Daniel Burbridge, John Steiner, Deborah Steiner et Zoe Ross pour leur lecture attentive et leurs précieux conseils. Ainsi que Katie Espiner et Andrea Walker pour leur brillant travail éditorial. Merci Eleanor Jackson pour ton soutien depuis les États-Unis. À Sarah Ballard, merci pour tout, comme toujours. Merci, Tom Happold, pour avoir été mon premier et dernier lecteur, et pour ton soutien. Merci George et Ben Happold d'avoir, à votre retour de l'école, égayé la maison de vos cris joyeux après le silence du grenier.

PAPIER À BASE DE
FIBRES CERTIFIÉES

Le Livre de Poche s'engage pour l'environnement en réduisant l'empreinte carbone de ses livres.
Celle de cet exemplaire est de :
400 g éq. CO_2
Rendez-vous sur
www.livredepoche-durable.fr

Composition réalisée par Belle Page

Achevé d'imprimer en en décembre 2019, en France sur Presse Offset par
Maury Imprimeur – 45330 Malesherbes
N° d'imprimeur : 241352
Dépôt légal 1re publication : janvier 2020
LIBRAIRIE GÉNÉRALE FRANÇAISE – 21, rue du Montparnasse – 75298 Paris Cedex 06

54/1200/7